ELIZABETH McGREGOR

Nur wer die Wahrheit kennt

Buch

Kate McCaulay, 30 Jahre alt, glaubt, ihr Leben wieder im Griff zu haben. Zehn Jahre ist es her, daß ihr acht Wochen alter Sohn spurlos verschwand. Ihre Ehe ging daran zugrunde, den Kontakt zu Ehemann und Vater Richard hat sie abgebrochen. Kate lebt sehr zurückgezogen in der englischen Grafschaft Dorset und arbeitet als Reporterin bei der Lokalzeitung. Ihre beiden Freundinnen Maggie und Isabelle wissen nichts von ihrer traurigen Vergangenheit, nur ihr Kollege Jack konnte sich an Kates Foto im Zusammenhang mit dem Verschwinden des Kindes erinnern.
Doch irgend jemand will die Vergangenheit nicht ruhen lassen: Kate findet eines Tages auf ihrer Türschwelle einen anonymen Brief mit den Worten »Ich weiß, wo er ist.« Als dann noch ihre Freundin Maggie ermordet wird, steht Kate kurz vor dem Zusammenbruch und vertraut sich ihrem Psychologen Jonathan Reeve an. Denn was niemand weiß: Kate wird von furchtbaren Schuldgefühlen geplagt. Ihr Sohn wurde aus dem Auto entführt – sie selbst hatte versäumt, die Tür abzuschließen. Nur der Glaube daran, daß ihr Sohn vielleicht noch lebt, gibt Kate die Kraft weiterzuleben. Bis sie eines Tages die Wahrheit über den einzigen Menschen, dem sie vertraut, erfährt …

Autorin

Elizabeth McGregor, die mit ihrem Mann und ihrer Tochter in Dorset/England lebt, blieb beim Schreiben, nachdem sie 1987 einen Kurzgeschichten-Wettbewerb gewonnen hatte. Seitdem hat sie über einhundert Stories veröffentlicht. *Nur wer die Wahrheit kennt* ist ihr vierter Roman.

Bei Goldmann bereits erschienen:

Bleib, wo du bist. Roman (42950)
Du gehörst nur mir. Roman (43365)
Wahre Lügen. Roman (43816)

Elizabeth McGregor

Nur wer die Wahrheit kennt

Roman

Deutsch von Inez Meyer

GOLDMANN

Die amerikanische Originalausgabe erschien 1997
unter dem Titel »Out of Reach«
bei Headline, London

Umwelthinweis:
Alle bedruckten Materialien dieses Taschenbuches
sind chlorfrei und umweltschonend.

Deutsche Erstveröffentlichung April 2000

Umschlaggestaltung: Design Team München
Umschlagfoto: Design Team München
Satz: deutsch-türkischer fotosatz, Berlin
Druck: Elsnerdruck, Berlin
Verlagsnummer: 44017
FB · Herstellung: Sebastian Strohmaier
Made in Germany
ISBN 3-442-44017-3

1 3 5 7 9 10 8 6 4 2

Prolog

Das Haus hat zahllose Zimmer, jedes einzelne leer. Erschöpft steigt sie die immer steiler werdende Treppe hinauf in die sich ständig verdüsternde Dunkelheit. Er ist erst acht Wochen alt, und er ist irgendwo dort oben, außer Reichweite. Er weint.

»Warte doch …«, flüstert sie. »Warte …«

Dieser Alptraum ist ihr so vertraut, vertrauter, als irgendein Freund es sein könnte. Sie kennt ihn auswendig, ohne Scheu überläßt sie sich seiner endlosen Wiederholung.

Schließlich erreicht Kate die oberste Stufe, der Atem brennt in ihrer Kehle. Soweit das Auge reicht, erstreckt sich vor ihr ein Korridor. Es ist jetzt dunkel, die Türen sind nur noch schemenhaft zu erkennen, die Schlösser nicht mehr sichtbar.

Überall sieht sie ihn. Auf der Straße, in Häusern, in der Landschaft, in der Menschenmenge … sogar in vollkommener Einsamkeit. Selbst wenn kein Mensch da ist, verfolgt er sie.

Vor zehn Jahren hatte sie sich gesagt, daß die Suche abgeschlossen und ihr Sohn tot sei.

Aber im Schlaf … im Schlaf war das eine andere Sache.

Jede Nacht sucht sie ihn, tastet mit tauben Fingerspitzen nach ihm in dem Haus, in dem ein ewiges Echo ihn gefangen hält.

1

Er ging nach oben und er schloß die Tür hinter sich.

In der Dämmerung hielt er kurz inne, um seine Besitztümer zu mustern.

In dem vom Rest des Hauses abgetrennten Dachzimmer standen die Schreibmaschinen in streng geordneten Reihen. Zwischen jeder war genau fünfzehn Zentimeter Abstand zur nächsten Maschine. Sie waren mit dem Produktionsjahr, dem Hersteller, dem Originalpreis und dem Preis versehen, den er für sie hatte zahlen müssen. Das Datum der Versteigerung. Der Name des Versteigerers.

Wie viele hatten gegen ihn gesteigert!

Er schloß die Augen, in Gedanken bereits den Brief abschließend, den er gleich schreiben würde. Seit fast einem Monat war dieser fertig ausformuliert in seiner Vorstellung lebendig. Er kannte das Gewicht jedes einzelnen Wortes, er war sich dessen Schlagkraft bewußt.

Er erinnerte sich noch lebhaft an den Kauf seiner ersten Maschine, einer *Mignon.* Jetzt ging er auf sie zu und ließ seinen Finger über ihren Deckel gleiten. Er hatte sie aus einem Trödelladen, wo sie zusammen mit Tellern und Töpfen in einer Holzkiste gelegen hatte und nur die weißen Buchstaben auf der rückwärtigen Metallplatte sichtbar gewesen waren. Er war noch jung gewesen. Sie hatte ihn fünfzig Pence gekostet.

Die *Mignon* stand in der Mitte des unteren Regals, daneben in makelloser Reihenfolge andere Fabrikate. Eine *Corona*-Reiseschreibmaschine von 1912. Daneben eine *Underwood.* Und eine *Sholes & Glidden,* eines der frühesten Modelle überhaupt.

Die *Sholes* besaß einen verzierten Deckel – rosa Rosen auf braunem Untergrund, an den Seiten befand sich das ovale Porträt einer Figur aus dem achtzehnten Jahrhundert mit einem rosa Satinumhang. Um sie zu erstehen, hatte er einen ganzen Tag auf einer Versteigerung verbracht. Sie hatte ihn siebentausend Pfund gekostet.

Was für ein Unterschied zwischen fünfzig Pence und siebentausend Pfund …

Während er sich setzte, trommelte der Regen sanft gegen das Fenster über ihm. Es war später Nachmittag, durch den Hunger war ihm leicht schwindelig, und er hatte einen trockenen, etwas faden Geschmack im Mund.

Sehnsuchtsvoll seine *Mignon* betrachtend, wählte er dennoch eine etwas modernere Maschine: eine in Massen hergestellte *Olympia.* Selbst heute, im Zeitalter der seelenlosen elektronischen Tastaturen, gab es noch viele dieser Art.

Die Briefe zu tippen brauchte seine Zeit, selbst die kürzeren. Das lag nicht nur am Formulieren der Worte, sondern am Anschlag der Buchstaben. Er mochte das Geräusch, wenn sie auf das Papier aufschlugen. Es war ein metallisches Geräusch, wie ein nicht wieder rückgängig zu machender Pistolenschuß, nachdem man abgedrückt hatte. Er spannte ein Blatt Papier ein.

Er suchte den Buchstaben »I«, dann fixierte er die Großschreibung.

ICH WEISS …

Er mußte einen Augenblick innehalten, um seine Finger zu beruhigen. Der Regen trommelte jetzt lauter gegen das Fenster über seinem Kopf.

Dann fuhr er fort.

ICH WEISS, WO ER IST.

2

Kate stand vor dem oberen Fenster und blickte auf die Straße hinunter.

Es war acht Uhr morgens. Der trockene Sommer war einem feuchten Herbst gewichen; die Bäume in dem kleinen Städtchen in Dorset wechselten die Farbe. Der Nebel hing dicht über dem Boden und verteilte sich vom Straßenpfeiler aus nach beiden Seiten. Sie starrte auf diesen Straßenpfeiler und wartete auf George Dale, der auf seinem Rückweg aus der Stadt hier vorbeikommen mußte.

Wieder senkte sie den Blick und betrachtete das Kettchen in ihrer Hand.

Es war schön, es hatte das Kantige des Art déco. Einen Augenblick lang wandte sie sich vom Fenster ab und betrachtete ihr Zimmer.

Es wirkte karg und war ausgesprochen spartanisch eingerichtet. Sie hatte das Bett gemacht, es zurechtgezupft und -gezogen und das Zimmer wie jeden Morgen gesäubert. Sie schlief nie länger als bis sechs. Das Einzelbett stand mit dem Kopfteil an der Wand, ein Tisch in der Mitte des Zimmers. Zwei Stühle. Ein dunkelroter Teppich. Das Telefon thronte auf einem Stapel Telefonbücher auf einer dünnen cremefarbenen Decke, das Kabel war sorgfältig hinter den Büchern versteckt, das Telefon genau in die Mitte gestellt. Der Armreif in ihrer Hand wurde warm. Sie streckte den Arm aus, hielt es gerade hoch und überlegte, wobei sie sich unwillkürlich auf die Lippen biß.

Als sie gegen sieben die kleine Tür zu ihrem Eingang geöffnet hatte, hatte sie es gefunden. Es hatte neben der Zeitung auf dem Fußabtreter gelegen, eine kleine, nachtblaue Schachtel mit einer Satinschleife. Keine Karte, keine Notiz. Nur der sorgfältig mit weißem Seidenpapier umwickelte Armreif. Sie blickte auf, denn sie hatte geglaubt, eine Bewegung unter den Bäumen wahrgenommen zu haben.

Ihre Wohnung lag in der ersten Etage eines hufeisenförmigen Baus von Häusern aus dem neunzehnten Jahrhundert. Als George Dale hier vor zwanzig Jahren hergezogen war, hatte er die Anlage modernisiert. Er selbst lebte in dem strohgedeckten Haus, die Scheune und die Ställe hatte er zu einer Galerie und einem Atelier umgebaut. Kate lebte in den darüberliegenden Zimmern, die auf das Haus gegenüber, nur durch eine Schotterstraße getrennt, blickten.

Es war ein seltsamer Ort – etwas behäbig und schon fast angenehm in seiner abgewetzten Häßlichkeit. Moos hatte die Steine überwuchert. Das Dach des Hauses war mit dem zweiten Geschoß der alten Scheune verbunden worden, die Scheune stand im rechten Winkel zu den Ställen.

Sie hatte richtig gesehen, denn tatsächlich kam George die Straße hinunter. Sein Golden Retriever, China genannt, trottete vor ihm her und zog mit der gesenkten Schnauze durch das hohe Gras des Seitenstreifens.

Kate wandte sich ab, nahm ihre Tasche, die Unterlagen und die Geschenkschachtel, in die sie das Armband wieder zurücklegte. Wieder aufblickend ging sie auf die Tür zu, wobei sie sich kurz in dem einzigen Spiegel betrachtete. Blaß, mit kurzen blonden Haaren und ungeschminkt wirkte sie jung. Um einiges jünger als sie es heute, an ihrem dreißigsten Geburtstag, tatsächlich war.

Die Treppe führte ins Erdgeschoß. Hier, auf der Terrasse, wo sie die Schachtel gefunden hatte, war auch die Tür zu den Antiquitätenateliers, in denen George den Großteil der Möbel für seine Galerie aufbewahrte.

Sie öffnete die Tür zum Hof.

China bemerkte sie als erste und rannte auf sie zu. Je mehr sie mit dem Schwanz wedelte, um so heftiger bewegte sich ihr ganzer Körper.

»Hallo«, murmelte Kate und beugte sich herunter, um sie zu streicheln. »Guter Hund, so ein feiner Hund bist du.«

George trat hinzu.

Er war ungefähr sechzig Jahre alt, gut gekleidet, elegant. Er verströmte eine Aura vollster Zufriedenheit. Heute trug er eine Tweedjacke, Flanellhosen, eine gelbe Weste und eine gelbbraune Krawatte auf dem weißen Hemd. Sein Gesicht war rosig, fast schon engelhaft, seine Haare stark gelockt und recht lang, grau mit einem nicht unwesentlichen Anteil an Weiß. George sah immer tadellos aus, als ob er geschrubbt und poliert worden sei.

»Kate!« sagte er lächelnd.

Sie ging auf ihn zu.

»Herzlichen Glückwunsch zum Geburtstag«, meinte er. »Jetzt hast du's hinter dir, nicht wahr?« Sie hielt inne, damit er sie nicht zu küssen versuchen würde. Gelegentlich, wenn er besonders guter Laune war, versuchte George sie zu umarmen und zu küssen, wenn er sie in den Arm bekommen konnte. Es war nicht sonderlich persönlich gemeint, sie schätzte ihn als die Art Mann ein, der jede und jeden freundlich betatschte, genau wie man im Spielzeugladen Stofftiere drückte oder einen Stoff vor dem Kauf befühlte. Er prüfte Menschen mit seiner Berührung, prüfte ihre Beweglichkeit.

Kate streckte die Schachtel vor. »Hast du das hier liegengelassen?«

Er lachte und legte eine Hand auf die Brust. »Ich?«

»Komm schon, George.«

»Was könnte denn wohl darin sein?«

Sie seufzte. »Das weißt du ganz genau.«

China schnüffelte an Kate. George lachte. »Was ist es denn? Laß mich mal sehen.«

Sie öffnete die Schachtel.

»Oh …«, sagte er und befühlte die kühlen goldenen Glieder. »Weißt du denn, wie der Stein heißt? Es ist ein Chrysopras, eine Art grüner Quarz. Sehr hübsch. Hast du einen Verehrer? Warum ziehst du es nicht an?«

Sie lachte entrüstet auf. »Du weißt doch, daß ich keinerlei Schmuck trage. Und selbst wenn ich es täte, dann hätte ich nichts, wozu ich es tragen könnte. Und ...«

»Dann kaufe dir doch etwas. Heute ist dein Geburtstag.«

»George ...«

Mit strahlendem Lächeln trat er auf sie zu. »Weißt du was? Geh und kaufe dir ein schönes kleines Kleid. Wie wäre es mit einem grünen? Oder einem gelben? Das würde gut zu deinem Armband passen. Wenn du deine Festtagskleidung gekauft hast, lade ich dich zum Abendessen ein.«

Sie schüttelte den Kopf. »George, *bitte* ...«

Er blickte sie leicht überlegen an. »Ein schönes Gold ist das«, bemerkte er. »Neunzehnhundertdreißig ungefähr, würde ich vermuten. Gute Arbeit, sehr hübsch. Du solltest wem auch immer sehr dankbar dafür sein.«

Sie errötete. »Ich *bin* dankbar.«

»Na also. Wie wäre es denn mit einem Abendessen?«

Sie sah ihn direkt an und mußte gegen ihren Willen lächeln. »Das hättest du mir nicht schenken sollen, George.«

Er wandte sich der Tür zu und ließ dabei den Schlüssel um den Finger kreisen. »Wer sagt denn, daß ich es dir geschenkt habe? Du hast vielleicht ein Dutzend Männer, wer weiß. Komm schon, China, Frühstück.«

Er öffnete und schloß die Tür zur Galerie mit einer einzigen, abschließenden Bewegung. Kate sah die Tür einen Augenblick lang erzürnt an, dann lief sie mit gesenktem Kopf zu ihrem Auto.

George stand in der Mitte des Zimmers und blickte eine Weile lang auf die Stelle, wo eben noch Kates Auto gestanden hatte.

Während er hinausblickte, schwand sein fröhlicher Gesichtsausdruck und wurde durch eine Leere ersetzt. Ohne zu blinzeln stand er im Zwielicht des unbeleuchteten Raumes, den Blick auf die Kurve unter den Bäumen und deren braungrünes Laub geheftet.

Die Glasvitrinen um ihn herum funkelten in der Dämmerung. In jeder Abteilung seines Ladens – jedes Stockwerk umfaßte ungefähr fünf Abteilungen – waren die Möbel so angeordnet, wie sie es in einem Zuhause auch sein würden: Sofas mit Tischen, von Stühlen, Lampen, Spielzeug, Gemälden, Porzellan, Teppichen umstellt. Sein Königreich erstreckte sich hinter seinem Rücken in die luxuriöse Dunkelheit; eine eng gewobene Landschaft von Reichtümern. In den Sofaecken lagen Kissen und gemusterte Decken, auf den Regalen fand man Messing und Bronze. Musikschränke, Standuhren, Redepulte. George Dale kaufte nur das beste. Er besaß ein kritisches Auge und ein gutes Gespür für erstklassige Qualität.

Neben ihm stand ein Mahagonisekretär, dessen geöffneter Rolldeckel die darunter befindlichen Schubläden sehen ließ. Seine Oberfläche war so glatt wie eine Kastanie und von ebensolch lebendiger Farbe. Dahinter saß auf einem Stuhl eine viktorianische Puppe, deren blasses Gesicht an einer Plüschdecke lehnte.

Unwillkürlich hatte er sich mit der Hand auf dem Stuhl neben sich abgestützt und dessen Schnitzereien befühlt. Dann, nach mehr als fünf Minuten, fiel sein Blick auf das Glas des Fensters vor ihm.

Er ging darauf zu, bis er im Erker stand. In etwa zwanzig Meter Entfernung beleuchtete ein Scheinwerfer seinen Namen auf einem im Hof stehenden Schild. *George Dale ... Exklusive Antiquitäten* stand in weißen Lettern auf rotem Grund.

In einer Fensternische hatte sich eine Kranichfliege in einem Spinnennetz verfangen. Er beobachtete sie ungerührt: Ihr zarter Leib trocknete in diesem Gefängnis aus. Das Netz mußte sich seit der Hitzewelle dort befinden, seit den letzten trockenen, heißen Tagen im August. Er berührte die leere

Schale des Insekts und drückte seinen Finger solange darauf, bis die Spinne aus einer Ritze des Fensterrahmens hervoreilte.

»Hat sie dich gefangen, nicht wahr?« Aufmerksam musterte er den Fliegenkörper. Jedes Beinchen der Fliege war dünn wie ein Haar, jedes Detail ihres Körpers war schön und perfekt in seinem Aufbau. Jede durchschimmernde Zelle, jede sich überlappende Verbindung war ein Triumph der Natur. Die Spinne hielt inne und überprüfte aufmerksam die Spannung. George ging wieder zu dem Stuhl zurück. Er ließ sich auf das starre Holz sinken und beachtete den wimmernden Hund an seiner Seite nicht weiter. Als China seinen Unwillen, sich in Bewegung zu setzen, registrierte, ließ auch sie sich zu seinen Füßen auf den Boden sinken, wobei sie jedoch ihrem Mißfallen durch ein kehliges Jaulen Ausdruck verlieh.

George aber hörte sie nicht.

Unter seinen Handflächen fühlte er ein in Form gebrachtes, solides Leben von vor über vierhundert Jahren, ein ganzer Baum war unter ihm. Das Alter hatte das Holz an manchen Stellen ganz schwarz werden lassen.

Einen Augenblick lang wünschte sich George Dale von ganzem Herzen, auch ein Insekt oder ein Stuhl zu sein. Verleimt, lackiert, genagelt. Und so leblos wie der zarte Körper, der in der Fensternische hing.

Die Anspannung ließ seine Mundwinkel erzittern, dann lächelte er entmutigt.

Das Armband war vierhundert Pfund wert.

Doch darum ging es ihm gar nicht.

3

Maggie Spence wollte sich gerade anziehen, als das Telefon klingelte.

Sie versuchte sich in ihr Kleid zu zwängen, das ihr eigentlich passen sollte. Leise fluchend riß sie entnervt den Gürtel aus den Schlaufen. Das Zimmer um sie herum war ein einziges Durcheinander, überall lag Kleidung verstreut, neben dem Bett zerfledderte Zeitschriften.

»Verdammt«, brummte sie. Das Telefon klingelte unnachgiebig. Sie nahm den Hörer und klemmte ihn zwischen Kopf und Schulter.

»Ja, was ist?«

»Das ist aber eine nette Begrüßung.«

»Oh …« Sie lachte. »Du bist es.«

»Hast du jemand anderen erwartet?«

Maggie errötete und biß sich auf die Lippen. Regungslos stand sie da und war ganz auf den Blick aus dem Fenster konzentriert: auf die lange, menschenleere Promenade und den einsamen Strand. Ihre Wohnung lag im vierten Stock eines viktorianischen Hauses mit lauter Einzimmerapartments.

»Nein«, entgegnete sie langsam. »Ich erwarte niemanden.«

»Gott sei Dank erwische ich dich noch.«

»Ich habe verschlafen, jetzt bin ich spät dran.« Sie sah auf die Uhr. Zwanzig vor neun. Um neun sollte sie in der Redaktion des *Journal* sein. »Ich war gestern schon zu spät. Mein Gott … ich bin gerade erst dabei, mich anzuziehen.«

Die männliche Stimme am anderen Ende der Leitung begann zu schnurren. »Was für eine köstliche Vorstellung das doch ist.«

Maggie schloß lächelnd die Augen. Der einzige Mensch, den ihr Gewicht nicht weiter zu stören schien, war am anderen Ende der Leitung.

»Klappt es denn mit heute abend?« wollte er wissen. Sie hielt den Atem an.

»Mags? Bist du noch dran?«

»Ja, ich bin noch dran.«

»Und?«

»Ich weiß nicht …«

»Ach, Maggie.« Die Enttäuschung war schwerfällig. »Wir fangen doch nicht etwa wieder damit an.«

»Tut mir leid«, erwiderte sie.

»Du weißt, daß ich sie kaum sehe. Was soll ich denn machen?«

Sie blickte auf das Meer hinaus, das sich reglos und grau bis zu einem kaum sichtbaren Horizont erstreckte. »Läßt du dich scheiden?«

Sowie sie es ausgesprochen hatte, bereute sie bereits den mahnenden Tonfall ihrer Stimme. Seine Frau hätte sie nicht erwähnen dürfen.

Er hatte ihr unzählige Male versichert, daß es, vom Papier einmal abgesehen, eine Sache der Vergangenheit sei, und sie hatte ihm geglaubt … jedenfalls glaubte sie ihm, wenn er bei ihr war, wenn er seine Arme um sie legte, wenn sie seine Lippen auf ihrer Haut spürte.

Zweifel und Kälte hatten sich erst später eingeschlichen. Wenn sie allein war und neben diesem Fenster stand. Oder wenn sie abends in eine unbeleuchtete Wohnung zurückkehrte.

Er war ein ungemein gut aussehender Mann. Freundlich, anerkannt. Natürlich war er älter als sie, aber das schien ihn nicht zu stören. Er hatte ihr sogar versichert, daß das eines der Dinge sei, die er am meisten an ihr liebte. *Am meisten an ihr liebte.*

Sie ballte die Hände zur Faust und wollte sich zwingen, sich zu erinnern, seinen Versprechungen Glauben zu schenken. Sich an sein nie versiegendes Lächeln zu erinnern.

»Maggie ...«

»Ja, ich bin noch dran.«

»Laß uns doch heute abend treffen. Nur auf ein Glas Wein.« Sie ließ sich auf das Bett fallen. »Also gut. Auf ein Glas Wein.«

»Wie schön.« Er nannte eine Bar, und sie versprach, ihn dort um neun zu treffen. »Küß mich, Mags.«

Ihr Blick schweifte zur Uhr, dann über das Chaos des Zimmers. Sie mußte etwas früher von der Arbeit weg, schnell nach Hause eilen, um aufzuräumen. Er haßte Unordnung, obwohl gerade Unordnung ihrem Wesen ganz und gar entsprach.

Selbst jetzt am Telefon machte sie sich keinerlei Illusionen. Es würde nicht bei einem Glas Wein bleiben. Das kam bei ihm nicht vor.

Sie preßte ihre Lippen an den Hörer.

Am anderen Ende der Leitung ertönte ein leises, kehliges Geräusch. Es war dasselbe Geräusch, heimlich und sehnsuchtsvoll, daß er heute abend auch machen würde.

»Ich sehe dich dann später«, flüsterte sie.

»Das wirst du auch«, erwiderte er. »Das wirst du auch.«

4

Das Redaktionsgebäude des *Journal* lag etwas zurückgesetzt von der Straße und ähnelte einer alten Jungfer inmitten einer Horde von Fußballfans.

Sie waren in dem letzten georgischen Haus in einer Straße untergebracht, die bereits vor geraumer Zeit beim Ansturm des zwanzigsten Jahrhunderts resigniert hatte. Die ehemals hübschen Reihenhäuser mit Blick aufs Meer waren jetzt eine Aneinanderreihung von Läden, Kneipen und Tankstellen.

Auch das Zeitschriftengebäude gab sich große Mühe, nicht aus der Reihe zu tanzen. Ein Neonschild über dem Eingang paßte mit seinem roten, blauen und weißen Schriftzug gut zum restlichen Ambiente der Straße, und der Großteil des Vorgartens war zu Parkplätzen umfunktioniert worden. Doch die feine Struktur des alten Hauses hob sich dennoch deutlich von der Umgebung ab.

Kate fuhr um halb zehn mit ihrem Wagen vor.

Sie ging in das Gebäude, dann zwei Etagen das hallende Treppenhaus hinauf. Eine große, schlanke, ganz in Grau gekleidete Frau. Ihr Schritt war bestimmt, die Tasche hielt sie gegen die Brust geklemmt, den Blick zu Boden gerichtet.

Am Beginn der zweiten Etage konnte sie bereits den Lärm vernehmen. Vor den Redaktionsräumen angekommen, war er schier ohrenbetäubend.

Das morgendliche Planungstreffen stand kurz vor seiner Auflösung. Flüchtig sah Kate, wie eine Hand eine andere wegschob: Jack Seward und der Chefredakteur Ken Bartlett standen dicht nebeneinander an dem rechteckigen Tisch. Es war schwer zu sagen, ob es sich hier um eine abwehrende Geste gehandelt hatte oder nicht.

Kate warf einem Angestellten, der neben ihr vor einem Computermonitor saß, lächelnd einen Blick zu.

Der Mann lächelte zurück. »Prämenstruelles Syndrom«, brummte er.

Kate ging weiter.

»... verläßlich«, hörte sie Jack sagen. Er war puterrot angelaufen.

»Ich bin hier derjenige, der entscheidet, was verläßlich ist und was nicht«, konterte Bartlett. »Wer ist er denn schon? Irgendein Freier, abgesehen davon habe ich lediglich deine Empfehlung. Was, wenn man von der Sache Wind bekommt? Man würde mich verhören. Was glaubst du denn ...«

»Das wird nicht passieren!« brüllte Jack. Er wandte sich um

und erblickte Kate. »Wie gesagt, wenn ich bis zehn nicht dort bin …« Er nahm mehrere Blatt Papier vom Tisch und stapelte sie unordentlich. Ein letztes Mal nahm er Anlauf. »Es ist alles schon da, alles schon da. Vielleicht eine Woche …«

»Ich werde meine Meinung nicht ändern«, entgegnete Bartlett. »Finde dich damit ab. Laß die Sache fallen.«

Die anderen am Tisch erhoben sich ebenfalls. Bartlett ging in sein Büro. Die Sitzung und der Streit waren abrupt beendet. Bartletts Verhalten hatte Jack Seward sichtlich in Rage gebracht. Er wandte sich um, murmelte etwas Unverständliches und ging weg.

»Hallo, Jack«, sagte Kate, als er an ihr vorbeiging. Sie spürte, wie die Wut ihn verließ. Berührbar, greifbar. Er ging weiter. »Ich muß los«, brummte er.

Kates erste Reaktion, als sie vor fünf Jahren in der Redaktion begann und Jack Seward kennengelernt hatte, war, sogar vor seiner ausgestreckten Hand zurückzuschrecken. Seine Größe und Präsenz überwältigten sie. Knapp zwei Meter groß war er für gewöhnlich schlecht rasiert und ungepflegt. Er hatte sie mit dem Kosenamen Schneewittchen bedacht, und das auch nur, weil sie einen weißen Mantel getragen hatte. Einen Monat später hatte er sich unerklärlicherweise bei ihr dafür entschuldigt. Heute nannte er sie Frau McCaulay, zu förmlich für einen Witz. Und zu sanft, um es als Beleidigung aufzufassen.

Jetzt hielt er im Türrahmen inne, sah auf sie zurück und lächelte bedauernd, bevor er das Zimmer verließ. Sie drehte sich um, als die Tür hinter ihm lautstark ins Schloß fiel. »Ist Claire da?« erkundigte sie sich.

»Nein. Die ist offenbar fix und fertig«, erwiderte die Frau am nächsten Schreibtisch. »Sie hat wohl ziemlich einen draufgemacht.« Gelächter kam auf. Kate setzte sich und gab ihren Artikel ein. »Das wird ihr nicht gefallen, daß Sie ihren Computer benutzen«, meinte die Frau und grinste sie mit einem

Bleistift zwischen den Lippen an. »Machen Sie sich auf alles gefaßt, Frau McCaulay. Und dann noch ihren tollen Stuhl mit der Superrückenlehne, Gott bewahre!«

McCaulay ... Kate gab das Datum ein.

»Ich bin gleich fertig«, erwiderte sie. Die Tastatur klapperte.

Ang/Violine.

Gestern war Kate bei Howells gewesen. Die Werkstatt lag an einer Dorfstraße – es war ein mit Ried gedecktes Bilderbuchhaus. Sie wäre sich nicht sicher gewesen, am richtigen Ort zu sein, wenn nicht ein kleines Messingschild neben der Tür angebracht gewesen wäre: *Saiten und Violinen, John Howell.* Sie hatte zunächst geklopft und dann die nicht abgeschlossene Tür behutsam aufgestoßen.

Auf der Veranda stand das Plastikdreirad eines Kleinkindes, und ein Haufen Zeitungen lagen verstreut herum.

»Hallo?« hatte sie gerufen.

Keine Antwort. Kate war in den Flur getreten. Zur Linken befand sich ein Zimmer mit einem offenen Kamin, auf dem Fußboden lagen grobe Wollteppiche, und ein bereits etwas angegammelter, mit Holzscheiten gefüllter Weidenkorb. Und noch mehr Spielzeug. Sie ging den Flur entlang und fand sich in der Küche wieder, wo ein Zettel an den Türrahmen gepinnt war. *Violinen? Gehen Sie weiter geradeaus.*

Jemand anderes hatte handschriftlich darunter gekritzelt: *Abwaschen? Bleiben Sie einfach hier.*

Sie hatte lächeln müssen.

»Hallo?« rief sie erneut.

Hinter der Küche befand sich eine Werkstatt, die man vom Fenster aus einsehen konnte. Sie war mit Wellblech abgedeckt, dessen Rost in der Herbstsonne feuerrot leuchtete. Von der Küche aus betrat sie den länglichen Anbau.

Die ersten paar Meter waren mit leblosen, unbesaiteten Violinen vollgestellt, die wie Fleisch in einem Schlachthof an

Drahthaken hingen. Sie berührte den ersten hölzernen Kadaver, ein seelen- und saitenloses Instrument.

»Spielen Sie selbst?« erkundigte er sich.

Sie drehte sich um. Der Geigenbauer stand lächelnd neben einer Gardine, die die Werkstatt teilte.

»Früher einmal«, erwiderte sie. »Als Kind.«

Er kam auf sie zu und wischte sich die Hände ab. »Von wohlmeinenden Eltern gezwungen, nehme ich an.«

»O nein, ich wollte unbedingt spielen.«

Er setzte gerade zu sprechen an, als seine Augen schmal wurden. »Kenne ich Sie nicht?«

Sie streckte ihre Hand aus. »Kate McCaulay vom *Journal.* Ich hatte Sie am Samstag wegen eines Termins angerufen.«

»Richtig.« Er hielt ihre Hand eine Spur zu lange fest.

»Ist Ihr Bild in der Zeitung?«

»Bitte?«

»Wenn Sie einen Artikel veröffentlichen, ist dann Ihr Bild daneben abgedruckt?«

»Nein.«

Sie zog einen Notizblock hervor.

»Kein Laptop?«

Sie lächelte. »Für Block und Bleistift gibt es einfach keinen Ersatz.«

»Freut mich zu hören.«

Sie setzten sich auf die Holzstühle, und er erzählte ihr, wie er mit seinem Geschäft angefangen hatte, wie viele Kunden jetzt zu ihm kämen und welche Höhen und Tiefen er durchlebt hatte.

»Es ist besser, als nur einen Brotberuf auszuüben«, hatte er auf ihre Frage geantwortet, weshalb er seine frühere Arbeit in einem Versicherungsbüro aufgegeben hatte. Er hatte laut über seinen eigenen Witz gelacht. »Ich bin mein eigener Chef und gern allein. Wie ich annehme, geht es Ihnen mit Ihrer Arbeit auch nicht anders?«

»Ja ... vielleicht haben Sie recht.«

»Ich lese alle Artikel von Ihnen.« Er hatte ihnen beiden eine Tasse Kaffee gebracht. »Sie gefallen mir. Sie sind so lustig und witzig und gescheit.«

»Vielen Dank«, erwiderte sie und hielt die Tasse in ihren Händen.

»Werden Sie mich auch lustig darstellen?« erkundigte er sich.

»Nicht, wenn Sie es nicht wollen.«

»Mir ist es gleichgültig, es wird sicherlich interessant werden.« Er hielt inne. »Wie nennt sich die Rubrik heute?«

»Der andere Blickwinkel.«

»Richtig, das gefällt mir«, wiederholte er.

Sie lächelte und wandte sich den Geigen in ihrem Rücken zu. »Würden Sie mir etwas vorspielen?«

»Also gut«, stimmte er zu.

Wie es ihr Glück wollte, spielte er die eine Melodie, die sie nicht ertragen konnte.

»Bachs Konzert in a-Moll«, sagte sie.

»Volltreffer«, bestätigte er.

Sie schloß die Augen. Die Töne verzogen sich zu blauen Strängen, eisig in den höheren und glatter in den tieferen Lagen. Selbst mit geöffneten Augen konnte sie sie sehen. Es waren eisige Spuren, die sich in die Werkbank, den Boden und den Stoff eingruben. Sie konnte die Töne an ihren Händen spüren, ihre seidigen Bögen und glatten Tunnel, nicht so ganz hart wie Stein und nicht annähernd so fließend wie Stoff.

Er hielt inne und reichte ihr die Geige.

»Jetzt sind Sie an der Reihe«, forderte er sie auf.

Sie erhob sich abrupt. »Ich muß jetzt gehen. Vielen Dank für unser Gespräch.«

»Geht es Ihnen gut? Habe ich etwas falsch gemacht? Entschuldigen Sie, aber was ist los?«

»Es ist alles in Ordnung. Vielen Dank für das Interview.

Vermutlich wird es in zwei bis drei Wochen erscheinen.« Er hatte ihr nicht die Tür geöffnet. »Nun habe ich Sie verärgert.«

Sie zuckte mit den Schultern, dann lachte sie. Es klang angestrengt, doch ihr Gesichtsausdruck war heiter. »Es ist Bach. Er hat immer diese Wirkung auf mich«, erläuterte sie und streckte ihm lächelnd die Hand entgegen. »Auf Wiedersehen, Herr Howell.«

»Auf Wiedersehen.« Mit der Geige in der Hand blickte er ihr nach.

Kate trat auf die Straße hinaus. Das Auto stand nur wenige Meter entfernt.

Die Worte ihres Artikels, die sich bereits in Gedanken zu formen begannen, kämpften gegen ihre hartnäckigen Erinnerungen.

5

Gegen halb elf verließ Kate die Redaktion des *Journal.* Langsam ging sie den Hang in die Stadt hinunter. Unterwegs kaufte sie sich ein Sandwich, das sie auf der Promenade aß, wo sie sich in einen der türkisfarbenen hölzernen Unterstände setzte, die auf das Meer hinausblickten.

Sie hatte schon beinahe aufgegessen, als Maggie Spence vorbeikam, ausgelassen ihre Einkaufstüte schwenkend. Sie bemerkte Kate erst, als sie kurz vor ihr stand.

»Hallo«, sagte sie. »Schon wieder ein Mittagessen auf Firmenkosten?« Maggie machte eine Kopfbewegung in Richtung des Sandwichrests.

Kate lächelte. »Warst du einkaufen?«

»Nur ein paar Kleinigkeiten.«

Als Maggie sich setzte, öffnete Kate mit ihrer Fußspitze die Tüte ein wenig. »Von *Mullards?* Das hat dich doch sicher einen Wochenlohn gekostet?« Die Tüte stammte von einem der teuersten Feinkostgeschäfte. Darin befanden sich ein Glas kandierter Ingwer, ein Brot und eine Flasche Rotwein. Maggie streckte die Beine aus, legte ihre Hände zwischen die Knie und schwieg einen Augenblick lang. »Warst du schon einmal verheiratet?«

Kate war Maggies gewöhnlich aus heiterem Himmel auftauchende Fragen gewohnt. Sie wickelte die Rinde ihres Sandwichs in das Papier und steckte beides in den Mülleimer. »Ist er verheiratet?« erkundigte sie sich.

Maggie errötete. Sie hob die Tüte auf, stellte sie auf ihre Knie und faltete ihre Hände darüber.

»Kenne ich ihn?« bohrte Kate weiter.

»Nein.« Die Antwort kam wie aus der Pistole geschossen.

»Wer ist er denn?«

»Wenn du ihn nicht kennst, warum willst du es dann wissen?« Kate stand auf, Maggie auch. Schweigend gingen sie den Strand entlang. Eine Frau trainierte am Strand eines der Brauereipferde. Sie blieben stehen und beobachteten, wie es durch die sanften Wellen watete.

»Was würdest du mit einer Million Pfund anfangen?« wollte Maggie wissen.

Kate lächelte. »Verschenken.«

»Das würdest du nicht tun!«

»Nun ... vielleicht doch nicht ...«

»Würdest du denn nicht ein großes Haus kaufen? Oder eine Reise machen?«

Kate schwieg zunächst, dann drehte sie wie üblich den Spieß um. »Verrate mir doch, was du damit machen würdest.«

Maggie lehnte sich gegen das Geländer. »Ich würde einen Teeladen kaufen, wie den am Downborough-See. Kennst du den? Mit dem schönen Garten und Tellern und Teekannen auf den Regalen, und Kräutern ...«

Kate kannte den Laden am See, der nur während der Saison

geöffnet hatte. Er war randvoll mit Lavendelkissen, blümchenbedruckten Handtüchern und Apfelkuchen aus der Fabrik vollgestopft. Maggie drehte sich zu ihr. »Hast du den Artikel über May Porter gelesen?«

Das hatte Kate. May Porter war eine Künstlerin, eine ehemals leicht hippiehafte Schauspielerin, die heute ein Hotel an der Küste besaß. Vor zwei Wochen hatte *Claire* einen Artikel über sie veröffentlicht. May Porters Autobiographie, eine heiße Geschichte der sechziger Jahre in London, voller Drogenexzesse und sexueller Akrobatik, hatte ihr das Hotel finanziert. In dem Artikel von letzter Woche hatte sich May Porter allerdings selbst neu erfunden.

»Sie unterhält ein Restaurant, es hat sogar zwei Sterne bekommen«, erzählte Maggie. »Sie hält astrologische Sitzungen ab, kocht Marmelade ein, keltert Wein und so weiter. Sie verkauft Gemälde. Und ihren Garten solltest du einmal sehen!«

»Ich weiß«, murmelte Kate. »Sie hat wirklich Glück gehabt.«

Maggie blieb stehen. »So etwas hätte ich auch gerne«, sagte sie. »Keine Kinder, keine Familie, aber ein kleines Unternehmen, wo man das tun kann, was einem wirklich gefällt.«

Kate schien abzuwägen. Sie konnte sich Maggie in der Tür des Teeladens gut vorstellen. Sie konnte sich vorstellen, wie sie ihre eigenen Tischunterlagen und Gardinen herstellte. Nur kinderlos konnte sie sie sich nicht vorstellen.

»Du wirst heiraten«, meinte sie.

»Nein.«

»Warum denn nicht?«

Eine salzig kühle Brise wehte vom Meer her. Maggie schien nicht antworten zu wollen.

»Maggie, May Porter hat vier Kinder, die inzwischen alle erwachsen sind«, sagte Kate. »Sie hatte Hunderte von Liebhabern und zwei Ehemänner. Familie ist keine Krankheit, sie wird dich nicht daran hindern, das zu tun, was du gerne tun möchtest.« Sie lächelte. »Du wirst heiraten und glücklich sein. Aber nicht mit deinem derzeitigen Schwarm. Verheiratete Männer heiraten nur äußerst selten ihre Geliebten. Das ist schließlich nicht der Grund, weswegen sie sich eine Geliebte zulegen.«

Maggie biß sich auf die Unterlippe. Mitfühlend preßte Kate ihre Faust gegen das Kinn der jüngeren Frau. »Mach ihn fertig, den Mistkerl«, ermunterte sie sie. »Einfach so.«

Sie ging weiter. Maggie sah ihr nach, eilte ihr dann hinterher. Sie sah, daß Kate wieder die verschlossene Miene hatte, die Maggie so gut an ihr kannte: bis hierher und nicht weiter. Die Unterhaltung war beendet.

Sie kamen an einen Zebrastreifen.

»Ich sollte mich wirklich beeilen«, sagte Maggie. »Zurück ins Büro.«

»Ja ... paß auf, daß sie dich nicht feuern.«

»Was machst du denn heute nachmittag?«

»Ich muß auf den Laden aufpassen.«

»George?« Maggie lachte. »Was hat er denn jetzt schon wieder angestellt?«

Kate lächelte. »Seit er nicht mehr mit dieser Frau aus Fremley zusammen ist, macht er Stielaugen. Und zwar so ...« Sie verzog das Gesicht wie ein Bluthund.

Maggie blickte sie überrascht an. »Ach, tatsächlich? Aber er ist doch vierzig Jahre älter als du!«

»Dreißig.« Kate strich ihr über den Arm. »In wenigen Wochen schon wird er eine neue reiche Alte finden, und die Sache ist vergessen.«

Sie hängte sich die Handtasche über die Schulter und lächelte zum Abschied.

Maggie beobachtete, wie sie, in die Schaufenster blickend, die Straße hinunterging. Kate McCaulay war sehr schlank, dachte Maggie neidlos. Vermutlich hatte sie drei oder vier Liebhaber gleichzeitig. Reiche Liebhaber, die sie ins Restaurant einluden und sie nicht immer verstecken wollten. Sie selbst besaß diese Möglichkeit nicht, das Recht, sich etwas auszusuchen. Den Luxus, anderen vorgestellt zu werden.

Plötzlich sah sie ihr Spiegelbild, eine große braune Silhouette in der gegenüberliegenden Schaufensterscheibe. »Glück gehabt«, flüsterte sie. Sie machte kehrt, überquerte die Straße und ging den Hang hinauf.

6

Jack Seward hatte die Bibliothekarin überredet, ihm ein paar alte Exemplare einer Zeitung auszuhändigen.

Natürlich verstieß es gegen die Bestimmungen, ältere Exemplare mitzunehmen. Wenn jemand davon Wind bekommen würde, wäre es gut möglich, daß Linda Stark ihren Arbeitsplatz verlieren würde. Doch Jack besaß eine Art, Frauen zu überreden, die ihm gelegentlich ausgesprochen dienlich war.

Als Jack die Zeitschriften auf dem Küchentisch ablegte, lächelte er ein wenig reumütig über seine letzte Überlegung. Seine Frau hatte er letztes Jahr nicht überreden können, als sie ihn verlassen hatte. Carol schien unter seiner romantischen Rhetorik nicht schmelzen zu wollen. Im Gegenteil, dachte er, schenkte sich Kaffee nach und blickte auf das schreckliche Chaos im Spülbecken. Wenn er sich recht erinnerte, so war sie ihm mitnichten in die Arme gefallen, sondern hatte ihn vielmehr mit ihrer eigenen Aktentasche ins Gesicht geschlagen.

Eine ziemlich harte Nuß, Carol. Die würde es noch weit bringen.

Besser gesagt, sie hatte es bereits weit gebracht, dachte er und ging zum Tisch zurück. Soweit es in ihrer Macht stand. Derzeit verkaufte sie Computerkurse in Bahrain und amüsierte sich großartig, wenn man den Berichten Glauben schenken durfte, die ihn erreichten.

Er runzelte die Stirn, ließ sich seufzend auf einem Küchenstuhl nieder und zog die Zeitschriften zu sich heran. Er öffnete die erste, jene Seite, die mit einer Büroklammer markiert war.

Die meisten dieser Ausgaben waren mittlerweile auf Mikrofilm archiviert, die neueren Kopien sogar auf CD-ROM. Er jedoch zog die Originalexemplare vor. Auf dem Titelblatt stand der 14. März 1985.

Vorsichtig hob er die Zeitschrift hoch.

Die auf dem Foto abgebildete Frau war eindeutig Kate McCaulay. Der Nachname war ein anderer, und sie trug ihr Haar auf dem Foto lang. Dennoch war es ohne Zweifel sie. Es war eine überregionale Nachricht gewesen, die die Lokalzeitung ebenfalls veröffentlicht hatte. Eine Nachricht, die für lange Zeit die Titelseiten beherrscht hatte.

Das Foto war im Zentrum Londons aufgenommen, vor dem Gebäude, in dem Kate McCaulay gearbeitet hatte. An dem Tag hatte die Sonne am späten Nachmittag fast schon diagonal in all die vielen Gesichter geschienen.

Jack fiel auf, wie sie sich an einen Mann klammerte, der älter und größer als sie selbst war. Ihr Ehemann. Sein Gesichtsausdruck war bestimmt und ausdruckslos, der ihre von Kummer gänzlich zerquält. Kates Mund war halb offen, ihre Augen beinahe ganz geschlossen. Es schien so, als ob sie den Anschein von Fassung nicht mehr hatte aufbringen können, noch nicht einmal für den kurzen Augenblick in der Öffentlichkeit.

Im Hintergrund waren noch andere Gesichter erkennbar. Angestellte der Zeitung, bei der sie arbeitete. Jemand hatte eine Hand auf Kates Schulter gelegt – nur die Fingerspitzen waren zu sehen. Der Ehemann und seine Frau schauten in entgegengesetzte Richtungen, wie Jack auffiel, trotz der Tatsache, daß sie sich an seinen Arm klammerte. Alles in allem erinnerten sie an Menschen, die man gegen eine Wand gedrängt und eines schrecklichen Verbrechens bezichtigt hatte. Sie machten den Eindruck, als ob sie aus ihrer bedrängten Situation keinen Ausweg mehr sahen.

Jedenfalls machten sie nicht den Eindruck eines Paares, dessen Kind seit einer Woche vermißt war.

Jack beugte sich herunter und las äußerst aufmerksam den Text durch.

James Lydiatt, acht Wochen …

Unten auf der Seite befand sich das wohl auffälligste Foto von allen. Ein Foto, das der Vater von seinem Sohn aufgenommen hatte.

Ihr vermißtes Kind, eng in ein weißes Tuch eingewickelt, blickte beinahe blind in die Kamera.

7

Im Auktionssaal war es trotz des grauen Tages draußen warm. Durch das riesige runde Kuppelfenster konnte George Dale die dahinziehenden dunklen Wolken sehen, die am Rand von einem gelben Gewitterschein gesäumt waren. Der Verkauf hatte um zwölf begonnen, jetzt war es fast vier Uhr: vierhundert Objekte standen für den heutigen Tag an. Die Menschenmenge wirkte in dem fahlen gelben Licht düster, ihre Gesichter wächsern. Die Leute machten einen angespannten Eindruck, ihre Geduld war überstrapaziert, sie waren müde.

Er wartete auf einen holländischen Schreibsekretär *à cylindre.* Von seinem Stuhl aus konnte er über den Gang hinweg immer noch jedes wunderschöne Detail ausmachen. Aus Walnußholz gefertigt, zierte den Rolldeckel eine rautenförmige Einlegearbeit. Es war ein zierliches Möbelstück mit schmalen Füßen.

George richtete sich auf, um den stechenden Rückenschmerz abzumildern. Seine Gedanken wanderten zu dem großen Oberlicht, wo der Geist des Raumes alles überschattend zu hängen schien.

Seine Sucht ging weit zurück.

Das erste Mal, als er dieser Habsucht frönte, die er selbst als eine Art Krankheit betrachtete, war auch an einem kalten Tag wie diesem gewesen.

Die Tibbs Street lag genau in der Mitte der kleinen Stadt in den Midlands, seiner Geburtsstadt. Herr Angels Antiquitätenladen war sehr sauber gewesen. Er hatte weiße Wände gehabt, und ein persischer Teppich hatte auf dem Boden gelegen. Ein Klavier stand dort und eine ganze Wand voller Bücher, ein riesiger Spiegel mit Facettengläsern, gedrechselten Säulen und kleinen Ablagen. Der Backsteinkamin war im Fischgrätenmuster gemauert und groß genug, daß man hineintreten und den Schornstein hinaufschauen konnte.

»Es ist ein sehr altes Zimmer«, hatte Herr Angel zu ihm gesagt, als George in der Nähe der Eingangstür stehengeblieben war. Es war das erste Mal, daß George sich hineingetraut und mit dem Besitzer ein Wort gewechselt hatte. Dennoch hatte er den Eindruck, als ob Herr Angel ein Gespräch fortsetzte, das sie schon vor langem begonnen hatten. »Wußtest du, daß es alt ist?«

»Ich wollte mir einmal die Bücher ansehen«, hatte George peinlich berührt gemurmelt. Auf einem niedrigen Regal in der Nähe der Tür stapelten sich Jahresberichte, jeder zu fünf Pence. Er hatte sie bereits von der Straße aus erspäht. »Sie haben wirklich eine Menge Bücher«, hatte er bemerkt.

»Schrecklich viele, ja.«

»Haben Sie sie denn alle gelesen?«

»Alle.«

George hatte seinen Blick auf die wenigen Zentimeter Haut gerichtet, die zwischen der Hose und den Socken hervorlugte. Dann hatte er sich weiter im Zimmer umgesehen. Auf dem Klavier stand das Foto eines Jungen in Uniform, der nicht viel älter als er selbst sein mochte.

»Wer glaubst du wohl könnte das sein?« fragte Herr Angel. »Rate mal.«

Es sah niemandem ähnlich, den George kannte.

»Das bin ich«, erläuterte Herr Angel. »Einer der ersten, damals 1915.«

»Sind Sie denn niemals verwundet worden?«

Angel hatte schallend gelacht. »Aber ja, natürlich bin ich verwundet worden. Durch eine Mine. Weißt du denn, was das ist?«

George schüttelte den Kopf.

Angels Hände formten einen Bogen durch die Luft. »Zisch! Und schon wird man in den Himmel gehoben. Manche sind nie wieder auf die Erde zurückgekehrt.«

»Sind Sie auch in die Luft gerissen worden?« Die Neugier des 12jährigen George hatte nun die Oberhand, und er war dichter herangetreten.

»Senkrecht nach oben«, bestätigte Angel. Er hatte angefangen, einen der Schreibtische zu polieren. In der einen Hand hielt er eine Dose Bienenwachs, in der anderen einen Lappen. »Als ich wieder unten ankam, fehlten mir vier Zehen. Das stelle man sich einmal vor! Ich habe überall nach ihnen gesucht, mußte aber ohne sie zurückkehren.«

Georges Mund stand offen.

»Willst du es mal sehen?« hatte Angel gefragt.

Er hatte nur genickt.

Immer noch kichernd hatte sich Angel auf dem nächstbesten Stuhl niedergelassen.

Vielleicht war es ein besonders langsamer Nachmittag gewesen. Vielleicht hatte der alte Mann sich gelangweilt, vielleicht war er sogar einsam gewesen. Was ihn jedoch dazu bewogen hatte, sich hinzusetzen, sich mitten am Tag die derben

Straßenschuhe aufzuschnüren und seinen Fuß zu zeigen, wo ein jeder hätte hereinkommen können, das war George selbst heute noch ein Rätsel.

Angel hatte seinen rechten Fuß hochgestreckt. Es war ein geröteter Stumpf eines Fußes, an dem lediglich noch der große Zeh vorhanden war. Das Ende, wo die Zehen hätten sein sollen, glänzte schön und glatt. »Ich und die armen Pferde«, hatte Angel gemurmelt und sich den Schuh wieder übergestreift.

Georges Blick war zum Kamin gewandert, wo schwarzes Holz auf einem schwarzen Rost loderte. Etwas aufregend Beängstigendes rührte sich in seinem Magen und breitete sich bis unter die Rippen aus. Das Bild der glänzenden Zehenstümpfe tanzte vor seinen Augen.

»Magst du heiße Schokolade?«

Er war zusammengefahren. »Ja ...«

»Möchtest du jetzt eine trinken?«

»Ja, gern.«

Der alte Mann war aus dem Zimmer gegangen. Während seiner Abwesenheit hatte George sich die Bücher angesehen. Er nahm sich einen der Bände von Arthur Mees Kinderenzyklopädie vor. Auf den oberen Regalen standen die dickeren Bände. Eine illustrierte Geschichte der Camellia ... Schauspieler und Schauspielerinnen ... Lardys Apocypha Miscellanea, ein Buch über die Tollheiten der Natur, das er zwar berührt, aber nicht herunterzunehmen gewagt hatte.

Angel kehrte mit einem Tablett mit zwei Tassen wieder zurück.

»Die bekomme ich auf Versteigerungen«, hatte er gesagt und das Tablett auf dem Tisch abgesetzt. »Weißt du, was das ist, eine Versteigerung? Kennst du Immobilienversteigerungen?«

»Nein.«

Von so etwas hatte George bisher noch nie etwas gehört. So wie Angel es aussprach, besaß das Wort »Versteigerung« etwas ganz und gar Zauberhaftes.

Angel hatte auf einem breiten Sessel Platz genommen und bedeutete George, sich sein Getränk zu nehmen.

»Nun«, begann er, »man geht an einen Ort, wo sie alle möglichen Dinge verkaufen. Wenn du etwas haben willst, mußt du deinen Preis laut brüllen, und wenn niemand anderes einen höheren Preis brüllt, hast du es bekommen.«

»Wie auf einem Markt«, hatte George beigesteuert.

»Ein wenig schon«, hatte ihm Angel beigepflichtet. »Aber an diesen Orten verkaufen sie einfach alles. Alles. Ganze Häuser, ganze Leben. Wenn jemand gestorben ist, und sie haben niemanden, dem sie die Sachen geben können. Oder aber die Familie will die Sachen nicht haben. Dann wollen sie sie verkaufen und lieber das Geld dafür nehmen.«

An dieser Stelle hatte Angel mit dem Kopf geschüttelt, bevor er fortgefahren war. »Also verkaufen sie an einem Tag alles, was dieser Mensch in seinem Leben gekauft hat. Ich habe sogar schon Gebisse gesehen.« Er lachte. »Und ob ich das habe! Ein Gebiß in einer Messingdose. Was sagst du dazu?«

»Schrecklich«, erwiderte George.

»Allerdings«, hatte ihm Angel beigepflichtet. »Schrecklich, einfach schrecklich.«

»Aber warum?«

»Warum was?«

»Warum gehen Sie dorthin, wenn es so schrecklich ist?«

Angel lehnte sich zurück und fixierte einen Augenblick lang das Kaminsims. »Süchtig«, meinte er schließlich.

George schloß auch heute einen Augenblick lang die Augen. Er hatte zehn lange Monate lang jeden Samstag für Herrn Angel gearbeitet, bis Angel an jenem schrecklichen Wintertag gestorben war.

Der Hammer des Versteigerers schlug auf dem Tisch auf. Jetzt war der Posten an der Reihe, der vor dem holländischen Schreibtisch zum Verkauf stand. George richtete sich auf. Er war sich darüber im klaren, daß er fast eingeschlafen war und den Schreibtisch verpaßt hätte. Der Raum war jetzt nicht mehr ganz so voll, es handelte sich nur noch um die letzten zwölf Posten.

»Können wir mit eintausend beginnen?« fragte der Versteigerer.

»Eintausend«, meldete sich eine Stimme aus dem Vordergrund. »Danke. Eintausendfünfhundert? Eintausenddreihundert? Drei ... danke ... eintausendfünf ...«

Noch für ein paar andere Posten schossen die Preise derart in die Höhe, dann ließen die Gebote wieder nach. Ab dreitausend begannen sie in Hundertern zu erhöhen. Eine Frau rechts von George in einem leuchtend rosa Anzug hob ihren Katalog.

»Dreitausenddreihundert ...«

Die Händler im Raum starrten sie an. Ein Murmeln ging durch die Menge und schwappte auch über George, ehe es sich wieder verflüchtigte. Die Frau kaufte privat. Gegen eine Privatperson zu steigern war vollkommen sinnlos.

George hob kurz die Hand. »Dreitausendvierhundert«, sagte er.

Die Frau sah nicht zu ihm herüber. »Dreitausendfünfhundert«, konterte sie.

Sie steigerten weiter bis viertausend, dann viertausendeinhundert. Im Raum, bis dahin vollkommen ruhig, begann es laut zu werden. Händler flüsterten sich zu, daß Dale sehr hoch bot. Kurzfristig wurden andere Gebote laut.

»Viertausendzweihundert ...«

Jetzt endlich drehte sich die Frau zu ihm um und sah ihn an.

George lächelte. *Mein Verlangen ist größer als deines.*

»Viertausenddreihundert ... viertausendvierhundert ...«

Im letzten Jahr hatte er einen ganz ähnlichen Schreibtisch besessen. Etwas schlichter vielleicht und ohne die Intarsien. Vor der Existenz dieses Schreibtischs hatte Kate niemals über irgend etwas in seiner Galerie eine Bemerkung fallengelassen.

Er hatte sie noch niemals etwas berühren sehen, bevor sie den Schreibtisch berührt hatte.

»Sehr schön«, hatte sie gesagt.

»Er stammt aus dem Jahr 1780«, hatte er erwidert.

Sie hatte nichts weiter gesagt, lediglich gelächelt.

Er hatte ihn geöffnet und ihr die Schubladen darin gezeigt. »Und hier gibt es ein Geheimfach ...« Er hatte es ihr gezeigt. Sie hatte den Arm auf den Sekretär gestützt und den Finger an einer seiner Kanten entlanggleiten lassen. Weihnachten hatte er den Schreibtisch verkauft.

Als sie vor den Ferien noch einmal bei ihm hereingeschaut hatte, war er auf sie zugegangen, um sie zu begrüßen. »Ich habe den Schreibtisch verkauft.«

Sie zog den Mantel aus. »Wie bitte?«

»Den Schreibtisch, der dir so gut gefallen hat.«

Sie hatte ihm einen sehnsuchtsvollen, fast schon traurigen Blick zugeworfen. »Gut«, hatte sie gemeint. »Das ist gutes Geld für dich, noch dazu an Weihnachten.«

»Viertausendachthundert!« rief die Frau in Rosa.

Sie befanden sich bereits weit über dem eigentlichen Wert. Der Katalog gab einen Höchstwert von viertausend an. Die Frau in Rosa blickte auf ihren Schoß und hob nicht die Hand.

»Fünftausend«, sagte George.

Ein Händler an der Tür, den George kannte, grinste ihm zu. Er hob die Hand und ließ sie sich über die Kehle gleiten, um anzudeuten, daß George sein eigenes Grab schaufelte.

»Es gibt zwei Arten von Menschen auf der Welt«, hatte ihm Angel immer wieder gesagt. »Die einen haben einen Preis, die anderen sind etwas wert.« Der Händler dort an der Tür in seiner speckigen Barbour-Jacke hatte keine Achtung vor alten Werten, er nahm Möbel auseinander, um mehrere Fälschungen daraus zu machen. Er hatte einen Preis, war jedoch nichts wert.

Der Auktionshammer schlug auf.

Unterhaltungen summten im Raum. Die Frau in Rosa stand mit verletztem Gesichtsausdruck auf. Der Verlust traf sie persönlich, was George gut nachempfinden konnte.

Ihm aber war es gleichgültig, ob er zuviel bezahlt hatte oder nicht. Denn er hatte das bekommen, was er gewollt hatte.

Den Schreibtisch hatte er nicht aus geschäftlichen Gründen erstanden.

Sondern aus Liebe.

8

Gegen ein Uhr war Kate zurück in der Galerie.

Der Laden war verschlossen, weil George auf der Versteigerung war, doch sie hatte den Schlüssel in ihrer Tasche und schloß auf. Als sie die Lampen anmachte und Schal und Handschuhe auf den kleinen Schrank neben der Eingangstür ablegte, fiel ihr auf, daß George die Post noch nicht gesehen hatte.

Sie hob den Stapel auf und ging bis ans hintere Ende des Erdgeschosses.

Ihr Atem war in der kalten Werkstatt sichtbar, zitternd stellte sie die Heizung an. Wie gewohnt hatte George eine Thermoskanne mit Kaffee zurückgelassen. Sie schenkte sich eine Tasse ein und setzte sich damit auf das Sofa. Während sie die Kataloge und Zeitschriften zu einem ordentlichen Haufen stapelte, waren ihre Gedanken woanders – bei der Zeitung, bei Maggie und ihrem namenlosen Liebhaber.

Erst jetzt fiel ihr ein an sie adressierter Umschlag auf. Stirnrunzelnd hob sie ihn auf. Am Fuß der Treppe besaß sie ihren eigenen Briefkasten. Gelegentlich kamen dennoch Briefe für die Wohnung in der Galerie an, was leicht einmal passieren konnte. Doch normalerweise kannte sie die Absender.

Sie drehte den Umschlag in ihren Händen. Ein ganz gewöhnlicher Umschlag, die Adresse mit Schreibmaschine geschrieben. Er war gestern gegen Abend abgesandt worden. Sie öffnete den Briefumschlag und zog ein einzelnes Blatt Papier hervor.

Es gab keinen Absender. Keine sonstigen Hinweise, keinen Briefkopf. Keine Unterschrift.

Ein einziger Satz stand mitten auf dem Papier.

ICH WEISS, WO ER IST.

Eine Ewigkeit lang starrte sie regungslos den Satz an. Sie las ihn drei-, vier-, fünfmal.

Dann legte sie das Blatt in ihren Schoß. Das Zimmer um sie herum begann zu schwanken, die Farben verschwammen. Sie blickte auf den Gang. Der Brief fiel zu Boden. Sofort riß sie ihn wieder an sich und preßte ihn gegen die Brust.

In der Glasvitrine neben ihr marschierte reihenweise Miniaturspielzeug – leuchtend grüne und rote Autos, kleine Keramikhäuser – und formte sich zu einer ordentlichen Phalanx, die nach vorn zu streben schien. Sie stand auf, wobei sie die Tasse Kaffee verschüttete. Der Fleck auf dem Teppich zu ihren Füßen breitete sich rasch aus.

Sie wandte sich ab, rannte zur Hintertür, riß am Schloß und rannte zum Aufgang zu ihrer eigenen Wohnung.

Sie hatte nicht die geringste Ahnung, wohin sie eilte noch was sie tat. Das Blut pulsierte in ihrem Kopf und drückte ihr gegen die Schläfen. Die Haut auf ihrem Gesicht war kalt. Als sie vor ihrer Wohnung stand, schien sich die Treppe in ihrem Traum vor ihr aufzutun: höher und breiter, als sie es eigentlich hätte sein sollen.

»O mein Gott«, flüsterte sie.

Der Brief schmerzte ihre Hand dort, wo sie das dicke, rauhe Papier zerkrumpelt hatte. Doch sie wagte es nicht, ihn noch einmal anzusehen.

Die hundert Stufen hoch, jede höher als die vorhergehende, jede viel tiefer, als sie es in Wirklichkeit sein konnte. Hoch die unendliche Treppe. Hinauf die Stufen des Hauses ... hinauf, hinauf ... in die Dunkelheit.

9

Als Maggie aufwachte, war es dunkel.

Einen Augenblick lang kämpften die Schatten mit ihrem Traum, dann streckte sie ihre Hand über das Bett aus.

Er war nicht da.

Sie rief seinen Namen. Sich auf den Ellenbogen stützend, blickte sie auf das leuchtende Zifferblatt der Uhr. Es war halb zwei morgens. Das schmale Bett war immer noch warm, wo er gelegen hatte, sie konnte seinen Geruch in den Laken riechen. Einen Augenblick lang zögerte ihre Hand neben der Nachttischlampe, dann ließ sie sie fallen. Sie wollte nicht das leere Zimmer sehen, das er verlassen hatte.

Sie stand auf und zog sich zitternd einen in Reichweite liegenden Pullover über, dann trat sie zum Fenster.

Hinter der Strandpromenade hatte die Flut den Strand erobert. Die langgestreckte Bucht, fast zwei Kilometer Sand in der Form eines Hufeisens, sah nachts fast unheimlich aus, als ob sie vom Meeresboden aus beleuchtet wurde, der sich die ersten Meter weit flach hinzog. Im Sommer konnte man fünf Minuten lang ins Meer hinausgehen, und das Wasser stand einem immer noch erst bis zur Taille. Jetzt, in der Nacht und kurz vor Wintereinbruch, sah das Meer aus wie ein gekräuseltes Stück graue Pappe.

Weder Autos noch sonst irgend etwas war auf der Straße zu sehen. Eine Lampe brannte am Ende der Steinmole, das gelbe Licht der Straßenlaternen wechselte sich mit dem bläulichen

Asphalt ab. Wenn sie sich reckte, konnte sie die Uhr des viktorianischen Denkmals erkennen, das einem Albert-Gedenkstein ähneln sollte. Sie sah das Zifferblatt, eine große Scheibe, in etwa zweihundert Meter Entfernung über der Straße.

Sie drehte sich um und lehnte sich mit dem Rücken gegen die Scheibe. Schemenhaft konnte sie das Bett erkennen, die zurückgeschlagene Decke und die Kopfkissen, den rosa Baumwollbettvorleger mit geometrischen weißen Quadraten, den sie letzte Woche gekauft hatte.

Neben der Tür stand eine Kommode, die dem Vermieter gehörte. Bilder ihrer Familie standen darauf. Im Dunkeln ging sie darauf zu, streckte ihre Hand aus und ertastete eine Brieftasche.

Einen kurzen Augenblick lang war sie sich nicht sicher, wessen Brieftasche es war. Sie wankte zum Bett zurück, knipste das Licht an und erkannte seine Brieftasche.

Sie war schwarz, recht dick und mit einem Reißverschluß versehen. Sie wog sie in ihrer Hand. Sie war schwer. Sie war in kräftiges Leder gebunden, es gab eine Schlaufe, mit der man sie zusätzlich hätte verschließen können.

Doch sie war nicht verschlossen.

Sie lächelte, als ob sie ihn in der Hand halten und sein Gewicht balancieren würde. Er war seinen Sachen gegenüber sehr besitzergreifend. Beispielsweise mochte er es nicht, wenn sie seine Kleidung berührte, noch nicht einmal dann, wenn sie sie wegräumen wollte, um sich zu setzen.

Er mochte es nicht, wenn sie ihn beim Anziehen berührte. Sie durfte seinen Schlips nicht geraderücken, sie durfte noch nicht einmal sein Jackett glätten, wenn er es übergezogen hatte. Beim Ausziehen verhielt es sich genauso. Es gab keine intimen Erkundungen. Er zog sich, noch etwas abseits von ihr stehend, vollkommen aus, als ob er sich für eine medizinische Untersuchung bereitmachen würde.

Er war sehr eigen, dachte sie. Ein sehr eigener Mensch.

Solch ein Verhalten war bekannt, es war nicht ungewöhnlich. Solche Menschen gab es, wenn sie auch selbst in ihrer eigenen Kindheit nie mit solchen Menschen zusammengekommen war. Maggie war in einem Haus aufgewachsen, in dem man dicht an dicht wohnte, wo man immer etwas Luft zu schnappen suchte und einander auf die Füße trat. In ihrer Vergangenheit hatte es keine Privatsphäre gegeben. Daher konnte sie Menschen wie ihn verstehen, die sich nicht gern berühren oder erkunden oder umarmen ließen.

Gleichzeitig jedoch beunruhigte sie es ein wenig. Sie drückte gegen die Schlaufe, und die Brieftasche sprang auf. Sie las nichts. Sie sah sich nichts an. Sie preßte sie lediglich gegen das Gesicht und atmete sein Leben ein, seine Beschäftigungen, den Ablauf seiner Tage. Als sie sie wieder vom Gesicht wegzog, entdeckte sie eine Reihe von Fächern mit Briefmarken, Visitenkarten, Rechnungen.

Behutsam öffnete sie den Kalenderteil.

Hinter ihr öffnete sich die Tür.

»Was in aller Welt machst du da?« fragte er.

Schuldbewußt zuckte sie zusammen. Er riß ihr die Brieftasche aus der Hand.

»Ich ... ich dachte, du seist schon gegangen.«

Er warf einen Blick darauf, klappte sie zu und steckte sie in die Innentasche seines Mantels. »Ich hatte das hier vergessen.«

Sie lächelte und schlang ihre Arme um seinen Hals. »Warum wolltest du denn überhaupt gehen? Du kannst doch die ganze Nacht über bleiben.«

»Nein«, erwiderte er.

»Nur dieses eine Mal, bitte.« Sie blickte zu ihm auf. Er machte keine Anstalten, ihre Geste zu erwidern. Seine Arme hingen ihm am Körper herab. »Warum denn nicht?«

»Heute nicht.«

»Aber du hast doch gesagt, sie sei verreist!«

»Das ist sie auch.«

Bedränge ihn nicht zu sehr, dachte sie. Das gefällt ihm nicht. Dennoch hatte sie ihre Antwort bereits ausgesprochen. »Ich wüßte nicht, warum du nicht bleiben kannst. Nur dieses eine Mal.«

Er nahm ihre Hände und zog sie von seinem Hals weg.

»Erzähle du mir nicht, was ich zu tun und zu lassen habe«, entgegnete er.

Sie mißachtete die Warnung in seiner Stimme. Sie sah ihm in die Augen und versuchte seinen Blick zu deuten. »Du willst es nicht, stimmt's? Das ist es doch, nicht wahr? Du willst es nicht wirklich.« Sie fühlte, wie sich ein Knoten in ihrem Hals bildete, dann schossen ihr die Tränen in die Augen.

»Maggie, fang nicht damit an.«

»Aber ich ...« Sie schwieg. Er hielt ihre Handgelenke zwischen ihren Körpern, seine Finger quetschten ihre Haut und ließen sie weiß erscheinen.

»Du bist nicht diejenige, die du sein solltest«, sagte er. Sie blickte erst auf ihre Hände, dann wieder zu ihm.

»Wie bitte?«

Er preßte ihre Arme nach innen, so daß sich ihre Ellenbogen berührten. »Die du sein solltest«, wiederholte er.

Schmerz breitete sich in ihren Armen bis zu den Schultern aus.

»Versuche nicht, mir Vorschriften zu machen«, sagte er. »Denn du begreifst es nicht.«

»Laß mich los.«

»Versuche nicht ...«

»Mache ich auch nicht, ich mache es nicht!« Ihr Tonfall war jetzt der einer Bitte. Der Druck auf ihren Ellenbogen war sehr stark, sie beugte sich vor und knickte in der Taille ein, damit er nachließ. »Ich verspreche, ich werde nicht ...« Er bewegte sich mit ihr und preßte sein Gesicht gegen ihres, seine Lippen dicht an ihrem Ohr. Sie war schon fast auf den Knien. »Hörst du, was ich dir sage?«

»Ja ... ja ... ich höre es. Ich höre es. Ich verspreche ...«

Er ließ sie los.

Keuchend fiel sie auf den Boden. Verzweifelt rieb sie eine Hand gegen die andere, dann ihre Arme.

Sie beobachtete, wie er erneut seine Manteltasche befühlte, als ob er sich noch einmal versichern wollte, daß die Brieftasche auch wirklich dort war. Dann wandte er sich um, öffnete die Tür und war verschwunden.

Sie hörte, wie er die lange Treppe hinunterging. Schwer atmend kauerte sie im Schneidersitz und starrte auf die Stelle ihres Arms, wo seine Finger einen Abdruck hinterlassen hatten.

10

Am nächsten Morgen, kälter und nebliger als die bisherigen, fuhr ein alter grauer Mercedes vor der Galerie vor. George, am Fenster stehend, sah Isabelle Browning aussteigen. Sie war Ende Siebzig, trug verdreckte grüne Jeans und einen blauen Pullover. Sie knallte die Tür zu, warf einen kurzen Blick auf Kates Fenster und betrat dann schnellen Schrittes die Galerie.

»Irgend etwas passiert?« fragte sie George und hielt kurz inne, um über ein Stück Porzellan zu streichen.

»Sie ist noch nicht unten gewesen.«

»Hast du an die Tür geklopft?«

George zuckte entschuldigend mit den Schultern. »Das möchte ich lieber nicht.«

»Wirklich nicht?« Sie kannten sich seit einigen Jahren. Isabelle war die ausgeprägtere Persönlichkeit und außerdem älter.

»Was soll ich denn machen?« fragte George. »Du weißt doch, wie sie ist.«

Isabelle fixierte ihn. Ohne etwas zu sagen, ging sie wieder

hinaus, überquerte den Hof und öffnete die Tür zum Treppenhaus. Sie stieg die Stufen hoch und bemerkte überrascht, daß Kates Tür weit offenstand. Kein Geräusch, keine Bewegung war zu hören.

»Kate?« rief sie. »Ich bin es, Isabelle. Bist du zu Hause?« Sie hielt inne und wartete. Sie zögerte, denn es fiel ihr nicht leicht, unaufgefordert einzutreten. »Kate?«

»Hier bin ich«, antwortete Kate. »Komm herein.«

Isabelle hätte nicht genau sagen können, was sie erwartet hatte. Doch die Stimme klang vollkommen ruhig. Sie trat ein.

Kate saß an dem Tisch, an dem sie auch ihre Mahlzeiten einnahm. Papiere lagen sorgfältig darauf ausgebreitet. Sie schrieb, zumindest hatte sie geschrieben. Sie wartete, den Stift in der Luft haltend, daß Isabelle eintrat.

»Nun denn«, bemerkte Isabelle trocken. »Jetzt sehe ich, daß ich diese verdammten Stufen vollkommen grundlos hochgestiegen bin. George meinte, du seist krank.«

»Meinte er das?«

»Warum hast du denn nicht geantwortet, als er nach dir gerufen hat?«

»Ich habe ihn gar nicht gehört.«

Isabelle stieß ein kurzes Grunzen aus. Ein Zeichen dafür, daß sie ihr keinerlei Glauben schenkte. »Warum bist du denn nicht zur Arbeit gegangen?«

»Ich gehe heute nachmittag.«

»Was ist denn los mit dir, du siehst ganz grau aus.«

»Himmel noch mal! Nun mach doch nicht so einen Aufstand.«

Isabelle musterte sie schweigend. Kate hatte nicht einmal in den fünf Jahren, seit sie sich kannten, ihre Routine gebrochen. Jeden Morgen ging sie Punkt halb neun zur Arbeit. Diese Unregelmäßigkeit war es gewesen, die George beunruhigt hatte. Es hatte ihn so sehr beunruhigt, daß er Isabelle beim Frühstück gestört und sie die acht Meilen durch den Nebel hatte fahren lassen. Ihr fiel auf, daß Kate vermied, ihr in die Augen zu schauen. Es stand nur ein Stuhl im Zimmer, und sie nahm darauf Platz.

»Oh, dieses verfluchte Auto«, brummte sie. »Schon nach zwei Minuten ist mein Hintern vollkommen taub.«

»Möchtest du etwas Tee?«

»Nein«, erwiderte Isabelle. Sie sah sich streng um. Der kleine Elektroofen wärmte kaum das Zimmer. Sie musterte die dünne Gardine, die Balken an der Zimmerdecke. Entnervt seufzte sie auf. »Warum nur verurteilst du dich selbst zu dieser gottverdammten Mansarde?« Als sie keine Antwort erhielt, fuhr sie lächelnd fort: »Du hättest George am Telefon hören sollen. Kannst du glauben, daß ein sechzigjähriger Mann quietscht? Und er hat *gequietscht*!« Sie lachte. Endlich huschte so etwas wie ein Lächeln über Kates Gesicht. »Du solltest dich seiner erbarmen«, fuhr Isabelle fort. »Der arme alte George. Warum hast du ihm denn nicht gesagt, daß alles in Ordnung ist? Der arme alte Mann war vollkommen verstört. Und ich habe gerade gefrühstückt …«

»Tut mir leid«, erwiderte Kate.

Isabelle deutete auf die Papiere auf dem Tisch. »Was machst du denn gerade?«

»Lediglich ein paar Notizen für Interviews.« Ihre Stimme war brüchig. Kate strich sich flüchtig über die Stirn.

»Was für Notizen? Warum brauchst du denn Notizen?«

Kate legte langsam, fast unkoordiniert, den Stift ab. Sie fuhr mit dem Finger daran entlang und rollte den Anstecker der Kappe hin und her.

Isabelle musterte streng ihren Scheitel, als die junge Frau den Kopf gesenkt hatte. Der Mittelscheitel war sauber gezogen, eine weiße Linie im blonden Haar.

Genau diesen Kopf, diesen ordentlichen weißen Scheitel, diesen bedrückten, vorsichtigen Blick hatte sie eines Sommertages ihren Garten hereinkommen sehen.

Isabelle hatte hinten im Garten Unkraut gejätet. Sie wußte zwar, daß eine Frau vom *Journal* sie besuchen kommen würde, war aber nicht sonderlich erpicht auf ein Interview mit ihr gewesen. Sie hatte gehofft, daß die Reporterin nicht die Holztür öffnen würde, die von der Straße aus in den hinteren Garten führte. Doch Kate McCaulay war gekommen, langsam und behutsam, gemessenen Schrittes, als ob sie jeden einzelnen Stein auf dem Weg genau wahrzunehmen versuchte.

Isabelles Haus war vierhundert Jahre alt. Die vordere Holzfassade grenzte an einen schmalen Weg, das obere Stockwerk ragte über das untere hinaus. Es war ein pittoreskes Haus, und Isabelles Meinung nach eines, das Touristen mit entnervender Regelmäßigkeit fotografierten. Es stand ganz in der Nähe eines mittelalterlichen Steinkreuzes im Zentrum von Lovatt.

Isabelle hatte den sich langsam nähernden Kopf über der Steinmauer und zwischen den Bäumen beobachtet. Am Durchgang hatte Kate angehalten und aufgesehen. Isabelle hatte sich unwillig aufgerichtet.

Kate hatte ihr weder die Hand gereicht noch sich vorgestellt. Statt dessen hatte sie gesagt: »Es ist das schönste Haus, das ich je gesehen habe.«

Von jedem anderen Menschen wäre es sicherlich nur gesagt worden, um sich einzuschmeicheln. Es war zudem eine Bemerkung, die Isabelle bereits unzählige Male gehört hatte. Ein Kompliment zwar, doch gleichzeitig auch langweilig. Dennoch war das *Linen*-Haus ein wunderschöner Ort. Mehrere Zeitschriften hatte darüber bereits berichtet, so auch im vergangenen Monat. Aus diesem Grund hatte auch die Lokalzeitung *Journal* die Sache aufgegriffen. Doch bei Kate war es etwas anderes: weder Neid noch der Versuch zu schmeicheln klangen in ihrer Stimme mit.

Sie hatten sich die Hände geschüttelt. Kate preßte mit der

anderen Hand ein paar Papiere gegen die Brust. Sie hatte sich umgesehen, dann war ihr Blick durch die Bäume hindurch hinüber zum grauen Kirchhof von Lovatt geschweift.

Als Kate nicht weiter zu reden gewillt war, hatte Isabelle das Reden übernommen. Sie gingen durch das weiche, geschmeidige Gras.

»Da der Garten von einer Mauer umsäumt ist, habe ich hier viele Kletterpflanzen«, hatte sie bemerkt. »Das hier ist eine ›Belle Sultane‹, sehen Sie, die dunkelrote? Und das hier ist eine ›Herzogin von Edinburgh‹, eine Clematis ... und das eine ›Rosa Mundi‹ und hier eine ›Madame Isaac Pereire‹ ...«

Sie hatte sich umgedreht. Kate war stehengeblieben und stand mit geschlossenen Augen da.

»Fühlen Sie sich nicht wohl?«

»Der Duft«, hatte Kate geantwortet.

»Ja ...«

»Was für ein Erlebnis.«

Isabelle hatte gelächelt, Kate wieder die Augen geöffnet.

»Haben Sie auch Nutzpflanzen?« hatte Kate nachgehakt.

»Nein, überhaupt nicht. Noch nicht einmal in einem Blumenkasten.« Kate bückte sich zu einer weißen, langstieligen Blüte herunter.

»Astrantia«, erläuterte Isabelle.

»Kennen Sie denn alle Namen?«

»Aber natürlich.«

»Und die lateinische Bezeichnung ... für diese hier?« Sie berührte einen Busch alter Teerosen.

»Rosa gallica officinalis.«

Schließlich waren sie ins Haus gegangen.

Die Sonne schien den ganzen Tag über auf die nach Süden gelegene Rückseite, doch die nach vorne, zur Straße zeigenden Räume waren düster.

Isabelle hatte nicht versucht, das Dunkel aufzuhellen. Statt dessen war es in üppigem Rot, Ocker, Gold und einem samtenen Braun eingerichtet. Die Wände waren voller Bücher, auf dem Boden lag ein dicker Teppich.

Kate setzte sich auf das Sofa und zog die Beine unter den Körper.

»Wollen Sie denn keine Fotos machen?« fragte Isabelle.

»Der Fotograf kommt um eins.«

»Verstehe.« Einen Augenblick hatte Isabelle gezögert und nicht gewußt, was sie sagen sollte. In anderen Interviews waren die Fragen schnell und präzise gestellt worden. Das vermittelte ihr jedesmal das Gefühl, als ob ihr der Boden unter den Füßen weggezogen wurde. Kate jedoch schien sich nur wenig um eine Unterhaltung zu bemühen. Viel später, als sie sich besser kannten, hatte Kate ihr anvertraut, daß sie sich an jenem Tag sehr schlecht gefühlt habe und noch nicht einmal die Routinefragen habe stellen wollen.

»Wie gefällt Ihnen mein Zimmer?«

»Mir wäre es zu dunkel.«

Das wirkte fast wie eine Zurückweisung. »Ach ja? Sollte ich es verändern?«

»Man kann es nicht verändern.«

»Nun, das wird mich umbringen.«

Kate sah auf – sie hatte bisher aus dem Fenster gesehen. Sie lächelte. »Haben Sie hier Geister?«

»Um Gottes willen, nein!«

»Die Leser lieben Geister.«

»Dann muß ich sie leider enttäuschen.«

»Sie werden nicht enttäuscht sein. Haben Sie jemals Ihr Haus der Öffentlichkeit zugänglich gemacht?«

»Einmal im Jahr, wenn man hier für eine Wohltätigkeitsorganisation sammelt und wir alle unsere Häuser öffnen …«

»Ach ja, davon habe ich gehört«, bemerkte Kate beiläufig.

»Das scheint Sie nicht weiter zu interessieren?«

»Erzählen Sie mir, wie es war, als Sie hierherkamen«, fuhr Kate fort.

»Das war 1942, weil ich aus London weg wollte. Die Frau eines Offiziers, der die Quittung in Libyen bekam, wollte es loswerden.«

»Er hat das Haus in Libyen gekauft?«

»Nein.« Isabelle lachte. »Dort hat er sich das Jenseits erkauft. Er wurde in Libyen tödlich verletzt.«

Kate lächelte vielsagend. »Und war es alles schon so, als Sie hier einzogen?«

»Überhaupt nicht. Es war ein miserables Loch, schrecklich ordentlich, holzverkleidet, einfach entsetzlich«, hatte Isabelle geantwortet. »Sehr kalt. Schrecklich kalt sogar. Ich habe eine Zentralheizung einbauen lassen. Und eine neue Küche. Die Holzverkleidung habe ich demontieren lassen. Die Denkmalschützer würden mich umbringen, hätten mich vielleicht sogar umbringen sollen.« Sie hatte eine graue Haarsträhne aus ihren Augen gewischt. »Doch die beiden Jahre vorher hatte ich in einem dunklen, holzverkleideten Haus in Kew gelebt. Ein dunkler, enger Hof, fünf Stockwerke, dunkle Treppenaufgänge ...« Sie hatte ganz flüchtig eine Veränderung in Kates Gesichtsausdruck wahrgenommen. »Wollen Sie denn gar nicht wissen, warum man es das ›*Linen*-Haus‹ nennt?«

»Dies hier war eine Wollstadt, und es gab nur einen Ort, an dem man Leinen kaufen konnte. Es war etwas Seltenes ... das einzige Leinenhaus, also *Linen*-Haus«, hatte Kate geantwortet.

Isabelle verschränkte die Arme. »Ich muß schon sagen, Sie gehen mir auf die Nerven. Normalerweise versichert man mir immer, daß das ein faszinierendes Detail aus der Vergangenheit sei.«

»Das ist es ja auch. Aber das stand schon vor vier Wochen in der Zeitung.«

»Ach so.«

»Nach London muß es Ihnen hier sehr ruhig vorgekommen sein«, bemerkte Kate.

»Eine willkommene Abwechslung.«

»Waren Sie nach dem Krieg nicht versucht, wieder zurückzukehren?«

»Nein.«

»Kein Ehemann, der aus dem Krieg heimkehrte?«

»Doch. Nein ...«

»Er ist nicht wieder zurückgekommen?«

»Er ist zurückgekommen. Doch ich bin es nicht.«

»Sie haben sich getrennt, weswegen?«

»Ich wollte gerne hier leben.«

»Ein Haus hat Sie von Ihrem Mann ferngehalten?«

»Nicht nur das Haus.«

»Was denn dann?«

»Diese Gegend ...«

»Nur die Gegend?« drängte Kate weiter.

»Ja, natürlich.«

»Ausschließlich?«

»Nun ...« Isabelle spürte, wie ihr die Unterhaltung entglitt. Normalerweise bestimmte sie die Richtung eines Gesprächs.

»Ein Mann?« hakte Kate nach.

»Nein, das nicht.«

Ein langes Schweigen folgte. Kates ganzes Benehmen hatte sich verändert. Sie ist wie eine Katze, dachte Isabelle. Sie besaß selbst ein paar davon – geliebte Gäste des Hauses, wenn sie sich denn dazu herabließen – und sie kannte deren ruhige Gemächlichkeit, die urplötzlich von gespannter Aufmerksamkeit verdrängt werden konnte. Jetzt fiel ihr auf, wie blau Kates Augen waren, recht blaß eigentlich, aber doch ungewöhnlich auffallend.

»Entschuldigen Sie bitte«, fuhr Kate fort. Sogar ihre Stimme hatte sich verändert und war jetzt tiefer. »War es ein Mann, weswegen Sie sich in dieses Haus verliebt haben?«

»Hätten Sie gerne eine Tasse Tee?« erkundigte sich Isabelle. Sie ging in die Küche, Kate folgte ihr.

»War er von hier?«

Isabelle, die gerade den Teekessel mit Wasser füllte, hielt mitten in der Bewegung inne. »Ich bin davon ausgegangen, daß Sie etwas über das Haus und nicht über mich erfahren wollen«, sagte sie in einem Tonfall, der eigentlich jedes weitere Nachhaken hätte verbieten sollen.

Kate hielt ihrem Blick stand. »Ich kann nicht über das Haus schreiben, ohne auch über Sie zu schreiben«, erwiderte sie. »Beides gehört zusammen.« Sie lächelte zaghaft, dann blickte sie auf die Verkleidung, die die Wand in Isabelles Rücken zierte. Es war eine Steinfläche, die man glatt gebürstet und mit einer kleinen Wandmalerei versehen hatte.

»Clarice Cliff«, bemerkte Kate.

»Richtig. Ein merkwürdiges Muster, es ist mit ›Bizarr‹ betitelt. Er hat es gemalt.« Verflucht! Jetzt war es ihr entrutscht, so leicht und ohne daß sie es bemerkt hätte. Isabelle hatte tief eingeatmet. »Sehen Sie die beiden chinesischen Salzstreuer auf dem Regal?« hatte sie gefragt. »Das war seine Sammlung. Die Farben im Wohnzimmer, die Bücher – alles stammt von ihm.«

»War dies Ihrer beider Zuhause?«

»Ja, unser Zuhause.«

»Hatten Sie Kinder?«

»Nein.« Isabelle schwieg. »Nein, Michael war verheiratet.« Kate befühlte die Wandmalerei mit den Fingerspitzen. Sie schien weder überrascht noch schockiert zu sein. »Und der Garten? Haben Sie den Garten gemeinsam angelegt?«

»Ja. Der Wein in der Ecke, der kleine Obstgarten.«

»Die Rosen?«

»Abkömmlinge von früheren Rosen. Michael liebte Rosen.«

»Und Sie und er ...«

»Er ist 1951 an Krebs gestorben.«

Kate blickte auf. Bis zu diesem Augenblick hatte Isabelle Kates Gesicht gemustert, die Intelligenz und auch die Zurückhaltung darin gesehen.

Kate hatte den Artikel mit »Die Abkömmlinge der Rose« überschrieben.

Nachdem sie ihre erste Mißstimmung überwunden hatte, entdeckte Isabelle, daß sie gar nichts dagegen hatte, daß man ihr auf die Spur gekommen war mit ihrer Affäre, vielmehr daß man sie wieder entdeckt hatte. Das ganze Dorf hatte damals davon gewußt und war mehr oder weniger in zwei Hälften geteilt: die, die sie unterstützten und die, die ihr gezürnt hatten.

Die Entdeckung tat niemandem weh. Michaels Ehefrau war bereits seit langem tot. Sie war, genau wie Isabelle, kinderlos geblieben. Nur Isabelles Schwester war bis zu ihrem eigenen Tod vor sechs Monaten vehement dagegen gewesen.

Kate hat mich neu erfunden, dachte Isabelle eines Tages beim Betrachten der Wandmalerei. Michael hätte es begrüßt. Er war immer schon der Auffassung gewesen, die Welt nähme sich viel zu ernst und würde zu streng über andere urteilen. Nachdem der Artikel erschienen war, hatten sie sich regelmäßig getroffen. Bei jedem Treffen hatte sie erneut festgestellt, wie gerne sie Kate McCaulay mochte, und ihre Freundschaft hatte sich weiter vertieft.

Am Ende war sie sogar Kates Geheimnis auf die Spur gekommen.

Jetzt musterte sie Kate, deren bedrücktes Gesicht.

»Warum erzählst du mir nicht, was es ist?« erkundigte sie sich.

Kate schüttelte den Kopf.

»Kate, meine Liebe …« Isabelle stand auf.

Kate hob eine Hand und bedeutete Isabelle mit entgegengestreckter Handfläche, sie möge nicht näher an sie herankommen. Isabelle sah, daß die Hand zitterte.

»Sag es mir«, drängte Isabelle. »Bitte …«

Kates Hand fiel herab und strich an einem dicken Blatt Papier entlang, das mit der Schrift nach unten auf dem Tisch nahe der Kante gelegen hatte. Kate drehte es, ohne einen Blick darauf zu werfen oder zu Isabelle aufzusehen, um und hielt es ihr entgegen.

Isabelle nahm es in die Hand.

Das Papier war recht grob, mehr zum Zeichnen oder Aquarellieren denn zum Schreiben geeignet. Und doch war darauf mit Schreibmaschine geschrieben worden.

ICH WEISS, WO ER IST.

Isabelle sah von dem Brief auf und blickte Kate direkt in die Augen.

»Wann hast du ihn bekommen?« fragte sie.

»Gestern.«

»Mit ganz gewöhnlicher Post?«

»Ja. Er war hier, als ich mittags von der Arbeit zurückgekommen bin.«

»Zeig mir mal den Umschlag.«

Kate reichte ihn ihr. »Ich habe ihn mir schon so oft angesehen. Den Stempel kann man nicht entziffern.«

Isabelle untersuchte ihn eingehend. »Die Zeit ist deutlich zu erkennen, fünf Uhr nachmittags. Er dürfte nicht weit von hier eingeworfen sein, sonst wäre er nicht bei der ersten Austragung schon dabeigewesen.«

»Nicht unbedingt.« Kate erhob sich unvermittelt. Isabelle wollte ihr den Brief zurückgeben, doch sie nahm ihn nicht entgegen. Sie zitterte, ihre Schultern fielen nach vorn. Sie ging zum Fenster und starrte auf die Straße zwischen den Bäumen, auf die Dächer des Dorfes, auf die hügelige Landschaft dahinter.

»Es kann nicht das bedeuten, was du glaubst, daß es bedeutet«, sagte Isabelle. »Das ist unmöglich.«

Kate drehte sich zu ihr um. Sie zitterte deutlich, dann legte sie flüchtig die Hand über die Lippen.

»Kann es das nicht?« fragte sie. »Was könnte es sonst noch bedeuten?«

II

Sie stand mit Richard auf den Stufen vor ihrem Haus. Es war unmöglich, das wußte Kate. Sogar im Schlaf noch – jetzt, zehn Jahre später, nach so vielen Veränderungen – suchte ihr Gehirn immer noch die Wirklichkeit zu finden. Botschaften huschten über das Bild von Richard, Lichtreflexe, beladen mit unsichtbaren Worten. Das hier passiert gar nicht. Nicht jetzt.

Es machte ohnehin keinen Unterschied. Das so lange unterdrückte Bild wollte wieder zum Vorschein kommen. Die Wellen zu beiden Seiten des Rahmens glätteten sich, und der Tag im Traum mutierte zur Gegenwart, die aus der Vergangenheit hervorbrach.

Im Dunkel der Nacht wand sich Kate im Schlaf. Ihre Hände auf der Bettdecke waren zu Fäusten geballt, ihr Körper starr.

Doch sie konnte den Fortgang des Traumes nicht bremsen. »Das wirst du niemals in den Griff bekommen«, hatte Richard gesagt, während er sich für das Büro ankleidete. Der Tag dämmerte gerade erst, es war eben sieben Uhr. Das Baby brüllte in scharfen, schluchzenden Lauten, und sie konnten einander kaum verstehen.

»Ich möchte mich gerne mit Cathy treffen«, hatte sie geantwortet. Ihr war bewußt, daß sie einen aggressiven und weinerlichen Eindruck machte.

»Du wirst es einfach niemals in den Griff bekommen«, hatte er wiederholt. »Fahren willst du, wirklich? Es sind bestimmt acht Meilen und das mitten durch die Stadt. Du willst den Weg finden, die richtige Straße? Und füttern willst du ihn auch noch?«

Er hatte auf seinen Sohn herabgesehen. Manchmal sprach Richard das aus, was sie gelegentlich auch selbst empfunden hatte: eine Art verstörte Gereiztheit angesichts der Tyrannei dieses Eindringlings.

Jamie hatte zu der Zeit auf ihrem Bett gelegen, die Füße fast bis zum Bauch hochgezogen, sein Gesicht in schmerzhafter Wut verzerrt. Sein Schreien hatte sie tief getroffen, ihre Bauchmuskeln hatten sich ähnlich wie bei der Geburt zusammengekrampft. Sie wollte ihn in den Arm nehmen und trösten. Doch das hatte sie bereits versucht, seit fünf Uhr früh war sie unablässig auf und ab gelaufen. Sie selbst war auch müde und hungrig. Richard hatte ihr noch nicht einmal eine Tasse Tee aufgebrüht, denn er war wütend gewesen, als ob sie James absichtlich zum Weinen gebracht hätte.

Ihr Sohn war eine Frühgeburt gewesen. Er war dünn und wütend, mit Gelbsucht und mit zwei winzigen geballten Fäusten auf die Welt gekommen. Er entsprach so gar nicht dem idyllischen Bild, das sie sich beide von einem perfekten Baby gemacht hatten. Er hatte nur sporadisch geschlafen und war die Nacht über jede halbe Stunde aufgewacht. Nichts konnte ihn beruhigen. Kaum Gegessenes kam gleich wieder hoch. Jamie wandte sich sogar von seinem Mobile mit dem Schlaflied ab.

Und dann das wunderschöne Kinderzimmer, das sie für ihn vorbereitet hatten. Sie hatten so viel Zeit damit verbracht, die Wände zu tünchen und eigenhändig einen Kinderreim an die Wand zu pinseln. Zusammen mit anderen Wunschvorstellungen war all das verflogen. Jetzt ähnelte es nur noch einem Katastrophengebiet mit Tüten voller Windeln, zusammengeknüllten Papiertaschentüchern und abgelegter Kleidung.

»Ich werde es schaffen«, hatte Kate beharrt. Was sie tatsächlich dachte, konnte sie nicht aussprechen. Sie mußte aus diesem Haus heraus. Sie mußte es einfach. Sie mußte ihre Freundin treffen. Sie mußte ein paar Stunden lang einfach über etwas anderes als über Babys sprechen. Cathy hatte früher bei der Zeitung gearbeitet – o Gott, hatte Kate gedacht und einen Augenblick lang die Augen geschlossen, als sie mit verzehrender Sehnsucht an die Hektik ihres Arbeitsplatzes zurückdachte. Nur zu gerne würde Cathy den ganzen Tag lang vom Eingemachten erzählen. Auch würde sie Kate mit offenen Armen und einer Flasche Wein empfangen. Das waren genau die Dinge, die Kate jetzt brauchte. Jetzt, sofort.

Jamie begann nun ernsthaft zu brüllen und bäumte sich auf. Richard war bereits nach unten gegangen. Abwesend hatte Kate Jamie vom Bett genommen und war mit ihm auf dem Arm nach unten gegangen.

Richard stand bereits vor dem Auto, dessen Alarmsystem mit den gewohnten drei hohen Tönen die Türen öffnete. Die Töne trafen Kate bis ins Mark. Fast mitfühlend hatte sie auf Jamies verzerrtes Gesicht herabgeblickt.

»Dann wirst du heute abend also nicht zu Hause sein?« hatte sich Richard erkundigt.

»Das sagte ich doch schon. Sie hat mich eingeladen, bei ihr zu übernachten.«

Richard hatte ungläubig mit dem Kopf geschüttelt. »Du bist verrückt«, hatte er zu ihr gesagt, während die Tür aufstand und er mit einem Fuß bereits im Auto war. »Seitdem du aus dem Krankenhaus gekommen bist, hast du kaum einmal das Haus verlassen. In den ganzen vier Wochen bist du gerade zweimal die Straße hinuntergelaufen. Und jetzt meinst du, daß du ...«

»Es wird alles gut gehen«, hatte Kate geantwortet.

Er grinste. »Verrückt«, sagte er und stieg ins Auto.

Sie hatte ihn auf der verstopften Straße des Vorstädtchens wegfahren sehen. »Fahr vorsichtig«, hatte sie gemurmelt.

Drei Stunden später hatte sie schließlich selbst das Haus verlassen. Es dauerte länger als erwartet, um durch den Mittagsverkehr Londons hindurch bis zur Autobahn zu gelangen. Die ganze Fahrt über hatte sie die anderen Fahrer verflucht. In Earls Court wäre sie sogar fast auf ein anderes Auto aufgefahren.

Jetzt seufzte sie und kniff die Augen zusammen, um die

blauen Autobahnschilder vor sich zu erkennen. Es war erst ein Uhr mittags.

Sie hatte das Schild »Tankstelle, 2 Meilen« gesehen.

Sie schaute auf den Rücksitz.

Kaum zu glauben, aber Jamie schlief friedlich auf dem Rücksitz, die Fahrt hatte ihn schläfrig gemacht. Die erste Stunde lang hatte er ohne Unterbrechung geschrien, obwohl er gerade erst gefüttert und neu gewickelt worden war. In Lewisham hatte sie an einer Ampel gehalten und eine Frau neben sich gesehen. Die Frau blickte auf den Rücksitz, dann wieder zurück auf sie. Sie hatte lange dunkle Haare, ihr Blick war starr. Vermutlich kann sie ihn schreien hören, hatte Kate gedacht. Sie hatte das Lenkrad umklammert, ihren Blick auf die Ampel geheftet und gebetet, daß diese umschalten möge. Während der ganzen Zeit hatten Jamies Schreie das Auto ausgefüllt.

Fünf Meilen später brüllte er immer noch. Als sie sich kurz nach ihm umdrehte, bemerkte sie zu ihrem Entsetzen, daß sein Gesicht blau anzulaufen begann. Sie hatte den Wagen quietschend angehalten, war aus dem Auto gesprungen, hatte die hintere Tür aufgerissen und ihn vom Sitz gezerrt. Sowie sie ihn berührt hatte, hatte er zu weinen aufgehört und in ihren Armen gelegen. Sein Gesicht war gerötet und verquollen, er war überhitzt.

Eine schreckliche, wortlose Angst überkam sie, die um so unerträglicher war, als sie grundlos war. Er war nicht krank – das hatte die Kinderärztin ihr vor zwei Tagen erst bestätigt. »Er ist eben ein Schreibaby«, hatte sie gemeint. Wie beruhigend, eine solch knappe Formulierung. Doch sie entsprach kaum der aufkeimenden Verzweiflung, die sie verspürte.

Sie war den windumwehten Seitenstreifen auf und ab gelaufen, während die Laster und Busse neben ihr entlangdonnerten und ihr das Haar ins Gesicht bliesen, daß sie fast nichts mehr sehen konnte.

»Was ist denn nur los mit dir?« hatte sie gefragt und ihn von sich gehalten, während sie der Versuchung widerstand, ihn zu schütteln. »Bitte, *bitte.* Sag mir doch, was los ist.«

Als sie die Vororte Londons erreichte, wo die Autobahn anfing, war das Geräusch vom Rücksitz merklich geringer. Sie drehte sich ständig nach ihm um. Dann sah sie ihn schlafend. Wie ein Engel sah er aus, ein Baby aus einem Werbespot. Eine blonde Locke klebte an seiner Stirn, die sich unter seiner blauen Strickmütze gelöst hatte. Ihr Hals schnürte sich voll frustrierter Liebe zusammen.

»Tankstelle, 1 Meile«.

Für den Bruchteil eines Augenblicks fielen ihr die Lider zu. Es war riskant jetzt anzuhalten, das wußte sie.

Riskant das Tempo zu senken und das Geräusch des Motors zu unterbinden. Unweigerlich würde es ihn wecken. Doch so müde wie sie es war, war es fast noch riskanter weiterzufahren. Zum Frühstück hatte sie lediglich ein Stück Toast gegessen, das Mittagessen hatte sie ganz ausfallen lassen. Aber als sie die Ausfahrt zur Tankstelle sah, jetzt nur noch hundert Meter weit entfernt, wußte sie daß sie anhalten mußte, um schnellstens eine Toilette aufzusuchen.

Sie hatte den Blinker betätigt.

Vielleicht sollte sie ihn wecken und stillen. Allein schon bei der Vorstellung, wie sie ihn in der Öffentlichkeit zu stillen versuchte, während er den Kopf abwandte, sank ihr das Herz.

»Bitte«, sagte sie und seufzte. »Bitte laß ihn nicht schreien.«

Sie war bis kurz vor den Eingang gefahren, hatte den Motor abgestellt und den Atem angehalten. Eine Weile lang hatte sie die Leute beim Hinein- und Hinausgehen beobachtet. Wie durch ein Wunder schrie Jamie nicht. Ihr Bauch zog sich zusammen, sie mußte wirklich dringend zur Toilette. Die Müdigkeit ließ den farblosen Vorraum vor ihren Augen verschwimmen. Noch nie zuvor hatte sie sich so erschöpft gefühlt. Im Rückspiegel musterte sie ihr eigenes Gesicht. Sie sah schrecklich aus: blaß und müde. Das wenige Make-up, das sie heute morgen aufgetragen hatte, war mittlerweile verschmiert, die Wimperntusche hatte unter ihren Augen wie bei einem Pandabären zwei Flecke hinterlassen.

Sie benetzte die Finger und rieb sie heftig. In dieser Verfassung konnte sie unmöglich bei Cathy aufkreuzen. Das letzte Mal hatte sie ihre Freundin beim Mittagessen während einer Preisverleihung gesehen. Das schien tausend Jahre her, in einem anderen Zeitalter.

Sie stieg aus. Sie fühlte sich betäubt wie ein Schlafwandler.

Sie öffnete die hintere Tür und beugte sich zu James hinunter. Das Gesicht dicht über seinem hörte sie ihn tief und regelmäßig atmen. Sie beobachtete ihn aufmerksam und war sich sicher, daß sie diese wunderbare Stille nicht unterbrechen wollte. Das arme Kind war offenbar ebenso müde wie sie selbst. Ihre Hand ruhte eine lange Zeit auf der Verschlußschnalle des Kindergurts für den Babysitz.

Schließlich richtete sie sich auf.

Sie ließ das Auto hinter sich und fing zu laufen an.

Sie konnte die Toiletten gleich hinter der Eingangstür des Gebäudes ausmachen. Sie rannte hinein und stürzte sich in die nächstbeste freie Kabine. Als sie wieder herauskam, ließ sie kurz etwas Wasser über ihre Hände laufen. Alles in allem hatte es vielleicht neunzig Sekunden gedauert.

Neunzig Sekunden, höchstens zwei Minuten.

Und jetzt – genau in diesem Augenblick – wußte sie wieder, daß sie träumte. Das Traumbild begann zu wanken und zu zittern. Geräusche, die das Bild begleiteten, blähten sich auf und ließen dann wieder nach. Im Traum wie auch in der Wirklichkeit beschleunigte sich ihr Herzklopfen, ihr Körper schmerzte und verspannte sich.

Die Autotür, flüsterte der Traum. *So sehr in Eile, so sehr in Eile … meine Liebe, meine Liebe.* In der körperlosen Stimme des Traums schwang Tadel mit und erinnerte sie ein wenig an den kritischen Tonfall ihrer Schuldirektorin. *Die Autotür, Kate … hast du die Autotür abgeschlossen?*

Sie trat aus dem Gebäude. Sie konnte das Auto klar erkennen. Sie konnte den Rand von Jamies Kindersitz sehen, eine Kurve, die hinter der Kopfstütze des Fahrersitzes hervorlugte.

Sie zog den Zündschlüssel aus der Tasche, sah auf ihre Uhr. Noch fünfundvierzig Meilen. Sie blickte in den sich verdunkelnden Himmel, aus dem vereinzelt ein paar trockene Schneeflocken fielen.

»Schnee«, hatte sie gemurmelt. »Na wunderbar.« Noch nicht einmal jetzt, mit dem Schlüssel in der Hand, fiel ihr auf, daß die Tür bereits geöffnet war. Kein Schloß. Nichts, was dem Schlüssel Widerstand bot. Sie war verstört und übermüdet und fast in Panik durch den Eingangsbereich gelaufen, hatte den Schlüssel herausgenommen … aber die Tür nicht abgeschlossen.

Es waren nur wenige Sekunden gewesen, dachte sie.

Nur ein paar wenige, kurze, kurze Sekunden …

Schnee … Schnee … Schnee.

Dicke Schneeflocken fielen auf sie herab. Dicke, üppige Schneeflocken, durch die hindurch sie sich einen Weg bahnen mußte, die Flocken in ihrem Traum waren übermäßig groß und drohten sie zu ersticken. Erstickender Schnee, alles unter sich begrabender Schnee.

Sie war ins Auto gestiegen.

Hatte sich auf ihrem Sitz umgedreht und lächelnd nach ihm gesehen.

Doch der Sitz war leer.

Ihr Sohn war verschwunden.

12

Es war schon sehr spät, doch er konnte nicht schlafen. Schließlich stand er auf und streifte sich die Kleidung, die er vor einer Stunde ausgezogen hatte, wieder über. Er ging die Treppe hoch und öffnete die Tür zum Dachboden. Diesmal machte er kein Licht an: Das Haus war voller Frauen, und er wollte ihre Nähe spüren. Er ging auf das schräge Fenster zu und atmete die kalte Nachtluft ein. Nirgendwo sonst war Licht. Er könnte ganz allein sein, der einzige lebende Mensch auf der Welt. Er ließ das Fenster offen, genoß die Kälte und ging zum ersten Schrank unter den Schreibmaschinenregalen. In den Schubfächern bewahrte er ihre Daten auf: bereits mehr als hundert waren in ordentlichen blauen Heftern gesammelt. Er ließ seine Hand in die Schublade gleiten. Als er den ersten Hefter öffnete, starrte ihm ein Zeitungsartikel entgegen. Er hielt sie in seinen Händen, eine Frau um die Vierzig, die unglaublich verwirrt und verängstigt gewesen war. Als der Artikel erschien, war sie bereits seit einem Tag als vermißt gemeldet. Eine Woche später hatte man ihre Leiche gefunden, die in der Nähe von Kingsley an Land gespült worden war.

Das paßte ins Bild. Sie war ohnehin wie ein Stück Treibgut gewesen, die vom Leben an dieses oder jenes fremde Ufer gespült worden war. Als Trinkerin und Süchtige war sie nirgendwo wirklich willkommen gewesen. Sie hatte sogar die kurze Zeit des Trostes, den er ihr gegeben hatte, gemieden. Er legte den Hefter ab und nahm sich einen anderen vor.

Dieser war um einiges interessanter. Diese Frau hatte man an einem betriebsamen Dezembertag vor zwei Jahren die Straße entlanggehen sehen. Gut gekleidet und kultiviert trug sie in sich ein Geheimnis, von dem lediglich sie und er etwas wußten. Das hatte er herausgefunden, als sie sich mit ihm unterhalten hatte. Sie war die Tochter eines distanzierten, wenig fürsorglichen Vaters gewesen. Solche Frauen strengten sich immer viel zu sehr an. Sie war zu gut gekleidet, arbeitete zuviel und hatte überperfekte Kinder großgezogen.

Am selben Nachmittag war sie verschwunden und nie wieder aufgetaucht. Ihre Familie hatte um sie getrauert und sie zusammen mit der Polizei ergebnislos gesucht. Es hatte den Anschein, als ob sie sich an jenem Dezembertag ganz einfach in Luft aufgelöst und abgesehen von dem leeren Auto auf einem verlassenen Parkplatz keinerlei Spuren hinterlassen hatte. Ein kurzes Lächeln huschte über sein Gesicht. Sie hatte ihre Sache wirklich großartig gemacht.

Die besten Spiele waren lautlos. Wortlos erfunden, dann nach und nach, Zentimeter um Zentimeter ausgeführt. Ein wenig Druck hier, ein paar Schwierigkeiten dort. Einen Faden berühren und zusehen, wie sie tanzte. Einen anderen berühren und beobachten, wie sie ertrank. An wieder einem anderen zupfen und sehen, wie sie den Berg erklomm. An einem weiteren ziehen und beobachten, wie sie fiel.

Selbst wenn sie ihm derzeit noch keine Beachtung schenkte, eines Tages würde Kate McCaulay ihn kennenlernen. Eines Tages, wenn es zu spät sein würde, würde sie ihn erkennen und begreifen, welchen Schaden er ihr zugefügt hatte. Und sie würde den Grund dafür begreifen.

Er sah auf seinen Schreibtisch, der von einer Wand abgeschirmt war. Er betrachtete die Schreibmaschine mit dem schwarzen Deckel.

Dort, auf dem Schreibtisch, wartete der zweite Brief.

13

Jack Seward blieb an einer Straßenecke in London stehen, zog ein Stück Papier aus seiner Tasche und überprüfte die Adresse.

Die Straße machte, ganz wie er es erwartet hatte, einen sehr gepflegten Eindruck. Schließlich hatte er im Büro des Maklers, den er vor einer Stunde aufgesucht und die Unterlagen des Hauses eingesehen hatte, angesichts der Höhe des Preises gestutzt.

»Es ist ein ganz ungewöhnliches Anwesen«, hatte der Mann ihm versichert.

»Sicher haben Sie recht«, hatte Jack geantwortet. »Das muß es auch sein.«

Sein Interesse an dem Haus bezweifelte man offenbar nicht. Anscheinend war sein Aufzug, Dreitagebart, abgewetzte Kordhosen und eine abgetragene Lederjacke genau das, was man von jemandem im vornehmen South Kensington erwartete. »Möchten Sie es sich ansehen?« fragte der Mann, während er durch ein paar Unterlagen stöberte.

Jack hielt das entsprechende Blatt hoch. »War das hier immer schon so teuer?«

»Dieses bestimmte Haus …?«

»Nein, die Straße, die Gegend ganz allgemein.«

Der Makler zuckte mit den Schultern. »Vor einer Weile noch war es möglicherweise nicht ganz so exklusiv. Manche Gegenden ziehen an, andere lassen nach. Das kennen Sie doch.«

»Aber vor etwa zehn Jahren war es bereits teuer?«

»Es war attraktiv.«

»Sind seitdem viele Leute ein- und wieder ausgezogen?«

»Ja. Zu der Zeit begann man Baron's Reach zu bauen. Das hat die ganze Gegend verändert.«

»Verstehe.« Jack war aufgestanden und hatte mehrere Informationsblätter in seiner Jackentasche verstaut.

»Möchten Sie sich etwas davon ansehen?«

»Ich möchte erst darüber nachdenken.«

Er hielt Wort. Beim Mittagessen auf einer Parkbank mit einem Sandwich in der Hand dachte er darüber nach, während die Tauben ziellos im grauen Gras herumpickten. Er dachte an Kate McCaulay und an den Ordner mit Fotos, den er bei sich zu Hause hatte und den er sorgfältig von der Arbeit fernhielt.

Er verließ den Park und ging zurück auf die Straße. Dort stand eine eng gebaute Reihe georgischer Häuser, jedes mit einem schmiedeeisernen Zaun und einem Sockelgeschoß. Gelegentlich konnte man durch ein Fenster hindurch in die teuer eingerichteten Zimmer sehen. Als aus einem Haus eine Frau heraustrat, war er so überrascht von der vornehmen weißen Eingangshalle und der großzügigen Treppe in ihrem Rücken, daß er unwillkürlich stehenblieb. Sie warf ihm einen mißtrauischen Blick zu.

»Könnten Sie mir behilflich sein?« fragte er.

Sie hielt inne, in der einen Hand den Schlüssel, in der anderen ihre Aktentasche. Dann trat sie ein klein wenig zurück.

Er zeigte ihr seinen Presseausweis und zwar so, daß sie sich hinunterbeugen und ihn ansehen und dennoch ihren Sicherheitsabstand am unteren Ende ihrer Treppe beibehalten konnte.

»Sind Sie einer Story hinterher?« erkundigte sie sich in sarkastischem Tonfall.

»Einer alten, ja«, erwiderte er. »Leben Sie schon lange hier?«

Sie musterte ihn immer noch. »Seit drei Jahren.«

»Verstehe. Kennen Sie vielleicht jemanden, der hier bereits seit längerem wohnt?«

»Weswegen?«

»Ich bin einer Sache auf der Spur, die vor zehn Jahren passiert ist. Eine Entführung.«

Sie zog die Augenbrauen hoch. Nun war sie doch interessiert. »In dieser Straße?«

»Ein Kind.«

»Tatsächlich?« Sie musterte ihn von Kopf bis Fuß. »Was sind Sie denn, Privatdetektiv?«

»Nein.« Er schwenkte den Ausweis.

Sie lächelte. »Hören Sie, ich kenne einige bei den großen Zeitungen. Keiner von ihnen sieht aus wie Sie.«

»Das ist auch gut so«, erwiderte er.

Sie lachte, schloß endlich die Tür ab und kam mit einem herablassenden Lächeln auf dem Gesicht die Treppe herunter. »Wenn Sie wirklich so erpicht auf eine schon lange vergessene Geschichte sind, dann klingeln Sie doch einmal bei der Nummer dreißig«, sagte sie im Vorübergehen. »Da wohnt eine alte Dame, die sich jeder Modernisierungsmaßnahme verweigert hat. Das grüne Haus dort, grüne Fassade, grüne Tür, einfach schrecklich.«

»Danke«, sagte er.

Er sah ihr nach und wartete mindestens eine Minute, ob sie sich nach ihm umdrehen würde. Fast schon zu seiner Erleichterung tat sie es nicht.

14

George saß im hinteren Teil der Galerie und las die Morgenzeitungen, als er Kate die Treppe herunterkommen hörte.

Er blickte auf die Uhr, es war um acht. Augenblicklich stand er auf und ging zur Eingangstür. Er hielt einen Augenblick inne und überlegte, was er tun sollte. Dann sah er sie im Jogginganzug über den Hof gehen. Sie schien mehrere Lagen zu tragen, denn ihre Figur war durch Polsterungen an Schultern und Hüften verbreitert.

Er öffnete die Tür. »Kate!«

Sie drehte sich zu ihm um.

Einen Augenblick lang schien sie fast ein wenig verängstigt. Dann entspannte sich ihr Gesicht.

»Tut mir leid«, sagte er schnell. »Ich wollte dich erwischen, bevor ich aufmache. Henry Phelps kommt gleich als erster heute morgen. Und du weißt ja, wie ausdauernd er sein kann.«

Sie hielt inne, blickte auf ihre Füße und kam herüber. »Was ist denn?«

»Komm doch einen Augenblick herein.« Er ließ sie eintreten und folgte ihr.

Als sie hinten angekommen waren, deutete er auf einen Tisch, an dem er bereits zwei Kaffeetassen gedeckt hatte. Sie blickte ihn mit hochgezogenen Brauen fragend an. »Was ist denn der Anlaß?«

»Gar kein Anlaß.«

»Dies ist dein bestes Service.«

»Nun ja ... einfach aus einer Laune heraus. Möchtest du eine Tasse?«

»George, ich wollte gerade laufen gehen.«

»Was hast du heute vor, irgend etwas Interessantes?«

Sie runzelte die Stirn.

»Ist dir kalt?«

»Nein, nein.«

»Ich kann den Gasofen anstellen.«

»Nein, mach dir keine Umstände.«

»Es ist kein Umstand.« Er zündete den Ofen an und zog ihn näher zu ihnen heran.

Dann schenkte er sich selbst Kaffee ein und versuchte verzweifelt, ein neutrales Gesprächsthema zu finden. Schließlich machte er eine Kopfbewegung in Richtung der Zeitung. »Schon wieder ein Regierungsskandal.«

»Tatsächlich?«

»Irgend so ein Idiot von einem Abgeordneten und seine Sekretärin.«

Sie lächelte flüchtig.

»Du liest wohl nie die Zeitung, was?«

»Nein.«

»Warum nicht?«

Sie zuckte mit den Schultern.

»Ich dachte immer, daß Journalisten sich alle Meinungen anhören«, meinte er.

»Ich bin keine Journalistin, George. Ich schreibe nur hin und wieder etwas. Und wirklich, ich muß jetzt gehen ...«

Er musterte sie. Ihr Mund hatte sich zu einer schmalen harten Linie verzogen. Seit fünf Jahren wohnte sie nun schon hier, dachte er. Fünf Jahre lang unter seinem Dach. Das war länger, als manch eine Ehe hielt. Und doch hatte sie ihn niemals nahe an sich herangelassen.

Im letzten Jahr, nachdem ein Handwerker ihre Dusche repariert hatte – sie hielt angeblich nicht konstant die Temperatur –, hatte er an der Schwelle zu ihrer Wohnung gestanden. Er wußte, wie wichtig ihr ihre Privatsphäre war, und doch konnte er der Versuchung nicht widerstehen, sich ihr Zimmer anzusehen. Die Kälte, die betonte Leere, wollte er kaum wahrhaben. Es war ihm entsetzlich traurig vorgekommen, und das Bild hatte sich in seiner Erinnerung eingegraben.

Das Rascheln der Post auf seiner Türmatte unterbrach seinen Gedankengang. Er beobachtete, wie Kate aufsprang und auf die Hintertür blickte. Er streckte seine Hand aus, sie zog ihre augenblicklich zurück und trat einen Schritt zurück.

»Ich habe eine Überraschung für dich«, sagte er.

»Bitte?«

»Eine Überraschung. Im Haus drüben.« Er deutete auf die Verbindungstür. Sie sah erst die Tür, dann ihn an. »Es dauert nicht lange«, beschwichtigte er.

Sie öffnete den Mund, um etwas zu sagen, unterließ es jedoch und seufzte resigniert auf.

Während sie die Räume durchquerten, sprach er über seine Schulter hinweg mit ihr. Er wollte irgendwelche Geräusche machen, um seine Nervosität zu verstecken. »Diesen Flur hier werde ich streichen lassen. Was hältst du davon? Ich dachte, die Wände vielleicht gestreift, sehr blaß ...«

Sie antwortete nicht. Sie betraten sein Wohnzimmer.

Der Schreibtisch stand in der Mitte. Den vergangenen Abend hatte er damit verbracht, ihn zu polieren und die Schlösser und die Metallbeschläge der Schubladen zu reinigen.

»Wie gefällt er dir?« erkundigte er sich.

Zunächst stand sie einen Augenblick lang still, dann lief sie darum herum. »Er ist wunderschön.«

»Findest du wirklich?«

»Ja, wirklich.«

»Ich habe ihn vor zwei Tagen gekauft.«

»Er ist sehr schön.«

»Ähnelt er deinem denn?«

Sie sah auf. »Wie bitte?«

»Ähnelt er deinem alten?«

Damit hatte er eine Grenze überschritten. Sein Herz klopfte wie wild. Als sie hierhergekommen war, hatte er ihr den Laden gezeigt und sie gefragt, ob sie ihm gelegentlich helfen könnte und ob sie etwas von Antiquitäten verstünde. Sie hatte ihm erzählt, daß sie selbst auch zu Versteigerungen gegangen war. »Wie man das so macht, wenn man ein Haus einrichtet«, hatte sie leise und ganz beiläufig gesagt. Und ebenso leise hatte sie hinzugefügt: »Ich hatte einmal einen holländischen Schreibtisch. Das war mein bester Kauf.«

Sie hatte ihn beschrieben, und er sah genau wie dieser hier aus.

»Meinem?« fragte sie.

»Den, den du damals hattest.«

Sie fixierte ihn. Sei jetzt nicht böse, dachte er.

»So etwas habe ich nie besessen«, sagte sie.

»Einen holländischen Schreibtisch.«

»Oh ... einen ...« Es schien sie unendlich anzustrengen, sich daran zu erinnern. »Einen kleineren, einen viel kleineren.« Sie wandte den Blick ab. »George, ich muß jetzt gehen.«

»Aber dieser ...«

»Er ist wunderschön. Sicher wirst du ihn gut verkaufen können.«

»Er ist aber nicht für den Verkauf bestimmt. Er ist für dich.«

Sie blieb abrupt im Türrahmen stehen.

Die Worte kamen aus seinem Mund und verhedderten sich, weil er so hastig sprach: »Du sollst ihn haben. Es ist ein Geschenk. Ich weiß doch, daß du nicht viele Sachen hast ...« Verflucht, das war ein Fehler. Sie sollte nicht glauben, daß er den Gönner spielen wollte. »Ich habe ihn gesehen, und er sah wie für dich geschaffen aus, ganz nach deinem Geschmack und sehr nützlich für deine Papiere und deine Hefter und all diese Dinge ...«

»George«, unterbrach sie ihn. »Das kann ich nicht annehmen. Erst das Armband und nun das hier.« Sie betrachtete ihn nachdenklich. »Warum machst du das? Ich verstehe dich nicht.«

Peinlich berührt begann er zu lachen. Er spürte, wie seine Stimme sich unter der niedrigen Zimmerdecke unnatürlich überschlug. »Ich *will* aber, daß du ihn bekommst«, sagte er.

»George ...«

»Hör zu, meine Liebe«, fuhr er fort. »Wir wollen die Sache nicht zu sehr aufbauschen. Du hast eine Menge für mich gearbeitet, du bist oft für mich eingesprungen, und du hast dich niemals dafür bezahlen lassen ...«

»Ich möchte nicht bezahlt werden. Deshalb hatten wir doch die billige Miete vereinbart, erinnerst du dich? Eine niedrige Miete, wenn ich gelegentlich im Laden arbeite. So lautete unsere Vereinbarung.«

»Ja, schon. Aber du hast wirklich sehr viel für mich getan.« Er versuchte, seine Stimme fröhlich klingen zu lassen. »Ich habe dich richtig ausgenutzt, weißt du ...«

»George, die Sache ist einfach zu dumm.«

»Nein, das ist sie nicht«, widersprach er. »Es ist ein schöner kleiner Schreibtisch und ich möchte, daß du ihn nimmst. Als Zeichen meines Dankes und meines ... Respekts ...« Wieder schoß ihm das Blut ins Gesicht. Junge Leute benutzten solche Ausdrücke nicht, oder etwa? *Ein Zeichen meines Respekts.*

Scheinbar eine Ewigkeit lang blickte sie ihn an.

»Tut mir leid, George«, sagte sie schließlich. »Das ist sehr liebenswürdig, aber es ist einfach zuviel. Viel zuviel. Tut mir leid.« Sie machte ein paar Schritte, dann zögerte sie, wandte sich wieder zu ihm um.

»Und das Armband kann ich auch nicht behalten, George. Aus demselben Grund.«

Sie ging aus dem Zimmer, machte die Tür hinter sich zu und betrat den Laden. Er hörte ihre Schritte auf dem Boden, schloß die Augen und schlug mit der Faust gegen seinen Schenkel.

15

Später am Vormittag begann es zu regnen. Kate, zu früh für ihre Verabredung, saß im Auto einen halben Kilometer von dem Bauernhof entfernt, den sie gleich besuchen wollte. Während sie wartete, verstärkte sich der Nieselregen zu einem richtigen Guß, der gegen die Windschutzscheibe schlug. Sie fühlte sich von allem ein wenig abseits und abgekoppelt, als ob sie von einer unsichtbaren Strömung mitgerissen würde.

In der Hecke neben ihr hingen die letzten Blätter leuchtend naß an den Ästen. Sie sahen unwirklich aus: braun mit roten Adern.

Vor sich sah sie *Cinder Break*, ein tiefes Tal zwischen zwei sanft gewölbten Hügeln. Das Tal mit seinen tiefgrünen Bäumen dominierte die Landschaft. Als Kate sich in dieser Gegend niedergelassen hatte, war es dieser Trost gewesen, der sie angezogen hatte: die Einsamkeit der Landschaft, ihre Weite. Diese Einsamkeit spiegelte ihre eigene Einsamkeit wider.

Ich weiß, wo er ist ...

Sie wollte diese Leere und Einsamkeit wieder spüren. Sie hatte die Stille in ihrem Kopf hergestellt, sie herbeigezwungen. Sie war ihr Schutzschild. Doch seit dem Brief ließ sie sie immer mehr im Stich.

Sie wischte eine kleine Fläche auf dem sich mehr und mehr beschlagenden Fenster frei. Aus dem Bauernhof vor ihr stieg eine blasse Rauchwolke fast senkrecht in den Himmel. »Komm schon«, flüsterte sie sich selbst zu.

Am Telefon hatte die Frau, die sie heute vormittag besuchen wollte, einen bodenständigen Eindruck gemacht: Sie hatte laut gesprochen, so laut sogar, daß Kate den Hörer etwas vom Ohr hatte weghalten müssen, als Frau Dearsley ihr den Weg zu beschreiben versuchte.

Sie hatte heute morgen fast einen Unfall verursacht: Von der kleinen Straße bei ihrer Wohnung in die Hauptstraße einbiegend, mußte ihr ein anderes Auto ausweichen. Es kam ins Schleudern und war in den Seitenstreifen der gegenüberliegenden Straßenseite gefahren. Sie hatten beide angehalten, der Verkehr wurde so auf jeder Seite behindert.

Nach einem kurzen Augenblick des Schreckens hatte Kate zum Zeichen ihrer Schuld die Hand erhoben. Natürlich hatte sie den Verkehr beachtet, hatte aber das Auto wirklich nicht gesehen. Es war ihr unerklärlich, wie sie auf die Straße blicken und nichts hatte sehen können – überhaupt nichts.

Das Prasseln des Regens wurde stärker. In ihrem Kopf erschien er ihr wie dünne, graue Nadeln, die hereinfielen und ihren Mund wie Stacheln verwundeten. Unfähig, dieses Gefühl noch länger zu ertragen, beobachtete sie sich dabei, wie ihre Hand in Richtung Zündschloß wanderte. Sie drehte den Schlüssel herum und legte den Gang ein.

Frau Dearsley erwartete sie bereits in dem breiten, verdreckten Hof auf den Stufen zu ihrem Haus. Kate stieg aus dem Auto, hielt sich einen Stapel Papier schützend vor das Gesicht und rannte durch den Regen.

»Kommen Sie herein, kommen Sie herein«, begrüßte sie die Frau. »Verfluchtes Wetter.«

»Stimmt ...« Kate schüttelte sich den Regen vom Mantel.

»Setzen Sie sich doch, den Teekessel habe ich bereits aufgesetzt.«

Kate blickte sich um. »Ist das hier Ihre Werkstatt?«

»Das ist sie.«

In der einen Ecke befanden sich ein Wasserbecken aus Stein und ein elektrischer Ofen, und etwa ein Dutzend zerbeulter Behälter standen auf dem Abtropfgestell und auf dem Boden herum. Frau Dearsley verdiente ihr Geld mit dem Spinnen und Färben von Wolle.

»Heute färbe ich indigoblau«, verkündete sie begeistert. »Sehen Sie, so wird es schließlich aussehen.« Sie deutete auf eine Wand, an der Wollbüschel an einer Pinnwand festgesteckt waren. Die Färbung war sehr präzise, an jedem Büschel hing ein kleines, weißes Schild – »Nummer 7, zwiebelrot, 1 Gramm Tartar ... Nummer 22, 80 Gramm Katschu, Eisenfixierer ...«

Das Zimmer begann sich in Kates Kopf zu drehen, begann zu taumeln und kippte leicht zur Seite. Der Atem in ihrer Kehle war deutlich zu hören. Kate saß auf dem Rand ihres Holzstuhls und spürte Panik in sich aufsteigen. Panik, die eine Katastrophe ankündigte. Aber was für eine Katastrophe? Sie schloß die Augen und wartete ab, daß das Gefühl nachließ.

Ich weiß, wo er ist.

Das nutzte ihr alles nichts, überhaupt gar nichts.

Sie öffnete die Augen und betrachtete aufmerksam die verschiedenen Blautöne an der Wand. »Sie sehen wunderschön aus«, bemerkte sie.

Frau Dearsley lächelte über das ganze Gesicht. »Solche Farben kann man chemisch nicht herstellen.«

Sie war überhaupt nicht so, wie es ihre Stimme hatte vermuten lassen. Sie hatte einen vollkommen falschen Eindruck vermittelt. Sie war schlank, freundlich, um die Vierzig und hatte auf jeder Wange einen Kreis roter Äderchen, wodurch sie ein wenig wie eine angemalte Puppe wirkte. Sie nahm eine Teekanne herunter und begann, Tee hineinzugeben.

»Ist es …« Plötzlich waren Kates Gedanken wie weggewischt. Eben hatte sie die Frage noch im Kopf gehabt – sie hatte etwas mit der Färbezeit zu tun –, aber dann war sie ihr gänzlich entglitten. Die Farbe vor ihren Augen schien tiefer als blau und greller als grün zu sein.

Frau Dearsley reichte ihr die Tasse Tee, auf deren Rand tote Hähnchen entlangspazierten. Kate sah an sich herab und erblickte die Leere im Schwarz ihrer Kleidung.

Es waren die Farben, diese schreiend intensiven Farben, die sie so verstörten, dachte sie abwesend.

Reiß dich zusammen.

Reiß dich zusammen.

»Fünfzig Jahre sind für chemische Farben das Maximum«, erläuterte Frau Dearsley. »Diese hier aber werden ein paar hundert Jahre halten. Und die Farben sind kühl, Sie können Ihre Hand ruhig ins Wasser halten.«

Unter großer Willensanstrengung fragte Kate: »Und Sie … Sie verwenden Ziegenhaar?«

»Nicht doch. Wir haben Mohairhasen und Schafe. Jacob Cross und Shetland. Sie können Sie sich ansehen, wenn Sie wollen. Möchten Sie?«

»Ja«, erwiderte Kate. »Ja, gut.«

Die Frau suchte eine Wachsjacke vom Haken hinter der Tür heraus. »Haben Sie uns leicht gefunden?«

»Ja.«

»Ich dachte erst, Sie hätten etwas weiter weg geparkt gehabt.«

»Oh ... ich war zu früh dran.«

»Ich habe Sie kommen und dann anhalten sehen. Ich dachte, Sie seien sich vielleicht nicht sicher, ob Sie richtig wären.«

»Ich war nur ein wenig früh dran.«

Die Frau musterte sie intensiv, dann traten sie auf den Hof in den immer noch heftigen Regen hinaus.

»Haben Sie kräftiges Schuhwerk an? Es ist ziemlich rutschig«, bemerkte sie über ihre Schulter hinweg.

Sie gingen auf das Gatter zu. Der Regen prasselte auf sie herab. Ungefähr zwanzig Ziegen standen in dem kleinen Gehege.

»Zweimal jährlich scheren wir sie. Die Hasen scheren wir zehnmal ...«

Kate blickte auf das nächststehende Tier. Es hob den Kopf und sah sie mit schrägen, gelben Augen an. Sie streckte ihm ihre Hand entgegen.

Ich weiß, wo er ist.

Vollkommen überraschend und mit beängstigender Heftigkeit zog sich ihre Umgebung teleskopartig zusammen, verdichtete sich zu einem einzigen leuchtenden, punktförmigen Lichtkreis. Ihr Herz verkrampfte sich. Statt Blut schien es zähflüssige Tonerde zu pumpen. Ihre Hände glitten vom Zaun.

Eine andere Frau öffnete im Bauernhaus ein Fenster und rief ihnen etwas zu. Hinter ihr in der Küche dudelte ein Radio vor sich hin. Dieses Geräuschmischmasch schlug gegen Kates Kopf wie ein Kartenspiel krachend und flatternd.

Kate wandte sich vom Gatter ab. Ihr Auto stand in fünfzig Meter Entfernung am Rande des Hofs.

»Ich muß gehen«, sagte Kate.

Frau Dearsley wandte sich um. Sie drehte den Kopf ein wenig, um Kate im Regen erkennen zu können. »Was ist denn los?« erkundigte sie sich. »Die Ziege hat Sie doch nicht etwa gebissen? Das machen sie nämlich gelegentlich. Ist es schlimm? Zeigen Sie mal her.« Sie griff nach Kates Hand, während sie mit der anderen die Tür öffnete.

»Nein«, entgegnete Kate und zog ihre Hand zurück. »Nein, es ist alles in Ordnung.«

Sie machte ein paar Schritte, ihre Beine waren vollkommen taub. Sie hatte das Gefühl, sich jeden Augenblick übergeben zu müssen.

»Was ist los?« Frau Dearsleys Stimme in ihrem Rücken war nunmehr besorgt hoch.

Nach Luft ringend erreichte Kate das Auto. Sie machte die Tür auf, fiel fast in den Sitz, drehte den Zündschlüssel und hörte das beruhigende Geräusch des Motors. Die Frau stand jetzt auf der Beifahrerseite und klopfte gegen das Fenster, um ihre Aufmerksamkeit zu erregen.

»Was ist denn los?« fragte sie. »Wollen Sie nicht lieber mit ins Haus kommen?«

Kate legte den Rückwärtsgang ein. »Tut mir leid«, murmelte sie und riß das Lenkrad herum. Es gelang ihr, den Wagen zu wenden, wenn sie auch zweimal vom Pedal glitt, und das Auto nur ruckartig in Bewegung kam. Sie sah Frau Dearsley händeringend und offenbar todunglücklich mitten im Hof stehen.

»Tut mir leid«, wiederholte Kate.

Sie trat auf das Gaspedal. Der Wagen preschte los und berührte dabei mehrmals den erhöhten Wegrand und die Hecke.

An der Kreuzung mit der großen Straße bog Kate nach links ab. Die Umgebung raste auf sie zu, an ihr vorbei und verschwamm. Sie fühlte etwas an ihren Händen, sah herunter und entdeckte zu ihrem Entsetzen und ihrer Überraschung, daß sie weinte. Das Gefühl rührte von ihren herabfallenden Tränen her.

Ich weiß, wo er ist.

Innerhalb von fünf Minuten hatte sie Easting erreicht, eine kleine Gruppe von Häusern an einer Kreuzung. Sie starrte auf das Schild.

Nach ungefähr einer Minute hielt ein anderes Auto hinter ihr. Der Fahrer wartete, dann hupte er. Sie konnte sich nicht bewegen.

Die Welt war zum Stillstand gekommen. All ihre Bedeutung zu den unleserlichen Worten auf dem schwarzweißen Straßenschild zusammengeschrumpft.

Schließlich setzte der Fahrer hinter ihr ein wenig zurück und überholte sie. Sie spürte, wie er sie ansah, konnte jedoch ihren Kopf nicht wenden.

Schließlich blinkte sie nach rechts und fuhr weiter. Soweit sie es mitbekam, waren eine ganze Menge Autos unterwegs. Sie benutzte eine höhergelegene, gerade und parallel zur Küstenstraße verlaufende Hauptstraße. Die Autos fuhren hier genauso schnell wie auf einer Autobahn. Dennoch fuhr sie gleich schnell. Sie fühlte sich vollkommen losgelöst von ihrem Körper und weit über ihrem Wagen schwebend.

Sie sah auf sich selbst herunter: eine dunkle Gestalt in einer weißen Schachtel. Der Wagen stach aus dem Vorhang des Regens hervor wie ein Spielzeugauto im Fluß des Verkehrs. Jetzt war sie schon hundert Meter in der Luft, die Landschaft streckte sich wie grünes Löschpapier unter ihr aus, die Straße nur noch als Linie erkennbar, um sie herum rauschte die Luft.

Da war eine Eichentür.

Mit einem Schild, auf dem mit Großbuchstaben mit der Hand geschrieben stand: *WERTE PATIENTEN, BITTE TRETEN SIE EIN UND WARTEN SIE IM FLUR.*

Treten Sie ein.

Kate hatte die Worte zu fixieren und ihre Bedeutung zu entschlüsseln versucht. Es war zwei Stunden her, daß sie den Hof der Dearsleys verlassen hatte.

Zwei Stunden ...

Treten Sie ein und warten Sie.

Das Licht im Flur war stark gedämpft. Ein mit gelbem Stoff bezogener Stuhl stand herum, ebenso ein Tisch mit einigen Zeitschriften. Hinter dem Stuhl befand sich ein Spiegel, ein gelber Teppich lag auf dem gebohnerten Fußboden.

»Hallo«, sagte eine Männerstimme.

Sie blickte auf. »Hallo, sind Sie ... Dr. Reeve?« Es war ihr tatsächlich ernst mit ihrer Frage. Noch vor wenigen Augenblicken war sie überzeugt davon gewesen, am richtigen Ort zu sein, doch nun war sie sich nicht mehr sicher. Sie erkannte ihn nicht.

Zwanzig nach eins. Zwei Stunden ...

»Lassen Sie den Doktor weg.« Er streckte ihr die Hand entgegen und lächelte sie freundlich an. Er schien hochzufrieden, sie zu sehen. »Jonathan.«

Sie berührte die Hand nicht. Sie konnte es einfach nicht. Sie konnte niemanden berühren.

»Sie sind Frau McCaulay, nicht wahr?«

Immer noch vollkommen erstarrt und regungslos blickte sie ihn an.

Zwei Stunden ... wo war ich nur in den zwei Stunden?

»Wir haben uns bereits kennengelernt«, sagte er. »War es letztes Weihnachten?«

»Ja«, erwiderte sie.

»Wie geht es Ihnen?« erkundigte er sich. Seine Stimme war sehr sanft und geschmeidig. Er war ein wenig näher gerückt. Zum ersten Mal bemerkte sie, daß Jonathan Reeve ein ausgesprochen attraktiver Mann war, vielleicht ein wenig jünger als sie selbst. Er hatte dichtes, hellbraunes Haar und graue Augen und war genauso groß wie sie. Sein Gesichtsausdruck war freundlich und besorgt.

»Es tut mir leid, daß ich hierhergekommen bin«, sagte sie.

»Aber nicht doch. Sie waren schon einmal hier, um mich zu interviewen, kurz nach Weihnachten ...« Sein Tonfall war leicht spöttisch. »Sie haben einen sehr guten Artikel über mich in Ihrer Zeitung geschrieben. Wir haben darüber noch am Telefon miteinander gesprochen.«

»Ja.« Daran konnte sie sich nicht erinnern. Sie versuchte es, doch kam ihr nur das Haus in den Sinn, das in einer kleinen Straße etwa zwei Kilometer von der Kreuzung entfernt lag, wo der andere Wagen sie überholt hatte. Sie erinnerte sich an den Namen des Hauses – *Kilkot Down* –, der auf einen weißen Stein am Straßenrand geschrieben war.

Baumzweige senkten sich von oben darüber. »Ich hätte nicht einfach so vorbeikommen sollen«, murmelte sie, »ohne vorher ...«

Ohne vorher was? Ohne vorher einen Termin zu vereinbaren? *Zwei volle Stunden.*

Jonathan Reeve legte eine Hand auf ihren Arm. »Das ist schon in Ordnung«, meinte er. »Es ist Mittagszeit. Sie brauchen keinen Termin zu vereinbaren. Heute erwarte ich erst am Nachmittag um drei wieder Patienten.«

Sie hörte, wie ihre eigene Stimme zitterte. »Herr Reeve«, sagte sie langsam. »Bitte, können Sie mir helfen?«

16

Der Polizei war die alte Dame bekannt.

Sie verschwendete nicht absichtlich deren Zeit, sie war lediglich einsam. Die letzten zwanzig Jahre hatte sie in diesem Mietshaus am Meer gewohnt, alleine. Manchmal wurden ihre

Nächte durch Geräusche gestört, ein andermal waren die Tage zu lang, und wieder ein andermal fühlte sie sich einfach nicht wohl. Was auch immer es sein mochte, der Wachtmeister kam jedesmal geduldig vorbei, denn er kannte sie, und außerdem lebte seine Mutter auch alleine.

Frau Westham stand bereits auf der Türschwelle und erwartete ihn.

»Oben«, sagte sie, noch ehe er die Tür erreicht hatte, wo sie stand. Sie deutete hinter sich. »Die Wohnung über mir.«

Als er eintrat, nahm er seine Mütze ab und schloß die Tür gegen den eisigen Wind, der über der Bucht wehte.

»Wissen Sie denn, wer dort wohnt?«

»Eine Frau.«

»Wissen Sie, wie sie heißt?«

»Nein. Ich bin ihr ein-, zweimal im Treppenhaus begegnet. Kommen Sie und schauen Sie es sich bitte an ... Kommen Sie ...« Sie ging langsam nach oben und klagte über ihre Arthritis. »Ich weiß immer genau, wenn er da ist«, sagte sie. »Es ist immer am Abend. Nicht an den Wochenenden, nicht während des Tages ...«

Der Wachtmeister bemühte sich, nicht auf den Rand der Söckchen zu sehen, die bis kurz unter das Knie reichten und bei jedem Schritt erneut zu sehen waren.

»Gestern abend ist er auch gekommen«, fuhr sie fort. »So ungefähr um zehn. Ich habe gehört, wie er an die Tür geklopft hat. Sie muß wohl schon geschlafen haben, denn er hat lange geklopft, ehe sie ihn hereingelassen hat. Ich habe sie sich unterhalten gehört, dann war es still. Dann, so ungefähr um ein Uhr nachts, haben sie mich geweckt ...«

Sie waren vor der letzten Wohnung im Haus angekommen, in dem kleinen Treppenflur vor Maggie Spences Einzimmerwohnung.

Frau Westham machte keine Anstalten noch einen Schritt weiterzugehen. Sie wandte sich um und sah den Polizisten an.

»Ich möchte nicht hineingehen«, sagte sie. »Die Tür ist offen, Sie können ...« Sie beugte sich ein wenig vor. »Sie können etwas sehen, dort drüben auf dem Boden.«

Der Wachtmeister drängte sich an ihr vorbei. »Haben die Frau und der Mann sich gestritten?«

»Aber ja, das hat mich ja geweckt. Hat ungefähr drei oder vier Minuten gedauert ...«

»Um ein Uhr nachts?«

»Ja. Danach habe ich gehört, wie er die Treppe hinuntergegangen ist. Ich habe gehört, wie die Eingangstür zufiel. Ich wollte zum Fenster, um ihn auf der Straße zu sehen, aber ich konnte nicht schnell genug laufen.«

»Sie haben ihn also nicht gesehen?«

»Nein.«

»Haben Sie jemals den Mann gesehen, der hierherkam?«

»Nein.« Die alte Dame schüttelte energisch den Kopf. »Ich habe ihn niemals gesehen, lediglich gehört.«

Sie nahm seinen Hemdsärmel zwischen Daumen und Zeigefinger. »Gleich hinter der Tür, habe ich recht? Ist sie das?«

Er trat ein.

Maggie Spence lag auf dem schäbigen roten Teppich gleich hinter der Tür. Sie lag auf der Seite, ihr Kopf war Richtung Zimmerdecke gerichtet, ihre Beine angezogen. Ein Arm lag angewinkelt vor ihr, der andere ruhte ausgestreckt unter ihrem Kopf. Es waren die Fingerspitzen gewesen, die Frau Westham gesehen hatte.

Der Wachtmeister bückte sich und berührte vorsichtig ihren Hals, um den Puls zu fühlen.

Sie war kalt.

Er betrachtete Maggies offene Augen, die auf den Lippen ruhende Zungenspitze, die bläuliche Verfärbung ihrer Zunge und ihrer Lippen, die roten Flecken auf ihrer Haut. Am Hals, unmittelbar unter der Kinnlinie, zeichnete sich eine Reihe blauer Flecken ab.

Seufzend erhob er sich und sah sich in dem Zimmer um.

Das Bett war benutzt. Kleidung lag verstreut herum. Ein Buch lag aufgeschlagen auf dem Stuhl neben dem Bett. Es war ein Liebesroman, ein Taschenbuch.

»Was ist denn passiert?« erkundigte sich Frau Westham. Er hörte sie heranschlurfen.

»Warten Sie noch eine Sekunde«, sagte er und drückte den Knopf seines Funkgeräts.

»Ist sie es? Was ist denn passiert?«

»Warten Sie noch, meine Liebe. Wir beide werden uns gleich ein wenig unterhalten.«

Er blickte auf Maggies Gesicht herab. Was für eine Schande, dachte er. Und eine so hübsche Frau noch dazu.

17

»Kate, was können Sie sehen?«

Sie stand in der Dunkelheit. Die Gebilde über ihrem Kopf konnten möglicherweise Wolken sein, tintig, ganz in Schwarz. Oder aber Bäume. Oder Hände. Oder hohe Decken.

»Kate, was können Sie sehen?« wiederholte er.

»Nichts.«

»Überhaupt nichts? Aber da ist doch etwas.«

»Nur Schwarz.«

»Treten Sie vor. Weiter vor, bis es heller wird.«

Sie rollte den Kopf und widersetzte sich.

»Kate, führen Sie mich zu Jamie.«

»Nein …«, hauchte sie fast wie ein Kind.

Sie sieht ihn nicht, noch kann sie ihn hören. Aber sie *spürt* ihn in ihrer faltigen Handfläche, sie spürt, wie sich ihre Finger um die weiche Haut legen. Seine kleine Hand drückt sich gegen ihr Gesicht und befühlt es.

»Kate, können Sie mich hören?«

»Ja.«

»Was geschieht gerade? Erzählen Sie es mir.«

Jamie wurde vier Wochen zu früh geboren und wog knappe fünf Pfund.

Nachdem man sie zurück auf die Station gebracht hatte, war Kate aufgewacht. Nach acht Stunden Wehen war sie vollkommen erschöpft gewesen. Sie hatte tief und fest geschlafen. Als es zu dämmern begann, war sie aufgewacht und hatte das leere Babybettchen neben sich gesehen. Er war verschwunden, man hatte ihn auf der Säuglingsstation untergebracht.

Sie war den Flur entlanggeeilt, sich dabei den Morgenmantel zubindend. Kalt hatten sich ihre Füße auf dem gebohnerten Flur angefühlt. Außer Atem war sie auf der Säuglingsstation angekommen und hatte die beiden Nachtschwestern dabei beobachtet, wie sie an einem Tisch schläfrig ihren Tee tranken.

»Wo ist er?« verlangte sie zu wissen. »Kann ich ihn sehen?« Noch zwei weitere Babys waren in jener Nacht geboren worden. Sie waren keine Frühgeburten und riesig, daneben lag Jamie, winzig und püppchenhaft, im Brutkasten. Mit angezogenen Beinen auf dem Bauch. Dieser Anblick hatte sie wegen seiner vollkommenen Schutzlosigkeit entsetzt.

»Holen Sie ihn dort heraus«, hatte sie gesagt. »Holen Sie ihn raus, nur raus.«

Man hatte ihn ihr in den Arm gelegt und sie getröstet und ihr Erklärungen geliefert. Sie hatte nicht ein Wort davon mitbekommen, sondern ihn nur vollkommen erstaunt angesehen. Er war aus ihr herausgekommen. So war er auch in ihr gewesen, perfekt, während sie zur Arbeit gerannt war, sich mit Richard geliebt hatte, Mahlzeiten gekocht und geschlafen hatte. Perfekt, einfach perfekt.

Es war immer noch dunkel. Januar. Mit ihm auf dem Arm ging sie zum Fenster und zeigte ihm den Schnee, der gemächlich und in großen Flocken auf das Fensterbrett fiel und das gegenüberliegende Dach bedeckte. Ein ganz klein wenig Licht war in dem frühen Morgenhimmel zu erkennen, ein Widerschein der Stadt.

»Schau einmal, Jamie, Schnee ...«

»Kate, was ist los?«

Und dann zu Hause.

Richard auf der Treppe, wie er lachend versucht, den Babykorb durch den Flur zu bekommen. Die Nachbarin von nebenan ist auch da. Sie hat ihnen Kaffee gekocht. Eine ganze Menge Leute sind da, Richards Chef und dessen Frau, die Nachbarin, noch jemand, viele Gesichter. Richard reicht ihr ein Glas Champagner.

Die Nachbarin tritt vor. Sie lächelt über das ganze Gesicht und streckt ihre Hände aus. »Darf ich ihn einmal auf den Arm nehmen?«

Ob es der Champagner ist oder nicht, hätte sie nicht sagen können. Sie lehnt ab. Und lacht. »Ich werde ihn niemals loslassen«, sagt sie.

»Das hast du früher über mich auch behauptet«, ruft Richard von der Küche her.

»Ich werde keinen von euch beiden jemals loslassen!«

Nein, daran darf sie nicht denken. Sie kann es nicht ertragen. Jamies Hand verflüchtigt sich. Sie ist jetzt nur noch Staub oder Luft oder Wasser, und er ist dorthin zurückgekehrt, wo er hergekommen war.

Aus dem Nichts wieder ins Nichts zurück.

Seine Hand. Richards Stimme, das Haus, die Geräusche. Sie werden alle klein, dann verschwinden sie, jedes Gesicht, jedes Wort, jedes Geräusch. Ein Film, der angehalten worden ist.

Löschen, löschen.

»Was können Sie sehen?«

Eilig verläßt sie die schmerzliche Szene. Endlich taucht sie wieder auf, eine Wand, unendlich hoch, ohne Ende, weder nach rechts noch nach links.

Jonathan Reeves Stimme ist tief und melodisch. »Woraus besteht diese Wand?«

Sie lacht und hat ihre Augen fest geschlossen. Plötzlich kommt er ihr komisch vor, daß er sie umherschiffen kann, wie Merlin. »Steine, große Steine.«

»Lediglich Steine?«

»Was denn noch?«

»Sagen Sie es mir. Was für eine Art von Steinen?«

»Große, grünliche, mit Moos überwucherte Steine.«

»Was werden Sie jetzt tun? Werden Sie sie zu erklimmen versuchen?«

Sie lacht laut auf. Was für ein alberner Kerl. Niemand könnte etwas von dieser Größenordnung bezwingen.

»Gibt es einen Spalt in der Wand?«

»Nein.«

»Schauen Sie einmal genau hin. Da ist ein Spalt.«

»Nichts.«

»Es gibt einen Spalt, einen ganz kleinen nur.«

Sie legte den Kopf von einer Seite zur anderen, das Lächeln schwindet aus ihrem Gesicht. Die Augen hält sie fest geschlossen.

»Heben Sie die Hände an die Wand und ertasten Sie den Spalt zwischen den Steinen.«

Sie verschränkt die Arme.

»Kate, möchten Sie den Spalt denn nicht sehen?«

Sie will die Wand nicht sehen. Sie dreht sich um, bereit, sich wieder in den schwarzen Abgrund in ihrem Rücken zu stürzen. Unsichtbar, unsichtbar.

»Kate, ich bin bei Ihnen. Es kann Ihnen nichts passieren. Sehen Sie sich die Wand an. Wo ist sie?«

Sie gibt nach. »Direkt vor mir.«

»Warum? Wo stehen Sie denn?«

»Inmitten von Bäumen, irgendwo im Dunkeln.«

»Warum steht dort eine Mauer inmitten von Bäumen?«

»*Ich* weiß es nicht.« Gereizt.

»Sie wissen es. Wer hat sie gebaut?«

»Ich weiß es nicht.«

»Sie wissen es. Wer hat die Mauer gebaut?«

Sie sieht Reeve, wie er durch die herabhängenden Blätter hindurch auf ihre Seite der Mauer kommt. Als sie ihn sich nähern sieht und die Äste unter seinen Schritten zerbrechen, als sie sein gelegentlich beleuchtetes Gesicht sieht, erstarrt sie.

»Kate, kommen Sie zur Mauer zurück.«

Sie beginnt schwer zu atmen. Ihre Hände bewegen sich auf den Armlehnen des Stuhls.

»Schon gut, Kate. Schon gut.«

Reeves Bild wird flach, dann verschwindet es. Seine Bedrohung verflüchtigt sich, dann verflüchtigt sich auch die Mauer, deren Details verblassen und die aber noch höher wird, bis sie vornüberkippt und die Luft um sie herum und der Boden zu ihren Füßen alles aus ein und demselben Material besteht. Weder Stein noch etwas Festes. Eine bewegliche Maske. Etwas, hinter dem man sich verbergen kann.

»Kate, treten Sie vor. Sie brauchen keine Angst zu haben. Es kann Ihnen nichts Schlimmes passieren, jedenfalls nichts Schlimmeres, als Ihnen ohnehin schon widerfahren ist. Sie können die Angst besiegen, indem Sie sich umdrehen und sich ihr stellen. Verstehen Sie das?«

Sie hatte sich etwas entspannt, aber nur ein ganz klein wenig. Wieder bemerkt er wie beim ersten Mal, als sie sein Haus betreten hatte, die eigenartige Leere in ihrem Gesichtsausdruck.

»Kate, Sie müssen antworten.«

»Ja … schon gut.« Wütend mit ihm.

»Begreifen Sie, daß Sie die Dinge, die Ihnen angst machen, Ihnen Sorgen bereiten, angehen müssen?«

Eine lange Pause. »Ja.«

»Also gut, Kate. Kommen Sie zurück. Sehen Sie die Straße,

eine ganz flache Straße. Gehen Sie sie mit mir gemeinsam wieder zurück ...«

Inzwischen war es halb sechs.

Jonathan Reeve hatte die beiden anderen Termine am Nachmittag abgesagt.

Er trat mit einem Tablett mit Tee wieder in das Sprechzimmer.

Nach der Beruhigungsspritze und der nachfolgenden Visualisierung hatte sie etwas geschlafen. Als er das Zimmer betrat, setzte sie sich langsam auf und rieb sich die Augen.

»Wie fühlen Sie sich?« erkundigte er sich.

Sie schüttelte den Kopf. Er fühlte ihren Puls. Sie ließ es mit sich geschehen, als ob sie gehorchen müsse, sich aber nur widerwillig fügte.

»Sind Sie müde?«

»Ja.«

Er reichte ihr den Tee.

»Was für ein Tee ist das?« fragte sie.

»Nur ein Kräutertee. Kosten Sie mal.«

Das tat sie, allerdings mit offensichtlichem Mißtrauen. Schließlich lehnte sie sich zurück und sah ihn an. »Ich weiß nicht, was heute passiert ist«, sagte sie.

Einen Augenblick lang dachte er nach, wie er es ausdrücken sollte. »Sehen Sie es wie den Zusammenbruch eines Computers«, meinte er schließlich. »Die Dateien waren zu voll, das Speichervermögen zu gering. Es gehört zu den Grundwahrheiten, daß man Schwierigkeiten nicht einfach wegstecken kann, in der Erwartung, daß sie damit verschwunden seien. Sie werden wieder auftauchen. Vielleicht erst Jahre später, aber auftauchen werden sie, manchmal sogar auf die verrückteste Art und Weise.« Er beugte sich vor. »Würden Sie mir den Brief zeigen?«

Sie hatte ihm eine sehr unzusammenhängende Version der

Geschehnisse der letzten zwei Tage gegeben, bevor sie hierhergekommen war. Jetzt blickte sie ihn verängstigt an. »Es ist vollkommen in Ordnung, die eigenen Probleme mit anderen Menschen zu teilen«, meinte er.

Ihr schauderte, wie es schien fast aus Abneigung.

»Sie möchten nicht, daß ich darüber etwas weiß?« fragte er.

»Ich kann nicht ...« Sie suchte nach Worten. »Ich ertrage es einfach nicht, daß jemand davon weiß«, erwiderte sie.

»Weshalb, glauben Sie, ist das so?«

»Ich ...« Diese Unterhaltung wollte sie eigentlich überhaupt gar nicht führen. Sie wollte wieder in ihre Wohnung zurückkehren und die Tür hinter sich schließen. Und eine lange Zeit nicht wieder herauskommen. Solange, bis die Tage wieder ruhig und ereignislos waren. »Als es damals passierte, gehörte die Geschichte allen«, sagte sie. »Jetzt gehört sie mir. Ich möchte nicht, daß sie noch anderen Menschen gehört. Ich kann es einfach nicht mehr ertragen.«

»Wollen Sie damit sagen, daß Jamies Verschwinden niemandem gehören soll, daß sich niemand damit beschäftigen soll?«

»Ja.«

»Das ist aber nicht das, was Sie gesagt haben.«

»Wie bitte?«

»Nichts weiter, lassen wir das.« Er lächelte, nippte an seinem Tee, lehnte sich zurück und schlug die Beine übereinander. »Erzählen Sie mir, warum es so schmerzhaft war, daß alle davon wußten. Sicherlich haben viele Menschen Sie auch unterstützt und getröstet?«

»Nein.«

»Aber sie haben Ihnen geholfen? Die Polizei, die psychologischen Berater?«

»Nein.« Sie preßte die Hände gegen die Schläfen und drückte die Ellenbogen auf die Knie. »Ja, natürlich, sie haben alles getan. Sie waren ständig im Haus, sie haben dauernd angerufen, sie haben Sozialarbeiter vorbeigeschickt, wir haben mit zwei Frauen gesprochen, die eine Art Streßberatung durchgeführt haben ... Es hat alles nichts genützt. Man kann nicht ... an den Schmerz rühren. Und die Zeitungen, Himmel ...«

»Sie haben damals doch selbst für eine Zeitung gearbeitet.«

»Ja.«

»Was hat man dort getan?«

»Erinnern Sie sich nicht mehr?«

»Erzählen Sie es mir.«

Sie seufzte. Die Erinnerung ließ ihren Körper erbeben. Sie fiel gegen die Lehne zurück, den Blick auf etwas weit hinten im Zimmer fixiert. »Sie haben eine Kampagne gestartet. *Haben Sie Jamie Lydiatt gesehen?* Das dauerte eine Woche lang. Nach einer weiteren Woche wieder: *Wo ist Jamie Lydiatt?* Nach einem Monat: *Haben Sie dieses Kind gesehen?* Und nach einem Monat schließlich: *Vergessen Sie Jamie Lydiatt nicht.*«

»Das war doch sicherlich eine gute Sache?«

»War es das? Er ist dadurch nicht wieder nach Hause gekommen. Niemand hat ihn jemals gefunden.«

»Aber sie haben es versucht.«

»Ja«, gab sie zu.

Jedesmal, wenn sie sein Bild in der Zeitung gesehen hatte, hatte es sich so angefühlt, als ob man ein Messer in ihre Seele rammte. Allein die Tatsache, daß sie die Geschichte so viel länger als normalerweise hatten laufen lassen, war etwas, wofür sie eigentlich von Herzen hätte dankbar sein sollen. Doch sie konnte keine Dankbarkeit empfinden. Sein Anblick auf den Titelseiten, der Welt zur Schau gestellt und sowohl allen wie auch ihr gehörend, hatte etwas in ihr zerbrochen.

»Würden Sie mir den Brief zeigen?«

Sie kehrte in das warme, ruhige Zimmer zurück. Sie hatte sich daran erinnert, wie sie auf dem Bürgersteig in Holborn gestanden und sich mit ihrem Chefredakteur gestritten hatte.

Sie hatte ihm ins Gesicht geschlagen. Sie hatte ihn tatsächlich, nach allem, was er für sie getan hatte, geohrfeigt. Gott verzeihe mir, dachte sie. Ihr Kind zwei Wochen lang vermißt. Betrunken. Außer Kontrolle.

Richard weigerte sich, mit ihr zu sprechen. Sie gestattete ihm nicht, mit ihr zu sprechen. Sie wollte nicht Richard. Nur Jamie. Nur Jamie. Nur ...

Sie blickte Jonathan Reeve an.

»Es ist etwas, was man nicht erklären kann, wenn man es nicht selbst erlebt hat«, sagte sie an ihn gewandt. Ihre Stimme war tief und ruhig. »Es gibt einfach keinen Namen dafür. Es gibt keine praktische Kiste, in die Sie mich stecken könnten. Es tut mir leid, wenn das hochnäsig klingen sollte. Aber es entspricht nun einmal der Wahrheit. Es gibt vergleichsweise wenige Menschen, deren Babys gestohlen wurden, und keiner von uns könnte einem anderen erzählen, wie es sich anfühlt. Und ich möchte es noch nicht einmal ansatzweise auch nur versuchen. Verstehen Sie? Ich möchte gar nicht erst damit anfangen. Ich werde nicht damit anfangen. Ich kann es nicht. Es ist meine Sache, ganz allein meine Sache. Mehr gibt es dazu nicht zu sagen. Und man sollte mich nicht dazu zwingen.«

»Ich versuche nicht, Sie in irgendeine Kiste zu packen«, erwiderte er. »Könnte ich den Brief sehen?«

Sie faßte in ihre Handtasche. Der Brief steckte in der Innentasche und war zu einem kompakten, winzigen Quadrat zusammengefaltet. Sie reichte ihn ihm.

Er faltete ihn auseinander und betrachtete ihn lange ohne ein Wort zu sagen. Dann reichte er ihn ihr zurück.

»Was haben Sie getan, nachdem Sie ihn erhalten haben?«

»Ich bin nach oben gegangen und habe ihn versteckt.«

»Glauben Sie, irgend jemand weiß, wo Jamie ist?«

Den Brief in der Hand haltend, zog sie die Stirn kraus.

»Kate?«

»Nein«, sagte sie. »Jamie ist tot.«

Es folgte ein längeres Schweigen. In Reeves Flur schlug leise eine Uhr. Sechs Uhr.

»Ich muß gehen«, sagte sie.

»Nein«, entgegnete er und hob die Hand. »Noch einen Augenblick. Woher wissen Sie, daß Jamie nicht mehr lebt? Erzählen Sie es mir.«

»Die Polizei hat es mir gesagt.«

»Was genau hat man Ihnen gesagt?«

Sie rutschte auf ihrem Sitz hin und her. »Nachdem Jamie entführt worden war, haben sie mir gesagt, daß es zwei Arten von Menschen gebe, die Kinder entführen. Babys.« Sie sprach vollkommen tonlos, wie auswendig, als ob sie jedes Wort auswendig gelernt und es sich eingeprägt habe. Er beugte sich interessiert vor. »Es gibt diejenigen, die selbst ein Kind verloren haben oder die selbst keine Kinder bekommen können«, fuhr sie fort. »Sie stehlen ein Baby, um das zu ersetzen, was sie nicht haben können. Sie sind sehr gut zu dem Kind. Normalerweise werden sie nach ein oder zwei Wochen gefaßt, weil Freunde oder Familienangehörige die Polizei verständigen.« Langsam ließ sie den Brief wieder in ihre Handtasche zurückgleiten. »Und dann gibt es die anderen«, sagte sie. »Sie entführen Kinder aus irgendeinem perversen Antrieb heraus. Aus sexuellen Gründen, aus Rache, oder … oder wegen noch ein Dutzend anderer unaussprechlicher Dinge.« Endlich sah sie zu ihm auf. »Für gewöhnlich bringen sie das Kind um.«

»Verstehe«, sagte er.

»Allgemein gilt, daß nach einer Woche ergebnisloser Suche, das Kind vermutlich nie mehr gefunden wird«, fuhr sie fort. »Weil ich bei der Zeitung gearbeitet habe, hatte ich jede Menge zusätzliche Presse, deshalb war von dem Fall auch länger als gewöhnlich die Rede. Aber es hat dennoch nichts gebracht. Es hätte zu Jamies Auffinden führen müssen, auch wenn er bei dem einen Prozent der Kindesentführer gewesen ist, denen man nicht nach sieben Tagen auf die Spur kommen kann.

Doch das ist nicht geschehen. Die Polizei hat es mir nicht wörtlich gesagt, daß Jamie tot ist. Aber sie haben mir diese Fakten präsentiert.«

»Und Sie haben Ihre eigenen Schlußfolgerungen gezogen.«

»Ja.«

»Und glauben Sie wirklich von ganzem Herzen daran? Mit Ihrem Mutterinstinkt, wenn wir es einmal so nennen wollen? Daß Jamie tot ist?«

»Ja«, erwiderte sie. »Ja ...«

Ihr Blick begann zu wandern. In diesem Augenblick wurde Jonathan Reeve klar, daß Kate noch eine Hoffnung hatte. Vielleicht war es nur noch der Bruchteil einer Hoffnung. Vielleicht wurde diese durch ihre strenge Vernunft und ihre Fähigkeit, ihre Gefühle so weit zu beherrschen, bis die Welt ganz grau aussah, unterdrückt. Dennoch existierte sie. Sie hoffte immer noch.

»Also ... Was will Ihrer Meinung nach der Verfasser dieses Briefes Ihnen sagen?«

»Ich weiß es nicht.«

»Glauben Sie, daß es möglicherweise eine Lüge ist?«

»Aber ja.«

»Warum sollte jemand so etwas sagen, das Schlimmste überhaupt – und dann noch Ihnen gegenüber?«

»Ich weiß es nicht.«

»Kennen Sie denn irgendeine Person, die Sie derart verletzen wollen würde?«

»Nein.«

»Und was ist mit Ihrem Ehemann?«

Sie biß sich auf die Unterlippe. »Wir haben uns sechs Monate nach Jamies Verschwinden getrennt.«

»Wo ist Richard jetzt?«

»Er lebt in Cumbria. Wir haben beide London verlassen.«

»Würde er ein Interesse daran haben, Sie auf diese Art und Weise zu verletzen?«

»Nein.« Sie blickte kurz zu ihm auf und fragte sich, woher er Richards Namen kannte. Dann erst kam ihr der Gedanke, daß sie ihn ihm gegenüber bereits erwähnt haben mußte, vielleicht in dem ersten wirren Gespräch kurz nach ihrer Ankunft. Sie hatte mehrere Minuten lang vollkommenen Unsinn dahergeredet, dessen war sie sich sicher. Es war erstaunlich, daß er die Geduld aufgebracht hatte, sich das anzuhören.

»Wie können Sie da so sicher sein?« drängte er weiter.

»Ich *bin* sicher. Ich *kenne* Richard.«

»Auch nach all den Jahren?«

»Ja.«

»Könnte es nicht möglich sein, daß auch Richard gelitten hat und nun aus seinem Leiden auszubrechen versucht und in irgendeiner Weise Kontakt aufnehmen will?«

»So etwa! Mein Gott ...!«

»Leiden schafft Verletzungen.«

»So ist Richard einfach nicht.«

»Wie lange haben Sie ihn nicht mehr gesehen?«

»Seit neun Jahren.«

»Und da können Sie immer noch behaupten, ihn zu kennen, selbst heute noch? Voller Überzeugung?«

»Ja ... sagen Sie, was in aller Welt wollen Sie eigentlich damit sagen?« Sie hatte sich aufgerichtet und blickte ihm direkt in die Augen.

»Überhaupt nichts«, erwiderte Reeve ruhig. »Ich will Ihnen lediglich ein paar Möglichkeiten aufzeigen. Sie sind diejenige, die darüber sprechen sollte.« Seine Stimme wurde wieder weicher. »Was ist denn nach der Trennung passiert? Sind Sie gleich danach hierhergekommen?«

»Nein. Ich bin herumgereist, hatte eine ganze Reihe von Jobs. Hier und da bin ich bei Leuten untergekommen, wie es eben so ist ...«

»Ist die Erinnerung daran verschwommen?«

»Ja, zum Teil.«

»Wie lang war die Zeit, an die Sie sich nur verschwommen erinnern?«

»Drei Jahre? Ich habe auch im Ausland gearbeitet. Habe ziemlich oft gewechselt.« Kate kaute am Daumennagel. Er hatte sie durcheinandergebracht: Sie schien verwirrt.

»Damit niemand Sie richtig kennenlernen konnte? Damit niemand wirklich an Sie herankommen konnte, vielleicht?«

»Vielleicht.«

»Haben Sie sich von Ihren Freunden ferngehalten?«

»Nein. Vielleicht.« Sie nahm eine Haarsträhne zwischen die Finger und begann, damit herumzuspielen.

»Haben Sie als Journalistin gearbeitet?«

»Nein«, erwiderte sie mit Nachdruck.

»Diese Erfahrung hatte mit Jamie zu tun?«

»Ich ...« Sie runzelte die Stirn. »So kann ich es nicht sagen. Ich weiß es nicht.«

»Aber hier sind Sie wieder zum Journalismus zurückgekehrt«, fuhr er fort. »Und doch haben Sie in den Jahren dazwischen, in den verlorenen Jahren, jede Arbeit angenommen, die Sie finden konnten?«

»Eine Zeitlang war ich als Kurier für ein Reiseunternehmen tätig. Dann habe ich ein paar Monate lang für jemanden gekocht, in Italien, in einer Villa ... Ich kann nicht richtig denken, ich kann mich nicht erinnern ... Einmal habe ich auch als Putzfrau gearbeitet ...«

»Und wann sind Sie nach England zurückgekehrt?«

»Vor fünf Jahren.«

»Warum haben Sie Ihren Namen geändert?«

»Richard hat sich von mir scheiden lassen.«

»Wie haben Sie das aufgenommen?«

Sie lachte humorlos auf, warf ihm einen Blick zu und stand auf. Sie atmete einmal tief durch. Dann noch einmal. »Hören Sie«, sagte sie. »Sie waren wirklich sehr freundlich, außerordentlich freundlich sogar, aber ich kann über diese ganze Sache nicht sprechen. Ich weiß, Sie sind der Ansicht, daß ich es tun sollte, aber ich fürchte, es ist einfach nicht möglich.«

Sie bückte sich, um ihre Tasche aufzuheben, bemühte sich den Mantel überzustreifen, den sie in den Händen hielt und dessen einen Ärmel sie zu erwischen versuchte.

»Also gut«, sagte er.

Sie sah ihn an. »Es wird nichts helfen«, erwiderte sie.

»Okay, das ist schon in Ordnung. Soll ich auf Sie zukommen, wo Sie sich zurückziehen? Soll ich Sie anrufen?«

Sie lächelte. »Das werde ich nicht tun. Tut mir leid.«

Sie ging zur Tür.

»Vergessen Sie nicht, wo Sie mich finden können«, sagte er.

Sie lächelte verkrampft. »Sehen Sie? Aber Sie irren sich. Ich habe die Sache schon seit sehr langer Zeit unter Kontrolle. Ich weiß, wie ich es angehen muß. Einen Psychoanalytiker brauche ich dazu wirklich nicht.«

»Gut. Aber ich bin Psychotherapeut.«

Sie streckte ihm die Hand entgegen und schüttelte sie entschieden.

»Eigentlich sollten Sie nicht Auto fahren«, sagte er an sie gewandt.

»Muß ich aber«, erwiderte sie. Sie traten in den Flur hinaus.

Auf der Türschwelle drehte sie sich noch einmal kurz zu ihm um. »Bitte versäumen Sie nicht, mir Ihre Rechnung zu schicken«, erinnerte sie ihn.

Jetzt war es an ihm zu lächeln.

»Es wird keinerlei Berechnung erfolgen, Kate«, erwiderte er.

18

Am nächsten Morgen ging Kate in die Redaktion des *Journal.* In der zweiten Etage durchquerte sie das Vorzimmer und betrat das Büro des Chefredakteurs Ken Bartlett.

Bartlett saß auf seinem Stuhl. Wie gewohnt vermittelte er in seinem dunklen Anzug, dem weißen Hemd und dem grau gemusterten Schlips ein wenig Friedhofsstimmung. Sein Haar war ordentlich gekämmt, und seine Haut wies die gelbe Färbung des Rauchers auf.

Sie klopfte an die Tür. »Könnte ich Sie einen Augenblick sprechen?«

»Kommen Sie herein.« Sein leerer Schreibtisch stach ihr ins Auge. »Setzen Sie sich, Kate. Wie geht es Ihnen?«

»Gut.« Sie musterte ihn aufmerksam, denn er war für seine Launenhaftigkeit berüchtigt. »Ich habe Neuigkeiten für Sie, die Ihnen nicht gefallen werden. Ich kann keine Artikel mehr schreiben.«

Sein Gesicht zeigte keinerlei Regung. »Hat es etwas mit Maggie zu tun?«

Sie war überrascht. »Maggie? Nein.«

»Weshalb dann?«

»Es interessiert mich nicht mehr. Tut mir leid.«

Er lächelte kühl. »Lassen wir Ihr Interesse einfach einmal aus dem Spiel«, sagte er. »Sie haben einen Vertrag zu erfüllen.«

»Das ist mir bewußt. Doch zwingen können Sie mich nicht, oder?«

»Warum nicht?«

»Gut, dann sagen Sie mir, wie hoch die Vertragsstrafe ist. Ich zahle sie.«

Bartlett schien nachzugeben, sich etwas zu entspannen. Er beugte sich vor. »Brennt es denn sehr?« erkundigte er sich. »Wohin wollen Sie denn gehen?«

»Nirgendwohin.«

»Und welche andere Arbeit haben Sie angenommen?«

»Es gibt keine andere Arbeit.«

Er runzelte die Stirn. »Was ist dann der Grund?« Sie wandte den Blick ab. »Hat die Polizei Sie bereits aufgesucht?«

»Die Polizei?«

»Waren sie noch nicht bei Ihnen?«

»Weshalb sollten sie?«

Er öffnete den Mund, um es ihr zu erzählen, wobei er ihr tief in die Augen blickte. Dann erhob er sich. »Kommen Sie«, sagte er. Gemeinsam gingen sie in das Großraumbüro hinüber. »Wo ist Jack?« rief er.

»Ist gerade einmal nach draußen gegangen.«

»Holen Sie ihn.«

Bartlett hatte Kates Handgelenk umfaßt. Nicht ihre Hand, sondern die schmalen Knochen, als ob sie sonst versucht wäre zu fliehen. Sie schüttelte die Hand. »Ken, bitte lassen Sie das.«

»Ist denn keiner bei Ihnen vorbeigekommen oder hat Sie angerufen?«

»Ich war nicht zu Hause.«

Vergangene Nacht hatte sie bei Isabelle verbracht, sah aber nicht ein, weshalb ihn das etwas angehen sollte.

»Sehen Sie denn morgens nicht fern oder hören Radio?«

»Nein, heute nicht.«

Höhnisch fragte er sie: »Und Sie wollen Journalistin sein?«

Jack Seward betrat die rückwärtige Tür. Er machte zwei Schritte, sah Kate und Bartlett und hielt inne. »Was wollen Sie?« fragte er über das ganze Zimmer hinweg.

»Kommen Sie einmal her, Jack.« Mißmutig trat Jack näher. »Erzählen Sie Kate von Maggie.«

Bartlett ließ ihre Hand los und ging zurück in sein Büro. Die beiden standen wie zwei verlassene Ausstellungsstücke herum, die Augen aller auf sich gerichtet. Jack warf Bartletts Rücken einen vernichtenden Blick zu.

»Mistkerl«, brummte er.

»Was ist denn los?« wollte Kate wissen.

Jack sah sie an. Heute morgen wirkte er noch unordentlicher als gewohnt, die dichten dunklen Haare fielen ihm in die Augen. Er hatte sich nicht rasiert. Er machte eine Kopfbewegung in Richtung Chefredakteur. »Hast du jemals gesehen, daß er an irgend etwas gearbeitet hätte?« fragte er. »Es muß sich um eine Osmose handeln. Hast du ihn jemals einen Kommentar schreiben sehen?«

»Jack«, wiederholte Kate. »Worum geht es denn?«

»Hast du schon gefrühstückt?«

»Jack, bitte.«

»Laß uns hier rausgehen, etwas zu trinken auftreiben, eine stille Ecke ...« Er hielt inne, da er ihre aufkeimende Wut spürte. Er seufzte. »Gestern nachmittag hat man die Polizei zu Maggies Wohnung gerufen«, sagte er leise. »Sie ist in den frühen Morgenstunden umgebracht worden. Erwürgt.«

Sie sah ihn kurz an, dann blickte sie zu Bartletts Büro hinüber. »Und warum konnte er mir das nicht sagen?«

»Er hat mich gestern mit der Story beauftragt, vielleicht glaubt er, ich hätte eine Erklärung.«

»Hast du denn eine?«

»Nein. Ein Mann kam sie regelmäßig besuchen, mehr wissen wir nicht. Keiner hat ihn gekannt.«

Kate ging weiter, er folgte ihr. An der Tür angekommen, fragte sie: »Und warum würde die Polizei mit mir sprechen wollen?«

»Sie wollen mit uns allen sprechen.«

»Waren sie hier?«

»Sie waren hier und sind jetzt wieder gegangen.«

»Himmel«, sagte sie. Sie stieß die Tür auf und lief Richtung Treppe.

»Kate!«

»Was ist?«

»Weißt du denn, wer er war? Maggies Liebhaber?«

»Nein.«

»Solltest du nicht lieber hier bleiben und auf sie warten?« Sie zögerte. »Ich weiß doch nichts.« Sie preßte die Hand gegen die Stirn. »O mein Gott, die arme Maggie.«

Schwankend stand sie am Treppenabsatz. Jack war davon überzeugt, daß sie gleich der Länge nach die Treppe hinunterfallen würde. Er eilte auf sie zu, drängte an ihr vorbei, so daß er eine Stufe unter ihr stand und sie nun beide gleich groß waren. »Ist alles in Ordnung?«

»Ja«, erwiderte sie. Sie machte einen total erschöpften Eindruck.

»Halte dich an meinem Arm fest.«

»Ich brauche deinen Arm nicht, Jack.« Sie schloß die Augen.

»Hör zu, nur ...«

Sie wurden von der Rezeptionistin unterbrochen, die die Treppe heraufkam. Sie hatte einen Stapel Post im Arm und kam ihnen langsam und verträumt entgegen. Sie schien sie erst wahrzunehmen, als sie unmittelbar vor ihnen stand. »Oh, tut mir leid!«

»Keine Ursache«, erwiderte Jack.

Schmunzelnd ging sie an ihnen vorbei. Kate ging die Treppe hinunter, Jack trat zur Seite.

»Ach ... Fräulein McCaulay?« Die Frau war zurückgekehrt.

»Ja, bitte?«

»Ein Brief für Sie.« Sie hielt ihr einen weißen Umschlag hin. Kate nahm ihn, musterte ihn, die Schreibmaschinentype, den Poststempel. Die Frau war weiter in die Redaktionsräume gegangen.

»Was ist los?« erkundigte sich Jack.

Kate versuchte den Brief wegzustecken, verfehlte jedoch ihre Handtasche, und der Umschlag fiel die Treppe hinunter. Jack rannte ihm hinterher. Er hob ihn auf und bemerkte ihre offensichtliche Anspannung und ihren verwirrten Gesichtsausdruck. »Das Gefühl habe ich auch immer, wenn ich Rechnungen bekomme«, meinte er.

Sie wollte ihm den Umschlag entreißen, er jedoch hielt ihn fest. Das Papier riß ein.

»Was ist es denn?« erkundigte sich Jack fast beiläufig.

»Gib ihn mir zurück, Jack.«

»Willst du ihn wirklich haben?«

Sie blickte ihn kühl an. Draußen auf der Hauptstraße brummte der Verkehr. Ein Motorrad heulte auf. Sie begann zu zittern. Hilflosigkeit zeichnete sich auf ihrem Gesicht ab. Sie sah durch das Glas nach draußen, als ob sie erwartete, daß was auch immer sie so ängstigte, sich gleich aus dem heillosen Verkehr oder aus der Fußgängermenge lösen und auf sie zustürzen würde.

»Hey«, meinte Jack. »Ich helfe dir ...«

»Ich brauche keine Hilfe«, erwiderte sie. Sie drängte an ihm vorbei zur Treppe und verlor das Gleichgewicht. Er sah, wie sie vornüberkippte, wie ihre Hand kurz das Geländer berührte.

Auf halber Treppe kam sie auf der Seite zu liegen, ihre Fingernägel krallten sich an die Wand, die Beine waren unter ihr zusammengerollt, dann fiel sie noch weitere fünf Stufen und lag schließlich auf dem harten Nadelfilz der leeren Eingangshalle.

Er stürzte ihr nach.

»Faß mich nicht an«, warnte sie ihn.

»Verdammt noch mal, halt den Mund«, sagte er. »Zeig mir deine Hände. Kannst du sie zusammenballen?«

Schweigend führte sie es ihm vor.

»Kannst du stehen? Deine Füße spüren?«

»Ja«, knurrte sie.

»Zeig es mir.«

Mit verzerrtem Gesicht stand sie auf.

»Hast du dir den Kopf gestoßen?«

»Nein, fang nicht damit an.« Sie sah sich nach ihrer Handtasche um. Der Inhalt lag überall verstreut herum. So gut er konnte, raffte er alles zusammen und reichte es ihr. Sogar den Brief. Als er ihn ihr gab, hielt er ihn den Bruchteil einer Sekunde zu lange fest und blickte ihr in die Augen.

»Mit was denn anfangen?« fragte er. »Komm, laß uns etwas trinken gehen.«

»Um zehn Uhr früh? Nein danke.«

»Alkohol habe ich nicht gemeint. Komm mit.« Er ging vor und hielt ihr die Eingangstür auf. Sie starrte ihn an und rieb sich die Hüfte.

»Komm schon«, wiederholte er. »Nicht lange. Ich will dich ja nicht umbringen.«

Er führte sie in ein Café auf der Hauptstraße. Es lag auf dem Hügel, von dem aus man über die Bucht blicken konnte. Auf den Tischen lagen Plastikdecken. Eine Preisliste mit großen schwarzen Buchstaben auf einem orangefarbenen Hintergrund war an die Wand gepinnt.

Kate stand mit verschränkten Armen am Fenster, während Jack zwei Pfannkuchen und zwei Tassen Tee holte.

»Setz dich«, wies er sie an.

Sie quetschte sich vorsichtig auf einen der Stühle und beobachtete, wie er den Zucker in seiner Tasse verrührte. Er schien tief in Gedanken versunken, dann sah er zu ihr auf.

»Kate, wie lange kennen wir uns schon?«

»*Kennen* wir uns denn?«

Er fuhr sich mit der Hand durch die Haare. »Mein Gott, du bist aber auch wirklich ein sehr widerborstiges Wesen. Entspann dich doch bitte.«

»Fünf Jahre«, erwiderte sie.

Er lächelte. »Fünf Jahre lang hast du bei Büropartys am anderen Ende der Bar gestanden. Sofern du überhaupt an solchen Festivitäten teilgenommen hast, was, wenn wir ehrlich sind, nur recht selten vorgekommen ist.«

Sie kommentierte seine Bemerkung nicht. Den Tee hatte sie nicht angerührt. Jetzt saß sie mit ihrer Handtasche eng an sich gepreßt da und bemühte sich, die zerschlissene Plastikdecke nicht zu berühren. Sie beobachtete alles um sich herum, die Theke, die Straße, die anderen Gäste. Ihn jedoch blickte sie nur selten an.

»Weißt du, woran du mich erinnerst?« fragte er.

Sie zuckte mit den Schultern.

»Du siehst aus wie Nancy in *Oliver Twist.* Immer ein Auge auf die Tür gerichtet, falls Bill Stakes hereinkommen sollte.«

Sie schwieg immer noch.

»Also gut, war vielleicht kein besonders guter Witz. Aber du willst mir kein bißchen entgegenkommen, nicht wahr?«

Sie musterte ihn. »Weshalb sollte ich dir denn entgegenkommen?«

»Ich möchte dich etwas fragen«, sagte er und hielt inne, denn er war sich nicht sicher, wie sie reagieren würde. »War dein früherer Name nicht Lydiatt?«

Sie starrte ihn an.

»Hast du nicht früher in London, in South Kensington in einer Straße namens ...«

»Woher weißt du das?«

»Ich weiß es schon seit geraumer Zeit. Seitdem du hierhergekommen bist.«

»Seit ...«

»Nun, vielleicht nicht sofort. Aber als du das erste Mal ins Büro gekommen bist, glaubte ich dich zu kennen.« Sie wirkte schockiert, ja verletzt. »Dein Name hatte sich natürlich geändert, deine Haare ... Auf den Fotos war dein Haar lang. Seit du hier bist ...« Sein Blick wanderte zu der Handtasche, die sie immer noch an sich klammerte. »Ich habe Archive nach dir durchsucht, Kate. Ich wußte, daß du es warst.«

»Und du hast es allen erzählt, nehme ich an«, murmelte sie. »Stimmt das? Hast du das getan?«

»Nein. Ich habe es niemandem erzählt.«

»Warum nicht?«

»Wen sollte das etwas angehen?«

»Dich sollte es auch nichts angehen«, konterte sie.

Er hatte den Kopf auf eine Hand gestützt und blickte sie aufmerksam an. »Richtig, das stimmt. Mich geht es auch nichts an. Und du hast mir niemals das Gefühl vermittelt, daß du mein Interesse begrüßen würdest. Oder meine Hilfe.«

»Ich brauche keine Hilfe.«

Er lachte kurz und schallend auf. »Ach ja, stimmt, ich erinnere mich. Kate McCaulay arbeitet allein und lebt allein und braucht keine Freunde.«

Sie biß sich auf die Unterlippe.

Er malte einen Kreis auf dem fleckigen Tisch. »Was steht denn in dem Brief, Kate?«

Sie lehnte sich vor. »Wem hast du von mir erzählt?«

»Niemandem. Das sagte ich bereits.«

»Irgendwem mußt du es doch erzählt haben.«

»Warum?«

»Weil ...« Langsam zog sie den Brief aus der Tasche. »Er ist hier in der Gegend abgestempelt worden.«

»Worum geht es denn?«

Sie hatte ihn öffnen wollen, hielt jetzt jedoch inne und blickte auf. »Wenn du weißt, wer ich bin, dann gibt es hier zwei Menschen – nur zwei –, die Bescheid wissen. Und die andere Person würde niemals einen solchen Brief geschickt haben.«

»Wer ist diese andere Person?«

»Isabelle Browning.«

»Wer?«

Kate winkte ab. »Nie und nimmer hätte sie einen solchen Brief geschrieben.«

»Willst du damit sagen … daß du glaubst, ich würde so etwas tun?«

Sie starrte ihn an.

»Zeig ihn mir«, sagte er.

Sie verharrte bewegungslos.

»Um Himmels willen …« Er entriß ihr den Brief und öffnete ihn. Mehr als eine Minute lang saß er regungslos und starrte auf den einzigen Satz in der Mitte des weißen Blattes und auf das Foto darunter.

Kate beugte sich vor und betrachtete das fotokopierte Bild von Jamie. Es war eines der Bilder, die die Zeitungen gedruckt hatten, nachdem Jamie entführt worden war. Damals war er erst eine Woche alt gewesen und lag in Richards Armen. Sie stieß einen leisen, unterdrückten Schrei aus und schlug die Hand vor den Mund.

Jack sah zu ihr auf, dann blickte er aufmerksam auf den Satz.

ICH WEISS, WO ER IST.

Dann musterte er das Bild, ehe er es ihr über den Tisch hinweg zuschob. Er sah Tränen in ihren Augen.

»Der wievielte ist das jetzt?« fragte er.

»Der zweite. Der letzte …« Sie hielt inne und rang nach Luft. »Der letzte hatte kein Foto.«

»Und du glaubst, ich könnte … ich könnte dir so etwas schicken?«

Sie senkte den Blick. »Ich weiß es nicht«, sagte sie leise.

Er knallte das Stück Papier auf den Tisch. Ein Mann am Gang drehte sich zu ihnen um und musterte sie.

»Du weißt, daß ich so etwas nicht tun könnte«, sagte er.

»Weiß ich das?«

»Und ob. Du weißt es.«

»Ich kenne dich nicht.«

Er senkte die Stimme. »Doch, du weißt es«, beharrte er.

Ganz allmählich breitete sich ein Lächeln auf seinem Gesicht aus. »Schau her, ich bin der Typ, der niemals umfällt. Ich bin derjenige, den Bartlett nicht ausstehen kann. Er würde seinen rechten Arm opfern, um mich aus der Redaktion des *Journal* herauszubekommen. Erinnerst du dich? Zählt das etwa nichts?« Er wartete auf ihre Reaktion, doch es kam keine. »Was willst du über mich wissen? Ich erzähle dir alles. Frage mich nur. Was mache ich in meiner Freizeit? Ich erzähle es dir. Ich habe bei dem kleinen Marathon für die Weihnachtsspendenaktion für Kinder mitgemacht und mich dabei fast umgebracht. Ich bin ein verdammt netter Kerl. Wie sieht es mit meiner Familie aus? Ich erzähle es dir. Meine Mutter lebt in Bridgport. Ich erledige die Einkäufe für sie. Sie hat einen Hund namens Pomfret. Ich habe mir die Schulter ausgekugelt, als ich im letzten Jahr diesen Gebrauchtwagenhändler aufgetrieben habe und seine Söhne mich dabei erwischt haben, als ich ihn abhörte. Was willst du über mich wissen? *Ich erzähle es dir.* Kate … stelle mir doch eine Frage.«

Sie hatte die Hände vor das Gesicht geschlagen. »Ich möchte überhaupt gar nichts erfahren.«

Er starrte die Mauer ihrer Finger an. »Aber du willst dorthin zurück.«

Er beobachtete, wie sie sich insgeheim unter ihren Händen die Tränen abwischte. Als ob es ein Verbrechen wäre zu weinen. »Wohin zurück?«

Er machte eine Handbewegung. »Dorthin, wo wir alle sein wollen. Das Haus, die Familie …«

Sie stieß ihren Stuhl zurück, nahm den Brief vom Tisch und faltete ihn zusammen. Ihre Hände zitterten und zögerten, als sie ihn in den Umschlag zurückzustecken versuchte.

»Könnte das nicht der Wahrheit entsprechen?«

»Was?«

»Der Brief?«

»Nein.«

»Könnte es denn niemanden – irgend jemanden – geben, der weiß, wo er ist?«

»Nein, nein ...« Jetzt weinte sie ganz offen. Der Mann am Gang saß in kerzengerader Haltung da und überlegte offenbar, ob er sich einmischen sollte.

Jack packte das Mitleid, und er legte seine Arme um sie.

»Weine nicht«, sagte er. »Ich werde ihn finden. Denjenigen, wer auch immer das sein mag, der dir solche Briefe schreibt. Ich werde ihn finden. Und Jamie finde ich auch.« Stocksteif verharrte sie in seiner Umarmung, er war gezwungen, sie wieder loszulassen. In seiner Tasche fand er ein Taschentuch und wollte es ihr gerade reichen, als sie sich in Richtung Tür wegdrehte.

»Weine doch nicht«, wiederholte er. »Hör zu, als ich in London war, habe ich eine Frau getroffen, die damals auch dort gewohnt hat.« Sie nahm sein Taschentuch nicht, sondern starrte ihn an. »Eine große Hilfe war sie nicht gerade«, beeilte er sich hinzuzufügen. »Was ich damit sagen möchte, ist, daß ich all die Leute, die dort einmal gelebt haben, ausfindig machen kann.«

»Weswegen?«

Sie standen mittlerweile in der Tür.

»Was soll das heißen, weswegen? Das ist es, was ich tun kann«, erwiderte er. »Ich bin investigativer Reporter. Erinnerst du dich?«

»Aber warum willst du das für mich tun?«

»Für Jamie. Weswegen sonst?«

Kate kniff die Augen zusammen. »Du mußt verrückt sein. Oder krank.«

Erschrocken trat er einen Schritt zurück. Sie hätte ihm genausogut mit der Faust ins Gesicht schlagen können.

»Jamie ist tot«, sagte sie. »Du – oder er – oder wer auch immer diesen Brief geschrieben hat, ihr müßt krank sein zu glauben, daß mein Sohn noch lebt.«

Er nahm ihren Arm. »Das sagst du nur, um dich selbst zu schützen. Denn du würdest durchdrehen, wenn du annehmen würdest, daß er noch lebt.«

Sie entzog sich seinem Zugriff. »Erzähle du mir nicht, was ich zu denken habe«, sagte sie. »Und komme mir bloß nicht zu nah. Deine Unterstützung will ich nicht. Begreifst du das? Ich brauche deine Hilfe nicht. Ich will nur in Ruhe gelassen werden.«

Sie machte ein paar Schritte.

Er beobachtete, wie sie die Straße entlangtaumelte.

Zwei Männer, die das Café betreten wollten, schubsten ihn schließlich beiseite, doch Jack spürte ihre Berührung kaum.

Er sah Kate hinterher, bis sie auf den Parkplatz des *Journal* einbog. Er wartete, bis ihr Auto genau dort wieder herausfuhr. Er verfolgte den Wagen mit den Augen, bis er nur noch ein kleiner Punkt war und schließlich ganz vom Verkehr verschluckt wurde.

»Er lebt«, murmelte Jack. »Ich weiß, daß er lebt.«

Zur selben Zeit verließ Isabelle Browning in Lovatt den Dorfladen.

Auf dem Bürgersteig blieb sie stehen, um sich die Handschuhe überzustreifen und einer Bekannten über die Straße hinweg zuzuwinken. Bevor sie nach Hause zurückging, wollte sie am Fluß entlang und dann durch die Felder laufen, um etwas frische Luft zu schnappen.

Mit ihrem gewohnt festen Schritt ging sie die leicht abfallende Straße hinunter und machte auf der Brücke einen Augenblick Pause.

Der Fluß war breit und voll Wasser und drohte über die Ufer zu treten und die Weiden zu überfluten. Die Landschaft bestand aus Falten von Grau und Braun, die Felder waren dünn mit Wintersaat bepflanzt, das Gras war verblaßt und die Straße matschig. Während sie ihre Einkaufstasche aus Stroh auf dem Geländer balancierte, beobachtete sie das Wasser und dachte über Kate nach.

Als sie sich wieder abwandte um weiterzulaufen, fiel ihr ein Auto auf der gegenüberliegenden Straßenseite auf. Wegen der Straßenverengung auf der Brücke hatte es verlangsamt. Sie warf einen Blick auf den Fahrer.

Er war anscheinend recht langsam gefahren und hatte dann kräftig Gas gegeben. Jetzt war er dicht neben ihr, und sie konnte sein Profil deutlich erkennen, obwohl er sie nicht ansah.

Einen Augenblick lang schien ihr Herz auszusetzen.

Sie starrte dem Fahrer hinterher, starrte auf seinen Körper, der nur noch als Silhouette zu sehen war.

Noch nicht einmal die Farbe seines Haars hatte sie erkennen können. Seine Augen hatte sie nicht gesehen und nichts von seiner Kleidung wahrgenommen, seine Hände waren am Lenkrad gewesen.

Sie hatte ihm verboten, jemals wieder hierher zurückzukommen.

Und doch ... sie schloß die Augen. Sie war sich sicher ... ja, sie war sich ganz sicher, daß er es war.

19

Alte Geister plagten George bereits lange, bevor die Polizei an jenem Morgen auftauchte.

Er wußte, daß Kate nicht nach Hause gekommen war und vermutete, daß sie bei Isabelle übernachtet hatte. Gestern nacht hatte er vor der Eingangstür gestanden und zu ihrem leeren, unbeleuchteten Fenster hinaufgeschaut, hatte auf sie gewartet und gehofft, daß das Licht anging.

Es schmerzte ihn unverhältnismäßig heftig, wenn sie nicht

nach Hause kam. Gott sei Dank kam es nicht sehr häufig vor, sie übernachtete vielleicht einmal im Monat bei Isabelle. Er hielt ihre Abwesenheiten in seinem Kalender fest. Ein kleines rotes Kreuz bedeutete, daß sie nicht nach Hause gekommen war. Den Kalender bewahrte er in seiner Wohnung auf, niemals in der Galerie.

Gestern abend hatte er die Nachrichten im Fernsehen gesehen. Sie hatten ein Bild von Maggie Spence gezeigt. Außerdem hatte es einige Aufnahmen vom *Journal* und dessen Chefredakteur gegeben, wie er vor der Tür die üblichen bedauernden Worte gesagt hatte. Keiner kannte die Frau sehr gut, keiner wußte zu sagen, wer der geheimnisvolle Mann gewesen war.

George hatte die Nachrichten mit verschränkten Armen und besorgtem Gesichtsausdruck in der Küche stehend gesehen. Sie hatten eine Außenaufnahme von der Rückseite von Maggies Wohnblock gezeigt. Die Feuerleiter, die sich wie ein zerschlissenes Netz die Rückwand hinaufwob, die enge Tür, die zu ihrem Zimmer führte. Das schräge Dach, der große Schornstein mit achtzehn Stufen, der jeden Augenblick zusammenzufallen drohte.

Jedes Zimmer hatte früher einmal einen Kamin besessen, dachte er und kaute am Nagel seines kleinen Fingers, bis er ihn in Gedanken vertieft abgekaut hatte.

Der Kamin in Angels Laden war immer am Brennen gewesen, es hatte zu Georges Aufgaben gehört, Holz zu holen. Mit seinen zwölf Jahren hatte er Holz und Kohle noch vor der Schule bei Firbanks eingekauft und sie die Hauptstraße hoch bis zu Angels Hof getragen. Er hatte die Ladenschlüssel an einer Kordel dabei und konnte sie so leicht aus seiner Tasche fischen.

Die erste Aufgabe des Tages war das Kaminfeuer. Während er auf den Knien rutschend die Asche auskehrte und neues Zeitungspapier stapelte, konnte er Angel in der darüberliegenden Wohnung herumlaufen hören. Er rief dann immer die Treppe hinunter: »Bist du es, George?«

»Alles in Ordnung, ich bin's«, war seine Antwort gewesen. Es war an einem eisigen Morgen im Januar gewesen. Erst zwei Wochen waren vergangen, seit er mit dem alten Mann zusammen Weihnachten gefeiert hatte. Angel wußte solche Gelegenheiten zu gestalten. Bei ihm hatte es nichts von der öden Stimmung, dem kalten Zimmer, dem nur spärlich geschmückten winzigen Baum seines eigenen Zuhauses gegeben. Angel hatte einen richtigen Baum angeschleppt, und der Laden hatte aufgelebt.

Sie hatten Figuren an die Zweige gehängt: *Johillco*-Soldaten aus Blei, denen kleine Papierzettel am Sockel klebten. Inmitten der Kerzen hatten sie ihre Hörner geblasen. Angel hatte auch winzige Püppchen und Zinnlimousinen – *so etwas wirst du auch besitzen, George, du wirst sie in echt besitzen, wenn du deine Million gemacht hast* – und Elfenbeinfächer und Zigarettenbilder und kleine Gummitierchen und Pfeifen und Parfumfläschchen und Netsuke-Masken … es war wie im Märchenland gewesen.

Am Weihnachtsabend hatte ihm Angel ein Geschenk vom Weihnachtsbaum heruntergeholt. Es war eines der Zigarettenbilder gewesen, und es hatte George geschmerzt – es war ihm einerseits peinlich und doch schmerzte es ihn zugleich –, daß er mehr erwartet hatte.

Als Angel seinen Gesichtsausdruck gesehen hatte, hatte er gefragt: »Was ist denn los, George?«

»Nichts«, hatte er geantwortet und das Zigarettenbild in seiner Tasche vergraben.

An jenem Januarmorgen wollte der Schlüssel nicht in das Schloß passen. George hatte seine Hand durch den Briefschlitz gezwängt und das Schloß von der anderen Seite her geöffnet.

Angel hatte reglos auf dem Fußboden des Ladens gelegen.

Eine bräunliche Blutlache breitete sich um ihn herum aus. Er war in seinem Schlafanzug, die Füße nackt, die Hausschuhe lagen in der Nähe der Küche im Flur. George hatte seinen Blick nicht von den Füßen des alten Mannes abwenden können, sie waren weiß, sogar die glatten Zehenstümpfe waren weiß, die Haut am Spann sah aus wie Wellpappe.

George hatte sich auf einen Stuhl neben ihn gesetzt. Er sah, daß Angel inmitten der nicht zusammengefegten Tannennadeln des immer noch geschmückten Weihnachtsbaums lag. Viele Minuten lang hatte das Muster von Angels eingetrocknetem Blut ihn fasziniert. Dann war er aufgestanden, über den Körper getreten und hatte sich das vom Baum genommen, was er sich wünschte.

Er nahm sich die gesamte *Johillco*-Bläserkapelle und die restlichen Zigarettenbilder. Dann setzte er sich wieder und wartete.

Um halb zehn betrat eine Frau den Laden und fand sie beide vor. Ihr Schrei hatte die Stille durchbrochen und Georges Aufmerksamkeit von Angels unheimlichem Muster auf dem Boden abgelenkt.

Drei Tage verhörte die Polizei George. Sie hatten ihm nie ganz abgenommen, daß er den alten Mann nicht umgebracht hatte, andererseits konnten sie ihm nichts nachweisen.

Heute war Angel bei ihm in der Wohnung gewesen, hatte regungslos in der Galerie gestanden. Er hatte sich wie ein Dämon – der er im wirklichen Leben niemals gewesen war – auf Georges Schulter gesetzt und in sein Ohr geflüstert.

Es war viertel nach neun.

George bemerkte eine Bewegung auf dem Hof und schnellte von seinem Stuhl hoch, auf dem er die Zeitung zwar in der Hand gehalten, jedoch nicht gelesen hatte. Er dachte, es sei Kate, die zurückkehrte.

Doch es war nicht Kate. Es war ein Polizeiwagen, der langsam die Schotterstraße herangefahren kam. Der Wagen fuhr vor, und zwei Männer stiegen aus. China fing zu bellen an, und George schloß sie in der Küche ein.

George bat die Polizei zu sich ins Haus. Sie waren in Zivil, der eine stand nur herum und sah sich ohne viel zu sagen um. Der andere war redseliger und nahm den Kaffee an, den George gebrüht hatte.

»Sie haben ein sehr schönes Zuhause«, meinte er.

»Danke«, erwiderte George. »Ich habe Gefallen an schönen Dingen.« Er sah zu dem stillen Partner hinüber, der ihn verunsicherte. Der Mann hatte ein fahles Gesicht und blasse Augen, die ihn nervten. Während der ältere Mann sich auf der Couch zurücklehnte und sich offenbar ausgesprochen wohl fühlte, wandte der jüngere sich ab und begann sich die Titel der Bücher anzusehen, wobei er sich gelegentlich ein Buch aus dem Regal nahm.

»Setzen Sie sich doch und lesen Sie eines«, forderte ihn George auf.

Seine Großzügigkeit, seine betont joviale Art machten wenig Eindruck. Er erhielt keine Antwort.

Er wandte sich dem anderen Mann zu, der lässig seinen Kaffee umrührte.

»Sie ist immer noch nicht hier«, sagte er. »Haben Sie bei Frau Browning angerufen?«

»Ja, dort haben wir sie gerade verpaßt.« Der Mann lächelte. »Aber wir werden sie finden, machen Sie sich keine Sorgen.«

»Normalerweise ist sie um diese Zeit bereits zurück«, meinte George. »Sie kommt früh zurück und geht dann noch einmal zur Arbeit.«

Die Kaffeetasse wurde auf dem Tisch abgestellt. »Sie führen Buch?«

»Ich, Buch führen? Nein. Aber wenn man so dicht beieinander lebt, fällt es schwer, es nicht zu bemerken.«

George hatte durch das Fenster hindurch eine Bewegung in Richtung der alten Ställe am Rande der Galerie ausgemacht.

Der Mann folgte seinem Blick. »Sie haben sie von hier aus sehr gut im Auge.« Sein Tonfall war redselig, ein Gespräch unter Männern.

»Ich beobachte sie nicht«, widersprach George.

»Nein, nein. Aber Sie kennen ihre Freunde.«

»Ihre …«

»Maggie Spence beispielsweise dürfte Ihnen bekannt sein.«

»Nein.«

»Ist sie denn hier niemals vorbeigekommen?«

Einen Augenblick lang zögerte er. »Einmal war sie hier. Das ist schon eine ganze Weile lang her, im Sommer. Im Frühsommer«, fuhr er fort. »Sie saß bei Kate mit im Auto. Ich erinnere mich, daß Kate sie mir als Maggie von der Zeitung vorgestellt hat. Ich nehme an, daß es sich um dieselbe Maggie handelt? Sie sind zusammen irgendwohin gefahren, eines Artikels wegen.«

»Ist sie nicht aus dem Auto ausgestiegen?«

»Nein.«

»Aber Sie sind sich sicher, daß es Frau Spence war. Frau Spence ist also hierhergekommen?«

Der jüngere Mann wandte sich ihm zu.

George wagte ein Lächeln. »So ein hübsches Mädchen vergißt man nicht. Etwas breit gebaut vielleicht, aber dennoch recht hübsch.«

George zwickte sich in die Wange. Es war eine seiner Angewohnheiten, sich in die frisch rasierte Haut zu kneifen. Er gebot sich mit dieser Geste selbst Einhalt. Es entstand eine lange Pause. Der ältere der beiden musterte George aufmerksam, nahm seinen teuren Anzug wahr, seine Weste, den Schlips. Dann betrachtete er die Falten seiner eigenen Hosenbeine, die überkreuzt lagen. Ohne aufzusehen fuhr er die Bundfalte mit dem Daumen nach.

»Besitzt Frau McCaulay viele Freunde?«

»Nein, nicht sonderlich viele.«

»Sie lebt allein?«

»Ja.«

»Und sie arbeitet beim *Journal.*«

»Ja, und bei mir.«

»Bei Ihnen?«

»Sie paßt auf den Laden auf.«

»Dann hat sie sich doch sicherlich mit ein paar Kunden angefreundet. Sie haben doch bestimmt Besuch von anderen Händlern und Kollegen.«

»Schon möglich.«

»Vielleicht hat sie Maggie jemandem hier vorgestellt?«

»Wohl kaum.«

»Nicht? Sind Sie sich sicher?«

George spürte, wie die Unterhaltung seiner Kontrolle zu entgleiten begann. »Nun, ich weiß es nicht. Vielleicht war Frau Spence einmal hier im Laden, vielleicht haben sie sich mit jemandem unterhalten, ich weiß es nicht ...«

»Sie scheinen das für eher unwahrscheinlich zu halten.«

»Es ist unwahrscheinlich«, erwiderte George hastig. »Kate ist ein sehr zurückgezogener Mensch, äußerst zurückgezogen. Sie wird mit Ihnen reden, Sie werden sehen. Reden und sehr freundlich sein. Sehr freundlich. Aber sie ... sie ist nicht sonderlich gesellig.«

»Ungesellig also?«

»Das nun auch wieder nicht ...«

»Aber männliche Freunde würde sie doch haben, einen Liebhaber?«

»Nein.«

»Jemanden, den sie Maggie vorstellen würde?«

»Nein. Oh, nein.«

Das wirkte ablehnender und zurückweisender, als es gemeint gewesen war. Der jüngere Mann schloß das Buch, in dem er geblättert hatte, stellte es ins Regal zurück und setzte sich neben seinem Kollegen auf die Couch.

Plötzlich kam George der Gedanke, daß die beiden gar nicht Kates wegen hierhergekommen waren, sondern vielmehr um mit ihm zu reden. Sie waren gestern hier gewesen, und er hatte ihnen bestätigt, daß Kate hier lebte. Sie waren nur knappe fünf Minuten lang geblieben, und alles war sehr entspannt und höflich verlaufen. Doch jetzt waren sie schon wieder da. Es mußte ihnen etwas aufgefallen sein, vielleicht hatte sie etwas an seinem Benehmen stutzig gemacht. Er versuchte verzweifelt, sich an den gestrigen Nachmittag zu erinnern.

»Sind Sie verheiratet, Herr Dale?«

»Verheiratet? Nein.«

»Waren Sie jemals verheiratet?«

George errötete. »Ist das in irgendeiner Weise für die Sache Maggie Spence relevant?«

Beide Männer musterten ihn genau, ihre Augen wanderten über sein Gesicht. Diese Antwort hatte er ihnen entgegengeschleudert. Er spürte, wie dadurch die Atmosphäre zwischen ihnen fast greifbar abzukühlen begann.

»Vermutlich nicht«, erwiderte der ältere der beiden in ruhigem Tonfall.

George stand auf. »Ich muß jetzt den Laden öffnen.« Er warf einen kurzen Blick auf die Uhr. Es war gerade erst halb zehn. Auf dem Schild auf der Tür stand eindeutig zehn Uhr, wenn sie es überhaupt bemerken sollten.

Die beiden Männer erhoben sich, der erste schüttelte George die Hand.

»Ich begleite Sie noch hinaus«, meinte George.

Sie gingen zur Tür, die beiden Polizisten duckten sich im Flur. Sie waren größer als er. Zum ersten Mal sagte der junge Mann etwas. »Danke«, meinte er, als er über Georges Türschwelle trat.

Das überraschte George. Er lächelte. »Keine Ursache. Ganz meinerseits, ganz meinerseits.«

Beide Männer waren bereits aus der Tür und näherten sich

ihrem Wagen, als der jüngere sich noch einmal über die Schulter hinweg an George wandte.

»Woher wußten Sie, daß Maggie Übergewicht hatte?«

George hatte seine Hand auf dem Türgriff, um sie zu schließen. »Wie bitte?«

»Woher wußten Sie, daß sie ...« Er schien nach Georges Formulierung zu suchen. »Etwas breit gebaut war?«

»Ich habe nicht ...«

»Sie sagten, sie sei gar nicht aus dem Auto ausgestiegen, und dann sagten Sie, sie sei etwas breit gebaut. Wie wollten Sie das feststellen, wenn sie nicht aus dem Auto ausgestiegen ist und Sie sie nur ein einziges Mal gesehen haben?«

George runzelte die Stirn.

Angel kam ihm plötzlich wieder in den Sinn, wie er auf dem Fußboden ausgestreckt gelegen hatte, in diesem schrecklichen Heiligenschein aus Blut.

»Es war in den Nachrichten«, sagte er schließlich. »Ein Bild von ihr, gestern abend.«

Der Mann schien zu überlegen.

»Danke, daß Sie uns soviel Zeit gewidmet haben, Herr Dale«, sagte er.

20

Kate hatte nach Hause zur Galerie fahren wollen. Doch als sie sich der Kreuzung näherte, an der sie zu ihrem Dorf hätte abbiegen müssen, war ihr plötzlich klar, daß sie im Augenblick ihr Zimmer einfach nicht ertragen konnte.

Sie wendete um und fuhr die gewundene Straße über den Downsway. Nach ein paar Kilometern bog sie nach Bloor Mullen ab.

Es war ein größeres Städtchen, das man vollständig zur

Fußgängerzone gemacht hatte. Sie stellte das Auto in einem Parkhaus ab und ging durch die Seitenstraßen hindurch zum Einkaufszentrum.

In der ersten Straße, die sie überquerte, bemerkte sie zwei Transporter, die am Bürgersteig parkten. Mit Teleskopleitern ausgerüstet, befestigten einige Arbeiter die Weihnachtsbeleuchtung über den Köpfen der Menge hinweg von einem Gebäude zum nächsten.

Sie hielt inne und dachte, wie grotesk früh Weihnachten anfing. Wenn es nach ihr ginge, würde jede Erwähnung davon bis eine Woche vor dem vierundzwanzigsten verboten sein. Was bin ich doch für ein Trauerkloß, dachte sie.

Sie sah sich um, um etwas zu trinken zu kaufen, wollte sich jedoch nirgendwo hinsetzen. Keiner sollte ihr ins Gesicht sehen können. Sie wollte weder Teller, Tasse noch Untertasse noch wollte sie jemandem das Geld dafür reichen. Die Vorstellung schreckte sie, daß die Haut eines anderen Menschen sie streifen könnte. Sie bog, die Leitern umgehend, nach links ab und dachte an Maggie.

Sie betrachtete die beleuchteten Schaufenster, sah Kleidung und Bücher und nahm sie doch nur am Rande wahr. Die ganze Zeit über brannte das Blatt Papier in ihrer Tasche. Kurz bevor sie aus dem Auto gestiegen war, hatte sie den Brief erneut gelesen und verständnislos auf die Worte geblickt. Jamies Bild war zu einer Reihe von Linien reduziert, eine Reihe von kleinen, gestochenen Pünktchen, grau auf weiß. Sie stand am Zebrastreifen und wartete auf Grün. Über ihrem Kopf hörte sie etwas gegeneinanderschlagen, wie ein leerer Rahmen an einen anderen. Sie blickte nach oben und sah einen noch nicht erleuchteten Plastikweihnachtsmann mit einem Hirsch im Wind gegeneinanderschwingen. Rote Schleifen waren an den Schlitten gebunden, daneben die Pakete und der rote Umhang des Weihnachtsmannes.

Weihnachten mit Jamie hatte sie niemals erlebt.

Als die Ampel umschaltete, lief sie los.

Auf der anderen Seite blieb sie vor einer Reihe von Ansichtskarten in einem Schaufenster stehen. Daneben war ein Poster mit einem Berg, der bis zum Strand abfiel, alles sehr üppig und grün. Das Grün kontrastierte mit dem leuchtenden Blau des Wassers und dem weißen Sandstrand. Ohne nachzudenken öffnete sie die Tür und trat ein. Eine junge Frau saß ganz alleine mit einem Katalog auf den Knien da und starrte ins Leere. Der Laden war leer. Sie saß hinter einem Computer, neben dem noch ein halbes Dutzend andere standen.

»Haben Sie geöffnet?« fragte Kate.

»Ja …« Die Frau fuhr auf. »Aber ja doch.« Jetzt hatte sie wieder ihr geschäftsmäßiges Lächeln aufgesetzt. »Kann ich Ihnen behilflich sein?«

Kate setzte sich. »Ich möchte gerne Urlaub machen, einfach ausspannen.«

»Verstehe …«

»Und zwar sofort.«

Die Frau musterte sie. Dann lächelte sie wieder. »Äh … wie wäre es mit der Karibik? Oder Goa? Wo es jetzt schön warm ist?«

»Das ist mir vollkommen gleichgültig.«

»Also gut. Schauen wir einmal …«

»Ich möchte keinen langen Anflug haben.«

Es entstand eine kurze Pause. »Nein? Dorthin, wo es jetzt noch warm ist, braucht man mindestens acht Flugstunden …«

»Nein, nicht so weit.«

»Teneriffa?«

»Wie lange dauert es bis dorthin?«

»Etwa vier …«

»Nein, woandershin. In Europa.«

»Dort ist es dann aber nicht warm.«

Kate sah sich um. Die erstbeste Broschüre, die sie auf dem

Regalständer entdeckte, war vom Mittelmeer. »Wie wäre es damit?«

»Spanien? Griechenland?«

»Ja.«

Kate war sich vage darüber im klaren, wie lächerlich sie wirken mußte.

»Da wäre natürlich Zypern, obwohl wir um diese Zeit in Zypern recht ausgebucht sind.«

»Wo sind Sie denn nicht ausgebucht?«

Die Frau legte den Kopf zur Seite, ihre Finger ruhten immer noch auf der Computertastatur. »Auf den Inseln bei Spanien können wir eine Unterbringung in Villen anbieten, oder aber auch ein paar Apartments. Es gibt natürlich immer noch die Möglichkeit, in den etwas teureren Hotels unterzukommen.«

»Also gut, eine Villa. Ein Apartment.«

»Spanien?«

»Ja.«

»Nerja ist sehr hübsch.«

»Mir ist es egal. Sagen Sie mir nur, wo es ist, wie teuer es ist und wann ich fahren kann.«

Die Frau schien brüskiert. Sie schloß den Mund und hackte heftig auf die Tastatur ein. Schließlich drehte sie den Monitor Kate zu, um ihr das Reiseziel anzuzeigen.

Sie wollte George nicht sehen. Sie wollte Jack Seward nicht sehen. Nicht die Redaktion des *Journal.* Nicht die Polizei. Und ganz sicher wollte sie nicht ihre Treppe sehen, die langen, hohen Stufen bis zu ihrer leeren Wohnung …

»Was halten Sie davon?« erkundigte sich die Frau freundlich.

Die Villa stand ab dem nächsten Tag leer.

Der Flug ging um acht Uhr morgens.

21

Das Flugzeug landete um zehn Uhr morgens. Der Himmel war bedeckt, die Landschaft erholte sich noch vom heißen Sommer.

Wo auch immer Kate aus dem Fenster des Flughafenbusses hinsah, war die Erde verbrannt und braun, die Dörfer staubig und schläfrig. Erst als sie an der Küste entlangfuhren, bot das Meer etwas Farbe. Kate lehnte sich gegen die Scheibe und versuchte die Unterhaltungen der Familien um sie herum auszublenden.

Sie war die einzige, die in Santo Assevio aus dem Bus ausstieg. Sie hörte schweigend zu, während ihr der Kurier die Schlüssel erläuterte und ihr eine Karte mit seiner Telefonnummer gab. Kate beobachtete, wie der Bus abfuhr und über die nur dünn asphaltierte Straße den Hügel hinauf davonfuhr. Das Häuschen war winzig, umgeben von einem ebenso winzigen Garten. Die Eingangstür führte in einen grell weißen Raum mit zwei Sofas, einem Kamin, einem Tisch und zwei Stühlen. Die Villa roch muffig, aber eher nach seltener Benutzung als nach Nachlässigkeit. Sie war ordentlich und mit einfachen, dunklen Möbeln ausgestattet. Die Baumwollgardinen waren zugezogen.

Sie ließ ihren Koffer gleich neben der Tür fallen und sah sich die Zimmer an. Im unteren Geschoß befanden sich das Wohnzimmer und die Küche, oben ein großes Schlafzimmer und ein Badezimmer. Noch mehr Weiß, noch mehr Holz. Die Tagesdecke war rotgestreift, darauf lagen Handtücher. Die Laken waren dankenswerterweise sauber und frisch, lediglich die Handtücher hatten offenbar schon bessere Zeiten gesehen.

Als sie in den Badezimmerspiegel blickte, sah sie ihr gerahmtes Gesicht und im Hintergrund die blauen Kacheln der Wand in ihrem Rücken. Es war ein blasses Gesicht mit müder

Haut, einem Netzwerk feiner Linien unter den Augen und tiefen Falten angestrengter Konzentration auf der Stirn.

»Wie siehst du eigentlich aus?« murmelte sie.

Sie ging zurück in die Küche und öffnete den Kühlschrank. Ein magerer Willkommensgruß: Brot, Milch, Eier, Frühstücksflocken. Auf dem Regal hinter dem Abwaschbecken lagen eine Tüte Tee und zwei Päckchen Instantkaffee. Sie lächelte ironisch, stellte den Kessel auf den Herd, öffnete eines der Päckchen und schüttete den Inhalt in eine Tasse. Nun, wo sie angekommen war, fühlte sie sich etwas besser als während des Fluges. Als sie an Bord gegangen und ihren Sitzplatz gesucht hatte, war es ihr so vorgekommen, als ob der Gang enger und die Decke niedriger gewesen seien als gewöhnlich. Sie hatte ein wenig mit dem Gurt gekämpft und nicht verstehen können, warum er sich nicht schließen ließ. Als sie es endlich geschafft hatte, hatte sie über ihre eigene Dummheit gelacht.

»Reisen Sie alleine?« hatte die Frau auf dem Nachbarsitz sie angesprochen. Sie war um die dreißig und hatte neben sich einen kleinen Jungen sitzen.

»Ja«, hatte Kate geantwortet.

»Ein später Urlaub?«

»Ja.«

»In den Herbstferien lassen wir es uns immer gutgehen«, gestand die Frau und öffnete beherzt die Spieltüte der Luftlinie. »Mel ist Landwirt, der kommt im Sommer nicht weg.«

Sie redete ohne Punkt und Komma, während der Drinks und während des Essens, wobei sie zwischen Kate und ihrem auf der anderen Seite des Gangs sitzenden Mann pendelte.

»In einem Hotel?« erkundigte sie sich, als das Flugzeug zur Landung ansetzte.

»Nein, eine Villa.«

Die Frau riß die Augen auf. »Ganz alleine, in einer Villa?«

Kate krallte sich an den Armlehnen fest. »Ja, eine sehr kleine.« Sie nannte den Namen der Ferienkolonie.

»Das könnte ich nicht. Oder könnte ich das, Mel?« fragte sie ihren Mann. »Ganz alleine, meilenweit entfernt von allem, in einem Haus, da weiß man nie, wer vielleicht einbrechen könnte …«

Kate konzentrierte sich auf den strahlenden, selbstzufriedenen Gesichtsausdruck der Frau. Sie hätte sie ohrfeigen mögen. Statt dessen wandte sie sich ab und schloß die Augen.

Bei Isabelle hatte sie kaum geschlafen, und gestern nacht war sie auch unruhig gewesen. Das Gefühl, selbst in ihrem spartanischen Zimmer irgendwie eingeengt zu sein, hatte sie aufstehen und das Fenster öffnen lassen.

Die Arme auf das Fenstersims gestützt, hatte sie tief durchgeatmet und sich zu beruhigen versucht. Jetzt fiel ihr auf, wie stickig die Villa war, eine Wiederholung der gestrigen Nacht. Sie wollte die Küchenfenster öffnen, doch sie klemmten. Sie ging ins Wohnzimmer zurück, zog die Gardinen zurück und öffnete die Tür zur Terrasse.

Kühle Luft wehte vom Meer her herein. Sie trat in den Garten hinaus. Die Villa stand auf einem kleinen Hügel, der Garten endete nur wenige Meter weit entfernt und war mit denselben Steinen gesäumt wie der Vorgarten. Gleich anschließend begann der Strand.

Sie ging zur Gartentür. Dahinter führte parallel zum Meer ein Weg auf den Steinen entlang. Sie trat an den Rand der Steine, die etwa drei Meter tief bis zum Sand abfielen. Nach rechts schauend sah sie ein kleines Hotel in etwa hundert Meter Entfernung. Zur Linken war nichts als Strand und Meer.

Sie zitterte, denn sie trug lediglich Bluse und Jeans. Sie ging ins Haus zurück, öffnete ihren Koffer und zog einen Pullover heraus. In der Küche hatte das Teewasser gekocht, doch sie beachtete es nicht. Statt dessen schleppte sie sich mit schweren Füßen die Treppe hinauf, legte sich auf das Bett, zog die Tagesdecke über sich und war innerhalb weniger Minuten tief eingeschlafen.

Es war später Nachmittag, als sie wieder aufwachte. Sie war vollkommen verwirrt, bis sie durch das Fenster hindurch das Meer erblickte. Sie konnte sich nicht erinnern, geträumt zu haben, doch ihr Herz schlug heftig, ihre Haut war verschwitzt.

Sie stand vom Bett auf, ging ins Badezimmer und stellte die Dusche an. Immerhin kam heißes Wasser. Sie zog sich aus und trat unter den beruhigenden Wasserstrahl.

Eine ganze Weile lang stand sie nur da, regungslos und ließ das Wasser an sich herunterlaufen. Dann seifte sie sich langsam ein. Sie shampoonierte ihr Haar und streckte das Gesicht dem heißen Wasser entgegen. Sie senkte den Kopf, öffnete die Augen und betrachtete sich selbst, diesen Körper, den sie seit Jahren mit niemandem mehr geteilt hatte.

Nach Richard hatte es noch ein oder zwei Männer gegeben. Es waren ereignislose Zusammenkünfte gewesen, die die Bezeichnung Beziehung nicht verdienten. Noch nicht einmal an ihre Namen konnte sie sich erinnern. Sie waren einfach nur Reaktionen auf ein Übermaß an Alkohol gewesen. Sie hatte ein paar Freundschaften geknüpft, aber keine Liebschaften gehabt. Ihr Herz war abgeschaltet. Sie selbst hielt es für eine Art Lähmung: Obwohl es kaum schlug, konnte es doch plötzlich lebendig werden und sie bei einem Kinofilm zu Tränen rühren oder sie während der Nachrichten über einen unsinnigen Krieg zum Weinen bringen. Das geschah allerdings nur äußerst selten. Die meiste Zeit über versteckte es sich, still und beschädigt. Seit der Zeit, in der sie mit Richard zusammengelebt hatte, war sie ein anderer Mensch geworden.

Beim Packen gestern abend war sie zu der Überzeugung gelangt, daß sie mit ihm sprechen mußte. Ehrlicherweise gab sie zu, daß ein Körnchen Argwohn in ihr wuchs, daß Richard die Briefe geschickt hatte. Die Saat von Jonathan Reeve begann zu keimen. Doch wenn sie Richards Stimme nur wenige Sekunden lang hörte, würde sie wissen, ob das der Wahrheit entsprach oder nicht. Also hatte sie ihr altes Adreßbuch hervorgezogen und die kaum benutzte Seite aufgeschlagen, auf der sie sich vor neun Jahren Richards Anschrift in Cumbria notiert hatte. Es war die letzte Anschrift, die er ihr nach der Scheidung mitgeteilt hatte.

Daß er heute dort noch wohnte, war recht unwahrscheinlich. Dennoch hatte sie die Nummer gewählt.

Eine Frauenstimme antwortete. Es war ungefähr acht Uhr abends gewesen, und im Hintergrund konnte Kate deutlich den Fernseher und noch zwei oder drei weitere Stimmen hören.

»Hallo?«

»Hallo«, hatte Kate erwidert. »Ist das ...« Sie hatte die Nummer wiederholt.

»Ja, das ist richtig.« Die Stimme klang beschwingt, gutgelaunt und freundlich. »Entschuldigen Sie mich einen Augenblick«, hatte sie gesagt und sich dann offenbar vom Hörer abgewandt. »Würdet ihr wohl alle mal zwei Minuten lang still sein können?« rief sie. Lachend war sie zum Telefon zurückgekehrt. »Kleine Ungeheuer!« hatte sie ausgerufen. »Tut mir leid. Vielleicht kann ich mich ja jetzt konzentrieren, wer ist am Apparat?«

»Mein Name ist ...« Kate zögerte. Wenn dies Richards Frau war, dann war er wieder verheiratet und hatte ... ihr Herz setzte kurzfristig aus ... Wenn er eine Familie hatte, dann war ein Anruf seiner Ex-Frau sicher nicht sonderlich willkommen. »Mein Name ist Evans«, log sie. »Ist Herr Lydiatt zu sprechen?«

»Nein«, erwiderte die Frau.

Also war es sein Zuhause.

»Hier spricht Karen Lydiatt«, fuhr die Frau fort. »Kann ich ihm was ausrichten?«

»Kommt er bald nach Hause?«

Die Frau lachte. »Wohl kaum. Er recherchiert bei einem

Projekt in Sumatra. Zehn Wochen ist er schon weg, sechs liegen noch vor uns.«

Kate ließ sich in den Sessel fallen. Richard hätte diese Briefe nicht von der anderen Seite des Globus geschickt. »Nein«, sagte sie. »Ich ... es ist schon in Ordnung, es eilt nicht sehr. Ich habe wohl etwas durcheinandergebracht. Tut mir leid, daß ich Sie gestört habe.«

Sie hatte den Hörer aufgelegt und ein schlechtes Gewissen gehabt, die unausgesprochenen Fragen der Frau unbeantwortet gelassen zu haben.

Richard hatte Kinder. Er war verheiratet. Und glücklich. Sie trat aus der Dusche und versuchte an etwas anderes zu denken. Sie trocknete sich ab und ging in ein Handtuch gewickelt nach unten. Sie nahm eine Flasche Calvados aus ihrer Duty-free-Tüte, hockte sich vor den Kamin und machte aus dem halben Dutzend verbliebenen Holzscheiten ein Feuer.

Innerhalb von zehn Minuten glühte es gemütlich. Sie schaute in die Flammen, während sie ihren Drink mit beiden Händen umklammert hielt. Der Nachmittag verging allmählich. Es war fast sieben Uhr.

Es war lange her, seit sie vor einem offenen Kamin gesessen hatte. Richard und sie hatten einen in London. Er war immer ein Stein des Anstoßes gewesen, denn es war unweigerlich sie gewesen, die ihn hatte anzünden müssen. Eines Abends, kurz nachdem James mit nach Hause gekommen war, hatten sie genau wie jetzt vor dem Kamin gesessen. Die Musik hatte leise gespielt, und James hatte schlafend in ihren Armen gelegen.

»Was siehst du?« hatte Richard sie gefragt.

Sie hatte zugehört. Die Formen waren bereits in ihrem Kopf, sie erfand sie nicht oder malte sie sich einfach aus.

»Drei Linien. Weich, wie poliertes Holz.«

»Ist das die Geige?«

»Ja ...«

Es war Bachs Konzert in d-Moll gewesen. Zwei Blöcke

Streicher schwangen sich gegeneinander auf. Zwei Vögel beschrieben eine komplizierte Auseinandersetzung, drehten ab, berührten sich an den Flügeln; zwei Stimmen sprachen sanft im Schein des Kaminfeuers miteinander. »Die untere ist aus Holz ... und fühlt sich glatt und poliert an ...«

Sie hielt inne und erfreute sich an der sinnlichen Vorstellung, wie ihre Hände über die Oberfläche fuhren. »Sie streckt sich lang aus, dreht sich, dreht sich, wie eine Spirale, aber warm ...«

»Und die zweite?«

Es war nicht einfach, sich von der geradezu erotischen Anziehung der ersten Geige abzuwenden. »Sie ist flacher, metallischer. Zwei Saiten, von denen die obere dünner ist.« Sie hatte ihre Augen geöffnet und ihn lächeln sehen. »Ich wünschte, ich könnte das auch so empfinden«, meinte er. Richard war der einzige Mensch, der von Kates sechstem Sinn wußte. Man nannte es Synästhesie. Sie war sechs Jahre alt gewesen, als es ihr dämmerte, daß anderen Menschen diese wunderbare Ausdehnung ihrer Wahrnehmung, die Fähigkeit Töne zu berühren, nicht möglich war. Sie war in der Schule auf dem Spielplatz gewesen, wo ein älteres Mädchen einen Recorder aufgestellt hatte. Kate hatte die Hände über die Ohren geschlagen und geschrien: »Oh, wie ist das scharf!« Sie meinte damit, daß die falsch klingende Musik scharf wie ein Messer war und sich auf ihren Fingerspitzen wie Schnittwunden anfühlte.

Sie war herumgehüpft, hatte ihre Hände geschüttelt und sie dann auf den Boden gepreßt in dem Versuch, sich von der Qual zu befreien. Erst als das Mädchen gegangen war und sie wieder hatte aufstehen können, hatte sie die belustigten Gesichter ihrer Freunde wahrgenommen.

Sie lernte sehr schnell, nicht über die Bedeutung der Töne zu sprechen. Und die langen, fließenden Schleifen der Weihnachtslieder nicht zu lange zu genießen. Wie auch den grünen runden Tropfen des Vogelgezwitschers vor dem Fenster nicht allzu lange zuzuhören.

Einer unter zehn Millionen Menschen besaß diese Fähigkeit. Doch bei manchen waren die Sinne anders geordnet, so daß sie Töne schmecken oder Geschmack fühlen konnten. Sie hatte in einem Buch die Beschreibung eines Mannes gelesen, der das Essen von Schokolade als einen Pelzmantel beschrieb, bei dem das Fell dichter und länger war als bei irgendeinem gewöhnlichen Stoff.

Es war eine ungewöhnliche Verbindung.

Richard hatte es geliebt und sie darum beneidet. Er bat sie immer wieder, ihm Töne als Materialien zu beschreiben und versuchte, ihre merkwürdige Sprache zu verstehen.

Musik berührte sie am intensivsten.

Wenn sie dazu noch Alkohol trank, verstärkte sich diese Wirkung weiter.

Hier, vor einem anderen Kaminfeuer, erinnerte sie sich an den hübsch gewobenen Bach, an das Holz und die Spiralen und das luftige Gefühl wie von Flügeln.

Damals war sie noch in der Lage gewesen, James selbst zu stillen. Sie hatte ihn nach dem Ende des Konzerts vor dem Feuer gestillt. Doch schon wenige Tage später lag sie mit einer Grippe darnieder, und ihre Milch versiegte. Es war um diese Zeit gewesen, daß James mit seinem schmerzenden Gejammer und Geweine angefangen hatte.

Richard hatte ihr das Baby gebracht, doch das Kind hatte sein Gesicht von der Brust abgewandt. Sie mußte es mit der Flasche füttern, Richard saß auf der Bettkante und hielt James in seinem Arm.

Das Feuer brannte allmählich herunter. Kate streckte sich, legte den letzten Holzscheit ins Feuer und trank noch einen Schluck vom Brandy. Das Geräusch der vom Wind umtosten Bäume in der Nähe des Fensters fühlte sich an wie ein Grashalm, der ihre Handfläche streifte.

Ein Blitz zuckte auf, und fast unmittelbar darauf zersprengte ein Donnerschlag den Grashalm in tausend Stücke.

Ängstlich erhob sie sich und beobachtete, wie die ersten Regentropfen gegen die Scheiben schlugen. Weit weg am Horizont erhellte der Blitz sowohl das Meer als auch den Himmel und die unter Wolken versteckten Berge.

»Wie fühlt sich Donner an?«

»O verdammt, das ist nicht einfach. Stein …«

»Himmel«, flüsterte sie leise. Sie haßte Stürme. Hatte sie seit jeher gehaßt, selbst als Kind schon.

»Und Regen?«

»Regen besitzt nichts, er hat überhaupt gar keine Form.«

Richard hatte gelacht. Das war während ihres vierten, vielleicht auch fünften Treffens gewesen. Sie hatte sich von Anfang an mit ihm verbunden gefühlt und hatte ihm ihr wohlgehütetes Geheimnis der Synästhesie anvertrauen können, denn sie wußte instinktiv, daß er sie nie wie eine Verrückte behandeln würde. An jenem Abend, als sie aus dem Restaurant getreten waren, hatte es auch geregnet. Wie Bindfäden geregnet.

Er hatte gelächelt und sie geküßt. Sie waren zu ihm in die Wohnung gegangen und hatten sich geliebt, kaum daß sie die Tür hinter sich zugemacht hatten. Und dann später noch einmal vor dem Einschlafen im Bett. In der Nacht waren sie erneut aufgewacht. Und wieder am Abend. Und am nächsten. Und am nächsten. Die Welt war wie neu und voller Versprechungen.

Nie wieder war sie in ihre eigene Wohnung zurückgekehrt. Sie hatten all die Dinge getan, die sie nicht hätten tun sollen, vor denen alle immer warnten. Sie hatten sich zu schnell geliebt, waren zu schnell zusammengezogen und hatten zu schnell geheiratet. Es hatten nur sechs kurze Wochen zwischen ihrer ersten Verabredung und der Hochzeit gelegen.

Das Feuer war mittlerweile zu einem rotglühenden Rand

zusammengeschmolzen. Kate kniete davor und bemühte sich, die Wärme aufrechtzuerhalten. Sie wollte nicht in der Dunkelheit sitzen. Eine lange Zeit war vergangen, seit sie im Restaurant im Regen gesessen hatten. Wie lange hatte sie nicht mehr an jenen Abend gedacht? Wirklich daran gedacht, sich Richards Gesicht in Erinnerung gerufen, der Anblick jenes durchsichtigen Regens hinter der wärmenden Tür. Seit langem schon nicht mehr hatte sie sich selbst die Erinnerung daran gestattet, all jene schrecklich dunklen Jahre hindurch …

Als ob jemand ihre Gedanken hätte erraten können, ging plötzlich das Licht aus.

»O nein«, flüsterte sie.

Sie stand auf, streckte ihre Hände aus, tastete sich bis zur Küche und suchte die Wände nach dem Sicherungskasten ab. Die ganze Zeit über trommelte und heulte der Regen gegen die Scheiben. Sie konnte ihn sogar auf dem schrägen Dach oben hören. Vor der hinteren Tür hielt sie inne und betrachtete durch die Glasscheibe hindurch die in den Regenwolken tanzende Landschaft. Sand floß in einem ockerfarbenen Rinnsal unter den Büschen unmittelbar hinter der Tür, Tropfen tanzten auf den Steinen der Terrasse. Sie ging wieder zurück ins Wohnzimmer, stolperte dabei und fluchte leise. Sie öffnete die Eingangstür und fand den weißen Kasten, der ihr zwar aufgefallen, den sie jedoch nach dem Eintreten wieder vergessen hatte. Sicherlich lag es am Zähler und den Sicherungen, dachte sie. Sie versuchte dem Regenwasser auszuweichen, das unter dem schmalen Dach eindrang und stellte fest, daß der Sicherungskasten abgeschlossen war. Ihre Hände glitten umsonst über dessen Oberfläche.

Wasser schlug ihr ins Gesicht, durchnäßte ihre Schultern. Sie knallte die Tür wieder zu, trat ins Zimmer zurück und betrachtete das ersterbende Feuer.

Sie fing zu zittern an, wegen der Kälte, wegen ihrer Orientierungslosigkeit und vor Erschöpfung. Erneut kam ihr die

Vorstellung von der Treppe. Kalte Regentropfen rannen ihre Arme hinunter.

Ein gewaltiger Donner detonierte direkt über dem Haus, die Fenster wackelten. Das Geräusch war so laut, daß es körperlich spürbar war und in ihr vibrierte. Sie ließ sich fallen, kauerte sich auf den Fußboden. Durch die geöffneten Gardinen sah sie für Sekunden den Garten in hellem, phosphoreszierend bläulichem Glanz. War der Blitz vorbei, wirkte die Dunkelheit allumfassend: erdrückend, klaustrophobisch.

Sie stand auf und rannte nach oben. Im Dunkeln suchte sie nach ihrer Kleidung und streifte sie sich über. Sie machte sich nicht die Mühe, ihr immer noch feuchtes Haar zu kämmen.

Sie rannte aus dem Zimmer die Treppe hinunter und hinaus auf die Straße. Die Palmen, die die Straße säumten, wurden vom Regen gepeitscht. Sie tastete nach ihrem Portemonnaie in ihrer Tasche, zog den Schlüssel aus dem Schloß und knallte im Laufen hinter sich die Tür zu.

Im Foyer des Hotels sah das Personal sie an, als ob sie verrückt geworden sei.

Sie rannte zum Empfangstresen und war sich sehr wohl darüber bewußt, wie durchnäßt sie war und ihr kleine Bäche Regenwasser das Gesicht herunterrannen. Am Empfang entlang hatte man eine Reihe Kerzen aufgestellt, und auf den Fluren, die zur Treppe und zum Restaurant führten, brannten kleine rote Notlampen knapp über dem Boden.

»Señora?« erkundigte sich der Portier.

»Haben Sie ein Telefon, ein internationales Telefon?«

»Selbstverständlich.«

»Funktioniert es noch?«

»Aber ja.«

»Kann ich nach England telefonieren?«

»Bitte.« Er führte sie ein kurzes Stück den Flur entlang bis zur Telefonzelle. Seine Begleitung in der dürftigen Beleuchtung empfand sie als merkwürdig und ausgesprochen intim. Sie notierte die gewünschte Nummer und den Namen, während sie in der Nähe eines kleinen Tischchens mit einer Kerze stand. Er lächelte sie an, sie dabei aufmerksam musternd.

Sie schloß die Tür hinter sich. Allein in der holzgetäfelten Telefonkabine wartete sie auf das Klingeln des Telefons.

Bitte, das Licht soll wieder angehen.

»Señora? Die Verbindung ist hergestellt.«

Sie preßte den Hörer gegen das Ohr. Weit entfernt klingelte Isabelles Telefon. Dreimal, vier ... acht, neun ...

»O bitte«, flüsterte Kate.

Vierzehn ... vielleicht käme Isabelle hierher. Sie hätte nie und nimmer alleine verreisen sollen. Sie würde es nicht aushalten können, sieben Tage, eine Woche allein, in dieser verdammten Dunkelheit ...

»Keine Antwort«, sagte die Telefonistin.

»Bitte lassen Sie es noch etwas klingeln.«

Zwanzig ... fünfundzwanzig. In England war es erst neun Uhr. Sie mußte zu Hause sein und nicht nur vergessen haben, den Anrufbeantworter anzustellen. Isabelle würde kommen. Sie würde die Sache in die Hand nehmen, ihr vorhalten, wie dämlich sie sich benahm und wie man die Lage verbessern konnte. Sie war so bodenständig, so verwachsen ...

»Keine Antwort.«

Verdammt, ich ersticke. Jemand soll das Licht wieder anschalten.

»Möchten Sie eine andere Nummer probieren?«

»Ja, natürlich.«

Sie gab die Nummer durch.

Wieder klingelte es weit entfernt, dann ein Klicken.

»Hier ist Jack Seward. Im Moment kann ich nicht mit Ihnen sprechen. Bitte hinterlassen Sie eine Nachricht nach dem Signalton ...«

Sie knallte den Hörer auf.

»O mein Gott«, murmelte sie. Sie hatte ohnehin keine Ahnung, weswegen sie Jack angerufen hatte. Sie war im Begriff verrückt zu werden. *Verrückt* …

Dunkelheit umgab sie. In der Kabinentür war ein kleines Glasfenster und dahinter wiederum ein Fenster mit Blick auf das Meer. Es war eine Landschaft wie von Goya in Schwarz und Weiß und Rot. Ab und an erhellte ein Blitz die Balkone des Hotels, die verschlossenen Fensterläden und das mit Terrakotta gedeckte schmale Dach der Bar neben dem Pool. Sie konnte Stimmen hören, aber niemanden sehen.

Ich weiß wo …

Das Telefon klingelte. Sie sprang entsetzt zurück, denn sie hatte kurzfristig vergessen, wo sie war und worauf sie wartete. Sie nahm den Hörer ab.

»Ja bitte?«

»Señora, möchten Sie noch einen weiteren Anruf machen?«

Die Stimmen rückten näher.

Eine Familie ging an der Telefonzelle vorbei und tastete sich lachend an den Wänden entlang. Es war eine große Gruppe – Großeltern, Eltern und drei kleine Kinder, eines im Kinderwagen, die anderen wurden getragen. Als der nächste Donnerschlag ertönte, legte die Großmutter die Hände auf die Ohren. Eines der Kinder begann zu weinen. Sie sprachen ein schnelles Spanisch. Das weinende Kind wurde von einem Arm zum nächsten gereicht. Die lächelnden Erwachsenen preßten ihr Gesicht an das des kleinen Mädchens, beruhigten es mit ihren Händen und mit kleinen, lachenden Glucksern.

»Señora …«

So hätte sie ihn auch auf den Arm nehmen sollen.

Sie hätte ihn mitnehmen sollen, auch wenn er aufgewacht und zu weinen begonnen hätte. Nie und nimmer hätte sie ihn im Auto zurücklassen sollen. Er war noch so klein und hing so von ihr ab, nur von ihr …

Ich weiß …

»Señora?«

»Ja?«

»Sagen Sie mir bitte die Telefonnummer?«

»Ich ... ja ...«

»Soll ich die Verbindung herstellen?«

»Ja, aber ... ich kenne die Nummer nicht, nur den Namen und die Anschrift ...«

»Gut, dann geben Sie mir den Namen, ich bekomme die Nummer über die internationale Auskunft.«

Sie lehnte an der Wand, ihre Stirn gegen den Unterarm gepreßt.

»Es ist meine Schuld«, flüsterte sie.

»Der Name?«

»Reeve«, sagte sie. »Jonathan Reeve ...«

22

»Kate, wovon träumst du?«

»Ich träume nicht.«

»Doch, du träumst. Jeder träumt. Wovon hast du letzte Nacht geträumt?«

Ein langes Schweigen folgte, dann sagte Kate leise: »Ich habe geträumt, daß viele Leute in einem Restaurant waren ...« Sie hielt inne. »Es war vollkommen verrückt, es hat auch nur eine Minute gedauert.«

»Was hast du dort gemacht?«

»Serviert, Bestellungen aufgenommen.«

»Und was ist passiert?«

»Nichts Besonderes. Jeder wollte etwas anderes haben, und die Küche machte gleich zu. Mehr nicht. Mehr war da nicht.«

»Bist du davon aufgewacht?«

»Es war ohnehin Zeit aufzuwachen, es war schon hell.«

»Wovon hast du noch geträumt?«

Sie blickte zu ihm auf. Jonathan saß ihr gegenüber in der Villa – mit dem Rücken zum Licht, sein Gesicht konnte sie so kaum erkennen. Die Landschaft hinter ihm bot, anders als vor zwei Tagen noch, eine leuchtende Palette von Blau- und Gelbtönen.

Es war kaum zu glauben, daß er tatsächlich gekommen war. Sie hatte ihn nicht gebeten. Nachdem sie ihn telefonisch erreicht hatte, war sie kaum imstande gewesen, einen einigermaßen zusammenhängenden Satz zu sagen. Er hatte sie gebeten, am nächsten Morgen zurückzurufen. Das tat sie, und wie eine Bombe wirkte seine Mitteilung, daß er bereits einen Flug gebucht hatte.

Sie stellte ihm die Frage, die seither in ihrem Kopf herumgeisterte.

»Warum bist du gekommen?«

Er lächelte. »Um dir zu helfen.«

»Ich kann es mir nicht leisten, deinen Flug zu bezahlen, Jonathan.«

»Darum habe ich dich auch nicht gebeten.«

»Hast du angenommen, daß es so dringend ist?«

Er schüttelte den Kopf. »Ich stelle die Fragen.«

»Tut mir leid. Mir fällt es schwer, sie ernst zu nehmen.«

»Warum?«

»Träume ...« Sie machte eine abwehrende Handbewegung.

»Gut. Dann ist es also keine große Sache, wenn du mir etwas über sie erzählst. Erzähle mir von deinen Träumen.«

»Ich träume ...« Sie blickte auf den Fußboden. »Ich träume von Jamie. Er ist im Haus und weint. Ein dunkles Haus mit einem riesigen Treppenhaus. Ich kann ihn niemals erreichen.«

»Warum nicht?«

»Weil es zu groß ist. Ich versuche es ...«

»Du versuchst, zu ihm zu gelangen, aber du schaffst es nie?«

»Genau.«

»Was würde passieren, wenn du ihn erreichen würdest?«

Sie starrte ihn mit weit aufgerissenen Augen an. »Ich ... würde ihn natürlich auf den Arm nehmen, ihn aus dem Zimmer tragen ...«

»Und er wäre lebendig?«

»Ja.« Sie hielt inne. »Ach, ich verstehe.«

»Was verstehst du?«

»Ich rede mir ein, daß er lebt.«

»Möglich.«

»Möglich? Du willst mir doch nicht sagen, daß ich mich irre?«

»Nur du selbst kannst das sagen.«

Sie knetete ihre Hände im Schoß. »Verstehe. Ich glaube also, daß er noch lebt. Und die Träume habe ich, weil ich mir nicht gestatte, das zu glauben?«

»Möglich.«

Sie schlug mit der Hand auf ihren Schenkel. »Soll mir das etwa helfen? Möglich ... möglich!«

Er lächelte kaum merklich. Abwehrend streckte sie ihm dieselbe Hand mit der Handfläche entgegen. »Sag nicht möglich!«

»Noch andere Träume?« fuhr er fort. »Wovon hast du geträumt, bevor Jamie verschwand? Als Kind? Irgend etwas, das immer wieder vorgekommen ist?«

»Nein.«

»Versuche dich zu erinnern.«

»Warum glaubst du mir nicht?«

»Warum willst du dich nicht erinnern?«

»Du hast doch für alles eine Antwort parat, nicht wahr?«

»Irgendwelche immer wiederkehrenden Träume?«

Sie fixierten einander. Sein Gesichtsausdruck war gefaßt, ihrer sarkastisch.

»Ich habe ständig geträumt, daß mir die Zähne ausfallen.«

Sie lachte und erwartete, daß er es auch tun würde. Doch er notierte sich lediglich etwas auf dem Blatt Papier auf seinem Schoß. »Meinst du nicht, daß das lustig ist?«

»Es kommt sehr häufig vor.«

»Ach ja?«

»Tut es weh?«

»Nein. Wenn ich spreche, sind meine Zähne zersplittert und füllen den ganzen Mund. Sie sind nicht scharf, sondern weich, wie aus Pappe.« Sie seufzte. »Meine einzige Sorge dabei ist, daß es meinem Gegenüber auffallen könnte. Ich habe mich immer wieder darum bemüht, die zersplitterten Zähne so in meinem Mund zu arrangieren, daß es niemandem auffallen würde.«

Er nickte.

»Siehst du nicht, wie dumm das alles ist?« fragte sie.

»Hattest du diesen Traum auch noch, nachdem du Richard kennengelernt hattest?«

»Ich kann mich nicht erinnern.«

»Und in letzter Zeit?«

»Nein. Nein, nicht in dieser Form.«

»Wodurch unterscheidet er sich?«

Sie überlegte. »Gewalttätiger, würde ich sagen.«

»Inwiefern?«

»Nun, ich ... träume von Dingen aus den Nachrichten oder vermische diese mit meiner Arbeit oder mit meiner Umgebung ...«

»Was wäre denn beispielsweise eine Szene bei der Arbeit?«

»Ich träume, daß das Gebäude einstürzt oder die Schreibtische durch eine Berührung zusammenfallen. Ich träume ...«

»Fahre fort.«

Sie riß sich sichtbar zusammen. »Ich träume, daß die Gebäude zusammenstürzen ... oder daß ich auf der Straße bin und sie zusammenstürzen.«

»Ein Erdbeben?«

»Ja.«

»Außerhalb deiner Kontrolle?«

»Ich fühle mich verantwortlich.«

»Warum?«

»Weil da dieses Gefühl ist, daß ich es hätte kommen sehen können. Ich wußte davon und habe niemanden gewarnt.«

»Wie solltest du von einem Erdbeben wissen?«

»Ich weiß nicht. Es ist immer nur eine Kleinigkeit. Ich mache etwas ganz Gewöhnliches, aber dann hat es schreckliche Auswirkungen ...«

»Zum Beispiel?«

Kate spürte, wie ihr heiß wurde. Das Zimmer empfand sie jetzt als muffig und ungemütlich. »Ich mache einfach etwas ganz Gewöhnliches ...« Ihre Stimme war höher, sie sah ihn an. Er schien interessiert. Mehr als nur interessiert.

Angeregt. Erhitzt.

»Also gut«, meinte er. »Aber doch nicht, um jemanden zu verletzen.«

»Richtig. Ich will niemanden verletzen. Ich drehe einfach nur den Haustürschlüssel im Schloß oder blinke mit dem Wagen oder drücke auf einen Fahrstuhlknopf. Und der Punkt ist, daß es niemandem auffällt. Niemand beschwert sich. Sie werden gleich zerquetscht und tödlich verletzt werden, aber sie machen einfach weiter, sehen mich an, obwohl sie wissen, daß ich es verursacht habe, aber sie sehen mich nur an, sie bitten mich niemals um Hilfe ...«

»Und du meinst, du hättest diese Katastrophe verursacht?«

»Ja. Menschen unter Felsbrocken, unter Steinen ... die Erde reißt auf ...«

»Und warum ist es deine Schuld?«

»Ich weiß es nicht. Ich tue nur etwas ganz Gewöhnliches, wie alle anderen auch, und dieses ... schreckliche ...«

Sie begann zu weinen.

Er ließ sie eine Zeitlang gewähren. Sie stand auf, ging in die

Küche, riß sich ein Stück Papier ab und schneuzte sich. Nach einer Minute erhob er sich ebenfalls, ging zu ihr und legte ihr die Hand auf den Arm.

»Ich ertrage es nicht«, sagte sie leise. Sie sah ihn immer noch nicht an, sondern blickte durch das Fenster nach draußen. »Ich ertrage es einfach nicht, dieses ständige Reden.«

»Verstehe.«

»Ich kann es nicht. Es reißt alles nur auf.«

Er ging aus der Küche und kam mit ihrem Mantel in der Hand wieder zurück. Die Farbe, die er eben noch im Gesicht gehabt hatte, war verschwunden. »Komm, wir gehen spazieren«, sagte er.

Sie gingen vom Haus zum Strand hinunter.

Der Tag war warm genug, um einige Familien für ein Bad im Meer zu verlocken. Während Kate neben Jonathan lief, schaute sie ständig zu ihm auf. Seine offenkundige Entspannung weckte ihre Neugier: Er schien es überhaupt nicht eilig zu haben. Er mußte seine Termine abgesagt und Vorkehrungen für seine Abwesenheit getroffen haben – die ganze Sache hatte sicherlich sein Leben, wenn auch nur für eine kurze Zeit, auf den Kopf gestellt.

Und doch benahm er sich, als ob er es so geplant hätte und es ihm Vergnügen bereitete. Er lief barfuß, die Schuhe hatte er ausgezogen und trug sie locker in der Hand, seine Jacke über die Schultern gehängt. Er lächelte den Kindern zu, die in den Wellen spielten. Sie dagegen ging mit verschränkten Armen und hochgezogenen Schultern.

Sie kamen zum Ende der Bucht, wo einige Felsen hervorsprangen. Er kletterte sie hoch und drehte sich um, um Kate die Hand zu reichen. Sie stiegen noch ein Stückchen weiter hoch. Er setzte sich auf einen flachen Stein und blickte in die Richtung, aus der sie gekommen waren.

Sie stand über ihm.

»Ich will wissen warum«, sagte sie.

Er sah nach oben und lächelte. »Warum was?«

»Warum du hier bist.«

»Weil ich mir Sorgen um dich gemacht habe.«

Sie schüttelte den Kopf.

»Ist das denn so schwer zu glauben?«

»Nein, das nicht. Ich glaube dir, daß du dir Sorgen machst«, erwiderte sie. »Aber ich kann nicht glauben, daß du einfach alles stehen- und liegengelassen hast.«

»Nur deinetwegen, willst du das damit sagen?« Er lächelte noch immer, sie starrte ihn an.

»Ja, das will ich damit sagen.«

»Setz dich. Das Stehen muß doch unbequem sein.«

»Ich fühle mich wohl dabei.«

Er seufzte. Während er sprach, hob er ein paar Steine hoch, wog sie in den Händen und warf sie dann ins Meer. »Die Sache ist gar nicht so sonderlich kompliziert, Kate«, sagte er. »Wie es das Schicksal wollte, hatte ich mir für diese Woche freigenommen, um an einer Konferenz teilzunehmen. Meine Teilnahmegebühr habe ich bereits vor acht Monaten bezahlt, ohne viel darüber nachzudenken. In den letzten Wochen jedoch fing ich an, meine Entscheidung zu bedauern. Als du dann anriefst …«

»… war es eine gute Entschuldigung, die Sache abzublasen.«

Er lachte. »Bitte, das hast du gesagt.« Er legte den letzten Stein ab und drehte sich zu ihr um. »Meine Beichte. Ich wollte ebensosehr Urlaub machen, wie du mit mir reden wolltest.«

Sie musterte ihn.

»Fühlst du dich jetzt etwas besser?« erkundigte er sich.

Sie gab nach und setzte sich neben ihn. »Ja, jetzt fühle ich mich besser.«

Schweigend betrachteten sie den Strand. »Ist das hier ein Ort, wohin du schon immer reisen wolltest?«

Sie schüttelte den Kopf. »Ich mache nie Urlaub.«

Er sah sie an. »Nie?«

»Nein.«

»Warum nicht?«

»Ich finde keinen Gefallen daran.«

»Warum nicht.«

»Ich verschwende mein Geld dabei.«

»Ach so. Das stimmt. Alles kostet immer schrecklich viel Geld«, erwiderte er schneidend. »Wohin bist du denn als Kind verreist?«

»Wir sind von einem Ort zum nächsten gezogen. Es war ständig ein wenig wie Ferien.«

»Tatsächlich? Was haben denn deine Eltern gemacht?«

»Was mein Vater gemacht hat, weiß ich nicht. Ich habe ihn niemals kennengelernt.«

»Und deine Mutter?«

»Sie war verrückt.«

Er sah sie interessiert an. Sie wich seinem Blick eine Weile lang aus, dann lachte sie gereizt auf. »Wir wollen doch nicht etwa über meine Mutter sprechen, oder?«

»Nicht, wenn du es nicht willst. Willst du damit sagen, daß sie im klinischen Sinne verrückt gewesen ist?«

»Nein, nicht doch ...« Kate stützte sich mit ihren Händen nach hinten ab und wandte ihr Gesicht der Sonne zu, schloß die Augen. »Nein, sie war eigentlich ganz verläßlich und normal. Nur hat sie sich eben an keinerlei Regeln gehalten. Sie sah ganz anders aus als alle anderen Mütter. Sie war sechzehn, als ich geboren wurde. Das war 1965 ...«

»Flower Power, die Hippie-Zeit.«

Kate öffnete die Augen und lächelte schmal. »Ja, diese ganze Geschichte.«

»Und ihr seid herumgereist?«

»Ja. Aber wir haben nicht auf der Straße gelebt. Es waren immer wieder andere Häuser. Manchmal Kommunen, glaube ich. Andere gehörten den Männern, mit denen sie zusammen war.«

»Eine sehr ungewöhnliche Kindheit.«

»Bis ich sieben Jahre alt war.«

»Was ist dann passiert?«

»Sie bekam Gelbsucht, und ihr Bruder kam vorbei, um mich mitzunehmen. Er war verheiratet. Kinderlos. Ich ging zum ersten Mal in die Schule. Ich habe sechs Jahre lang bei ihnen gewohnt.«

»Ist deine Mutter wieder gesund geworden?«

»Ja. Sie lebte erst in Griechenland, dann kam sie wieder nach England. Sie hat sich in London ein Haus gekauft und als Lehrerin gearbeitet.«

»Und du bist wieder zu ihr zurückgekehrt?«

»Ja.«

»Das war sicher ein schwerer Schlag für deinen Onkel und dessen Frau.«

»Ich wollte gehen.«

»Wie alt warst du?«

»Dreizehn.«

Er hatte die Hände übereinander geschlagen, ruhte mit dem Kinn auf den geschlossenen Fäusten und musterte sie aufmerksam. Sie lehnte sich vor.

»Daraus kannst du kein Trauma konstruieren, denn es war nicht traumatisch. Sie waren sehr liebenswert, aber sie waren nicht sie. Ich war so froh, meine Mutter wiederzusehen.«

»Verstehe.«

»Jetzt wirst du mir gleich sagen, daß es gemein von mir war, meinen Onkel und seine Frau zu verlasssen.«

»Überhaupt nicht.«

»Sie war meine Mutter. Sie wollte mich bei sich haben. Und sie war ein wunderbarer Mensch. Fröhlich, intelligent, witzig …«

»Ja, gut.«

»Sie hat mich geliebt. Und ich habe sie geliebt.«

»Gut.«

»Man sagt immer, daß man seine Eltern liebt. Aber was man eigentlich damit meint, ist, daß man ihnen etwas schuldet, oder daß man Angst vor ihnen hat oder daß man sich nicht von ihnen befreien kann. Aber ich habe meine Mutter wirklich geliebt. Sie war ein wunderbarer Mensch. Und sie hatte sich verändert.«

»Inwiefern?«

»Nun, sie hat ihren Lebensunterhalt selbst verdient. Sie hatte nicht mehr so viele Liebhaber. Und die, die sie hatte, waren eher gesetzt.«

»Lebt sie noch?«

»Sie ist gestorben, als ich neunzehn war. Ich hatte gerade Richard kennengelernt.«

»Woran ist sie gestorben?«

»An einem Herzinfarkt.«

Jonathan hob erstaunt die Augenbrauen. »Sie war noch keine vierzig?«

»Sie war fünfunddreißig. Bei der Obduktion hat man festgestellt, daß es sich um eine ererbte Anomalie gehandelt hat. Seit ihrer Pubertät hätte sie jederzeit daran sterben können.«

»Hast du sie gefunden?«

»Nein, nein. Sie ist im Bus auf dem Weg zur Arbeit gestorben. Alle glaubten, sie sei eingeschlafen.«

»Und damit warst du in einem Haus in London ganz alleine. Aber du hattest ja Richard.«

»Ja«, sagte Kate.

»Und dann ...«

Sie stand abrupt auf.

»Es wird langsam kalt«, meinte sie. »Wollen wir zurückgehen?«

Sie kamen zur Villa zurück, als die Nachmittagssonne ihre Kraft zu verlieren begann. Die Flut stand hoch. Zu Kates Überraschung schüttelte Joanthan ihr vor der Tür die Hand, hielt sie noch einen Augenblick lang fest.

»Ich gehe zu meinem Hotel zurück«, sagte er.

»Ja, gut.« Sie senkte den Blick, denn ihre ineinander verschlungenen Hände waren ihr peinlich.

»Möchtest du heute abend irgendwohin zum Essen gehen?« Endlich hatte sie ihre Hand gelöst und lächelte. Er machte eine Bewegung, denn er spürte ihren Wunsch, einen Schritt zurückzutreten. »Ja«, sagte sie, »wenn du möchtest.«

»Gut, dann komme ich um acht vorbei und hole dich ab. Paßt dir das?«

»Ja ... sehr gut.«

Er stand noch einen Augenblick auf der Schwelle und musterte sie aufmerksam. »Findest du es jetzt einfacher, dich mit mir zu unterhalten?«

Sie schwieg, dann lächelte sie. »Möglich.«

»Dieses Wort!« Er lachte, trat zurück und ging den Weg hinunter.

Am Tor sah er sie noch einmal an.

»Auf Wiedersehen!« rief sie. »Bis nachher.«

Er hob die Hand und winkte.

23

Jack saß in seinem geparkten Wagen und beobachtete die Frau in dem weißen Volvo.

Sie stieg hastig aus. Sie hatte einen Mantel über ihre grüne Uniform geworfen. Während sie den Wagen abschloß, löste sie den Pferdeschwanz in ihrem Nacken, ging auf den Schuleingang zu und lockerte ihr braunes Haar mit der Hand auf.

Es war ein trüber, regnerischer Nachmittag. Das kleine Städtchen lag nahezu versteckt in dem Tal, als Jack nach dem Autobahnabzweig durch die grüne Landschaft gefahren war.

Offenbar wähnten sie sich hier tatsächlich sicher. Einen Augenblick lang hatte er die Frau in der Menge aus den Augen verloren. Er blickte auf die Uhr. Es war viertel nach drei, gleich würde sich der Schulhof mit einer Kinderschar füllen. Jack beugte sich vor und beobachtete den Bürgersteig.

Er sah sie, wie sie sich mit einer anderen Frau unterhielt. Lachend blickten sie auf ein Blatt Papier. Die meisten der wartenden Frauen hatten noch ein zweites Kind mit dabei und hielten es entweder an der Hand oder hatten es im Kinderwagen. Soweit er es erkennen konnte, war Anita Warburgh die einzige, die allein gekommen war.

Die Kinder strömten aus der Schule.

Jack spürte, wie sich sein Herzschlag beschleunigte. Die Szene war wie ein Puzzle aus lauter sich bewegenden Körpern: dunkle Köpfe, blonde Köpfe.

Er sah, wie das Kind die Tür öffnete und alleine heraustrat.

Der Junge war ungefähr einen Meter fünfzig groß und sehr blond. Sein Gesicht war blaß und recht hübsch, und er hätte fast ein wenig kränklich gewirkt, wäre da nicht sein breites Lächeln gewesen. Er ging direkt auf Anita zu. Sie nahm ihm die Tasche ab und legte den Arm um seine Schultern.

Jack nahm das Bild von Kate McCaulay vom Sitz und klemmte es hinter das Armaturenbrett. Darüber kamen jetzt die beiden Figuren auf ihn zu und wurden von der Windschutzscheibe eingerahmt.

Der zehnjährige Junge sah aus wie Kate. Er hatte dieselben gewölbten Schultern und den ausschreitenden, recht ungemütlichen Gang, der Jack mittlerweile so vertraut war. Ein drückendes Gefühl der Übelkeit kam in Jack hoch. Sie stiegen in ihr Auto. Anita Warburgh berührte beim Zurücksetzen beinahe Jacks Stoßstange. Er beobachtete, wie sie ihn einen Augenblick lang fragend ansah, dann mit den Schultern zuckte und das Lenkrad zu drehen begann.

Er ließ sie fahren, bis sie fast hinter der hohen Hecke des Schulhofs verschwunden war.

Dann folgte er ihr.

24

George hatte an jenem Abend noch spät Besuch von einem Kunden.

Er hatte gerade schließen wollen – es war kurz vor sechs –, als der Wagen in den Hof fuhr. Ein Mann stieg aus. Sein Gesicht drückte offensichtliches Mißfallen aus, und er war ganz eindeutig in Eile. Mit gesenktem Kopf war er auf den Eingang zugelaufen, wo George ihn mit einer Hand auf der Alarmanlage, die er gerade hatte einschalten wollen, erwartete.

Der Mann trat ein und schüttelte sich den Regen vom Mantel.

»Einfach entsetzlich, finden Sie nicht auch?« meinte er und lächelte kurz, ehe er sich ohne besonderes Interesse umsah.

»Einfach schrecklich«, stimmte ihm George zu.

Der Mann trat vor und sah sich nach beiden Seiten hin um. Er nahm einen Teller vom Tisch, musterte auf der Rückseite das Warenzeichen, stellte ihn wieder zurück. George seufzte, sah gelangweilt auf die Auffahrt und die Spuren im Schotter, die der Wagen beim Bremsen gemacht hatte.

»Suchen Sie nach etwas Bestimmten?« erkundigte er sich.

Der Mann fuhr sich mit der Hand durch die Haare. »Jahrestag«, erwiderte er. »Ich habe den Jahrestag vergessen. Ich kann unmöglich mit leeren Händen nach Hause kommen. Sie würde mich verdammt noch mal kastrieren.«

George folgte ihm. »Verstehe. Was gefällt ihr denn?«

»Ich weiß nicht, wie es heißt?«

»Schmuck …?«

»Nein, nein. Es sind Töpfe, so grüne Dinger.«

»Grünes Porzellan?«

»Ich weiß es nicht. Es ist grün. So grünlich-blaues Zeug. Sie hat ein ganzes Regal davon herumstehen.«

»Grünlich-blau. *Carton* vielleicht – *Vert Royale*?« George führte den Mann zu einer Vitrine und reichte ihm einen Teller mit Goldrand.

»Nein. Das, was sie hat, hat so gedrehte Griffe ...«

»Ah!« Jetzt kamen sie der Sache näher. »*Watcombe.*«

»Genau! So heißt das Zeug!«

George führte den Mann noch weiter nach hinten. Dort hatte er eine ganze Ausstellung von *Watcombe*-Porzellan stehen. »Gott sei gedankt«, murmelte der Mann, als George die Vase einwickelte. Er zahlte bereitwillig und ganz beiläufig, obwohl George insgeheim fünf Pfund aufschlug, weil es nach sechs Uhr war. Er begleitete ihn vor die Tür und beobachtete, wie der Wagen wegfuhr und wieder der Schotter zur Seite spritzte. George machte das Licht aus, stellte die Alarmanlage, so wie er es vorhin schon hatte tun wollen, und ging zum Wohnhaus hinüber.

Er begann seine Abendmahlzeit zu kochen. Am Waschbecken lehnend, schälte er das Gemüse. China stand erwartungsvoll neben ihm und wartete auf ein Stück Möhre, doch George war sich der Gegenwart des Hundes kaum bewußt. Von hier aus konnte er die Rückseite von Kates Wohnung sehen, das milchige Glas ihres Badezimmers. Sein Blick wanderte ständig dorthin, doch sah er kein Licht.

Zwei Tage lang hatte schon kein Licht mehr gebrannt. Ihre Abwesenheit hatte ihn heftig verletzt. Heute morgen war er die Treppe hinaufgegangen und hatte an der Außentür gehorcht. Vielleicht war sie ja ohne Auto nach Hause zurückgekehrt, und er hatte sie verpaßt. Doch es war ganz still gewesen. Genauer gesagt, als er bei anbrechendem Tag dort oben gestanden hatte, hatte er die Leere hinter der Tür spüren können. Das Hohle und die Kälte.

Er hielt inne und stützte die Hände auf den Edelstahl der Spüle. Sie war sicher bei Isabelle, dachte er. Ihr Wagen war zwischen Mitternacht und sechs Uhr früh verschwunden, das wußte er. Vielleicht hatte sie nicht schlafen können und spontan Isabelle aufgesucht. Die Sache mit Maggie Spence hatte ihr zugesetzt. Ihr ebenso wie allen anderen …

Er ließ das Messer aus der Hand gleiten, ging ins Wohnzimmer zurück, nahm den Hörer ab und wählte Isabelle Brownings Telefonnummer.

Während er auf die Verbindung wartete, kaute er unwillkürlich an seinem Daumen.

Das sollte sie wirklich nicht tun. Sie sollte ihn wissen lassen, wohin sie ging, mit wem sie wegging. Und wenn auch nur als Sicherheitsmaßnahme für die Wohnung, damit er in der kalten Jahreszeit dafür sorgen konnte, daß sie geheizt wurde …

Das Rufzeichen ertönte. George war sich darüber im klaren, daß das nicht der Wahrheit entsprach. Die Wohnung war ihm vollkommen gleichgültig. Es war Kate und diese schreckliche, schleichende und sich immer mehr verstärkende Zuneigung ihr gegenüber, die ihm wirklich am Herzen lag. Er wußte, daß es ärgerlich war. Es ärgerte sie, und es ärgerte ihn selbst. Wie ein Jucken, dem man unmöglich mit Kratzen beikommen konnte. Ihm waren Männer verhaßt, die sich an jüngere Frauen heranmachten – es waren ausnahmslos abhängige Männer, die niemals erwachsen wurden. Solche Männer waren ihm zuwider.

Und nun war er selbst ein solcher Mann. Er war vollkommen auf diese so reizende junge Frau fixiert … bei dem Gedanken an ihren Gesichtsausdruck, als er ihr den Sekretär hatte schenken wollen, errötete er bis zu den Haarwurzeln. Wenn er jetzt mit ihr reden könnte, würde er sich vielleicht dafür entschuldigen. Er würde das verdammte Ding gleich morgen aus dem Zimmer in den Laden hinüberschaffen, wo es …

Das Problem war, daß ihn eine Plage befallen hatte: ein ständiges, heftiges Verlangen. Sie hatte nichts dazu beigetragen. Auch er hatte es nicht forciert. Er verspürte kein Verlangen danach, sich lächerlich zu machen. Doch diese Lähmung, dieses nicht zu unterbindende glühende Verlangen war in ihm, er ertrug es wie einen Virus und war wütend auf sich selbst. Wütend auf sie. Es war ganz einfach eine Infektion …

Er hörte das Rufzeichen. Er zählte fünf-, sechsmal. Plötzlich hörte es auf. Ein kurzes Geräusch, dann vernahm er Isabelles Stimme.

»Zur Zeit bin ich recht beschäftigt. Bitte hinterlassen Sie Ihre Nachricht nach dem Signalton.«

Er hörte den Signalton.

Er hörte die weiche, aufgeblähte, wartende Stille.

»Isabelle«, sagte er. »Hier ist George Dale …«

Er legte den Hörer auf.

Unmöglich konnte er über das Telefon mit ihr über Kate sprechen. Es war einfach zu lächerlich. Die beiden waren vermutlich zum Abendessen aus und dachten gar nicht daran, welche Sorgen sie bei anderen auslösten.

Eine leise Stimme in seinem Kopf sagte ihm – sehr leise, aber sehr deutlich –, daß es nichts mit ihm zu tun hatte. Gekränkt über eine derartige Vernachlässigung nahm George dennoch die Autoschlüssel in die Hand.

25

Es war kurz vor Mitternacht, als sie gingen und in die rabenschwarze Nacht hinaustraten. Jonathan hatte sie nicht, wie erwartet, in ein Hotel, noch nicht einmal in ein Restaurant ausgeführt, sondern sie in eine kleine Taverne entlang der Küste eingeladen. Sie lag auf einer Landspitze, wo das Dorf knapp über dem Meeresspiegel der Bucht lag. Die helle Pflasterstraße endete hier, dann folgte ein wenig sandige Erde, dann das Meer. Von ihrem Tisch aus hatten sie zugesehen, wie die Küstenlinie sich von blau zu schwarz verfärbt hatte. In der Dunkelheit sah man nur noch die Lichter der Boote, die in einem Halbkreis bis etwa hundert Meter vor der Küste ankerten.

Es waren nicht viele Gäste dagewesen, anfangs nur ein paar Alteingesessene, später kam noch ein Urlauberpaar. Am Schluß waren es nur noch sie beide.

Sie gingen bis zum Wasser.

»Danke für die Einladung«, sagte sie. »Das war sehr schön.«

»Ein Vergnügen«, erwiderte er.

Er stand neben ihr, blickte jedoch nicht sie an, sondern sah hinaus in die Bucht. Sie fühlte sich erhitzt, fast ein wenig betäubt – ohne daß es ihre Absicht gewesen war, hatte sie den Großteil der Flasche Wein getrunken. Kate betrachtete sein Profil. Er sah recht konventionell aus, dachte sie, sehr dichtes, sauber gescheiteltes, hellbraunes Haar mit vereinzeltem Grau dazwischen. Ein weißes Hemd, dunkelblaue Hosen, sauber polierte Schuhe – und eine Krawatte. Er trug eine Krawatte.

»Etwas nicht in Ordnung?« fragte er. Sie verneinte.

Das Auto hatten sie an der Straße abgestellt. Plötzlich blieb sie stehen. »Ich möchte herumlauschen« sagte sie. Ihr war bewußt, daß sie betrunken war. Ihm ebenfalls.

»Wir sollten lieber zurückfahren«, meinte er.

»Ich möchte im Meer waten«, sagte sie. »Du kannst hier warten, ich bleibe nicht lange.«

Er hielt die Autoschlüssel in der Hand und gab sie von der einen Hand in die andere. Lächelnd wandte sie sich ab und trat in den Sand. Sie zog die Schuhe aus, so wie er es zuvor auch getan hatte.

Das Wasser war überraschend warm.

»Kate!« rief Jonathan.

»Ich laufe«, murmelte sie zu sich selbst.

Der Strand lag da wie ein blauer Pferdehuf und war kaum zu erkennen. Das Wasser war vollkommen dunkel, der Himmel ebenso schwarz wie das Meer. Es war menschenleer. Über die Schulter hinweg blickte sie auf die kleine Bar und die Landzunge mit den Häusern. Sie glitzerten, als ob sie im Weltall zwischen zwei dunklen Streifen schweben würden. Vor ihr standen Kiefern, vom Wind zu phantastischen Formen verbogen. Jonathan hatte bereits vorhin darauf hingewiesen. Er hatte sich als sachkundig und spritzig und als ein guter Begleiter ausgewiesen. Ein guter Mann, ein netter Mann ...

Sie erreichte die Kiefern. Eine etwa drei Meter hohe, plane Steinfläche, die wie ein festes Gebäude aus Spielkarten wirkte, stand vor ihr. Sie beugte sich, um die erste Stufe zu erfühlen, dann kletterte sie, mehr tastend denn sehend, hinauf. Oben fuhr ihr der Wind ins Haar und blies es ihr aus dem Gesicht. Sie stand am Rande der Bucht und sah auf die offene See hinaus.

Sie setzte sich, zog die Knie an und hielt ihre nackten Füße in den Händen. Sie spürte die Kälte, das körnige Salz und den Sand. Sie hatte das merkwürdige Gefühl, ganz starr zu sein, wie aus Stein, gerade und unbeugsam.

Augenblicklich verflog ihre gute, so entspannte und etwas benebelte Laune. Etwas verschloß ihr die Kehle wie eine Faust. Die Welt blieb stehen. Ob es die Dunkelheit war, in der sie plötzlich zu schweben schien ... Ihr Herz pochte protestierend, das Blut schoß ihr in den Kopf. Sie versuchte einzuatmen. Es gab überhaupt keine Luft, nur ein heftiges, elektrisches Vibrieren in ihrer Hand bis zu den Fingerspitzen.

Sie wollte aufstehen, kippte um und richtete sich wieder auf. Die unregelmäßigen Treppenstufen führten sie wieder hinunter. Sie hörte die Steinkanten, an denen ihre Hände entlangglitten, eher, als daß sie sie fühlte. Sie rutschte aus und landete mehr oder weniger aufrecht auf einer geschützten, ganz planen Sandfläche. Sie war nicht breiter als sieben Meter, und auf der anderen Seite ragte eine Felswand aus dem Wasser.

»Kate!«

Jonathans Stimme war weit weg. Zu weit. Viel zu weit.

Zitternd und nach Luft ringend stand sie am Wasserrand. Ihr Körper glühte innerlich, ihr Mund war von einer unsichtbaren Macht blockiert.

»Kate!«

Er stand über ihr auf den Steinen, wo sie eben noch gewesen war. Sie wußte nicht, ob er sie sehen konnte. Die Vorstellung, tot zu sein – sie war gar nicht hier, sondern immer noch dort, auf dem Steinplateau, unter seinen Füßen –, kam ihr in den Sinn.

»Kate, bleib, wo du bist«, hörte sie ihn sagen. »Warte.«

Die Vergangenheit und die Zukunft erdrückten sie, zerquetschten sie wie zwei riesige, unbarmherzige Hände. Es gab keinen Weg zurück, keinen Weg nach vorn. Es gab keinerlei Veranlassung aufzustehen und denselben verzweifelten Weg verbissen weiterzugehen. Es gab keine Erlösung, keine Antwort auf die einzige Frage, die sie stellen wollte. Jamie war spurlos verschwunden, wie ausradiert. Sie machte einen Schritt ins Wasser.

Sie hörte, wie hinter ihr Jonathan den Felsen herunterkletterte.

»Kate, was machst du denn?«

Sie stand bis zu den Knien im Wasser, das Meer zupfte verträumt an ihrem Rock. Er packte ihren Arm und versuchte sie zurückzuziehen.

»Nicht doch«, sagte sie.

»Kate ...«

»Nicht, nein.« Sie schlug ihm auf die Finger, die sie festhalten wollten. »Laß mich in Ruhe.« Immer noch rang sie nach Luft. Er stand hinter ihr und hatte die Arme fest um sie geschlungen.

»Halt die Luft an.«

Sie versuchte, sich ihm zu entwinden.

»Um Himmels willen, tu, was ich dir sage«, sagte er. »Halt die Luft an.«

Sie atmete nicht mehr ein, hielt den Atem an.

Seine Fäuste bohrten sich noch fester in ihre Rippen. »Wenn ich es dir sage, dann atmest du von hier aus aus.« Er drückte auf das Zwerchfell. »Hast du mich gehört? Atme von hier aus. Nicht schlucken. Fülle deine Lungen. *Langsam.* Jetzt.«

Sie gehorchte.

»Noch einmal. Noch langsamer. Leg deinen Kopf auf mich. Zähle beim Einatmen bis acht. Und wieder bis acht beim Ausatmen.«

Sie zitterte, ihr Kopf lag auf seiner Schulter. Um sie herum murmelte das Meer. Das Zittern ihrer Hände hatte aufgehört. Sie atmete in kurzen, abgehackten Zügen, die Luft rasselte in ihrer Kehle.

»Und noch einmal ...«

Ihre Knie gaben nach. Halb hob er sie, halb zog er sie zurück zum Strand, wo sie sich schwerfällig mit ihm zusammen fallen ließ. Er kniete in ihrem Rücken.

»Es geht mir gut«, sagte sie.

Sein Griff lockerte sich nur ein ganz klein wenig.

Zum ersten Mal sah sie den bezaubernden Halbmond am Himmel und die Menge leuchtender Sterne, die durch einen Wolkenschleier hindurch zu erkennen waren.

»Mein Wunsch wurde erfüllt«, sagte sie.

Seine Antwort klang erstickt. Dicht an ihrem Ohr mit gebeugtem Kopf fragte er: »Welcher Wunsch war das?«

»Ich wollte, daß er tot ist«, erwiderte sie.

Er ließ die Hände fallen und setzte sich so, daß ihre Körper einen rechten Winkel bildeten. Sie blickte ihn an, soweit sie ihn in der Dunkelheit überhaupt ausmachen konnte.

»Das sagt man doch so, nicht wahr?« flüsterte sie. »Man soll sich etwas nicht zu sehr wünschen, sonst könnte es in Erfüllung gehen. Sei vorsichtig mit dem, was du dir wünschst.«

»Erzähle es mir«, sagte er. Sein Atem klang laut an ihrem

Ohr. Sie legte die Hand über den Mund, als ob sie so die Worte aufhalten könnte. Aber sie sprudelten dennoch aus ihr hervor.

»Bei der Geburt hat er viel zu wenig gewogen«, erläuterte sie. »Er aß nicht sonderlich gut. Er schrie die ganze Zeit. Jedes Geräusch schien ihm verhaßt zu sein. Es war einfach unmöglich. Alles, was wir uns vorgenommen hatten, löste sich in Luft auf ... wir waren so erschöpft ... so unglaublich erschöpft ...«

Sie hielt einen Augenblick inne. Als sie wieder sprach, war ihre Stimme gefaßt. »Ich wünschte mir, er würde aufhören. Ich wünschte, man würde ihn ... ihn wegnehmen ...«

»Alle Menschen mit Kindern haben gelegentlich solche Gedanken«, entgegnete er.

Sie rammte ihre Hand in den Sand. »Aber so war es nicht!« rief sie. »Hier hat es sich nicht um einen Ausrutscher, um eine Art Ungeduld gehandelt!« Sie hielt inne. »Es war ... mein Wunsch wurde erfüllt. Ich habe gebetet, daß man ihn wegnehmen würde. *Ich wollte, daß er stirbt.* Ich hielt es nicht aus. Ich wollte ihn weghaben. Ich hegte keinerlei Gefühle für ihn, ihn nur zu berühren machte mich schon verrückt ...« Sie fing zu weinen an. Es waren rasende, aus der Tiefe kommende Schluchzer, aus jener Verzweiflung geboren, die sie seit so langer Zeit versteckt hatte. »Es war meine Schuld. Ich habe ihn im offenen Auto zurückgelassen. Und immer, wenn Leute mich trösten wollten und nett zu mir waren, wollte ich es ihnen sagen. *Ich habe es getan, bemitleidet mich nicht, seid nicht nett zu mir ...* Jemand Fremdes hat ihn weggenommen, doch derjenige hat nur das getan, was ich mir erhofft hatte, er hat lediglich meine Gebete erhört ... Verstehst du? Ich wollte, daß er tot wäre, meinetwegen ist es so gekommen, ich habe Gott angefleht, ihn zu töten, meinen eigenen Sohn ...«

Sie lag mit dem Gesicht nach unten, stöhnte schmerzhaft auf und preßte die Lippen gegen die Handflächen beider

Hände. Nach einer Weile ließen ihre Tränen nach, und sie wischte sich das Gesicht ab. Jonathan fing behutsam zu sprechen an. »James wurde dir von jemandem gestohlen«, sagte er. »Das ist ein kriminelles Vergehen.« Er nahm eine ihrer Hände, die regungslos zwischen ihnen gelegen hatten, und streichelte sie rhythmisch und zärtlich. »Wünsche können Dinge nicht geschehen machen«, sagte er. »Wünsche bündeln nur unsere Gedanken und geben Aufschluß über unser Verlangen.«

Sie rollte etwas zur Seite.

Er hob jeden ihrer Finger an und strich daran entlang. Dann streckte er die Hand nach ihrem Haar aus, glättete es mit derselben beruhigenden Bewegung. Sein Zeigefinger fuhr über ihre Wange.

»Es tut mir so leid, daß du unglücklich bist«, sagte er.

Sie schloß die Augen. Sie hatte Erregung, nicht Mitleid aus seiner Stimme herausgehört. Kurz darauf fühlte sie seine Lippen mit nur sehr leichtem Druck auf ihren. Seine Hand lag auf ihrer Schulter. Sie stützte sich auf einen Ellenbogen auf, und er folgte ihrer Bewegung. Einen Augenblick lang wollte sie seine Berührung unterbinden, streckte die Hand aus, um sein Streicheln abzuwehren. Doch dann umarmte er sie. Sie gab sich seiner Umarmung hin und fiel zurück in den Sand. Er küßte ihre Lippen, ihr Gesicht, die Augen, den Hals, während seine Hände unablässig ihre Arme und ihre Schultern streichelten. Sie berührte mit der Hand seinen Kopf und spürte, wie sich seine Nackenmuskeln anspannten. Ihre Hände verzahnten sich ineinander, dann löste sie ihre Finger und streichelte seinen Körper abwärts.

»Kate«, flüsterte er.

Mit einem Kuß, der schnell sehr heftig wurde, brachte sie ihn zum Schweigen. Ihr Körper bäumte sich unter ihm auf, suchte seine Wärme, seinen Trost. Was sie Jonathan eben gesagt hatte, hatte sie noch niemals jemandem anvertraut, nicht einmal Richard. Es war das Geheimnis, daß sie seit Jamies Verschwinden innerlich zerfressen hatte. Jetzt hatte sie es ausgesprochen und in seine Obhut gegeben.

Seine Hand lag auf ihrem Schenkel. Sie nahm sie und lenkte sie zu sich hin. Er wollte murmelnd protestieren, doch sie setzte sich auf und stieß ihn etwas zurück, so daß sie aufstehen konnte. In der wohligen Dunkelheit streifte sie ihre Kleidung ab und stand über ihm, während er kniete. Sie nahm seine Hand, preßte sie an ihren Körper, bohrte sich auf seine Finger und ließ die Hüften mit zurückgeworfenem Kopf gegen seinen Körper kreisen.

Er legte die Hände auf ihre Hüften und vergrub sein Gesicht in ihr, dann zog er sie zu sich herab. Sie legte sich zurück, und im nächsten Moment war er in ihr. Es verschlug ihr den Atem. Alle Zärtlichkeit fiel von ihm ab; auf den Knien hob er ihre Hüften und Beine vom Boden.

Unter ihr, Dunkelheit.

Über ihr, Dunkelheit.

26

Für einen kurzen Moment, als Jack gegen die Wand geschleudert wurde, wurde ihm schwarz vor Augen. Er hörte die Frau aufschreien, fühlte ihre Hand auf seinen Schultern und am Arm des Mannes, der ihn so hinterrücks angefallen hatte. Dann wurde wieder alles schwarz, und er fand sich Angesicht zu Angesicht mit Anita Warburghs Ehemann.

»Tony ... nicht doch«, bettelte Anita mit hoher Stimme. »Ich rufe die Polizei.«

Der Mann beachtete sie nicht. »Wie wäre es, wenn Sie mir einmal ganz genau sagen«, wandte er sich an Jack, »weshalb Sie meine Frau beschatten?«

Die Sache verlief nicht ganz nach Jacks Vorstellungen. Er hatte den Mann zusammen mit dem Jungen um zehn nach sechs das Haus verlassen sehen. Danach hatte er noch fünf Minuten gewartet, um dann an die Tür zu klopfen.

Nachdem sie die Tür geöffnet hatte, machte die Frau eine schnelle Kehrtwendung. Sie wurde blaß und wollte die Tür vor Jacks Nase sofort wieder zuschlagen.

»Frau Warburgh?« Jack hatte seinen Fuß in die Türöffnung geklemmt.

»Gehen Sie«, sagte sie, ihn schubsend.

»Frau Warburgh, ich bin Ermittler ...« Eine kleine Lüge. Seiner Erfahrung nach rangierten Ermittler nur wenig über Reportern, die sich auf der alleruntersten Stufe befanden. »Ich versuche, James Lydiatt zu finden. Sie haben damals, als er entführt wurde, in derselben Straße wie die Familie gewohnt ...«

Sie kniff die Augen zusammen.

»Ich arbeite im Auftrag seiner Mutter, Kate.« Noch eine kleine Übertreibung.

»Kate Lydiatt?«

»Heute heißt sie Kate McCaulay. Richard und sie haben sich scheiden lassen.«

»Ich ...«

Weiter kamen sie nicht mit ihrer Unterhaltung. Tony Warburgh war zurückgekehrt und schlich hinter Jacks Rücken auf das Haus zu. Dann stieß er Jack in den Flur hinein, drehte ihm einen Arm auf den Rücken, und knallte Jacks Kopf gegen die Wand. Abgesehen davon war er in besserer körperlicher Verfassung als Jack. Und er hatte den Vorteil der Überraschung auf seiner Seite.

Jack rang nach Luft.

»Wenn Sie mich doch nur erklären lassen würden ...«

Tony Warburgh blickte über die Schulter hinweg zu seiner Frau. »Ist er das?«

Sie nickte. »Er war auch der Mann in dem Wagen an der Schule, da bin ich mir sicher.«

Tony blickte wieder auf Jack, der zustimmend nicken wollte. »Ja, hören Sie ... ich war an der Schule, aber ...«

»Er behauptet, daß er nach James Lydiatt sucht. Das Baby«, sagte Anita.

»Lydiatt?« hakte Tony nach.

»Du weißt doch, als wir in London lebten ...«

Der Zugriff auf Jacks Nacken lockerte sich und löste sich dann ganz.

»Sie haben in der Nummer dreißig gewohnt«, sagte Jack. »Die Lydiatts wohnten Nummer achtzehn. James Lydiatt wurde aus Kate Lydiatts Auto auf einer Autobahntankstelle entführt, als er acht Wochen alt war.«

Anita Warburgh war ein paar Schritte zurückgetreten und lehnte an der Küchentür. »Wollen Sie damit sagen, daß er nie gefunden wurde?« fragte sie.

»Wußten Sie das denn nicht?«

Tony musterte Jack aufmerksam. »Wir sind umgezogen«, fügte er hinzu.

Jack atmete jetzt leichter. »Ich habe mit Frau Renfrew gesprochen. Erinnern Sie sich an die alte Dame, die am Ende der Straße lebte? Sie muß damals etwa siebzig Jahre alt gewesen sein. Sie wohnt immer noch dort. Letzte Woche habe ich sie aufgesucht. Sie hat sich an Sie erinnert. Sie wußte noch Ihren Arbeitgeber.«

Das Paar starrte ihn abwägend an.

»Bitte helfen Sie mir«, bat Jack.

Sie boten ihm zwar keinen Tee an, ließen ihn sich aber immerhin setzen.

Jack registrierte sofort die Einrichtung des Wohnzimmers, eine Mischung aus teuren, etwas aus der Mode gekommenen Stücken und billigerer Massenware. Der Nylonteppich heftete sich an seine Schuhe. Mit Ausnahme einer Fotografie des Jungen im Alter zwischen zwei und drei Jahren zierten keinerlei Bilder die Wände.

»Sieht nett aus, der Junge«, meinte Jack.

»Das ist Ian«, erläuterte Anita Warburgh. »Unser Sohn.«

Tony sagte kein Wort. Während Jack sich auf seinem Stuhl zurücklehnte, setzte sich der Mann auf die Sofakante, als ob er jeden Augenblick wieder aufspringen wollte. »Sie haben meine Frage nicht beantwortet«, beharrte er. »Warum haben Sie meine Frau beschattet?«

»Ich wollte sichergehen, daß ich die richtige Person habe.«

»Aber woher wußten Sie, wie ich aussehe?« erkundigte sich Anita.

Jack lächelte. Tatsächlich war alles um einiges einfacher als erwartet gewesen. Das hatte er einer sehr netten – nett, redselig und ohne jeden Argwohn – jungen Frau bei Tonys alter Firma zu verdanken. Es war relativ einfach, den Weg vom Hauptsitz der Firma in London bis zu Tonys Versetzung nach Wiltshire nachzuvollziehen. Als er die Zweigstelle angerufen hatte, erzählte ihm ein freundlicher junger Angestellter, daß Anita immer noch im Krankenhaus arbeitete …

Anita Warburgh schien es zu dämmern. »Sie waren es also, der sich nach meinem Parkplatz erkundigt hat«, murmelte sie.

»Tut mir leid«, erwiderte Jack.

»Und sich nach Ian erkundigt hat.«

»Das war ein Reinfall«, gab er zu. »Sie waren gerade mit ihm beim Zahnarzt gewesen.«

Anita lachte kurz auf, hielt jedoch abrupt inne. »Ich konnte mir keinen Reim daraus machen, wer Sie waren – ein Arzt, dessen Namen ich noch nie zuvor gehört hatte.«

Tony saß nun noch weiter vorne auf der Kante. »Hier geht es um Ian«, sagte er. Jack registrierte seinen abweisenden Blick. Anita, die neben ihm saß, fuhr bei seinem Tonfall zusammen.

»Damit liege ich doch richtig, nicht wahr?« Tony ließ nicht locker. Jack fiel auf, daß er seine Hände zu Fäusten geballt hatte. »Das haben Sie alles Ians wegen getan.«

»Ich habe nach *Ihnen* gesucht«, erwiderte Jack. »Nach jedem, der in derselben Straße gewohnt hat. Aber, es stimmt ...«

Anita griff nach der Hand ihres Mannes. »Ians Bild steht in der Arbeit auf meinem Schreibtisch«, sagte sie.

Schrecken breitete sich auf beiden Gesichtern aus. Keiner machte eine Bewegung.

»Was wollen Sie?« fragte Tony.

Anita fing an, mit dem Kopf zu schütteln.

»Ich möchte lediglich über James Lydiatt sprechen.«

»Er lügt«, flüsterte Anita.

»Sie haben kein Recht dazu«, sagte Tony und erhob sich.

»Hier liegt wohl ein Mißverständnis vor«, protestierte Jack.

»Wer, in aller Welt, sind Sie eigentlich?« verlangte Tony zu wissen.

Anita packte ihren Mann am Arm und sagte mit leiser, eindringlicher Stimme: »Ein Ermittler. Ich wußte, daß das kommen würde! Ich wußte es!«

»Nita«, erwiderte er. »Sie haben keinerlei Anspruch auf ihn. Mir ist es vollkommen gleichgültig, was sie sagen, er ist gesetzlich adoptiert ...«

»Hören Sie«, unterbrach Jack.

Tony drehte sich zu dem Schrank in seinem Rücken um. »Ich habe die Papiere, er ist britischer Staatsbürger, sehen Sie nur nach.«

»Daß er britischer Staatsbürger ist, weiß ich«, sagte Jack. »Keiner will das bestreiten. Er wurde im St.-Mary-Krankenhaus um halb eins mittags geboren. Er wog noch nicht einmal sechs Pfund. Er war eine Frühgeburt.«

Beide Eltern starrten ihn an. Tonys Hände ruhten auf der obersten Schublade. Es entstand eine vollkommene Stille. Dann trat Anita Warburgh zu Jack heran und sah ihm direkt in die Augen. »Unser Sohn wurde in Rumänien geboren«, sagte sie leise. »Im Alter von zwei Jahren wurde er aus unsäglich schlimmen Verhältnissen aus einem staatlichen Waisenhaus gerettet.« Sie verschränkte die Arme, während Jack von einem zum anderen blickte. »Und nun, Herr Seward«, fügte sie kühl hinzu, »wie wäre es, wenn wir noch einmal ganz von vorne anfangen?«

»Anderthalb Jahre nach unserer Heirat wußten wir, daß wir niemals Kinder haben würden«, erzählte Anita. Sie hatte sich etwas entspannt, und sie saßen jeder mit einer Tasse Tee um den niedrigen Tisch herum. Sie strich sich die Haare zurück.

»Weil wir schon in den Dreißigern waren, wurden wir nur sehr zögernd für eine Adoption in England in Erwägung gezogen. Ein Jahr später wurden wir Mitglied bei einer privaten Organisation. Aber auch dort waren unsere Chancen nicht rosig, weil wir unbedingt ein Baby wollten.« Sie lächelte Jack kurz zu. »Sie haben keine Ahnung, wieviel Kummer einem eine solche Sache bereitet«, sagte sie und blickte zu ihrem Mann hinüber. »Wenn man ein Kind möchte und dann gesagt bekommt, man sei zu alt, ja sogar zu christlich ... zu sehr Mittelklasse, habe nicht die richtige Hautfarbe.«

Sie hielt inne und blickte in ihre Tasse. Tony Warburgh fuhr mit der Geschichte fort.

»Dann haben wir in den Nachrichten diese Waisenhäuser gesehen. Wie Tausende andere auch wollten wir ein solches Kind adoptieren. Wir haben noch nicht einmal darüber nachgedacht. Wir sind sofort dorthin gefahren.«

Anita blickte auf. »Ian war auf einer Station, in einem Bett, ans Bett gefesselt. Er war nur noch ein Skelett. Seine Kleider waren ihm zu groß und vollkommen verdreckt. Sie gaben ihm nichts zu essen, jedenfalls kaum etwas. Denn er hatte Aids.«

Jacks Gesicht mußte wohl Bestürzung zeigen. Sie machten den Eindruck, als ob sie diese Reaktion erwartet hätten, daß er sich jetzt zurückzog. Sie tauschten ein kurzes Lächeln miteinander aus. Jack hatte nur einen Gedanken, nämlich daß der Junge neun oder noch mehr Jahre überlebt hatte. Und daß er vermutlich nicht mehr sehr lange würde leben können.

»Wir haben ihn dennoch mitgenommen«, sagte Tony.

»Es tut mir leid«, wandte sich Jack an die beiden. »Ich hatte nicht die geringste Absicht, Sie beide zu verfolgen.« Er wollte sie ansehen, doch sein Blick blieb an den Unterlagen auf dem Tisch zwischen ihnen haften, Beweis für Ians Adoption und seinen Geburtsort.

Anita lächelte. »Es braucht Ihnen nicht leid tun«, meinte sie. »Als wir mit ihm zurückkehrten und einen Arzt aufsuchten, stellte sich heraus, daß er tatsächlich krank war. Er hatte eine Nieren- und eine Brustraumentzündung. Und er hatte einen kleinen Herzfehler. Aber Aids hatte er nicht.«

Jack setzte seine Tasse ab.

»Sein Herz macht heute noch kleine Nebengeräusche, und wir müssen es beobachten«, fuhr Anita fort. »Aber es geht ihm gut.«

»Warum sagten Sie vorhin, daß sie keinerlei rechtlichen Anspruch auf ihn hätten?« wollte Jack wissen. »Wer sind denn *sie*?«

Tony seufzte. »An dem Tag, an dem wir ihn mitgenommen haben, stand dieses Paar vor der Tür des Waisenhauses. Ein altes Paar«, sagte er. »Als sie uns mit Ian sahen, fingen sie zu schreien und zu rufen an ... Der Übersetzer sagte uns, wir sollten sie einfach nicht beachten. Sie seien Obdachlose, die auf diesen Trick gekommen seien, ausländische Paare mit Adoptivkindern in der Öffentlichkeit in Verlegenheit zu bringen, indem sie behaupteten, sie seien die Großeltern des Kindes. Sie nahmen Bargeld, amerikanische Dollar, als Schweigegeld an – und die ganze Zeit über hatten sie überhaupt gar keine Ahnung, um wessen Kind es sich eigentlich handelte. Es war nur ein Trick, um an Geld zu kommen.«

»Und Sie dachten ...«

Anita stützte das Gesicht auf die Hände. »Seit unserer Rückkehr habe ich diesen Alptraum. Ich träume, daß sie wiederkommen, vor der Tür stehen und behaupten, Ian gehöre zu ihrer Familie, und wir hätten ihn gestohlen. Als Sie zugaben, daß Sie an Ian interessiert waren ...«

»Verstehe«, unterbrach Jack. »Verstehe.«

Anita sah auf. »Das war aber noch nicht alles, nicht wahr? Deswegen sind Sie doch nicht hier vorbeigekommen. Sie hatten angenommen, daß Ian eigentlich James Lydiatt ist.«

Jack zuckte mit den Schultern. »Wie gesagt, es tut mir leid.«

Anita lächelte. »Sie sucht noch immer nach ihm?«

»Nun ... ja.«

»Mein Gott. Arme Kate.«

»Kannten Sie sie gut?«

»Nein, nicht sehr gut«, erwiderte Anita. »Wir haben uns auf der Straße gegrüßt. Nachdem Jamie verschwunden war, habe ich bei ihr angeklopft und gefragt, ob ich irgend etwas für sie tun könnte ...« Sie hielt inne. »Natürlich konnte ich das nicht. Eine dumme Idee von mir, eigentlich.«

Tony legte seine Hand auf ihr Knie.

»Erinnern Sie sich noch gut an jene Zeit?« fragte Jack.

»O ja. Ich erinnere mich, daß ich, als sie das Baby mit nach Hause brachte, gedacht habe: *Wenn ich das doch nur hätte sein können.*«

»Sie wußten also nicht, daß er niemals gefunden wurde?«

»Nein, wir waren eine Weile verreist.«

»Und sind später im Jahr umgezogen«, fügte Tony hinzu.

»Nach unserer Rückkehr habe ich wohl nie mehr mit Kate gesprochen«, sagte Anita.

Als ob sie sich abgesprochen hätten, sahen sie alle zu Ians Foto hinüber.

»Jamie wäre wohl jetzt ein klein wenig älter, nicht wahr?« meinte Anita gedankenverloren. »Und die Haarfarbe ... Kate und Richard waren beide sehr blond. Er würde wohl sehr ähnlich aussehen.« Sie drehte sich wieder zu Jack um. »Ich kann nachvollziehen, wie Sie zu diesem Schluß gekommen sind.«

Tony rutschte auf seinem Sessel hin und her und machte Anstalten aufzustehen. »Der Schachclub ist viertel vor vier zu Ende«, sagte er. »Ich sollte mich auf den Weg machen und ihn abholen.«

Jack und Anita standen auf, alle drei gingen zum Eingang.

»Es tut mir leid, daß ich Sie gestört habe«, wiederholte Jack.

Anita lächelte. »Das muß Kate eine Menge Geld kosten, ihn so suchen zu lassen«, sagte sie. »Aber sie kann es sich wohl leisten. Inzwischen hat sie es sicher richtig zu etwas gebracht.«

Jack schwieg, während er sich die Handschuhe überstreifte. »Um die Wahrheit zu sagen, nein, das hat sie nicht. Beziehungsweise nur, wenn Sie einen kleinen Posten in der Provinz als ›zu etwas gebracht‹ bezeichnen würden. Sie hat London vor neun Jahren verlassen. Was das Geld betrifft, so möchte ich das bezweifeln. Aber schließlich muß sie mich nicht bezahlen.«

Anita und Tony sahen erst einander, dann ihn an. »Wollen Sie damit sagen, Sie machen das alles umsonst?«

»Richtig. Genauer gesagt, sie weiß noch nicht einmal, daß ich es tue«, erwiderte er.

»Aber warum?«

»Sie hat Briefe erhalten. Nur ein Satz. *Ich weiß, wo er ist.*«

»Himmel«, murmelte Tony.

»Sie muß vollkommen fertig sein«, fügte Anita hinzu.

»Sie …« Jack suchte nach Worten, um Kate zu beschreiben. »Mit den meisten Dingen versucht sie ganz alleine fertig zu werden.« Er lächelte und versuchte, die plötzlich beklemmende Atmosphäre aufzulockern. »Trotzdem ist es wunderbar, daß für Sie die Sache so gut gelaufen ist. Das ist wirklich schön.«

Anita öffnete die Haustür. Es war ein feuchter und nebliger

Abend. »Diese Zeit werde ich wohl niemals vergessen«, sagte sie. »Über Jahre hinweg Sorgen, erst davor und dann danach. Ich war wirklich sehr eifersüchtig auf Kate Lydiatt. Netter Mann, schönes Haus, gutes Aussehen, toller Job und dann auch noch das Kind. Sie erschien mir wie eine Märchenprinzessin. Ich hätte sie umbringen können.« Sie fing zu lachen an, merkte jedoch, wie fehl am Platz ihre Formulierung gewesen war und wurde wieder ernst. »An dem Tag, an dem sie – genauer Richard und sie – das Baby nach Hause brachten, habe ich mit einer Frau, die auch bei der Adoptionsorganisation Mitglied war, am Fenster gestanden. Wir sahen sie mit diesem Babykorb nach Hause kommen ... mein Gott, es hat mir das Herz gebrochen. Ich weiß, daß ich ihr das hätte gönnen sollen, aber ich habe es nicht getan. Es war gerade so, als hätte mir jemand ein Messer in den Leib gerammt. Ihr Mann küßte sie, als sie aus dem Auto ausstieg, sie lachten ...«

Anita betrachtete ihre Fußspitzen. »Beschämend eigentlich. Doch Merry und ich standen einfach nur da und haßten sie, haßten sie von ganzem Herzen. Und ich sagte: ›Jetzt weiß ich auch, warum manche Menschen Babys entführen.‹ Um ein Haar wäre ich hingegangen und hätte das Kind für mich selbst geholt ...«

»Merry?« fragte Jack.

Anita lächelte. »Merry ... Gott, wie hieß sie noch mit Nachnamen? Es ist wie verhext, an ihren Nachnamen kann ich mich nicht erinnern. Und sie ist doch häufig hier vorbeigekommen, nicht wahr, Tony? Diese Frau, die mit einem Amerikaner verheiratet war?«

Tony sah auf die Uhr. »Ich muß los.«

»Sie hatte einen ganz merkwürdigen Vornamen.«

»Meredith?« hakte Jack weiter nach.

»Nein, es war nicht Meredith, das war ja so seltsam«, erwiderte Anita. »Ihre Mutter war Sängerin und hatte sie – unter all den vielen Möglichkeiten, aber manche Leute sind eben etwas verrückt, nicht wahr? – nach einer ägyptischen Prinzessin benannt. Eine Sängerin im Tempel von Amun in Karnak. Meres-amun. Merrys-amun, sehen Sie? Doch der Name paßte ganz gut zu ihr, denn sie war sehr dunkel …«

Tony drängte sich, sich entschuldigend, an ihnen vorbei und versuchte Jack zum Abschied die Hand zu schütteln.

»Und sie empfand das genauso?« wollte Jack wissen.

»Wer?« fragte Anita.

»Diese Frau, Merry. Hatte sie beim Anblick von Jamie ähnliche Gefühle wie Sie?«

»Aber ja, wir sagten beide …«

Anitas Gesichtsausdruck wandelte sich. Erst wirkte sie wie erhitzt, dann wich ihr die Farbe gänzlich aus dem Gesicht. Sie schlug die Hand vor den Mund.

»Haben Sie diese Frau noch getroffen, nachdem Jamie verschwunden war?« erkundigte sich Jack.

»Ich erinnere mich nicht, ich weiß es nicht mehr …«

»Hat sie Sie noch besucht, nachdem Sie Ian hierher zurückgebracht hatten? Ist sie auch nach Rumänien gereist?«

»Nein, das hat sie nicht … und sie hat keine Reise dorthin unternommen …«

»Was ist aus ihr geworden?«

»Ich … mein Gott, ich weiß es nicht.«

Tony war auf der Treppe stehengeblieben und blickte zu Anita und Jack auf.

»Würde die Agentur Auskunft geben können?« fragte Jack. »Die Adoptionsagentur, bei der Sie Mitglied waren?«

»Ja schon, aber es ist lange her.«

»Einen Versuch ist es wert.«

»Ja«, stimmte sie zu. »Das ist es. Ich habe oben noch die Unterlagen.« Sie blickte ihren Mann an. »Wir sehen uns gleich«, sagte sie. »Ich glaube, Jack wird wohl noch zum Abendessen bleiben. Dieses ganze Adoptionszeug muß irgendwo auf dem Dachboden liegen.«

Sie schlossen die Tür und gingen ins Wohnzimmer zurück. Im Türrahmen hielt Anita Jack am Arm zurück.

»Kate bezahlt Sie nicht, und sie weiß auch nicht, daß Sie das alles machen?« fragte sie.

»Ja, das ist richtig.«

Sie legte den Kopf zur Seite, betrachtete ihn, und ein Lächeln huschte über ihre Lippen. »Sie müssen Sie sehr lieben«, sagte sie.

Die Antwort hatte er sofort parat. Er mußte noch nicht einmal darüber nachdenken.

»Das ist richtig«, sagte er. »Das tue ich.«

27

Kate lag wach. Grelles Sonnenlicht flutete über das Bett. Sie beobachtete Jonathan, der im Badezimmer gegenüber dem Bett umherlief. Seine Handlungen waren besonnen, fast schon langsam und äußerst präzise, wie bei einem Arzt, der sich auf einen chirurgischen Eingriff vorbereitet. Er war sehr umsichtig und hatte sich gänzlich in der Kontrolle, wie er seine Hände im Waschbecken wusch und sich im Spiegel anblickte. Sie hatte noch niemals jemanden sich so waschen sehen, fast schon rhythmisch und mit aller Vorsicht.

Sie betrachtete sein Profil. Sogar seine Gesichtszüge waren regelmäßig und glatt. Das dichte Haar war zu einer glatten Frisur gekämmt. Während er sich wusch, sang er aus tiefer Kehle, ein fortlaufendes, unstrukturiertes Murmeln, einem Schlaflied nicht unähnlich.

Plötzlich merkte er, daß sie ihn beobachtete.

Er lächelte, trocknete sich die Hände, kam ins Zimmer und setzte sich auf die Bettkante. »Du bist wach, guten Morgen.«

»Guten Morgen«, erwiderte sie.

»Wie fühlst du dich?«

»Gut. Wie spät ist es?«

»Mittag.«

Mit weit aufgerissenen Augen setzte sie sich auf. »Du machst einen Scherz.«

»Du mußt vollkommen erschöpft gewesen sein. Wie lange hast du denn in letzter Zeit geschlafen?«

»Ach ... weiß der Himmel. Vielleicht um die vier oder fünf Stunden pro Nacht.«

Er machte ein mißbilligendes Geräusch. »Dann ist es ja kein Wunder.«

Sie versuchte ihre Beine aus dem Bett zu schwingen.

»Nein, nein.«

»Aber ich will aufstehen!«

»Bleib du hier liegen. Ich mache dir Frühstück.«

Sie nahm seine Hand. »Jonathan, ich frühstücke nicht gern im Bett. Es ist das Ungemütlichste, was es auf der Welt gibt.« Sie küßte seine Finger und preßte seine Handfläche gegen ihr Gesicht. Einen Augenblick verweilte er so, dann wollte er aufstehen.

»Komm wieder ins Bett«, sagte sie.

Er lächelte. »Nein, ruh du dich aus. Ich mache dir Frühstück. Das ist eine Anweisung.«

»Aber ...«

Er legte vorsichtig seinen Zeigefinger auf ihre Lippen. »Hör zu«, sagte er. »Von jetzt an werden wir alles gemeinsam tun. Du mußt an gar nichts mehr denken. An gar nichts mehr. Du mußt nur einfach auf mich hören. Ich werde mich schon darum kümmern. Abgemacht?«

Sie zögerte, dann blickte sie zu seinen Augen auf und war gefangen von seiner Wärme, seiner Nähe, dem Geruch seines Körpers, seinen leichten Berührungen. In Wirklichkeit hatte sie gar nicht alles gehört, was er gesagt hatte. Seine Stimme war flüsternd, wie im Traum. Und das Gefühl, getröstet, gestreichelt und geliebt zu werden – nach all den leeren Jahren –, wurde übermächtig und überschattete alle anderen Erwägungen.

Seufzend lehnte sie sich in die Kissen zurück.

»Also gut«, murmelte sie. »Was immer du sagst.«

28

Es regnete in Strömen und drohte in Schnee überzugehen. George hatte das Gaspedal ganz durchgedrückt, der Tacho zeigte achtzig Meilen an, als der Wagen in die weit ausholende Kurve ging.

Er überholte zwei Laster und mehrere Personenwagen. Der Fahrer des letzten Wagens benutzte die Lichthupe und blendete ihn über den Rückspiegel, um ihn vor der nächsten Kurve zu warnen. Die Sichtweite betrug kaum fünfzig Meter. George nahm die Warnung, die Kurve und den Nebel nur am Rande wahr.

Er schaltete einen Gang herunter, der Wagen schlingerte zweimal über die Mittellinie der Kurve. Schwarz-weiße Schilder standen am Straßenrand, der steil nach unten abfiel. Die sich normalerweise in die Weite ausdehnende Landschaft hatte sich in ein weißes Gewölbe verwandelt. Er lenkte gegen und verlangsamte. Er war jetzt ganz in der Nähe des Dorfes. Er erblickte sich im Spiegel, konnte jedoch nur die linke Seite seines Gesichts sehen, die gelbliche Fläche, die feuchten Augen. Er wandte den Blick ab.

Schilder wiesen auf Abzweige hin, er verpaßte sie.

Plötzlich stand er vor einer Absperrung. Laster und Autos standen auf der anderen Seite geparkt, rote Lampen leuchteten sporadisch im Regen auf. Erst jetzt entdeckte er das Schild, daß die Straße gesperrt war. Hinter der Absperrung sah er einen Kran und einen Betonmischer im Schlamm stehen.

Vollkommen überrascht versuchte er sich die Sache zu erklären.

Nach einer Weile kam ein Mann in einer fluoreszierenden Jacke auf ihn zu und klopfte gegen das Seitenfenster.

George blickte zu ihm auf – das Gesicht des Mannes wurde durch den mittlerweile sich zu dicken Schneeflocken verwandelten Regen verschleiert. Er hörte ihn an der Windschutzscheibe kratzen.

Der Mann klopfte noch einmal und sagte etwas.

George drückte auf den Hebel, und die Scheibe öffnete sich. Eisige Luft drang herein.

»Die Straße ist gesperrt, Kumpel.«

»Ja … ja, ich verstehe.«

»Haben Sie denn die Schilder weiter vorne nicht gesehen?«

»Nein …«

»Zwei Wochen lang geschlossen. Wir haben schon Kilometer weit vorher die Schilder aufgestellt. Ist Ihnen das nicht aufgefallen?«

George brachte keine Antwort hervor.

»Haben Sie nicht gesehen, daß der Verkehr am letzten Kreisverkehr nach rechts umgeleitet wurde?« Der Mann lehnte sich grinsend gegen das Auto. »Hören Sie, Sie fahren rückwärts zurück und wenden vor dem Postamt. Da ist genug Platz zum Wenden, in Ordnung?«

»Ja, ist in Ordnung.«

Der Mann musterte ihn, versuchte sich einen Reim auf ihn zu machen. »Wo wollen Sie denn hin, Kumpel?«

»Fetterstock.«

»Fetterstock? Dann sind Sie aber auf der ganz falschen Seite, nicht wahr?«

»Ja, stimmt. Ich bin falsch abgebogen.«

»Aber schon vor zehn Kilometern. Sie müssen jetzt bis Minter fahren.«

»Ja, ich weiß.«

»Erst zurück, dann rechts abbiegen …«

George ließ das Fenster hochfahren.

Der Mann, der ihm immer noch Anweisungen erteilte, fuhr erschrocken zurück und klopfte noch einmal gegen die Scheibe. George legte den Rückwärtsgang ein, aber der sprang wieder in den Leerlauf zurück. Erneuter Versuch. Der Mann klopfte gegen die Fensterscheibe.

»In Ihrem Zustand sollten Sie aber nicht Auto fahren!« rief er. Er schlug mit der Faust auf das Dach, jedoch leicht genug, um keine Beule zu hinterlassen. »Mein Rat ist, mehr Wasser dazu zu trinken.«

George fand den Rückwärtsgang. Im Zickzack setzte er bis zum Postamt zurück, bog rechts ab, bremste die Fahrer hinter sich aus und fuhr auf die Straße nach Minter. Sehr verspätet erreichte er die Versteigerung.

Es war ein Bauernhof, der ganz allein auf dem großen, grauen Parkareal stand. Heruntergekommen, der Backstein verdreckt, Müll überall vor den Seitengebäuden bis zur Auffahrt verteilt, an den Fenstern keine Gardinen. Der Hof wirkte gespenstisch und verwahrlost.

George parkte neben den anderen und betrat mit dem Katalog in der Hand das Haus. Seine Füße waren wie Blei, beschwert wie die eines Jungen am ersten Schultag. Die Menge stand dichtgedrängt im Flur. Ihr Geruch war überwältigend – nasse Mäntel und Schuhe, Zigaretten, feuchtes Papier. Der Versteigerer saß ungünstig, er hatte das riesige Treppenhausfenster im Rücken, so daß er selbst wie eine Silhouette wirkte. George betrachtete erst ihn, dann seinen Katalog, dann die Leute vor sich.

Das alles machte überhaupt keinen Sinn mehr.

Er sah auf die Seite herunter und versuchte zuzuhören und sich daran zu erinnern, weshalb er hierhergekommen war. Dann stieg Übelkeit in ihm auf. Plötzlich und ohne Vorwarnung war ihm augenblicklich klar, daß er raus mußte.

Galle stieg in seiner Kehle auf, als er rückwärts taumelte, die Treppe hinunter und in die Einfahrt hinaus. Sein Magen krümmte sich unter dem Zugriff einer unsichtbaren Hand. Er rannte bis zur Hecke und übergab sich. Weinend beugte er sich vor, alles krampfte sich zusammen, während er hilflos stöhnte.

Als er sich endlich wieder aufrichten konnte, ging er zur Seite des Hauses und fand sich in einem Garten mit Buchsbaumhecken wieder. Früher sicher einmal sauber gestutzt, wucherten sie jetzt aus der Form. Aus einst säuberlich gezähmten Ästen schossen nun einzelne Ranken in die Höhe.

Der Regen schlug ihm ins Gesicht, als er sich gegen die mächtige Seitenwand des Hauses lehnte. Er hob das Gesicht und preßte es gegen die Mauer, wo sich der Regen mit seinen Tränen mischte.

Er bekam das Bild einfach nicht aus dem Kopf. Das war das Problem, das eigentliche Problem. Das war das Schlimmste. Es würde nie mehr verschwinden … nie mehr.

Sein ganzes Leben lang würde er sie so sehen: die Augen auf ihn gerichtet und Blut im Mundwinkel.

»O Gott«, flüsterte er und schloß die Augen. »Das habe ich nicht gewollt, bitte, lieber Gott, ich habe es nicht gewollt …«

29

Ken Bartlett runzelte die Stirn, als er seinen Wagen vor dem kleinen Reihenhaus parkte.

Es war schon fast Mittagszeit, doch die Gardinen waren noch immer zugezogen. Er richtete sich auf, ging durch das Gartentor – das Tor war ausgehängt und stand gegen die Mauer gelehnt – und klopfte laut gegen die Tür.

Wie erwartet dauerte es einige Zeit, ehe man ihm antwortete. Schließlich hörte er, wie Jack Seward die Treppe herunterkam. Jack öffnete die Tür, starrte ihn einen Augenblick lang an und trat dann zur Seite, um ihn einzulassen.

Ken ging in das hintere Zimmer und rümpfte angesichts der Unordnung die Nase.

»Du hast mich geweckt«, meinte Jack und rieb sich die Augen.

»Es ist Mittag.«

»Schon? Verdammter Mist.« Jack ging in die winzige Küche und füllte den Teekessel. »Ich bin gestern abend zurückgekommen. Möchtest du eine Tasse Tee?«

»Nein. Wo warst du die letzten beiden Tage?«

»Hier und da.«

»Nicht auf der Arbeit.«

»Nein ... nicht auf, wohl aber an der Arbeit.«

»Welcher?«

Jack warf ihm einen entnervten Blick zu. »Um Himmels willen, setz dich doch erst einmal. Du siehst wie ein verdammter Inquisitor aus.«

»Ich möchte mich nicht setzen. Ich möchte lediglich wissen, wo du gewesen bist.«

»Himmel«, murmelte Jack leise. »In Wiltshire.«

»Ach ja?«

»Es geht um eine Geschichte.«

»Nicht um diesen Immobilienmenschen?«

Jack arbeitete an einer Sache, wo an drei Orten im Landkreis Land unter dem Marktwert an ein und denselben Mann verkauft worden war. »Nein«, gab er zu. »Genauer, ja und nein. Ich habe mit ein paar Leuten in Somerset gesprochen und ...«

»Was hast du zu Papier gebracht?«

»Bisher noch nichts.«

Bartlett sah ihm in die Augen. Sie konnten sich ohnehin nicht gut leiden, doch jetzt zeigte sein Gesicht mehr als das: Es war voller Mißtrauen und Abneigung.

Jack ging den Tee aufbrühen. Er kam mit seiner Tasse zurück und löffelte Zucker hinein.

»Weißt du, wo Kate ist?« erkundigte sich Bartlett.

»Nein, weshalb?«

»Sie ist seit einigen Tagen nicht mehr in der Redaktion gewesen.«

»Hast du es mal bei ihr zu Hause versucht?«

»Ihr Vermieter hat sie auch nicht gesehen.«

»Ich dachte, sie hätte die Kündigung eingereicht. Wo liegt also das Problem?«

»Sie hat nicht gekündigt. Ich habe die Kündigung nicht akzeptiert.«

Jack schüttelte den Kopf. »Du kannst sie nicht zur Arbeit zwingen, Ken.«

»Es scheint mir, als ob ich keinen von euch beiden zur Arbeit zwingen kann.«

»Das ist eine unfaire Bemerkung.«

»Nicht wahr? Wie wäre es, wenn du kündigen würdest, Jack? Du kündigst, und ich beschäftige dich als freiberuflichen Autor. Ich zahle dann, wenn du etwas abgeliefert hast.« Jack richtete sich auf und setzte die Tasse ab. Bartlett wandte sich ab und trat ans Fenster. »Angestellte, die nicht zur Arbeit erscheinen, kann ich mir nicht leisten.«

»Wenn du jemanden haben willst, der mit der Stechuhr arbeitet, dann nimm dir einen von den jungen Leuten.«

Bartlett lachte und drehte sich wieder zu ihm um. »Du hast eine ziemlich verquere Einstellung deinem Aufgabenfeld gegenüber, Jack«, sagte er. »Dies ist eine Provinzzeitung. Wir überleben von Woche zu Woche. Ich kann nicht großzügig sein, ich kann kein Geld verschwenden.«

Jack kam auf ihn zu. Seine Ungehaltenheit war in Wut umgeschlagen. »Ich kann keine Geschichten finden, wenn ich am Schreibtisch sitze. Schließlich bin ich nicht Buchhalter, so wie du.«

Bartlett lächelte. »Du bist aber auch nicht Woodward oder Bernstein, und unser Blatt ist nicht die *Washington Post.* Wenn es dir bei uns nicht gefällt, dann geh doch.« Er hatte dies ruhig und in eisigem Tonfall gesagt. Jack blieb wie angewurzelt stehen und blickte Bartlett kampflustig an.

»Ich habe gearbeitet«, sagte er.

»Dann sage mir woran.«

»Also gut, ich sage dir woran. Ich arbeite an einer Geschichte über Kate.«

Zu Jacks Überraschung und Abneigung, schien Bartlett endlich Interesse zu zeigen. »Kate?«

»Genau. Sie ist Kate Lydiatt. Erinnerst du dich an die Lydiatts? Vor zehn Jahren, die Kindesentführung?«

Bartlett kniff die Augen zusammen. »Ja und?«

»Lydiatt. Sie ist Kate Lydiatt.«

»Das weiß ich.«

Jack hielt inne. »Das weißt du? Seit wann denn?«

»Seit ich sie bei mir eingestellt habe.«

»Seit ...« Jack trat einen Schritt zurück, ging um den Tisch herum und lachte. »Na, vielen Dank auch, daß du mir davon erzählt hast.«

»Warum hätte ich das tun sollen? Es ging dich nichts an. Und ich sehe auch nicht, warum es dich jetzt etwas angehen sollte.«

»Ich bin auf der Suche nach Jamie, dem Kind.«

Bartlett zog die Stirn kraus. Er schien für einen Augenblick aus dem Konzept gebracht zu sein, dann fragte er irritiert: »Deshalb warst du in Wiltshire?«

»Richtig.«

»Und?«

»Ich habe ein Ehepaar gefunden, das in derselben Straße gewohnt hat. Und eine Spur zu einer Frau, die sie kannten und die ebenfalls adoptieren wollte. Sie ist um diese Zeit herum verschwunden.«

»Hört sich nicht sehr überzeugend an. Teuer und nicht überzeugend.«

»Es ist eine ausgezeichnete Spur.«

»Nur wenn du ihn auch wirklich findest.«

»Das werde ich.«

Bartlett blickte ihn scharf an, sein Blick wanderte über Jacks Gesicht. »Und dort ist jetzt auch Kate? In Wiltshire?«

»Nein. Ich weiß nicht, wo sie ist.«

»Du mußt doch mit ihr gesprochen haben.«

»Ich habe ihr nichts darüber erzählt. Ich habe ihr noch nicht einmal gesagt, daß ich überhaupt suche.«

Bartletts Kopf schoß hoch. Jack bemerkte etwas Seltsames – Erleichterung nämlich, die über das Gesicht des etwas älteren Mannes huschte. Dann jedoch wandelte sich der Ausdruck zu einem, den Jack sofort erkannte: wann immer er auftrat, war es ein Zeichen des Rückzugs, des Abschlagens. Gewöhnlicherweise hatte er ihn, wenn er eine Geschichte abschmettern oder eine Spesenaufstellung zerreißen wollte. Er machte dann den Eindruck, als ob ein ganz besonders übler Geruch ihn belästigen würde.

»Hör zu«, sagte Jack. »Sie erhält diese Briefe ...«

Bartlett hob abwehrend die Hand. »Ich will es nicht wissen.«

»Aber es ist ...«

»Es ist gar nichts. Laß es fallen. Und schieb deinen Hintern heute nachmittag in die Redaktion.«

»Anonyme Briefe? Das soll gar nichts sein?«

»Mir ist es gleichgültig. Laß Kate in Frieden.«

»Für meine bisherigen Recherchen will ich ja gar nicht bezahlt werden. Die bislang entstandenen Kosten trage ich selbst.«

»Aber sicher trägst du sie selbst. Ich habe keinerlei Interesse.«

Jack schlug mit der Faust auf den Tisch. Teller und Milchflaschen, die dort neben Zeitungsstapeln standen, schepperten aneinander. »Das machst du immer wieder ... du machst es immer wieder!« schrie er. »Das ist eine sehr gute Spur, eine tolle Geschichte. Wenn ich ihn finde ...«

»*Wenn*«, konterte Bartlett. »Wenn. Das ist das entscheidende Wort, Jack. Damit hast du den Nagel auf den Kopf getroffen. Die Polizei konnte ihn nicht finden. Wochenlang hatte sie die Publizität der Zeitungen im Rücken. Falsche Spur. Verschwunden. Kate möchte die Sache nicht wieder aufrühren, also laß sie ruhen. Es ist zehn Jahre her, es interessiert niemanden. Laß es fallen.«

Jack lehnte auf beide Hände gestützt auf dem Tisch und starrte vor sich hin. »Das kann ich nicht«, sagte er schließlich.

Bartlett musterte ihn eine Weile lang, denn er wollte, daß Jack ihm in die Augen blickte. »Also gut«, sagte er. »Dann geh. Ich kann unnötigen Ballast nicht mit mir herumschleppen. Geh und mach dich auf eigenen Füßen auf die Suche.«

Jack schwieg.

»Hörst du mich?«

Endlich richtete sich Jack auf. »Du kannst mich nicht feuern. Ich kann nicht entlassen werden.«

Bartlett lächelte grimmig. Er sah sich ein letztes Mal im Zimmer um, dann zog er seine Handschuhe aus der Tasche. »Ich habe es gerade getan«, sagte er, drehte sich um und ging.

Jack folgte ihm bis zur Tür. »Das werde ich vor den Betriebsrat bringen.«

Bartlett lachte. »Das jagt mir wirklich Angst ein. Du bist einer Frau hinterher, die nichts von dir wissen will. Das macht sich sicher gut in der Öffentlichkeit.«

Auf der Türschwelle packte Jack seinen Arm und zwang ihn, ihn anzusehen. Bartletts Gesichtsausdruck hatte sich noch gesteigert: sein schmales Lächeln war herablassend und gehässig.

»Was geht dich das an?« fragte Jack. Bartlett blickte bedeutungsvoll auf seinen Ärmel zwischen Jacks Fingern. »Was geht es dich an, wie sie es empfindet?« wiederholte er.

Bartlett riß sich frei. Fast gemächlich entfernte er sich, öffnete seine Autotür und stieg ein.

Jack beobachtete, wie der BMW wegfuhr.

»Was geht es dich an«, murmelte er leise.

30

Als die Sonne unterging, saßen Kate und Jonathan in einer Bar mit Blick auf den Strand. Die wenigen Tische und wackeligen Eisenstühle gleich neben dem Weg wurden von einem Wellblechdach geschützt. Von der Villa aus waren sie die Landzunge entlanggegangen. Eine feinsandige Bucht mit Feldern, die fast bis ans Wasser reichten, hatte sie für ihre Anstrengung belohnt.

In der warmen Abendsonne beobachteten sie, wie die Sonne rasch im Meer versank und das Meer sich von verschiedenen Blautönen zu seinem jetzigen Kupferton hin verfärbte. Es war nahezu windstill.

Kate sah Jonathan von der Seite an und dachte darüber nach, wie oft sie ihn so sah, mit halb abgewandtem Gesicht, den Blick auf einen fernen Punkt fixiert. Er zeigte kaum jemals seine Gefühle oder, anders ausgedrückt, er machte zu allen Gelegenheiten ein lächelndes Gesicht. Die Tatsache, daß sie ein Liebespaar geworden waren, schien sein sonstiges Benehmen in keiner Weise zu beeinflussen. Das hatte sie verwirrt. Die einzige wirkliche Vergleichsmöglichkeit für sie war Richard, der wiederum eine gänzlich andere Persönlichkeit gewesen war. Richard war so zärtlich gewesen, daß sie sich dadurch schon fast beengt gefühlt hatte; und wie ein Kind hatte er sich ihre Trennung sehr zu Herzen genommen, so wie er auch sie sich zu Herzen genommen hatte. Die Trennung hatte ihn so sehr verletzt, daß er kein Wort mehr mit ihr hatte wechseln wollen. Er war gegangen und hatte niemals mehr Kontakt mit ihr aufgenommen.

Wenn sie Jonathan dagegen jetzt sagen würde, ihre Beziehung sei vorbei, würde er sie vermutlich nur leicht entnervt lächelnd ansehen und ihr versichern, daß sie sich irrte. Die Beziehung würde solange nicht vorbei sein, bis er es ihr sagte. Genau das war es, diese glatte Oberfläche, unter der sich etwas anderes verbarg, etwas Unbewegliches, sehr Kompaktes, weswegen sie seine Züge beobachtete und eine Antwort zu finden suchte.

»Woran denkst du?« fragte sie.

Er drehte sich prompt zu ihr herum, lächelte sie an und legte seine Hand auf ihre. »Diese Frage sollte eigentlich ich dir stellen«, erwiderte er. Er nippte an seinem Wein. »Ich dachte an die Zeit, wenn wir nach Hause zurückkehren.« Sie schwieg. Bisher war sie ganz zufrieden gewesen, die Tage einfach so verstreichen zu lassen. Zuhause verband sie in erster Linie mit den Briefen und mit sonst wenig anderem.

»Wieviel zahlst du eigentlich für deine Wohnung?«

Die Frage überraschte sie. »Nicht viel.«

»Wieviel ist denn nicht viel?«

»Nun ... dreißig Pfund die Woche.«

»Wie kommt das?«

»Ich arbeite umsonst im Laden.«

»Verstehe.«

Er hielt inne und senkte den Blick.

»Was ist denn?« hakte sie nach.

»George«, murmelte er.

»Was ist denn mit George?«

»Er wird wohl kaum noch einmal jemanden finden, der derart entgegenkommend ist.«

»Was willst du damit sagen?«

»Wenn du dort nicht mehr wohnst.« Er blickte zu ihr auf. »Du hast mich immer noch nicht verstanden, nicht wahr?«

»Nein.«

»Das gehört zu den Dingen, die sich ändern müssen.«

Sie legte die Hand an den Kopf. »Tut mir leid, Jonathan, sicherlich bin ich ganz besonders begriffsstutzig, aber ich habe keine Ahnung, wovon du sprichst. Welche Veränderungen? Welche Dinge?«

»Nun«, meinte er leichthin, »du kannst doch nicht weiter dort leben, wenn wir verheiratet sind, oder?«

Sie sah ihn direkt an. Hinter der Bar füllte der Kellner laut pfeifend die Eismaschine auf. Das Klappern und gelegentliche Singen mischten sich in ihre Unterhaltung. »Bittest du mich also, dich zu heiraten?« fragte sie.

Er hob ihre Hand und küßte sie zärtlich. »Muß ich das denn? Wir wissen es doch auch so.«

Sie beobachtete ihre Hand unter seinem zärtlichen Kuß, beobachtete, wie er sie wieder wie ein gefügiges, lebloses Objekt auf den Tisch zurücklegte.

»Habe ich in der Sache auch etwas zu sagen?« fragte sie.

Er lachte. »Nein, rein gar nichts.«

Sie sah ihn an. Sein Gesicht war so offen. Er sah aus – sie suchte nach den richtigen Worten – wie der Junge, den sich jede Mutter als Schwiegersohn wünscht. Sauber, gesund, charmant, zugänglich, freundlich.

»Ich möchte, daß du aus deiner grauenhaften Wohnung ausziehst, daß du dich nicht mehr für die Zeitung und für George aufreibst ...«

»Jon, ich reibe mich nicht auf.«

»Aber du hast mir doch heute morgen noch erzählt, wie sehr dir George zu schaffen macht.«

»Ja schon, manchmal kann es etwas lästig werden ...«

»Warum solltest du es weiter ertragen?« fragte er. »Warum solltest du? Warum bist du nicht gut zu dir selbst?«

Sie zögerte. Der Gedanke, daß das Arrangement mit ihrer Wohnung und dem Laden zu ihren Lasten ging, war ihr bisher noch nie gekommen. Im Gegenteil, sie hatte sich zu den vorteilhaften Konditionen immer beglückwünscht. Ihre Stunden im Laden konnten recht angenehm sein und machten ihr oft Freude.

Jonathan lehnte sich vor und schob ihre beiden Gläser zur Seite. Er küßte sie auf den Hals, seine Lippen berührten sie zärtlich und sinnlich.

»Sei gut zu dir selbst«, wiederholte er. Sie wandte ihm das Gesicht zu und erwiderte seinen Kuß. Unmittelbar in ihrem Rücken schlugen die Wellen murmelnd gegen den Sand. Unter dem Tisch streichelte seine Hand ihren Schenkel und schob sich behutsam unter den dünnen Stoff ihres Kleides. Bei seiner drängenden Berührung öffnete sie unwillkürlich ihre Beine.

Über den Tisch hinweg blickte er ihr direkt in die Augen, während die Berührung seiner Finger sie erregte.

»Weißt du denn gar nicht, wie wertvoll du bist?« fragte er. »Weißt du denn nicht, wie du behandelt werden solltest?«

Es war ihr gleichgültig, ob man sie beobachtete, ob der Kellner hinter dem Tresen sie sah. Sie schloß die Augen und gab sich den Erkundungen seiner Finger hin. Flüsternd und ohne Unterbrechung erzählte er ihr, was sie tun würden, wenn sie allein wären, wenn sie zusammen wären, wenn sie verheiratet und zusammen …

Er ließ seine Hand fallen und stieß den Stuhl zurück. Langsam erhoben sie sich und traten von dem Tisch zurück. Während Jonathan zur Bar ging, um ihre Rechnung zu begleichen, strich sie sich so unauffällig wie möglich das Kleid wieder glatt. Dann gingen sie Hand in Hand die wenigen Stufen zum Strand hinunter.

Sie liefen schnell und ohne ein Wort zu sagen die halbe Meile zur Villa zurück. In der Dunkelheit des Eingangs nahm er ihr den Schlüssel ab. Ohne das Licht anzumachen traten sie ein.

Kaum im Haus zog er ihr das Kleid aus, zerrte so heftig daran, daß sie die Naht an der Schulter reißen hörte. Ihre Finger wanderten über sein Gesicht, seinen Hals, seinen Rücken, während sie sich nackt gegen seinen noch immer bekleideten Körper preßte.

Er fuhr ihr mit der Hand durch die Haare. Plötzlich packte er sie am Hinterkopf und drückte mit der anderen Hand gegen ihre Schulter. »Das hier, jetzt«, sagte er.

Sie wurde von ihm auf die Knie gezwungen.

31

An diesem Morgen hatte es der Pfarrer von Lovatt eilig, denn er hatte drei Gemeinden zu versorgen und sollte während der Mittagspause in der Nachbargemeinde eine Rede zum ersten Schultag halten. Er war lediglich kurz in den Gemeindesaal gekommen, um sich den Predigtplan zu holen. Sowie er jedoch die Kirche betreten hatte, war ihm klar, daß er so schnell nicht wieder wegkommen würde.

Pat French saß auf den Altarstufen. Blumen für die Sonntagspredigt lagen fächerförmig vor ihr auf dem Boden ausgebreitet. Sie hatte sie bereits halb zusammengesteckt. Als sie ihn hörte, drehte sie sich um.

»Ach, Brian!« rief sie. »Einen Augenblick, bitte.«

Er ging zu ihr hinüber. Eigentlich hatte er nichts gegen Frau French. Sie war eine fähige, bodenständige Frau, die sich nur gelegentlich in ihre eigene Stimme verliebte.

»Wie geht es Ihnen?« erkundigte er sich.

»Ach, ganz gut. Die Arthritis macht mir mal wieder zu schaffen.«

»Das tut mir leid.«

»Sollte es aber nicht, mein Lieber. Es ist ja nicht Ihre Schuld. Sagen Sie ...« Sie legte ihre Hand, in der sie noch einen Zweig Winterjasmin hielt, auf seinen Arm. »Haben Sie Isabelle in letzter Zeit gesehen?«

Er überlegte. »Nein.«

»Nicht seit Anfang der Woche.«

»Nun ja, vielleicht ist sie verreist.« Er sah auf die Uhr. »Pat, um halb eins muß ich drüben in Durmston sein ...«

»Sie ist nicht verreist, ihr Auto steht auf der Straße. Die Katzen stromern herum, und im oberen Stockwerk brennt Licht.« Pat rang die Hände. »Ich weiß, wie beschäftigt Sie sind, und ich würde Sie ja auch gar nicht belästigen, wenn ich mir nicht ernstlich Sorgen machen würde.«

Brian Hemston kannte seine Gemeindemitglieder gut: Isabelle legte großen Wert auf ihre Privatsphäre. Dennoch sah man sie regelmäßig im Dorf oder wenn sie ihr klappriges Auto durch die Straßen lenkte.

»Wenn Sie sich Sorgen machen, dann schauen wir nach«, sagte er.

Gemeinsam verließen sie die Kirche, durchquerten den Friedhof und betraten durch ein Holztor hindurch Isabelles rückwärtigen Garten.

Der Winter hatte sich auf die Bäume gelegt, feuchte Tropfen zierten in perfekter Symmetrie jeden Zweig. Die Steine waren durch das feuchte Moos schlüpfrig, die Büsche waren geduckt und berührten im Vorübergehen die Schultern der beiden Gäste. Durch einen steinernen Bogen hindurch betraten sie den Rosengarten.

Isabelles gute Pflege war überall zu sehen: Torf war auf die Blumenbeete geschichtet, die Rosenbüsche hatte sie zurückgebunden. Sie warfen einen Blick auf das Haus: alle Fenster waren fest verschlossen, aber im oberen Stockwerk brannte in einem der Zimmer das Licht.

»Das ist ihr Schlafzimmer, wissen Sie«, murmelte Pat.

Brian Hemston klopfte an die Tür. Das Echo hallte durch die mit Steinen geflieste Küche und den Flur. Sie warteten ein paar Minuten. Wasser rann langsam den Abfluß hinunter.

»Hat jemand einen Schlüssel?« erkundigte sich Brian.

»Ja, ich.«

Er zog die Brauen hoch und sah sie an.

»Ich wollte nicht hineingehen«, rechtfertigte sich Pat. »Sie wissen ja, wie sehr ihr Störungen jeder Art zuwider sind. Ich besitze den Schlüssel nur, um in ihrer Abwesenheit die Katzen zu füttern. Außerdem möchte ich nicht …« Ihr Blick wanderte zu dem beleuchteten Fenster hoch. »Ich möchte nicht alleine hineingehen, Brian.«

»Haben Sie den Schlüssel dabei?«

»Ja.«

»Dann sollten wir es einmal versuchen.«

Das taten sie. Das alte Schloß öffnete sich recht leicht. Sie standen im dunklen Flur und blickten sich um.

»Isabelle?« rief Pat.

Keine Antwort. Pat durchquerte die Küche und das Wohnzimmer und kehrte mit besorgtem Gesichtsausdruck wieder zurück.

»Nichts. Der Wasserhahn tropfte, ich habe ihn abgestellt.«

Brian ging nach oben.

Kurz vor der Tür hielt er inne, denn er wußte jetzt schon, was er dort vorfinden würde. Isabelle Browning war schließlich nicht mehr die Jüngste. Es gab eine ganze Reihe von Dingen, die sie dahinraffen konnten. Vergangenen Monat erst hatte er ein anderes älteres Gemeindemitglied tot in seinem Sessel aufgefunden, der Kamin war heruntergebrannt, und der Fernseher lief auf vollen Touren.

Er öffnete die Tür.

Die Bettdecke lag zurückgeschlagen, das Laken war zerknittert. Die Lampe auf dem Nachttisch brannte, daneben lag ein aufgeschlagenes Buch. Die Gardinen waren nicht zugezogen. Der Wecker tickte nicht, und als er ihn aufhob, sah er, daß er nicht aufgezogen war. Isabelle war nirgendwo zu sehen.

Brian Hemston knipste das Licht aus.

»Ist sie dort?« rief Pat French.

»Nein.« Er trat zu ihr auf den Flur hinaus.

»Im Badezimmer und in den anderen beiden Schlafzimmern ist sie auch nicht«, sagte Pat.

»Das Bett ist ungemacht und sieht so aus, als ob sie es eben gerade verlassen hätte.«

Pat blickte sich um. »Aber wo ist sie dann?«

Brian zog die Stirn kraus. »Wie sieht die Küche aus?«

»Aufgeräumt.«

»Nirgendwo eine Nachricht?«

»Nein, nichts.«

»Merkwürdig.«

»Ja, das ist es ...«

Beide warfen noch einen Blick in das Schlafzimmer. Jetzt erst bemerkte Brian in der Nähe des Fensters etwas Glitzerndes. Er trat vor und sah, daß es sich um ein Schmuckstück handelte, das halb unter dem Tisch verborgen lag.

Er bückte sich und hob es auf.

»Was ist das denn?« erkundigte sich Pat.

Er hielt es ihr auf der flachen Handfläche entgegen.

»Das gehört nicht Isabelle«, sagte Pat. Sie betrachteten es eine Weile lang, dann legte es Brian vorsichtig auf den Tisch.

»Das gefällt mir alles überhaupt nicht«, meinte Pat. »Ich werde die Polizei anrufen.«

Er folgte ihr die Treppe hinunter. Sie stand in dem Lichtstreifen zwischen dem kleinen Fenster und der Eingangstür und sah zu ihm auf, als er auf sie zukam. Er ging hinter ihr vorbei und hörte zu, was sie ins Telefon sprach.

Der Eingangsbereich war schmal und streng gestreift tapeziert. Mehrere Tischchen mit getrockneten Blumen und Blättern standen herum. Neben dem Telefon lagen Notizbuch und Bleistift, die Telefonbücher waren sorgfältig gestapelt. Brian lehnte sich zurück und fragte sich, wie ein derart gut organisierter Mensch so unordentlich verschwinden sollte. Sie war offenbar überrascht worden: der laufende Wasserhahn, das zurückgeschlagene Bett, das brennende Licht belegten das. Und doch schien niemand gewaltsam in das Haus eingedrungen zu sein. Isabelle Browning hatte zumindest keinen Einbrecher überrascht. Noch, wie es schien, das Haus überhaupt verlassen. Durch das kleine Fenster in der Eingangstür konnte er die Kühlerhaube des Mercedes sehen. Er sah sich im Flur um. Abwesend berührte er die Tür zur Kammer unter der Treppe, die ein klein wenig offenstand. Die Tür ließ sich nicht bewegen. Er trat dichter heran und drückte fester. Jetzt merkte er, daß etwas von innen die Tür blockierte.

Er zog sie etwas auf, beugte sich vor und blinzelte in die Dunkelheit, während er sich mit der einen Hand vortastete.

Seine Finger berührten Isabelle Brownings erkalteten Körper.

32

Es war Samstagmittag, als Kate und Jonathan vom Flughafen zurückfuhren und in die kleine Straße zur Galerie einbogen. Kate war guter Laune und sang mit dem Radio um die Wette, während sie Jonathan durch den Rückspiegel hindurch beobachtete. Er folgte dicht hinter ihr und ließ die Lücke zwischen ihnen niemals groß genug werden, daß ein anderer Wagen sich hätte dazwischendrängeln können. Während des gesamten Rückwegs winkte sie ihm an Ampeln und Kreuzungen zu und wurde mit einem Lächeln seinerseits belohnt.

Als sie sich der Galerie näherten, entdeckte Kate noch zwei weitere Wagen in der Einfahrt. Sie stieg aus und ging auf die Ladentür zu. Sie war verschlossen. Verwirrt spähte sie durch die Scheibe und sah, daß das Licht nur schwach brannte.

Jonathan hatte sich neben sie gestellt.

»Ich klopfe nur schnell noch an die Haustür«, meinte sie. George kam mit aschfahlem Gesicht an die Tür. Kates Begrüßung blieb ihr im Hals stecken. Er starrte erst sie an, ihr gebräuntes Gesicht und die leichte Kleidung, über die sie eine Jacke geworfen hatte, dann blickte er auf Jonathan, der unmittelbar hinter ihr stand.

»George«, sagte sie. »Was ist denn los?«

»Wo warst du denn?« fragte er.

»Ich ...« Sie warf einen Blick auf Jonathan. »Ich war in Urlaub.«

»Davon hast du mir gar nichts gesagt.«

Sie wandte den Blick von Georges weißen Handgelenken am Türrahmen. »Bist du denn krank?«

»Ich habe Besuch.«

»Ach so, tut mir leid. Dann komme ich später noch einmal vorbei.«

»Nein ...« Er trat einen Schritt vor und ergriff den losen Ärmel ihrer Bluse. »Nein, Kate, komm herein.«

Wieder blickte sie zwischen den beiden Männern hin und her. »Das ist Jonathan Reeve«, stellte sie ihn George vor.

»Ja«, erwiderte George. Er schien sehr stark abgelenkt, kniff die Augen zusammen und musterte den jüngeren Mann erneut. »Ich kenne Sie, nicht wahr?«

»Ich glaube nicht«, entgegnete Jonathan.

»Von den Golem-Versteigerungen?«

»Nein«, widersprach Jonathan.

George zuckte mit den Schultern, trat zur Seite, blickte auf den Boden und ließ die beiden eintreten. »Ins Wohnzimmer, bitte.«

Dort sahen sie zwei Männer.

»Dies ist Kriminalinspektor Harris«, stellte George vor. »Und dies ist Kriminalwachtmeister …«

»Rossiter.«

Kate und Jonathan nickten ihnen zu.

»Ist denn etwas passiert?« erkundigte sich Kate. Vielleicht hatte jemand bei George eingebrochen. »Geht es um den Laden?«

»Nein«, erwiderte George. Seine Stimme war tonlos und ohne Emotionen. »Nein, Kate, es geht um Isabelle.«

»Isabelle?« Kate runzelte die Stirn und blickte von den Polizisten auf George und wieder zurück. »Was ist denn passiert?«

»Ich fürchte …«, begann der Kriminalinspektor.

»Sie ist tot«, sagte George.

Es folgte ein kurzes Schweigen. Jonathan kam und legte seine Hand auf ihren Arm.

»Wie?« wollte Kate wissen.

»Sie wurde zu Hause gefunden«, fuhr der Polizeibeamte fort.

Merkwürdigerweise empfand Kate weder Schock noch Überraschung. Sie spürte überhaupt gar nichts. Es schien ihr vielmehr, als würde sie schwebend und ganz leicht durch den Raum gleiten.

»Setz dich«, sagte Jonathan und drängte sie in Richtung Sofa.

Kate wehrte ihn ab. »Isabelle«, murmelte sie.

»Gestern früh wurde ihre Leiche vom Priester und einer Nachbarin gefunden. Leider hat es den Anschein, als ob sie ermordet wurde.«

»Ermordet?«

»Ja. Heute nachmittag werden wir eine Obduktion durchführen lassen.«

»O mein Gott. Aber das ist … das ist so … das ist einfach

unmöglich.« Kate konnte Isabelle – lebendig, zielgerichtet, mit ihrem so ganz eigenen Willen – einfach nicht mit dem Tod in Verbindung bringen, ganz zu schweigen mit einem Tod, bei dem sie das Opfer eines anderen geworden war. Kate preßte kurz die Hand gegen die Stirn. »Das begreife ich einfach nicht«, sagte sie. »Wer würde sie umbringen? Ist bei ihr eingebrochen worden?«

»Wir haben keine Anzeichen für einen gewaltsamen Einbruch finden können.«

»Wollen Sie damit sagen, daß sie die Tür für wen auch immer selbst geöffnet hat ...?«

Wieder blickte sie zu George auf.

»Wir haben überall nach dir gesucht, um es dir zu sagen«, meinte George. Sein Tonfall war gereizt, verletzt. Kate beobachtete, wie die beiden Polizisten Blicke austauschten. Sie wandte sich ihnen zu. »Ich war in Urlaub. Dazu hatte ich mich ganz spontan entschieden. Es tut mir leid, wenn Sie in der Zwischenzeit mit mir haben sprechen wollen.« Sie spürte Georges Blick, der ein Loch in ihren Schädel zu bohren schien.

»Es geht um das Armband«, sagte George.

»Welches Armband?«

»Das, was ich dir geschenkt habe.«

»Bitte?« fragte Kate.

Der Kriminalbeamte trat vor. Er zog eine durchsichtige Tüte aus seiner Tasche und hielt sie ihr hin. »Erkennen Sie das?«

Es war das Chrysopras-Armband, in Gold gefaßt, das George ihr zu ihrem Geburtstag geschenkt hatte.

»Ja«, erwiderte sie. »Herr Dale hat es mir geschenkt. Aber ich konnte es nicht annehmen.«

»Wann war das?«

»Vor zehn Tagen ungefähr.«

»Haben Sie es zurückgegeben?«

»Ja, ich ...« Sie hielt plötzlich inne. Doch, sie hatte die Absicht gehabt, es zurückzugeben. Aber an jenem Morgen hatte George ihre Weigerung nicht wahrhaben wollen und es nicht wieder zurückgenommen. Sicher hatte sie es in den Laden zurückgebracht. »Ich glaube schon«, murmelte sie.

»Sie sind sich nicht sicher?«

Sie runzelte die Stirn und versuchte sich zu erinnern. »Ich habe es am Morgen mit ins Auto genommen und wollte es am Nachmittag zurückbringen ... Es war in einer blauen Schachtel. Ich bin mir sicher, daß ich es im Laden hinterlegt habe.«

»Das hast du nicht getan«, widersprach George. »Du hast es überhaupt nicht wieder zurückgegeben!«

Angesichts seines Tonfalls zuckte sie zusammen. Sein Gesicht, eben noch so blaß, war jetzt dunkelrot angelaufen. Er zitterte, und sie bemerkte sein Zittern. Seine Füße bewegten sich ein wenig, wie zu einem Rhythmus, wie zu einer Melodie. »George, ich kann mich nicht mehr genau erinnern«, gab sie zu. »Jedenfalls wollte ich es am Nachmittag in den Laden legen. Ich dachte, das hätte ich auch getan.« Sie blickte auf die beiden Polizisten. »Ich war jedenfalls niemals in der Wohnung, soviel weiß ich.«

»Ist es möglich, daß Sie es verlegt haben?«

Sie versuchte sich zu konzentrieren. »Ich glaube nicht, daß ich so nachlässig gewesen bin«, erwiderte sie. »Ich war mir sicher, es im Laden hinterlegt zu haben.«

»Herrn Dale jedoch haben Sie es nicht wieder zurückgegeben? Sie haben es ihm nicht persönlich überreicht?«

»Nein.«

George atmete hörbar, in kurzen Stakkati. »Nein, du hast es mir nie zurückgegeben«, wiederholte er.

Kate riß ihren Blick von ihm los. »Weshalb ist es denn so wichtig?«

Der Mann von der Kripo faltete sorgfältig die Tüte wieder zusammen. »Es wurde in Frau Brownings Schlafzimmer gefunden.«

Kate war überrascht. Sie blickte von dem Armband auf den Polizisten, dann hinüber zu George. »Wie, in aller Welt, ist es denn dorthin gekommen?«

»Das ist es ja, was wir herauszufinden versuchen.«

Alle drei blickten jetzt mit augenscheinlich ein und demselben Gedanken auf George.

»Ich habe es dort nicht liegenlassen!« gab er zurück. »Ich bin nicht in die Wohnung gegangen – sie hat nicht geantwortet –, ich habe an die Tür geklopft, aber sie hat nicht geantwortet!«

Kate blickte auf den Kriminalinspektor.

»Herr Dale hat in dieser Woche das Haus von Frau Browning besucht.«

»Aber ich bin nicht hineingekommen …«

»Es war eine Nachricht auf dem Anrufbeantworter …«

»Ja, das schon.« Noch nie hatte Kate George derart echauffiert gesehen. Sein Humor, seine lässige Art zu reden waren wie ausgelöscht. Er machte einen bedrängten Eindruck. »Ja, ich bin dorthin gegangen. Ich habe nach Frau McCaulay gesucht.«

»Warum das?« erkundigte sich Kate.

»Weil …« Georges Augen sahen flackernd zu Jonathan hinüber. »Ich wollte einfach nur wissen, ob du vielleicht dort bist. Du warst seit Tagen nicht mehr zu Hause gewesen, und ich habe mir Sorgen gemacht.«

Kate schwieg. Behutsam nahm Jonathan ihre Hand.

»Ich bin nicht hineingegangen«, flüsterte George. »Ich schwöre es. Ich habe geklopft, aber es kam keine Antwort. Dann habe ich noch ein klein wenig gewartet, vielleicht fünf Minuten. Ich habe noch einmal geklopft, dann bin ich wieder nach Hause gegangen … Im Haus habe ich nichts hören können …«

»Sie sind gesehen worden, wie Sie die Tür zum hinteren Garten geöffnet haben, Herr Dale«, wandte sich der Kriminalinspektor an ihn.

»Ja, gut. Ja, ich bin nach hinten durchgegangen. Ja, ich …«

»O mein Gott«, murmelte Kate.

»Sie werden nichts von mir im Haus finden«, sagte George.

»Bis auf das Armband«, entgegnete der Inspektor.

George schlug sich in einer Geste der vollkommenen Verzweiflung gegen den Kopf. »Nein, nein, nein. Das Armband habe ich nicht gesehen, seit ich mit Kate an ihrem Geburtstag gesprochen hatte. Das letzte Mal, als ich es gesehen hatte, hat sie es in der Hand gehalten.« Er taumelte auf Kate zu, auf seinem Gesicht spiegelten sich sehr gegensätzliche Gefühle. »Es tut mir leid, Kate. Ich möchte keine Geschichten oder sonst irgend etwas über dich erzählen, aber ich muß beweisen, daß ich das Armband nicht dorthin gelegt habe. Verstehst du das denn nicht? Ich bin zum Haus gefahren, aber ich bin nicht hineingekommen, und das Armband hatte ich nicht mit dabei …«

Kate starrte ihn an. »Du wirst doch nicht behaupten wollen, daß ich etwas mit der Sache zu tun habe?« George blickte sich wie ein Ertrinkender um, der sich an den allerletzten Strohhalm klammerte. »Ich weiß es nicht … ich weiß es nicht …«, sagte er. »Nein, natürlich könntest du das nicht getan haben, das weiß ich.«

Während der folgenden Pause wich jegliche Farbe aus Kates Gesicht. Sie trat einen Schritt zurück in Jonathans Arme und sank auf das Sofa. Jonathan, immer noch stehend, wandte sich an die Polizei.

»Meiner Verlobten geht es in letzter Zeit nicht gut«, sagte er und zog eine Visitenkarte aus der Tasche. »Hier ist mein Name, die Telefonnummer und die Adresse. Ich habe mich um Frau McCaulay gekümmert, denn sie hat unlängst einen Schock erlitten. Sie ist das Opfer einer postalischen Haßkampagne gewesen.«

Sie musterten die Visitenkarte. »Ach ja?«

»Jonathan, bitte«, beschwichtigte Kate.

»Sie hat Briefe erhalten, die sich auf eine Begebenheit in ihrem früheren Leben beziehen – einer sehr traumatischen Begebenheit. Anonyme Briefe.«

»Wie bitte?« erkundigte sich George.

»Nein, ich ...«, wehrte Kate müde ab.

»Sie haben ihr sehr zugesetzt. Erst Maggie Spences Tod, und jetzt das hier ...« Jonathan musterte George eingehend. »Ich möchte wirklich nicht, daß sie mehr als unbedingt notwendig beunruhigt wird.«

»Verstehe«, erwiderte der Inspektor. »Sind diese Briefe der Polizei gemeldet worden?«

»Nein.«

»Weshalb nicht?«

»Ich will nicht, daß jemand ... sie ansieht ... Ich will nicht ...« Kates Stimme versagte. Ständig wanderte ihr Blick zu George.

George betrachtete sie, ohne mit den Lidern zu zucken. Er machte den Eindruck, als ob er unter starken Schmerzen litte: ein heftiger Schmerz stach in seiner Brust. Seine Hand zupfte an seinem Hemdkragen. Einen Augenblick lang war Kate davon überzeugt, daß er jeden Augenblick zusammenbrechen würde. Er schwankte, dann hob er die Hand, mit der Handfläche nach oben. Es war eine Aufforderung an sie, ihn zu halten. Die Geste war so absurd, so vollkommen unpassend, daß sie sie kaltließ.

»Sag du ihnen, daß ich das Armband nicht dorthin gelegt habe«, bettelte er.

»Das kann ich nicht«, erwiderte sie. »Ich kann es nicht, George, weil ich mich einfach nicht mehr erinnern kann.«

Er trat auf sie zu. »Hast du es mir gegeben – es mir in die Hand gegeben, in die Hand?«

Sie konnte nicht mehr klar denken.

»Das hast du nicht getan«, beharrte er. »Um Himmels willen, Kate, hilf mir aus dieser Sache heraus.«

»Nein, du hast recht. Ich glaube, ich habe es dir nicht zurückgegeben. Ich glaube, ich habe es in den Laden gelegt.«

»Nein!« entgegnete er. »Nicht in den Laden, nicht in meine Hand – *du hast es überhaupt niemals zurückgegeben.* Überlege doch mal!«

»Ich kann nicht ... ich weiß es einfach nicht!«

Kate lehnte sich von ihm abwendend zurück. Sie sah, wie sich Panik, fast schon Irrsinn auf seinem Gesicht abzeichnete. Der alte, ihr bekannte George schien sich allmählich aufzulösen, und ein Unbekannter kam darunter zum Vorschein. Jonathan trat zwischen sie.

»Das reicht«, sagte er.

George war außer sich, mit irrem Gesichtsausdruck. Er schwitzte. Sein Kopf drehte sich von einem zum anderen. »Ich kann es gar nicht dort gelassen haben«, beharrte er. »Ich war nur eine Minute oben.«

Die Bedeutung dieser Worte wurde allen, George eingeschlossen, gleichzeitig klar. Sein Gesicht fiel zusammen. Seine Hand fuhr sich an den Kopf, dann fiel sie herab.

»Ach, George ...«, flüsterte Kate. »Was hast du nur getan?«

Die Polizisten traten vor und nahmen George am Arm.

»Nein!« rief George. »Das ist nicht richtig. Sie müssen mich verstehen. Hören Sie, ich ...«

Jonathan wandte sich von ihm ab.

»Hören Sie«, jammerte George. »Hören Sie doch. Das ist alles ein Mißverständnis, ein vollkommenes Mißverständnis ...«

33

Gegen zwei Uhr erreichten Kate und Jonathan *Kilcot House.* Kates gute Laune war gänzlich verflogen. Immer wieder hatte sie Georges Gesicht vor Augen, wie er zum Polizeiauto gebracht wurde: widerstrebend, verwirrt, erregt. Und ihre Gedanken wanderten schmerzlich zu Isabelle.

Als sie in die Auffahrt zu Jonathans Haus einbogen, stand bereits ein anderes Auto, ein blauer, mit Schlamm bespritzter *Proton*, vor der Tür. Als Jonathan parkte, stieg eine Frau um die Fünfzig aus und lief eilig auf ihn zu. Kate beobachtete ihn, als er die Tür aufmachte, mit ihr sprach und ihr beruhigend die Hand auf den Arm legte. Kate stieg aus, und Jonathan kam auf sie zu.

»Eine Patientin«, meinte er. »Eine Art Notfall.«

»Ach so, soll ich gehen?«

»Nein, nein.« Er lachte. »Kate, das hier ist jetzt dein Zuhause. Komm herein.«

Sie nahm ihren Koffer und trat vor, wobei sie der Frau kurz zunickte. Jonathan ließ sie ein, knipste das Licht an und nahm die Post von der Fußmatte. Die Frau führte er in sein Sprechzimmer, während er Kate den Flur hinunter in die geräumige Küche begleitete.

»Fühle dich wie zu Hause«, sagte er. »Ich versuche so schnell wie möglich fertig zu werden.«

»Laß dir Zeit«, erwiderte sie.

Er küßte sie auf die Wange, trat wieder in den Flur und schloß die Tür seines Zimmers fest hinter sich.

Einen Augenblick lang mußte sie sich sammeln.

Die Küche war sehr schön: hell und freundlich. Offenbar lag sie in einem Anbau zum Haus und war maßgeschneidert. Die Einbauten – der Herd, der mit Marmor abgedeckte Tisch, die Spülbecken, die Einbauten – waren alle makellos. Die blassen Holztüren hatte man mit grüner Farbe marmoriert, der Fußboden war eine Mischung aus hellbraunen und terrakottafarbenen Kacheln. Pasta und Reis und Hülsenfrüchte wurden in hohen Glasdosen aufbewahrt, es gab reihenweise Gewürze und frische Kräuter. Eingelegten Ingwer. Weißes Porzellan lag auf einem viktorianischen Tellerhalter gestapelt. Im

Weinregal lagerte edler Claret. Die Küche sah aus, als ob sie entweder einem Meisterkoch oder aber einem Innenarchitekten gehörte.

Bei genauerem Hinsehen bestätigte sich dieser Eindruck: die unglaublich schicken Zimmer, die weder von klebrigen Fingern berührt noch von Zeitungen oder Briefen verunstaltet wurden, erinnerten sie an die Fotos aus Einrichtungszeitschriften. Sie lächelte: Jonathan war Perfektionist, das war nur zu offensichtlich. Zumindest in dieser Hinsicht ähnelten sie einander.

Sie nahm drei Tassen heraus und stellte sie auf ein Tablett. Sie hatte Jonathan vorgeschlagen, daß sie auf China aufpassen würden, er jedoch hatte ihr das abgeschlagen und den Hund bei einem Nachbarn aus dem Dorf abgegeben. Jetzt war ihr auch klar warum. Ein Hund würde in einem Haushalt wie diesem viel zuviel Unordnung machen. Sie seufzte. Das Wasser war heiß, und sie brühte den Tee auf. Bei der Berührung quietschten die Tassen, weil sie sauber aus der Spülmaschine gekommen waren.

Sie trug das Tablett in den Flur hinaus.

Vor der Tür blieb sie zögernd stehen. Trotz Jonathans Worten spürte sie nur zu deutlich, daß sie in diesem Haus eine Fremde war. Seine Arbeitsmethode war ihr fremd, ebenso sein Tagesablauf. Über seine Arbeit wußte sie kaum etwas. Vielleicht hatte er ja irgendeine Lampe im Flur, die anzeigte, ob er ungestört bleiben wollte. Sie blickte sich um, konnte aber nichts entdecken. Die Vorstellung, ihn zu stören, war ihr verhaßt.

Sie stellte das Tablett ab und klopfte leise.

Es wurde ihr nicht unmittelbar geantwortet. Jonathan kam an die Tür. Sie hob das Tablett hoch. Er warf einen Blick darauf und runzelte die Stirn. Dann nahm er zwei Tassen herunter.

»Danke«, sagte er.

Er schloß die Tür.

Sie ging den Flur hinunter und stellte das Tablett in der Küche ab. Ihre Koffer standen immer noch neben der Eingangstür, wo sie sie stehengelassen hatten. Sie fragte sich, ob sie auspacken und wohin sie ihre Sachen legen sollte. Ob sie seine Sachen auch auspacken sollte?

Sie setzte sich auf einen Stuhl mit einer steilen Lehne und wartete zehn Minuten, wobei sie mit den Fingern leise auf dem Tisch trommelte. Das Haus war still, und sie war sich sicher, die Frau im Sprechzimmer weinen zu hören. Sie stand auf, verließ die Küche, betrat das erste Zimmer zu ihrer Linken und schloß die Tür hinter sich, um die Geräusche auszuschalten.

Sie stand in einem Wohnzimmer, das ebenso spartanisch und sauber möbliert war wie die Küche. Zwei cremefarbene Sofas standen im rechten Winkel zueinander, ein offener Kamin, ein blaßgelber Teppich. In einer weißen Vase verblühte ein Strauß Chrysanthemen. In der einen Ecke des Zimmers befand sich eine geschwungene, offene Wendeltreppe.

Sie betrachtete die Bücher auf den Regalen. Auf den zweiten Blick erkannte sie, daß es Gesamtausgaben und keine einzelnen Bücher waren: die Gesamtausgaben von Shakespeare, Milton, Byron, Shelley, Pope, alle auf die gleiche Art und Weise gebunden. Daneben eine komplette Enzyklopädie, eine Oxford-Literaturgeschichte. Sie streifte mit dem Finger an den Bücherrücken entlang. Eine ganze Wand war mit ihnen vollgestellt, und sie machten sämtlich einen unberührten Eindruck.

Sie zog die Stirn kraus, nahm die Blumenvase und öffnete die Tür zum Flur.

»... alles, was ich habe«, hörte sie die Frau sagen.

»Das ist nicht nötig«, erwiderte Jonathan.

»Ich will aber, ich will ...«

Kate eilte in die Küche und schloß hinter sich die Tür. Sie

sah sich nach einem Radio um, entdeckte eines und schaltete es ein. Klassische Musik füllte die Küche, sie stellte die Musik etwas leiser.

Vor einer Stunde waren sie angekommen.

Sie hatte Hunger. Erleichtert stellte sie fest, daß sie doch etwas Nützliches tun konnte. Sie nahm sich ein paar Töpfe, fand das Regal mit dem Gemüse und begann zu kochen. Etwa zehn Minuten später hörte sie, wie die Tür des Sprechzimmers aufging, kurz danach hörte sie die Eingangstür ins Schloß fallen. Eine Unterhaltung auf den Stufen folgte, dann endlich hörte sie Jonathans Schritte im Flur. Er öffnete die Küchentür.

»Hallo!« rief sie, während sie die Soße umrührte.

Er kam auf sie zu. »Was machst du denn da?«

»Ich koche.« Sie lächelte und küßte ihn auf die Wange. Er reagierte nicht. Sie bemerkte seinen Gesichtsausdruck. »Was ist denn los?« fragte sie und folgte seinem Blick auf den Kochtopf. »Nudeln. Erzähl mir jetzt nicht, daß du Nudeln nicht magst.«

Er blickte zu ihr auf. »Ich habe dich nicht gebeten, etwas zu tun.«

»Ich dachte ...« Sie blickte verwirrt zu ihm auf. »Hast du denn keinen Hunger?«

Er wandte sich ab.

»Aber ... Was ist denn los? Was habe ich denn getan?«

»Ich wollte dich zum Abendessen ausführen.«

»Das kannst du doch immer noch. Das hier ist doch nur ein kleiner Imbiß.«

Während des folgenden Schweigens versuchte sie zu erfühlen, ob er sich wirklich verletzt fühlte oder nicht. Er hatte eine Münze aus der Tasche gezogen, eine spanische Pesete, und drehte sie immer wieder zwischen seinen Fingern hin und her. Sie stellte die Herdplatte für die Soße aus.

»Komm, sag es mir«, sagte sie. »Offenbar habe ich dich irgendwie verärgert.«

»Ich mag es gern, wenn die Sachen ordentlich gehalten werden.«

»Aber das hier ist doch keine Unordnung, Jon.«

»Nein, nun ...« Er zuckte mit den Schultern. »Ganz abgesehen davon solltest du nichts machen, was dich ermüdet. Ich wollte, daß du dich einfach nur ausruhst.«

»Aber mir geht es doch gut!«

»Dir geht es nicht gut.« Endlich wandte er sich ihr wieder zu, legte eine Hand auf ihre Schulter und blickte ihr tief in die Augen. »Es wird noch eine ganze Weile dauern, ehe es dir wieder gutgeht.«

Sie lachte. »Ich fühle mich aber gut!«

»Nein, Kate.«

»Was willst du damit sagen?« Er wollte sie zu einem Stuhl drängen, doch sie widersetzte sich ihm und nahm seinen Arm. »Jon, bitte erdrücke mich nicht«, sagte sie.

Er machte einen tief beleidigten Eindruck, der schon fast ans Komische grenzte. »Dich erdrücken!«

»Nein. Nicht erdrücken, tut mir leid.«

»Weißt du eigentlich, wie du dich anhörst?«

Sie blickte zu ihm auf. »Wie meinst du das?«

»Weißt du, wie du dich anhörst, welche Worte du benutzt?«

»Welche Worte denn?«

»Sie sind einfach nur die Kehrseite derselben Sache, Kate. Beobachte einmal deine Wut, denke an letzte Woche. Denke an all die Veränderungen. Welche davon sind wirklich wahr? Wohin führen sie?«

»Ich weiß es nicht.«

»Genau, du weißt es nicht.«

»Aber ...«

»Es schlägt auf dich zurück, wie eine Pistole, wenn sie falsch gezielt wurde. Erinnerst du dich an das Gefühl, viel zuviel im Kopf zu haben? Zu viele ungelöste Konflikte.«

»Jon, ich ...« Sie legte die Hand an den Kopf. Sie war überhaupt nicht wütend, doch glaubte sie, ihn wütend gesehen zu haben.

»Ich möchte nicht, daß du das noch einmal durchmachst, daß du diese Art von Gefühlen empfindest ohne Bezug zu mir, ohne mit mir zu reden«, sagte er.

»Aber ich habe doch nur zu Mittag gekocht ...«

Er blickte sie an und lachte leise. Dann wandte er sich ab und stieß einen entnervten Ton aus, als ob sie gerade etwas ganz besonders Dummes gesagt hätte.

»Was habe ich denn gesagt?« fragte sie. »Was denn?«

Er drehte sich wieder zu ihr um und sagte sehr langsam: »Vom Kochen ist hier gar nicht die Rede.«

Sie sah ihm ebenfalls in die Augen. »Dann tut es mir leid«, erwiderte sie. »Ich weiß überhaupt nicht, wie wir in diese Sache hineingeschlittert sind ... diese Wut oder meine fehlgeleiteten Emotionen, oder was auch immer du da sagst.«

Er stieß ein mißbilligendes Geräusch aus. »Du solltest diesen Prozeß nicht verhöhnen, Kate. Du mußt akzeptieren, daß wir diesen Prozeß durchmachen müssen.«

»Ich möchte aber nicht durch Prozesse geführt werden!«

Er zeigte mit dem Finger auf sie. »Spürst du sie jetzt, deine Wut?«

Ein langes Schweigen folgte. Er setzte sich an den Tisch, verschränkte die Finger und mied ihren Blick.

»Es tut mir leid«, sagte sie.

»Ist schon gut.«

Sie versuchte sich zu konzentrieren und zum Zeitpunkt vor dieser Auseinandersetzung zurückzudenken. Sie fühlte sich verwirrt. Schließlich ließ sie sich schwerfällig auf einen Stuhl fallen und stützte den Kopf auf.

»Erkennst du das Verhaltensmuster?« fragte er.

»Nein, ich erkenne es nicht.«

»Es ist ein Muster. Denke einmal nach, denke zurück.«

»Welches Muster?«

»In deinen Handlungen.«

»Meinen Handlungen?« wiederholte sie. »Meine Handlungen haben etwas damit zu tun, daß ich anonyme Briefe bekommen habe? Oder mit Isabelles Tod oder mit Maggies?« Ihre Stimme wurde etwas brüchig, als sie ihre Namen aussprach. Sie schlug sich die Hand vor den Mund.

»Findest du denn nicht, daß sie damit etwas zu tun haben?«

»Nein ... wie sollten sie auch?«

»Welche Gefühle hattest du denn damals gegenüber deiner Mutter?«

»Meiner Mutter?«

»Erzähl mir darüber.«

»Ich habe sie vergöttert, das habe ich dir doch erzählt.«

»Nein, das hast du mir nicht erzählt«, sagte er. »Du hast gesagt, daß du sie liebst, und dann hast du diese Aussage gleich relativiert, indem du erklärtest, andere Menschen würden nur behaupten, ihre Eltern zu lieben, du aber hättest sie tatsächlich geliebt. Warum hast du das gesagt? Warum mußtest du es so sehr betonen?«

Kate zog verwirrt die Stirn kraus. »Ich habe sie geliebt. Ich habe sie wirklich geliebt!«

»Du verwendest exakt diese Formulierung. Ist das eine Litanei, die du immer dann wiederholt hast, wenn dir danach war? *Ich habe sie geliebt, ich habe sie wirklich geliebt.* Wen willst du damit überzeugen, mich oder dich selbst?«

»Ich verstehe nicht, worauf du hinauswillst.«

Er beugte sich sehr dicht zu ihr herüber. »Folgendes«, begann er. »Du behauptest, deine Mutter geliebt zu haben. Doch wer war sie wirklich? Jemand, der dich verlassen hat. Sie konnte dir noch nicht einmal einen Vater geben oder irgendein normales Zuhause. Wie in aller Welt konntest du jemanden lieben, den du gar nicht kanntest? Sie ist krank geworden und hat dich zurückgelassen. Sie hat dich an Verwandte weitergereicht. Als es ihr wieder in den Kram paßte, kam sie zurück und hat dich von ihnen weggenommen. Außer Unsicherheit hat sie dir nichts gegeben. Was für eine Mutter ist das denn?«

»Sie war ...« Kate hielt inne. Das Bild, das sie immer von ihrer Mutter gehabt hatte, bekam einen Riß. Die geliebte Vorstellung war plötzlich von Unsicherheit beeinträchtigt.

»Was für eine Mutter ist das?« wiederholte Jonathan.

»Jonathan, bitte ...«

»Sag es mir!«

»Also gut ... keine sonderlich gute.«

»Keine gute?«

»Also gut, eine schlechte Mutter, wenn du willst.«

»Wenn ich will? Was empfindest du denn?«

»Nun, ich ...«

»Was empfindest du, Kate? Spürst du denn keine Wut?«

»Nein. Doch. So war es aber doch gar nicht ...«

»Nicht? Deine Mutter hatte weder die Vernunft noch die Zuneigung dir gegenüber besessen, sich um dich zu kümmern. Über Jahre hinweg gab sie dich weg ...«

»Ja, also bin ich doch wütend. Ich nehme an, daß ich anfangs, als ich bei meinem Onkel und meiner Tante wohnte, wütend gewesen war. Ich habe es nicht verstanden.«

»Du hast es sehr wohl verstanden. Deine Mutter hat dich nicht geliebt. Wie sollte sie auch?«

»Ich weiß nicht ...«

»Du weißt es, Kate. Sie hat dich nicht geliebt.«

»Vielleicht ... ich weiß es nicht ... vielleicht ...« Sie blickte zu ihm auf. »Du bedrängst mich.«

»Ich bedränge dich nicht. Siehst du deine Reaktion? Du unterdrückst deine Wut und mißverstehst meine Motive, weil du die Fragestellung nicht ertragen kannst. Die Frage macht dich wütend, aber du sagst nicht, daß du wütend bist, nicht wahr? Sagen tust du, daß mit mir irgend etwas nicht ganz stimmt.«

»Tut mir leid, das wollte ich nicht ...«

»Hör zu, was ich sage. Und just zu dem Zeitpunkt, als du wieder mit deiner Mutter zusammengekommen bist, stirbt sie. Der ultimative Diebstahl. Jetzt ist sie dir wirklich genommen. Aber auch egal, schon steht Ersatz bereit. Schon kommt Richard. Wie lange hast du gewartet, ehe ihr geheiratet habt?«

Kate starrte ihn an. »Nur ein paar Wochen.«

»Warum?«

»Weil wir verliebt waren.«

»Weil du in der Krise warst und verzweifelt die Aufmerksamkeit gesucht hast, nach der du dich dein ganzes Leben lang gesehnt hast. Kannst du dieses Muster nicht erkennen?«

»So war es aber nicht.«

»So war es. Schau genau hin. Gestatte dir dieses Eingeständnis. Befreie dieses Gefühl in dir.«

Sie hatte niemals den Eindruck gehabt, sie würde irgendein Gefühl unterdrücken. Doch jetzt dachte sie, daß er möglicherweise doch recht hatte. Vielleicht hatte sie ihre ursprünglichen Reaktionen ein Leben lang unterdrückt.

Vielleicht war sie tatsächlich sehr wütend auf ihre Mutter gewesen und ebenso wütend wegen all der anderen Verluste. Vielleicht hatte sie noch schlimmere Dinge geschehen lassen, weil sie durch diese Angst blockiert gewesen war. Sie konnte es einfach nicht herausfinden, konnte die Logik darin nicht erkennen.

»Und was ist dann aus Richard geworden?« fuhr Jonathan unbeirrt mit seiner tiefen, gleichmäßigen und beharrlichen Stimme fort. »Als du ihn nach Jamies Verschwinden gebraucht hast, was hat er da getan?«

»Es war nicht seine Schuld.«

»Dich zu verlassen? Er hat dich verlassen, genau wie deine Mutter. Und dein Onkel und deine Tante sind dir auch nicht hinterhergelaufen und haben um dich gekämpft, oder? Sie haben dich verlassen. Richard hat dich verlassen. Sie haben dich alle verlassen.« Er machte eine kurze Pause. »Jamie hat dich verlassen.«

Sie bedeckte ihre Augen, doch er zog ihre Hände weg.

»Wenn bei alldem niemand Schuld hatte, wessen Schuld war es denn dann?« fragte er.

»Meine«, murmelte sie.

Er ließ das Wort im Raum stehen. Die einzelne Silbe schien den Raum auszufüllen, ihn zu erdrücken und sich klaustrophobisch um sie zu drängen.

»Es ist alles meine Schuld«, sagte sie.

Vollkommen erschöpft begann sie zu weinen.

Er setzte sich neben sie und beobachtete sie. Dann sagte er leise: »Und jetzt noch Maggie. Und Isabelle ...«

»O mein Gott«, flüsterte sie.

»Die Welt ist ein Schreckensort, nicht wahr, Kate? Wo bist du? Wo stehst du?«

»Nirgendwo ...«

»Alle sind jetzt weg.«

»Ja, alle sind gegangen.« Sie schluchzte verzweifelt, der Laut schmerzte in ihrer Kehle.

»Haßt du sie denn nicht dafür, daß sie dich verlassen haben?«

»Ja, ja ...«

»Warum verlassen dich die Menschen immer wieder?«

Sie konnte nicht antworten. Sie hatte das Gefühl, in zwei Teile zerrissen worden zu sein. Eine vollkommen in sich zersplitterte Welt wirbelte um sie herum.

Endlich legte er beide Arme um sie und streichelte ihr Haar. Seine Berührung drang wie ein Rettungsanker in ihre Dunkelheit ein.

»Kate, laß mich dir helfen«, sagte er. »Aber du darfst dich mir nicht widersetzen. Hörst du mir auch zu?«

»Ja.«

»Versprichst du es mir?«

»Ja.«

»Gut.«

Seufzend stand er auf und legte ihr die Hand auf die Schulter. Seine Finger streichelten zärtlich ihren Nacken. »Du mußt allem gehorchen, was ich dir sage«, sagte er.

34

Der Wintermorgen warf Licht und Schatten in den Flur, doch in dem Vernehmungsraum, in den George geführt wurde, gab es keinerlei Fenster. Er war gestern schon einmal hierhergeführt worden, doch die Unterhaltung hatte nicht lange gedauert. Ein Arzt war gerufen worden, um ihn zu beruhigen. Er hatte zwischen langen, plötzlichen und endlosen Sätzen und vollkommenem Stillschweigen gewechselt und sich über Schmerzen in der Brust beklagt.

Die Kriminalbeamten waren sich sofort darüber im klaren, daß die heutige Vernehmung ergiebiger sein würde. George Dale ging aufrecht, murmelte an beide Männer gerichtet einen Gruß und nickte ihnen höflich zu, als er sich setzte.

»Wie geht es Ihnen, Herr Dale?« erkundigte sich Kriminalinspektor Harris.

»Ganz gut«, erwiderte er. »Danke.«

»Wie ich höre, wollten Sie mit uns sprechen.«

»Das ist richtig.«

Kriminalwachtmeister Rossiter lächelte. »Das paßt gut, wir wollen natürlich auch mit Ihnen reden.«

Das Tonbandgerät wurde angestellt, und Harris nahm die Namen der Anwesenden und die genaue Zeit auf. George hatte den Blick auf den Tisch zwischen ihnen geheftet.

»Seit wann kannten Sie Isabelle Browning, Herr Dale?« fragte Harris.

»Seit zehn Jahren.«

»Waren Sie mit ihr befreundet?«

»Nein. Sie war eine Kundin und kaufte regelmäßig bei mir.«

»Wie oft haben Sie sie gesehen?«

»Etwa alle zwei Monate.«

»Ist sie dann immer im Laden vorbeigekommen?«

»Ja. Oder aber ich habe sie auf Versteigerungen oder Messen getroffen oder bei Wohnungsauflösungen.«

»War sie eine leidenschaftliche Sammlerin?«

»Nein, keine Sammlerin. Sie schaute sich gern um. Gelegentlich kaufte sie ein Möbelstück. Oder Bücher.«

»Verstehe. Aber Sie kannten sie gut?«

»Ich kannte sie als Kundin. Erst als Kate und sie sich anfreundeten, habe ich sie häufiger gesehen. Sie kam vorbei, um Kate abzuholen. Sie sind dann mittags oder abends zusammen essen gegangen. Manchmal hat Kate auch das Wochenende bei ihr verbracht.«

»Handelt es sich hier um Kate McCaulay, Ihre Mieterin?«

»Ja.«

»Und Ihre Beziehung zu Frau Browning war nie mehr als das?«

»Nein, nie mehr.«

»Bis letzte Woche. Was war da vorgefallen?«

George schwieg. Er hatte die Hände gefaltet, sein Blick hatte sich nicht bewegt. »Kate war ein paar Tage lang nicht in ihre Wohnung zurückgekehrt, und ich habe mir Sorgen gemacht.«

»Welcher Tag war das?«

»Mittwoch.«

»Und was ist am Mittwoch passiert?«

»Ich habe sie angerufen.«

»Isabelle Browning?«

»Ja. Aber der Anrufbeantworter hat sich gemeldet.«

»Und dann?«

George löste seine Hände und berührte mit der einen den Kopf, wo er die tiefe Falte auf seiner Stirn zu glätten versuchte. »Ich wollte wissen, ob Kate dort war. Ich dachte, sie müßte dort sein, und daß sie den Anrufbeantworter angestellt hatten, weil es Abend war. Es war ungefähr acht Uhr.«

»Und Sie hatten angenommen, daß die beiden nicht gestört werden wollten? Sie waren im Haus, gingen aber nicht ans Telefon.«

»Ja.«

»Und was ist dann passiert?«

»Ich bin dorthin gefahren.«

»Zu Isabelle Browning?«

»Ja.«

»Und wann sind Sie dort angekommen?«

»Es war ... ungefähr um neun Uhr abends.«

»Und dann?«

Georges Atem ging etwas schwerer. »Ich habe an die Tür geklopft. Es war Licht an. Ich habe drei- oder viermal geklopft.«

»Haben Sie irgendein Geräusch im Haus gehört?«

»Nein.«

»Stand Kate McCaulays Auto in der Nähe des Hauses?«

»Nein.«

»Dann gab es eigentlich keinen Grund, weiter an die Tür zu klopfen, wenn Frau McCaulay nicht da war.«

»Ich dachte, daß das Auto vielleicht woanders stand. In einer Garage oder so ...«

»Fahren Sie fort.«

»Niemand antwortete. Ich hielt das Ohr gegen die Tür, vermutlich habe ich mich dagegen gelehnt. Und dann ging sie auf.« Sein Blick richtete sich flackernd auf die beiden Männer. »Ich habe sie nicht aufgebrochen, verstehen Sie mich nicht falsch«, fuhr er fort. »Ich wollte auch gar nicht gegen die Tür drücken. Aber sie war wohl nur angelehnt gewesen und hat sich deshalb geöffnet ...« Er hielt inne und fuhr sich mit der Hand über den Mund. »Ich bin hineingegangen und habe nach Isabelle gerufen, habe mehrmals ihren Namen gerufen. Dann habe ich im unteren Zimmer nachgesehen. Ich habe auf die Treppe geblickt und ein Licht in einem der Schlafzimmer brennen sehen, also bin ich nach oben gegangen.«

»Machen Sie es sich eigentlich zur Gewohnheit, auf diese Art und Weise in fremden Häusern herumzuspazieren, Herr Dale?«

»Nein, nicht doch. Aber da die Tür offen war und das Licht oben brannte, dachte ich, daß etwas nicht in Ordnung sei. Es sah Isabelle einfach nicht ähnlich. Sie war so bodenständig, so gut organisiert, sie hätte die Tür abgeschlossen. Ich habe im Flur noch einmal nach ihr gerufen, dann bin ich in ihr Schlafzimmer gegangen. Aber dort war sie nicht. Das Bett war zurückgeschlagen. Ich habe mich im Zimmer umgesehen und war mir plötzlich sicher, daß etwas nicht stimmte ...«

»Weswegen?«

»Schwer zu sagen. Ich stand einfach nur da und spürte, daß etwas nicht in Ordnung war. Ich hätte nicht sagen können, was genau es war ...«

»Was genau war denn nicht in Ordnung?«

»Es sah so aus, als ob sie bereits im Bett gewesen war, dann eilig aufgestanden und nicht mehr in das Schlafzimmer zurückgekehrt war.« Georges Gesicht war leichenblaß, sein Atem ging flach. »Das Schlafzimmer habe ich nicht noch einmal betreten. Ich bin wieder zurück nach unten gegangen. Dort habe ich vor dem Anrufbeantworter im Flur angehalten und auf ›Nachrichten‹ gedrückt ...«

»Warum?«

George zog die Stirn kraus. »Warum was?«

»Warum wollten Sie ihre Nachrichten abhören?«

»Ich weiß es nicht. Vielleicht wollte ich einen Hinweis darauf bekommen, wo sie war.«

»Sie haben nicht Ihre eigene Nachricht löschen wollen, Herr Dale?«

»Nein! Nein, ich …«

»Sie wollten nicht den Beweis dafür löschen, daß Sie sie angerufen hatten?«

»Nein …«

»Fahren Sie fort.«

»Ich wollte lediglich Frau McCaulay auftreiben.«

»Warum?«

»Ich … es ist nur …« Georges hohe Stimme schwankte.

»Was hatte das mit Ihnen zu tun?«

»Ich …« George ließ den Kopf fallen und vergrub ihn in seinen Händen. »Sie liegt mir am Herzen.«

»Wie bitte?«

»Sie liegt mir am Herzen. Ich wollte wissen, wo sie war. Ich war sehr besorgt.«

»Weswegen? Sie ist ein freier Mensch.«

»Ich habe nicht …«

»Warum sollte sie ihre Wohnung verlassen? Hatte sie vielleicht Angst, dort zu bleiben?«

»Nein, das glaube ich nicht.«

»Angst vor Ihnen, vielleicht?«

George hielt inne. »Vor mir?« wiederholte er.

»Wo Sie immer wissen wollen, wo sie ist und ihre Privatsphäre verletzen.«

Während des folgenden Schweigens hörte man Georges rasselnden Atem. Rossiter schenkte ihm Wasser ein. Georges Finger umschlossen die weiche Wegwerftasse.

Der Kriminalinspektor legte eine durchsichtige Plastiktüte auf den Tisch zwischen ihnen.

»Ich zeige Ihnen hier ein Schmuckstück, das in Isabelle Brownings Schlafzimmer gefunden wurde«, sagte er und lächelte George schmal zu. »Haben Sie dieses Geschenk für Frau McCaulay gekauft?«

»Ja.«

»Etwas lauter für das Tonband, bitte.«

»Ja«, wiederholte George lauter.

»Wann haben Sie es zum letzten Mal gesehen?«

»Vor zehn Tagen.«

»Frau McCaulay behauptet, daß sie es Ihnen wieder zurückgegeben hat.«

»Nein.«

»Sie hatten es am Mittwochabend nicht mit dabei?«

»Nein.«

»Sie haben es nicht mitgenommen in der festen Absicht, es Frau McCaulay wiederzubringen und sie zur Annahme Ihres Geschenks zu zwingen?«

»Nein, nein ...«

»Sie haben das Armband mitgenommen und wollten sie zwingen, es anzunehmen, weil es Sie verärgert hatte, daß diese attraktive Frau Sie nicht beachtete ...«

»Nein! Das entspricht nicht der Wahrheit!«

»Sie fühlten sich nicht zu ihr hingezogen?«

»Doch, aber ...«

»Sie wollten, daß sie Sie beachtet. Kommt das der Wahrheit nicht sehr nahe? Sie sollte sich bei Ihnen bedanken. Ihre Freundschaft mit anderen Menschen war Ihnen ein Dorn im Auge. Menschen wie Isabelle Browning beispielsweise. Sie hatten das Armband in der Tasche, als Sie das Haus betraten. Als man Sie abwies, haben Sie die Tür gewaltsam geöffnet, sind eingetreten, und als Sie Kate McCaulay nicht vorgefunden haben, haben Sie die Fassung verloren. Sie haben sich mit Frau Browning gestritten ...«

»Nein! Das stimmt nicht. Das ist nicht passiert. So ist es nicht passiert«, widersprach George.

»Meiner Ansicht nach sind Sie ein eifersüchtiger Mensch, Herr Dale«, bemerkte Harris beinahe beiläufig. »Ich glaube, daß Sie schon alles mögliche versucht haben. Sie haben Briefe geschickt, Frauen belästigt, die sich nicht für Sie interessierten, Sie sind ihnen hinterhergelaufen und haben ihnen aufgelauert, und dieses Mal bedeutete einfach eine Ablehnung zuviel für Sie.«

»Nein!«

»Meiner Ansicht nach ist hier das Faß zum Überlaufen gekommen«, fuhr der Inspektor fort. »Kommt das der Sache nicht näher? Ein wohlhabender Mann wie Sie, noch nie zuvor verheiratet, möchte endlich eine Frau haben, eine Lebensgefährtin, und doch gelingt es ihm nicht, irgendeine Frau lange genug für sich zu interessieren ...«

»Nein!«

»Und da kommt Frau Browning und eröffnet Ihnen vermutlich ein paar unangenehme Wahrheiten über Ihr Leben, und Sie verlieren die Geduld ...«

George erhob die Hand, um ihn zum Schweigen zu bringen. Sie zitterte stark. »Bitte«, sagte er. »Was Sie sagen, ist alles falsch, alles falsch.«

»Dann korrigieren Sie mich bitte, ich höre Ihnen zu.«

»Ich bin nach unten gekommen«, flüsterte George. »Mir war klar, daß Kate gar nicht dort gewesen war. Ich war nicht verärgert, ich war lediglich verwirrt und besorgt. Dann sah ich, daß der Vorratsraum unter der Treppe ein wenig aufstand. Ich sah hinein und sie ...« Er brach ab und schluckte. »Ich warf einen Blick hinein und sah sie.«

»Wen?«

»Isabelle. *Isabelle.* Ihre Augen waren geöffnet, ich dachte, sie sei bei Bewußtsein, sie sei wach, und ich zerrte an ihrem Arm. Blutspuren waren auf ihrem Gesicht, an ihrem Handgelenk ...« Tränen schossen ihm in die Augen. Er schwieg lange, ganz in seine Erinnerung versunken. »Ich merkte, daß sie tot war, und ich stand auf, ging in die Küche und versuchte, mir das Blut von der Hand abzuwaschen ... und dann, dann habe ich ...«

»Sie haben das Haus verlassen.«

George seufzte. Es war ein tiefes, bejahendes Seufzen. »Ja, ich bin aus dem Haus gegangen.«

»Sie haben weder die Polizei noch die Notrufzentrale angerufen?«

»Nein.«

»Noch bei den Nachbarn geklopft?«

»Nein, das habe ich nicht getan.«

Es folgte ein Schweigen, während die Bedeutung seiner Aussage allen klar wurde.

»Weshalb haben Sie das nicht getan, Herr Dale?«

Die Polizisten sahen, wie Georges Gesicht sich angestrengt verzog. Das Gesicht des alten Mannes zeigte Verblüffung und Schmerz und – das bei weitem Interessanteste – Schuld.

»Herr Dale«, wiederholte Harris leise. »Erzählen Sie uns den Grund, weswegen Sie sie einfach dort zurückgelassen haben.«

George brach in Tränen aus. Dicke Tränen rannen ihm das Gesicht hinunter. Sein Körper schüttelte sich lautlos. Er machte keine Anstalten, sich die Tränen abzuwischen. Vermutlich spürte er sie noch nicht einmal.

»Herr Dale ...«

George stieß einen hilflosen, vom Schmerz gepreßten Laut aus. Seine Augen fixierten die Wand in Harris' Rücken. Er blickte in eine Vergangenheit, die nur er sehen konnte. »Ich wollte es nicht tun«, flüsterte er schließlich. Die Kriminalbeamten warfen einander einen Blick zu.

»Niemals habe ich irgend jemanden umbringen wollen«, sagte George.

35

Am Montag fuhr Kate zu ihrer alten Wohnung. Nachdem George verhaftet worden war, waren Jonathan und sie sofort gegangen. Sie wollte einige Kleidungsstücke holen und nachsehen, daß mit der Wohnung alles in Ordnung war.

Sie fuhr langsam und war an jeder Kreuzung besonders aufmerksam. Sie traute sich selbst irgendwie nicht ganz; alles in ihren Händen schien zu groß, zu schwerfällig zu sein. Als sie ankam, lag das Galeriegebäude vollkommen verlassen da. Traurig blickte sie zum Laden hinüber, dann ging sie zu ihrer Wohnung und sah auf die Uhr. Um Punkt halb zwei war sie mit ihm in der Stadt verabredet. Sie hatte Lebensmittel einkaufen wollen, er hatte es vorgezogen, gemeinsam einkaufen zu gehen.

Sie öffnete die erste Eingangstür, vor der sich die Post angesammelt hatte. Sie hob sie auf und ging nach oben. Die Wohnung war kalt, aber es war beruhigend, wieder ihre eigenen Sachen zu sehen, ihr eigenes Bett, ihren eigenen Tisch. Sie fuhr mit der Hand über ihre Schreibmaschine. Jonathan hatte einen Laptop. Jetzt erst merkte sie, wie alt in diesem Zimmer alles aussah: die ausrangierten Dinge aus dem Laden und die Sachen, die sie selbst im Ausverkauf erstanden hatte. Jonathan hatte dieses Zimmer noch nie gesehen, und sie fragte sich, was er bei seinem Anblick wohl sagen würde. Ihr Leben schien unter seinem Blick ohnehin nur zweitklassig zu sein: hier und dort auf subtile Art und Weise gescheitert, doch er würde es wieder reparieren.

Sie setzte sich auf das Bett und durchforstete die Post. Es waren die üblichen Werbesendungen, Gott sei Dank war kein weißer Umschlag mit dabei. Doch ein Brief war in einer kleinen, nicht weit in Richtung Norden entfernten Stadt abgestempelt worden. Sie drehte den Umschlag um und sah, daß der Brief von einem Rechtsanwalt stammte, dessen Kanzleiname mit erhabenen Buchstaben auf der Rückseite prangte.

Gerade als sie ihn öffnen wollte, klingelte das Telefon.

»Hallo?«

»Kate, endlich! Hier ist Jack Seward.«

»Ach, hallo, Jack.«

»Ich habe schon die ganze Woche über versucht, dich zu erreichen.«

»Ich war weg.«

»Ach so ...« Er klang unsicher. »Ich wollte etwas mit dir besprechen.«

»Ja?«

Er lachte verlegen. »Ich weiß nicht, ob du es mir danken oder aber mir das Genick dafür brechen wirst.«

»Versuch es einfach.«

»Also gut. Es ... bitte werde jetzt nicht wütend, aber ...« Das Wort *wütend* schoß ihr wie ein Stromschlag durch den Körper. »Ich habe versucht, Jamie ausfindig zu machen.« Ihr Blick verharrte regungslos auf dem Fußboden.

»Kate?«

»Ja, ich bin noch dran.«

»Geht es dir gut?«

»Ja, sprich weiter.«

»Ich habe ehemalige Nachbarn von dir aufgetrieben. Sie haben mich auf eine Spur gebracht. Eine sehr ernst zu nehmende Spur. Eine Frau ...« Er hielt inne. »Sag mal, kann ich nicht bei dir vorbeikommen, um das zu besprechen?«

»Ich weiß nicht recht, Jack. Die Lage ist ...« Nun, wie war die Lage eigentlich? Seltsam? Beschäftigt? Belastend? Oder sogar noch schlimmer? Ihre Sprachgewandtheit schien sich in Luft aufgelöst zu haben. Sie verdrängte diese Vorstellung und bemühte sich, ihre Gedanken logisch zu ordnen.

»Kate, mir ist klar, daß du wegen Isabelle sehr durcheinander sein mußt.«

»Du hast also davon gehört?«

»Es stand in der Zeitung. Irgendein neuer junger Spund hat die Story für das *Journal* geschrieben. Es tut mir sehr leid, Kate.«

»Mir auch.« Sie hielt inne, denn ihre Stimme war durch ihre Gefühle wie abgeklemmt. Sie wollte Isabelle sehen, mit ihr reden. Sie sehnte sich nach deren bodenständiger Denkart. Dann fragte sie: »Ein junger Spund, neu?«

»Ja. Mir ist gekündigt worden.«

»Warum das denn?«

Er machte eine Pause, und sie hörte ihn seufzen. »Das ist eine lange Geschichte. Kann ich jetzt vorbeikommen?«

Sie blickte auf die Uhr. Es war bereits zehn vor eins. »Ich bin nur ganz kurz hier vorbeigekommen«, sagte sie. »Ich wohne nicht mehr hier, und um halb zwei bin ich verabredet.«

Sie lauschte seinem ausgedehnten Schweigen. Sie konnte die unausgesprochene Frage, weswegen sie weggezogen und wohin und mit wem sie zusammengezogen war, beinahe hören.

»Verstehe«, sagte er.

»Aber wir könnten uns doch morgen irgendwo treffen.«

»Ja, gut.«

Sie verabredeten Zeit und Treffpunkt.

»Kate«, sagte er, kurz bevor er auflegte. »Geht es dir gut?«

»Ja. Wir sehen uns morgen, Jack.«

»Paß gut auf dich auf.«

»Danke, das werde ich tun.«

Nachdem sie den Hörer aufgelegt hatte, öffnete sie den Briefumschlag des Rechtsanwalts.

In einem kurzen, sehr förmlich gehaltenen Absatz wurde sie gebeten, ihn umgehend anzurufen.

Es handelte sich um Isabelle Browning.

36

Das Büro des Rechtsanwalts lag an der Hauptstraße eines kleine Städtchens mit pittoresken Häusern, die sich honigfarben den schmalen Hang hinaufschlängelten und auf tausendfach verschickten Postkarten abgebildet waren. Jonathan und Kate wären möglicherweise an dem Gebäude vorbeigelaufen, wenn nicht Kate das polierte Messingschild im Hauseingang aufgefallen wäre. Andrew Manners begrüßte sie persönlich an der Tür und bat sie lächelnd herein.

Es ähnelte eher einer privaten denn einer gewerblichen Wohnung mit dem gemütlichen Sofazimmer, einem großen Kamin und Blick auf den Garten im Innenhof.

»Nehmen Sie doch bitte Platz«, sagte er. Vor Kate stehend gab er von Kopf bis Fuß den väterlichen Freund ab. »Und Ihre Begleitung ist ...« Er deutete auf Jonathan.

»Entschuldigung, das ist Jonathan Reeve.«

Die beiden Männer schüttelten einander die Hand.

»Ein Freund?« erkundigte sich Manners.

»Ja«, erwiderte Kate.

Im selben Augenblick sagte Jonathan: »Meine Verlobte.«

Sie sahen einander an, und Kate lachte verlegen auf. »Tut mir leid.«

»Eine erst vor kurzem getroffene Entscheidung, nehme ich an?« fragte Manners.

»Richtig«, bestätigte sie.

»Wollen Sie bald heiraten?«

»Ja«, antwortete Jonathan.

Manners setzte sich ihnen gegenüber. »Die letzten vierzig Jahre über habe ich Frau Browning als Anwalt vertreten.« Er bemerkte Kates Überraschung. »Doch, doch. Eine lange Zeit. Nicht, daß sie mir sonderlich viel Arbeit aufgebürdet hätte. Das Haus hatte sie gekauft, als ich mich gerade niedergelassen hatte, dann die Testamentseröffnung vom Vermögen ihres Freundes in den fünfziger Jahren ...«

Jonathan rutschte auf seinem Stuhl herum.

»Und wenig in den letzten Jahren, abgesehen von ihrem Testament natürlich.« Er nahm einen Ordner von dem niedrigen Tisch neben ihm. »Deswegen habe ich Sie heute zu mir gebeten. Als die Begünstigte.«

Kate hatte nicht zugehört. Sie erwartete, daß Isabelle sie beauftragen würde, gewisse Dinge für sie zu erledigen, beispielsweise bestimmte Möbel zu verkaufen oder eine ähnliche Aufgabe. Der Gedanke jedoch, daß sie Anspruch auf auch nur einen Bruchteil von Isabelles Vermögen hatte, war ihr niemals in den Sinn gekommen, noch nicht einmal während der Fahrt hierher.

»Begünstigte?« wiederholte Jonathan.

Andrew Manners blickte zu ihm auf und lächelte. Er öffnete die Akte und las einen Augenblick lang schweigend.

»Ich bin natürlich gerne willens, Ihnen den genauen Wortlaut vorzutragen«, sagte er. »Das einzig Wichtige jedoch ist, daß Isabelle Brownings gesamtes Vermögen auf Frau McCaulay übergeht. Das Haus in Lovatt sowie der gesamte Hausstand, die Aktien in Frau Brownings Namen, das Wohneigentum von Michael Chambers, darunter ein kleines Haus in London, ihr Bankvermögen in Höhe von sechzigtausend Pfund, das Auto natürlich ...«

Kate starrte ihn an.

Die Isabelle, die sie gekannt hatte, war ihres Wissens nach niemals knapp bei Kasse gewesen. Aber – augenblicklich kam ihr Isabelles immer gleiche Uniform von abgewetzten Hosen, zerschlissenen T-Shirts, Pullovern für die Gartenarbeit und alte derbe Schuhe in den Sinn – sie hatte niemals den Eindruck einer reichen Frau auf sie gemacht.

Manners deutete mit dem Finger auf das Blatt vor ihm. »Es gibt ein paar Anweisungen ihre Beerdigung betreffend ...

natürlich müssen wir erst abwarten, bis die Leiche freigegeben wird, was sicher noch etwas dauern kann ...«

Jonathan hatte eine Hand auf Kates Arm gelegt. Er beobachtete ihre vollkommene Unfähigkeit, ein Wort hervorzubringen, und blickte zu Andrew Manners hinüber. »Auf welche Summe beläuft sich das Vermögen?«

Manners rechnete kurz. »Schwer zu sagen. Das Haus steht unter Denkmalschutz, was sowohl Vor- als auch Nachteile hat. Dadurch jedoch läßt sich der Marktwert nur schlecht benennen ...«

»Ungefähr.«

»Ungefähr?« wiederholte Manners. Es entstand ein kurzes Schweigen. »Ungefähr beläuft sich das Vermögen auf fünfhunderttausend Pfund.« Er ließ seinen Blick leicht abschätzig auf Jonathan ruhen. Dann wandte er sich wieder Kate zu, deren Haltung und Ausdruck der Verwunderung sich nicht verändert hatten.

»Ich denke, eine Tasse Tee wäre jetzt vielleicht genau das Richtige«, sagte er.

Ungefähr eine halbe Stunde später verließen sie das Büro. Eine milde Wintersonne warf ihr Licht auf die Straße, und die Leute drängten auf dem schmalen Bürgersteig an ihnen vorbei. Kate stand vollkommen verwirrt in der Sonne.

Jonathan reichte ihr seinen Arm, und sie nahm ihn an. Er ging sofort beschwingten Schrittes den Hang hinauf.

»Eine halbe Million Pfund!« sagte er, nachdem sie einige Schritte gegangen waren. »Fünfhunderttausend!«

Sie sah ihn nicht an, und er kniff sie in den Arm. »Nun?«

»Ich weiß gar nicht, was ich davon halten soll«, erwiderte sie.

Sie mußten sich kurz trennen, um andere Fußgänger zu überholen. Etwas weiter vorne wartete er auf sie. Breit lächelnd streckte er ihr seine Hand entgegen. »Du bist reich«, sagte er.

Sie blickte ihn fragend und überrascht an.

»Du kannst alles tun, was du willst«, meinte er. »Willst du es denn behalten?«

»Was behalten?«

»Das Haus natürlich.«

»Ich weiß es nicht.«

»Du könntest es inserieren und die Resonanz darauf abwarten. Du könntest eine Schätzung in Auftrag geben, dann hättest du eine ungefähre Vorstellung.«

Kates Überraschung verwandelte sich in eine Art schleichende Unsicherheit. Es überraschte sie, daß er das alles so ungezwungen besprechen konnte. Sich auf die Lippe beißend, musterte sie sein Gesicht. »Isabelle hat das Haus geliebt. Es hat ihr sehr viel bedeutet.«

»Dann behältst du es?«

»Ich ...«

»Möchtest du denn, daß wir dort wohnen?«

»Ich weiß nicht.«

»Ich müßte die Praxisräume verlegen, aber das wäre kein Problem. Das vordere Zimmer könnte man in ein Besprechungszimmer umwandeln.« Er trat etwas zurück, um eine Frau mit Kinderwagen durchzulassen. »Das wäre überhaupt gar kein Problem. Man müßte es aufhellen. Lebst du lieber in alten Häusern?«

»Das Haus gefällt mir.«

»Also gut, dann behalten wir es, und ich verkaufe *Kilcot.*« Sie legte ihm die Hand auf den Arm. »Ich möchte jetzt nicht darüber sprechen. Ich möchte noch keine Entscheidungen fällen.«

Er lächelte. Eine solch offenkundige Wärme hatte sie noch nie in seinem Gesichtsausdruck wahrgenommen. Dagegen nahm sich sein gewohntes Lächeln geradezu falsch aus.

»Also gut«, meinte er und küßte sie sanft auf die Wange. Mit den Lippen dicht an ihrem Gesicht fügte er hinzu: »Ich habe noch eine Überraschung für dich.«

»Was denn?«

»Rate mal.«

»Keine Ahnung.«

»Dann komm mal mit.«

Sie hatten das Ende der Straße erreicht, wo diese auf einen kleinen Platz mit großen Häusern mündete. Er hakte sie unter und zog sie über die Straße eine kleine Gasse hinunter. Hier stand ein weißes Haus, das schmaler und ein Stockwerk höher war als die anderen Häuser. Sie traten in den gepflasterten Innenhof.

Kate blickte zur Seite und sah, daß hinter dem Butzenfenster mit einer durchsichtigen weißen Gardine kein Wohnzimmer, sondern ein Raum mit einem Kreis von Stühlen war. Eine nicht einsehbare Tafel stand ebenfalls dort aufgestellt. Jonathan drückte die Tür auf.

»Komm schon rein, Liebling«, sagte er.

Jetzt sah sie, daß es sich um eine Art Laden handelte und trat ein. Auf einer Kleiderpuppe in der Ecke hing ein großartiges, wenngleich auch ein wenig überzogen wirkendes Kleid aus Magenta-Taft, auf einer kleineren Puppe daneben ein ebenso extravagantes Kinderkleid in Altrosa, Gold und Rot mit einem Unterkleid aus Rüschen. Den Kleidern zu Füßen standen passende Schuhe. Hinter den Kleidermodellen standen Regale voller Stoffe, viele Abstufungen von Elfenbein und Weiß sowie Stoffe aus thailändischer Seide.

Beim Eintreten schellte ein Glöckchen. Eine Frau trat aus dem Flur heraus und kam mit ausgestreckter Hand auf Jonathan zu.

»Herr Reeve?«

»Ja. Frau Kelbermann?«

»Nett, Sie kennenzulernen.«

»Wir sind etwas zu früh dran.«

»Das macht doch nichts, besser als zu spät.« Die Frau im dunkelgrünen, makellosen Anzug wirkte sehr gepflegt. Sie machte den Eindruck, als ob sie gerade eben noch einen Zeitschriftentitel geziert hätte. Ihr blondes Haar wellte sich gekonnt in ihrem Nacken, ihr Make-up war makellos. In ihrer Gegenwart fühlte sich Kate schäbig. Wegen des Termins mit Manners hatte sie sich etwas fein gemacht, doch erschien ihr ihr schwarzer Rock mit der gelblichbraunen Jacke plötzlich wie aus zweiter Hand.

»Und das hier ist natürlich Frau McCaulay.«

»Ja ...« Kate schüttelte amüsiert die ihr entgegengestreckte Hand.

»Setzen Sie sich doch. Kaffee?«

»Nein, danke«, erwiderte Kate und wandte sich Jonathan zu.

»Jon ...«

»Ich habe mir die Sache durch den Kopf gehen lassen«, meinte die Frau direkt an Jonathan gewandt und legte den Kopf in Richtung Kate zur Seite. »Ihre Beschreibung der Farben liegt eine Spur daneben. Ich würde sagen, Frau McCaulay hat einen um eine Nuance dunkleren Haarton als blond. Sehr anziehend. Wissen Sie, zwischen hellblond und dunkelblond gibt es einen markanten Unterschied. Sie werden sehen, daß der einen Elfenbein steht, der anderen nicht.« Endlich lächelte sie Kate direkt an. »Männer haben normalerweise kein sonderlich fein ausgeprägtes Farbgefühl«, sagte sie. »Ihr Bräutigam jedoch hat Sie fast getroffen. Aber eben doch nicht ganz!«

»Haben Sie denn etwas da, das wir uns jetzt ansehen könnten?« erkundigte sich Jonathan.

»Aber ja, jede Menge. Ich kann Ihnen in einem Katalog Sachen zeigen, die wir für andere Hochzeiten angefertigt haben. Außerdem kann ich Ihnen einen oder zwei der laufenden Aufträge vorführen.«

»Entschuldigung«, meldete sich Kate.

»Bitte?« fragte Frau Kelbermann.

»Würden Sie ...« Sie sah sich erst zu Jonathan um, dann blickte sie wieder zurück. »Würden Sie mir bitte erklären, was hier vorgeht?«

Frau Kelbermann lächelte. Jonathan legte den Arm um Kates Schultern.

»Das ist meine Überraschung«, sagte er.

»Das verstehe ich nicht«, entgegnete Kate.

»Meine Überraschung für die Hochzeit«, erwiderte er. »Du kannst dir aussuchen, was auch immer du möchtest. Vielleicht möchtest du ja nur einen Anzug haben, aber du kannst dir auch ein Kleid aussuchen. Es gibt überhaupt keinen Grund, weshalb es nicht ein Kleid sein sollte.«

»Die *Hochzeit?*«

»Dafür willst du dir doch sicher etwas Neues kaufen, nicht wahr?« fragte er. »Für diesen Tag.«

Kate sah ihn an.

»Ich möchte das für dich tun, es ist mein Geschenk an dich«, sagte er.

Sie schüttelte den Kopf. »Das kannst du nicht ernst meinen.«

»Warum denn nicht?«

Kate blickte auf die Designerin. »Wir haben das noch gar nicht besprochen.«

»Das muß man schon etwas im voraus planen«, meinte Frau Kelbermann. »Drei Wochen dauert es mindestens.«

»Na bitte«, meinte Jonathan. »Siehst du, es wird erst angefertigt.«

»Aber ...«

»Irgend etwas, was dir gefällt?«

Kate blickte ihn an. Einen kurzen Augenblick lang glaubte sie, er sei vielleicht vorübergehend verrückt geworden. Sie senkte die Stimme. »Könnten wir einen Augenblick lang miteinander sprechen?« fragte sie und warf der Designerin einen Blick zu. »Wenn es Ihnen nichts ausmacht.«

»Wie Sie wünschen.« Frau Kelbermann zog sich in den Flurbereich zurück.

»Jonathan«, sagte Kate, sowie sie außer Hörweite war. »Ich möchte kein neues Kleid.«

»Warum denn nicht?«

»Es ist nur ...« Etwas verstört fuhr sie sich durch die Haare. »Es ist mir bisher nur überhaupt nicht in den Sinn gekommen. Ich meine ...«

Jonathan war zu ihr herangetreten und umfaßte mit beiden Händen fest ihre Oberarme. »Hör mir zu, Kate«, sagte er. »Wir heiraten doch, nicht wahr?«

»Nun, ja ...«

Er lächelte. »Wenn wir heiraten, dann möchtest du sicher nicht etwa wie ein Mauerblümchen aussehen?«

»Ich will jedenfalls kein großes Aufheben machen, Jon.«

»Aber du hast dir doch nicht etwa vorgestellt, nur eben schnell einmal in Blue Jeans beim Standesamt vorbeizuschauen?«

»Mir wäre das recht so.«

Er sah sie kurz an, dann lachte er. »Aber nein«, sagte er. »Nein, nein, nein, nein.«

»Rechtlich jedenfalls wäre es vollkommen in Ordnung.«

»Nein, nein. Ich möchte, daß wir das richtig machen. Ich weiß, was ich will.«

»Ach ja?«

»Ja«, erwiderte er. »Ich weiß genau, was dir wirklich gut stehen würde. Ich habe es ...« Er tippte sich gegen die Schläfe. »Ich habe es genau im Kopf.«

Kate blickte ihn vollkommen entsetzt an.

»Bitte«, meinte Jonathan, hob die Hand und streichelte ihre Wange. »Laß mich das doch organisieren, ja? Du brauchst nichts zu tun. Gar nichts. Ich weiß genau, was ich will. Und es wird perfekt werden. Nicht angeberisch, nur einfach perfekt.«

Sie sah ihm in die Augen.

»Bitte, Kate«, sagte er. »Laß uns deswegen nicht streiten. Es ist die Sache doch einfach nicht wert, oder?«

Sie hörten, wie die Designerin auf hohen Absätzen wieder den gefliesten Flur entlangkam.

»Bitte überlaß mir das, Kate«, bat Jonathan. »Es ist mein Geschenk an dich, Kate. Bitte nimm es an. Nur dieses eine Mal. Laß mich das für dich machen.«

Die Frau trat wieder hinzu. In den Armen trug sie zwei dicke gebundene Ordner.

»Alles in Ordnung?« erkundigte sie sich.

Jonathan sah Kate eindringlich ein.

»Ja«, erwiderte Kate langsam. »In Ordnung ... ja ...«

37

Verspätet kam Kate zu ihrer Verabredung mit Jack Seward. Jonathan hatte sie gesagt, sie würde in die Redaktion gehen, um noch ein paar letzte Angelegenheiten zu besprechen. Er hatte zwar sanft, doch unnachgiebig widersprochen. Als sie nach einer quälend ausgedehnten Diskussion das Haus verlassen hatte, hatte sie lange über ihr Bedürfnis nachgedacht, ihm diese Halbwahrheit aufzutischen und Jacks Namen unerwähnt zu lassen.

Sie parkte im Dunklen am Meer und rannte die hundert Meter zur Kneipe zurück, eine winzig kleine Bar an einer Straßenecke. Als sie die Tür aufstieß, schlug ihr warme, verräucherte Luft entgegen. Sie erblickte Jack sofort. Er saß an der Bar, hatte den Kopf auf die Hand gestützt und las eine Zeitung.

»Tut mir leid«, entschuldigte sie sich, als sie ihn erreicht hatte.

»Ich dachte schon, du hättest es vielleicht vergessen.«

»Nein, nein. Ich bin nur … aufgehalten worden. Entschuldigung.«

»Etwas zu trinken?«

»Oh …, einen Whisky, es ist so kalt.«

Er bestellte, und sie gingen zu einem der Tische hinüber.

Sie nippte an ihrem Glas. »Hast du Ken gesehen?« erkundigte sie sich.

»Warum sollte ich?«

»Um deinen Arbeitsplatz wiederzubekommen.«

Er lachte. »Dem aalglatten Mistkerl werde ich doch nicht in den Hintern kriechen. Wie steht es denn mit dir?«

»Ich habe gekündigt.«

»Das weiß ich. Aber weshalb?«

Sie betrachtete ihr Glas und fuhr mit der Fingerspitze über den Rand. »Ich war müde«, erwiderte sie.

Er musterte sie kurz, dann wechselte er das Thema. »Soll ich dir sagen, was ich weiß?«

»Ja.«

Inmitten des Geräuschs der Spielautomaten in der Ecke und den Unterhaltungen zwischen der Bedienung und den Stammgästen, die ihn fast übertönten, erzählte er ihr, was er in letzter Zeit getan hatte. Kate beugte sich Jack entgegen, um jedes Detail zu erfahren. Als er endete, betrachtete sie ihn schweigend, dann blickte sie mit weit aufgerissenen Augen wie blind an ihm vorbei, ehe sie sich wieder auf ihn konzentrierte. »Hast du die Adoptionsvermittlung angerufen?« fragte sie.

»Ja. Am Telefon jedoch wollen sie sich nicht äußern.«

»Du mußt also persönlich dort erscheinen?«

»Richtig.«

»Wo haben sie ihr Büro?«

Er sagte es ihr. Eine Anschrift in der Nähe von Holborn im Zentrum Londons.

»Was willst du tun?« fragte er.

Sie sah ihn an. »Weshalb bist du dieser Sache nachgegangen?«

»Wegen der Briefe.«

Sie überlegte. »Du glaubst also, daß er noch lebt?«

»Ja, das tue ich. Ich denke schon.«

»Wird man denn mit dir reden, wenn du persönlich dort vorsprichst?«

Er lächelte. »Ich bin mir nicht sicher, ob sie mit mir sprechen würden. Aber vielleicht mit dir.«

Sie seufzte, leerte ihr Glas und stellte es auf den zerkratzten Tisch zurück. »Ach, Jack«, sagte sie, »was für ein Durcheinander das alles ist. Ich glaube …« Sie hielt inne und suchte nach Worten. »Ich glaube, ich sollte es vielleicht einfach ruhen lassen.«

»Ruhen lassen?« hakte er nach. »Ihn nicht mehr auffinden wollen?«

»Nein, die Suche nach ihm gar nicht erst aufnehmen.«

»Warum?«

»Vielleicht würde ich mein Leben damit verbringen, verschiedene Sackgassen zu erkunden. Einem interessanten Detail nach dem anderen nachspüren und nie irgend etwas herausbekommen.« Ihr schauderte. »Das könnte ich wohl kaum durchstehen. Gerade jetzt nicht, nach Maggie, nach Isabelle.«

»Aber das hat mit Jamie doch gar nichts zu tun.«

»Nein, das nicht. Aber mit mir hat es etwas zu tun.«

»Kate … es ist ein schrecklicher Zufall.«

»Was auch immer es ist, ich kann es nicht aushalten.«

»Du kannst es aushalten.«

»Kann ich nicht, Jack. Ich will mich einfach nur … aus dem Staub machen.«

Sein lautes, kehliges Lachen ließ sie aufblicken. »Nicht doch.«

»Wie bitte?« fragte sie.

»Dich aus dem Staub zu machen! Du bist dein ganzes Leben noch nie vor etwas weggelaufen.«

Sie zog die Stirn kraus. »O doch, und ob ich das getan habe.«

»In letzter Zeit nicht.«

»Doch, doch, ich habe ...«

Er stützte den Ellenbogen auf dem Tisch auf. »Ich weiß seit fünf Jahren, daß du Jamie verloren hast«, sagte er. »Ich habe es dir nie angemerkt.«

»Du kanntest mich nicht, nachdem es passiert war.«

»Das nicht, aber du hast dich wieder zusammengerauft.«

»In gewisser Weise schon.«

»Genau, in gewisser Weise. Nicht perfekt, so wie es vorher war, anders eben.«

Sie wandte den Blick ab. »Ich habe es nur gekittet. Es machte den Eindruck, als ob es wieder zusammengeflickt sei, aber ich habe nicht mehr wirklich funktioniert.«

»Wer hat dir das denn gesagt?«

»Das tut nichts zur Sache.«

»Meinst du wirklich, daß du einer solchen Spur wie dieser nicht folgst?«

»Das nicht, ich will ihn finden«, entgegnete sie erregt. »Aber die Sache ruhen zu lassen ist, *was ich tun sollte.* Ich werde niemals zu leben anfangen können, wenn ich es nicht hinter mir lasse.«

Jack runzelte die Stirn. Ihm schienen es die Worte eines anderen zu sein. Die Sätze waren zu ausgeglichen, zu stilisiert, zu gut eingeübt. Wie eine Lektion, die sie auswendig gelernt hatte.

»Ich muß darüber nachdenken«, murmelte sie. »Es besprechen.«

»Mit wem?«

Sie sah zu ihm auf. »Jemand, der Reeve heißt. Jonathan Reeve.«

»Wer ist er?«

»Ein Psychotherapeut.«

Nun mußte Jack wirklich breit grinsen. »Was du nicht sagst.«

»Ich meine es ernst«, protestierte sie.

»Du hast es doch nicht nötig, daß man dir den Kopf wäscht.«

»Sei nicht albern.«

»Bist du deshalb verschwunden?«

»Wie meinst du das?«

»Letzte Woche warst du doch plötzlich weg. Und jetzt erzählst du mir, daß dir jemand ins Gehirn funkt?«

Sie lächelte kühl. »Du bist wirklich ausgesprochen mitfühlend, nicht wahr?«

»Dann sag mir, daß es dir gut tut.«

»Es ...«

»Du kannst es nicht.«

»Natürlich hat es das getan. Was in aller Welt weißt du denn darüber?«

»Taten sprechen lauter als Worte.«

»Und was genau willst du damit sagen?«

»Etwas tun, nicht darüber schwafeln. Wenn irgendein Verrückter dir Briefe schickt, herausfinden, von wem sie kommen. Die Polizei informieren. Demjenigen die Stirn bieten. Wer in aller Welt sind solche Leute denn überhaupt? Elender Abschaum.«

»Ich verstehe, ich soll also jedem Psychopathen, dem ich begegne, eben mal kurz die Stirn bieten?«

Er beugte sich fast bis zu ihrem Gesicht vor. »Genau«, erwiderte er. »Genau das sollst du tun. Es vergessen, dich verstecken? Dich zusammenflicken? Daran glaube ich nicht. Und du auch nicht.«

Sie lehnte sich zurück. Ihr Gesicht war gerötet, ihre Lippen geöffnet. Er erschien ihr wie eine Illustration aus einem Märchenbuch für Kinder – der Riese, der mit dunklen Augen und dunklem Haar im Wald lauerte. Er machte einen sehr wütenden Eindruck. Irgend etwas in ihr kippte um, und sie fing zu lachen an. Einmal angefangen, konnte sie nicht mehr aufhören. Sie ließ den Kopf sinken, griff sich an die Seiten und rang wie eine Asthmatikerin nach Luft. Dann richtete sie sich auf und wischte sich die Augen. »Ach, Jack«, brachte sie schließlich hervor.

»Es freut mich, daß ich dich zum Lachen bringen kann«, erwiderte er. Sie zog ein Taschentuch aus der Tasche und schneuzte sich.

Er legte den Kopf zur Seite und beobachtete sie. »Erzähle mir von diesem Reeve.«

Sie faltete das Taschentuch zusammen und steckte es weg. »Er ist ...« Sie steckte ihr Haar hinter den Ohren fest. »Etwas weiter die Küste hinunter besitzt er eine Praxis. Ich habe ihn vor einem Jahr bei einem Interview kennengelernt.«

»Und hast du dich seitdem mit ihm getroffen?«

»Ich bin vor ungefähr zehn Tagen zu ihm gegangen.« Sie sah Jack direkt in die Augen. »Die Briefe ... ich hatte das Gefühl, verrückt zu werden.«

»Hmm«, brummte er nicht sonderlich beeindruckt. »Bist du es denn?«

Sie lächelte ihn an. »Ein bißchen, vielleicht.«

»Und jetzt?«

»Jetzt ...«

Sie überlegte. Während der letzten Woche hatte sie sich angewöhnt, besonders vorsichtig zu sein, ihre Worte umsichtig zu wählen, jeden Tonfall ihrer Stimme genau zu kontrollieren. Jack saß regungslos, sein Blick auf sie gerichtet.

»Ich werde heiraten«, sagte sie.

Jacks Gesichtsausdruck veränderte sich schlagartig.

Unglauben, eine Art verletzte Überraschung wechselten einander ab, ehe sie so schnell wieder verschwunden waren, wie sie gekommen waren.

»Nun dann ... Glückwunsch«, meinte er. »Aber sag es nicht, laß mich den Glücklichen erraten.«

Sie sah ihn schief an. »Er ist wirklich ...«

»Sehr nett«, beendete Jack den Satz für sie. »Da bin ich mir sicher, ganz sicher.«

»Du mußt ihn kennenlernen.«

»Aber natürlich.«

»Ich meine es ernst.«

»Ja, gut. In Ordnung«, erwiderte Jack. »Wenn er mir nur nicht seine Briefmarkensammlung zeigt.«

Lachend schüttelte sie den Kopf. Er stand auf und kehrte wenig später mit zwei weiteren Gläsern zurück.

»Ich sollte eigentlich nicht«, meinte Kate.

»Ich auch nicht«, erwiderte er. »Auf das glückliche Paar. Mögen sie lange ... und so weiter.« Er trank einen großen Schluck, dann setzte er das Glas ab. »Nun?«

»Nun was?«

»Kommst du nun mit mir nach London, um mit dieser Vermittlung zu reden?«

»Ich ...«

Er hob die Hand. Es entstand eine kurze Stille, während der er sie mit seinem Blick durchbohrte.

»Ich möchte nicht hören, was Herr Doktor Jonathan dazu zu sagen hat«, sagte er.

»Das hättest du auch gar nicht.«

»Aber ja doch hätte ich das. Du redest schon wie er, darauf gehe ich jede Wette ein. Und ich bin ihm noch niemals begegnet.«

»Jack ...«

»Er hat viele Patienten, nicht wahr?«

»Ja, das hat er.«

»Viele Frauen?«

»Das weiß ich nicht.«

»Viele abhängige Frauen. Darauf wette ich einen Zehner.«

»Das ist aber nicht sehr nett, Jack.«

»Nein«, gab er zu. »Nein, ich bin nun mal kein besonders netter und fürsorglicher Mensch, nicht wahr?«

Sie nahm den Tadel hin und neigte den Kopf zur Seite.

»Ich möchte, daß du Jamie findest«, sagte er.

Sie schwieg.

»Was meint denn Jonathan zu den Briefen?«

»Er sagt ...« Sie wandte den Blick ab. »Er sagt, daß ...« Aber sie wußte nicht, was genau Jonathan darüber dachte. Er hatte sie darauf hingewiesen, wie unwahrscheinlich ein Überleben von Jamie sein würde. Er hatte ihr gesagt, daß sie Verluste anzog. Sie hatte ihr Selbstbild verloren. Oder besser gesagt, es wie ein nur notdürftig verschnürtes Paket abgeliefert. Und sie hatte ihm erlaubt, Hautschicht für Hautschicht, Erinnerung für Erinnerung bloßzulegen. Sie hatte geblutet, dann hatte er die Wunde versorgt. Und eine neue aufgerissen.

Schmerz ist der Weg zur Heilung. Das hatte er an einem der Abende in Spanien gesagt.

Sie sah auf. Jack wartete auf ihre Antwort, was Jonathan gesagt hatte.

»Laß mich nachdenken«, sagte sie.

»Entweder du willst die Suche aufnehmen oder nicht. Mehr gibt es dazu nicht zu sagen.«

»So einfach ist es aber nicht. Habe etwas Geduld.«

Jack hob sein Glas und kippte das letzte Drittel herunter. »Ich bin nicht Herr Geduldig«, sagte er. »Weißt du das denn nicht mehr?« Er stand auf und nahm seine Jacke von der Stuhllehne. »Du verwechselst mich offenbar mit jemand anderem.«

38

Es war der alte Traum.

Und war es doch nicht.

Sie war im Haus, stand oben auf der Treppe, hinter ihr fielen die Stufen ab, Stufe für Stufe versank in der Dunkelheit. Sie hörte ihr Herz vor Anstrengung, nicht aber vor Angst schlagen.

Vor ihr war ein Zimmer, dessen Tür leicht geöffnet war. Dahinter schimmerte Licht. Als sie lief, tat sie es leichten Schrittes. Es war nicht mehr das alte, schleppende Gefühl. Sie drückte die Tür auf und sah am anderen Ende des Zimmers ein Sofa.

Auf dem davor liegenden Teppich lag achtlos verstreut Spielzeug herum. Es hätte ein Spielzimmer sein können. Das Sofa war mit weichem, cremefarbenem Leinen bezogen, viele Kissen lagen darauf gestapelt. Daneben standen ein leeres Kinderbett und ein erhöhter Kinderstuhl. Schuhe. Ein Dreirad. Ein Fußball. Spielzeug, das von den vergangenen Jahren erzählte.

Mitten auf dem Sofa saß ein etwa zehnjähriges Kind.

Ein Junge, blond, schlank. Auf den Knien hielt er ein aufgeschlagenes Buch und las mit vorgebeugtem Körper und mit dem Finger auf der Seite. Von irgendwoher, aus einer noch nicht entdeckten Ecke, drang Musik. Es war eine Geige. Sie fühlte den Ton in ihren Händen, die langen, weichen Säulen zwischen ihren Fingern.

»Jamie«, sagte sie.

Er sah auf, legte das Buch beiseite und stand auf.

Er war groß, genau wie sie auch.

»Ach, Jamie«, wiederholte sie und streckte die Arme aus. »Jamie.«

Sie wachte auf und starrte in die Dunkelheit, wo sie eben noch sein Gesicht gesehen hatte. Der Traum schien kein Ende, keinen Abbruch zu haben; sie hatte nicht das erschreckende Gefühl, in die Wirklichkeit zurückzufallen. Die Illusion verebbte langsam und wurde von den Umrissen von Jonathan Reeves' Zimmer ersetzt.

Kate setzte sich im Bett auf und drückte die Hand an die Kehle. Sie empfand eine merkwürdige, fast schmerzhafte Mischung aus Trauer und Glück. Glück, weil sie ihren Sohn gesehen hatte. Trauer, weil sie ihn verloren hatte. Einen kurzen Augenblick – einer jener schnell verfliegenden Momente – konnte sie seine Haut riechen. Früher wäre sie sofort aufgestanden und hätte dieses Gefühl durch die eigene Bewegung verdrängt. Diesmal jedoch genoß sie seine Nähe und wollte sich an jedes Detail erinnern. Erst nach drei oder vier Minuten blickte sie zu Jonathan hinüber.

Er schlief und atmete tief und gleichmäßig. Das Bett war groß und sehr breit. Er lag mit dem Rücken unmittelbar vor der Kante und hatte die Decke eng um sich gezogen.

Merkwürdigerweise lag er nicht eingerollt, sondern gerade ausgestreckt. Sie hatte noch niemals jemanden ausgestreckt auf der Seite schlafen sehen. Zwischen ihr und ihm war ein kalter, unüberbrückbarer Abstand. Obwohl sie sich geliebt hatten, hatte er sich vor dem Einschlafen aus ihren Armen befreit.

Ihre Hand fuhr über die Bettdecke, und sie fragte sich, ob sie ihn wecken und ihm von dem Traum erzählen sollte. Dann jedoch verwarf sie den Gedanken, stand leise auf und zog sich einen Bademantel über.

Im Haus war es immer noch recht warm. Sie ging nach unten in die Küche und schenkte sich ein Glas Wasser ein. Sie trank es, ohne das Licht anzumachen und sah hinaus in den Garten, der vom Vollmond beschienen fast monochrom vor ihr lag. Auf dem Weg zurück ging sie im Wohnzimmer vorbei und schaute nach, ob die letzten Holzscheite auch vollständig abgebrannt waren.

In der Nähe des Feuers stach ihr etwas Metallenes ins Auge. Sie ging darauf zu und sah, daß es ihre eigenen Autoschlüssel neben ihrer Handtasche auf dem Couchtisch waren. Sie legte sie in die Tasche zurück, nahm diese mit nach oben und legte sie ins Schlafzimmer.

Jonathan schnarchte leise. Sie lächelte, denn es war einer jener kleinen Makel, die er nicht kontrollieren konnte. Er konnte sich gerade und ordentlich hinlegen, aber sein Schnarchen konnte er nicht unterbinden. Hatte er also doch noch etwas Menschliches an sich, dachte sie trocken.

Sie sah auf den Flur hinaus. Sie war hellwach.

Ganz hinten führten ein paar Stufen zum Dachboden hoch. Jonathan hatte sie einmal dort hinaufgeführt und ihr den zum Teil abgetrennten Raum mit seinen schrägen Wänden gezeigt. »Hier bewahre ich die Unterlagen meiner Patienten auf«, hatte er mit einem Arm um ihren Schultern gesagt. »Alles ziemlich langweilig.«

Das hatte tatsächlich der Wahrheit entsprochen. Der Fußboden war lediglich mit Dielen ausgelegt. An einer Wand befand sich eine ungestrichene Trennwand mit einer kleinen Tür und einem einzelnen Stahlschrank mit vier Schubladen. »Ich wette, daß du den ersten Preis für den saubersten Dachboden in ganz England gewinnen würdest«, hatte Kate gewitzelt. Lachend waren sie die Treppe wieder hinuntergestiegen, und er hatte die Führung durch das Haus fortgesetzt.

Etwas jedoch hatte der Raum gehabt, etwas, das ihr behagte. So wie ihre Wohnung über der Galerie, weil er auch ganz oben gelegen und einen wunderschönen Blick gehabt hatte. *Kilcot House* lag am Rande eines Hügels und besaß einen unverstellten Ausblick bis zur Küste in zwei Meilen Entfernung.

Sie fragte sich, wie es wohl jetzt im Mondlicht wäre.

Sie ging die Treppe wieder nach oben. Es war eine ganz gewöhnliche Tür, die zu den anderen Türen ein Stockwerk tiefer paßte. Sie lief barfuß über den glatten Holzboden, lehnte sich gegen das Kunststoffenster und berührte mit dem Gesicht beinahe das Fensterglas.

In dem unheimlichen Zwielicht erschien die Landschaft fast wie Wasser, das kurze Gras hier und da von Schatten durchbrochen. In einigen hundert Metern Entfernung zog sich eine Hecke hin, jetzt nur noch als schwarze Linie erkennbar. Dahinter lag ein rauher Abhang, und am Horizont zeigte sich das Meer als weiße Linie.

Lange sah sie hinaus und wischte das Kondenswasser von der Scheibe. Ihre Hand ruhte auf dem Stahlschrank. Meilen ... dachte sie, meilenweit weg von allem.

Als sie sich umdrehte, hielt sie inne und fuhr mit den Fingern über die Schubladen des Schranks.

Patientenunterlagen, hatte er gesagt.

Sie fragte sich, wie viele Patienten er hatte, wie lange er schon praktizierte. Wenn sie ihm diesbezüglich Fragen stellte, beantwortete er sie immer mit bescheidener Höflichkeit und wechselte jedesmal das Thema.

Er hat viele Patienten, nicht wahr?

Viele Frauen.

Viele abhängige Frauen.

Neben dem Schrank befand sich ein langes, breites Regalbrett. Es fing an einer Wand an, reichte bis zur anderen und dann noch weiter bis zur zweiten Tür in dem etwa zehn Quadratmeter großen Raum.

»Dahinter stehen nur noch leere Umzugskisten«, hatte Jonathan gesagt. »Ach ja ... und ein sehr trauriger Weihnachtsbaum aus Plastik.«

Nichts dort drin.

Nichts auf diesem Regal.

Sie fragte sich, warum er erst das Regal gebaut und dann nichts darauf abgestellt hatte. Noch nicht einmal einen Stuhl gab es. Vielleicht benutzte er es zum Lesen der Akten, wenn er eine davon aus dem Schrank zur Ansicht hervorholte.

Aber nichts, worauf man sich setzen konnte.

Wieder fiel ihr Blick auf den Schrank. Natürlich waren es private Unterlagen, das war ihr bewußt. Vertrauliche Unterlagen. Genauso vertraulich wie die Niederschriften eines jeden Arztes. Die Schweigepflicht anderen gegenüber … Ihre Hand berührte den Metallgriff der obersten Schublade.

Er hat viele Patienten, nicht wahr?

Viele Frauen?

Es verstieß gegen jedwede Regel, die Unterlagen auch nur einsehen zu wollen. Es verstieß gegen Jonathans Regeln.

Und Jonathan besaß jede Menge Regeln.

Sie zog an der Schublade.

Sie war abgeschlossen. Die darunter ebenso. Und die beiden folgenden auch.

Kate stand in der Dunkelheit und schüttelte den Kopf. Sie drehte sich um, ging aus dem Zimmer und machte leise die Tür hinter sich zu.

39

»Wie spät ist es?« fragte George Dale.

Die Gefängnisaufseherin blickte erst seufzend auf ihre Uhr, dann durch den schmalen Schlitz in die Untersuchungszelle. »Halb elf«, erwiderte sie.

»Ich möchte meinen Anwalt sprechen.«

Sie lächelte matt. Der alte Mann hatte in der kurzen Zeit seit seiner Verhaftung sichtlich an Gewicht verloren. Seine gesunde Gesichtsfarbe hatte ihr gleich von Anfang an mißfallen, dennoch tat er ihr leid. Wann auch immer sie einen Blick auf ihn in seiner Zelle geworfen hatte, hatte er in derselben Haltung dagesessen, aufrecht und ängstlich am äußersten Rand der Bettkante, seine Hände ständig in Bewegung. Gelegentlich zerrte er an seiner Kleidung, als ob sie ihn zu ersticken drohe.

Er war jederzeit ausnehmend höflich. Er bedankte sich, wenn sie ihm seine Mahlzeiten brachte. Er erhob niemals die Stimme. Er beschwerte sich nicht. Der Arzt hatte ihm zweimal ein Beruhigungsmittel verschrieben, doch Dales belebte Gesichtsfarbe hatte sich dadurch nicht verändert. Und, dachte sie, geschlafen hatte er deshalb auch nicht.

»Tut mir leid«, meinte er, als er ihr Gesicht sah.

»Ich kann im Augenblick niemanden anrufen.«

»Ich muß ihn sprechen. Oder den Polizisten. Den Inspektor, Harris. Oder Rossiter.«

»Sie sind nach Hause gegangen.«

»Ich muß sie sprechen. Es ist wichtig.«

»Sie werden sie morgen früh sehen, wenn Sie zum Gericht gehen.«

»Ich kann nicht gehen«, murmelte George, jetzt ernstlich beunruhigt. »Ich kann nicht gehen.«

Sie musterte ihn eingehend. Seine ganze Persönlichkeit war wie in sich zusammengefallen, als ob sie sich aufgelöst hätte. Er war der unwahrscheinlichste Mörder, der ihr jemals untergekommen war.

»Ich bringe Ihnen eine Tasse Tee«, sagte sie.

»Nein, bitte …«

Er war aufgestanden und streckte eine Hand nach dem kleinen Gitter aus. Sie berührte seine Fingerspitzen. »Herr Dale, es gibt keine Möglichkeit, den Gang in den Gerichtssaal zu umgehen. Es wird nicht lange dauern. Und es wird nicht halb so schlimm sein, wie Sie im Moment glauben. Es ist kein Prozeß.«

»Aber ich habe es nicht getan«, erwiderte er.

Sie lächelte. »Aber nicht doch.«

»Mir ist es ernst.«

»Sie haben gestanden, erinnern Sie sich?«

»Ja.«

»Nun, dann ...«

George trat von der Tür zurück, lehnte sich gegen die Wand und schloß die Augen.

»Er wollte mir nicht den Kapellmeister geben. Ich hatte das ganze Jahr über gearbeitet. Er gab mir etwas Kleingeld, manchmal auch etwas mehr. Im Winter bin ich jeden Morgen aufgestanden, um ihm das Feuer zu machen. Ich habe die Botengänge gemacht, ich habe ihm bei den Wohnungsauflösungen geholfen ...«

»Wem?« fragte sie.

George sprach nicht mehr an sie gewandt, sondern zu sich selbst. Er hatte die Augen fest geschlossen.

»Die Figur mit dem Jagdhorn hat mir am besten gefallen«, fuhr er fort. »Ich fand immer, daß das Horn ein wenig zu groß für seinen Körper war. Es sah so aus, als ob er aus einer Tasse trinken würde. Man konnte nicht recht sagen, ob er nun trank oder etwas spielte ...«

»Wer?« wiederholte die Wärterin.

»Damals hatten natürlich viele Jungs Zinnfiguren. Einer in meiner Klasse hatte eine ganze Pferdeartillerie mit einer Kanonenkutsche und vielen Pferden ...«

Die Wärterin lehnte sich etwas zurück, um zu sehen, ob sie die Aufmerksamkeit von jemandem auf ihrer Schicht erhaschen konnte. »Harry?« rief sie.

»Er wollte mir die Kapelle nicht geben. Das war das eigentliche Problem«, sagte George mit schmerzverzerrter Stimme. »Der alte Dummkopf hat noch einen Witz darüber gemacht und so getan, als ob er mir die Schachtel geben wollte, hat sie aber dann wieder zurückgezogen. Vielleicht hätte ich ja gar nichts getan, wäre nach Hause gegangen und hätte mir nur gesagt, was für ein geiziger alter Kauz, wenn er mir nicht die Schachtel entgegengestreckt und sie dann wieder weggezogen hätte ... Man konnte nicht wirklich wissen, ob er es als Scherz gemeint hatte, denn gelacht hat er dabei nicht. Lediglich die Augenbrauen hat er hochgezogen und auf mich herabgeblickt, weil ich ihn wohl immer noch nicht verstanden hatte. ›Vielleicht nächstes Jahr, wenn du ein braver Junge bist‹, hatte er gemeint.«

George seufzte und bedeckte die Augen mit einer Hand.

»Was ist denn?« fragte der andere Wachtmeister, der den Flur entlanggekommen war.

»Ich weiß nicht recht«, erwiderte die Aufseherin. »Hören Sie ihm mal zu. Was sagen Sie dazu?«

Georges Körper war in sich zusammengesackt, obwohl er immer noch aufrecht stand.

»Ich wollte sie haben«, flüsterte er. »Sie können sich nicht vorstellen, wie es sich anfühlt, wenn Sie es nicht selbst erlebt haben, diese Gier danach, Dinge zu besitzen. Es frißt einen auf. Mit den Sachen selbst hat es gar nichts zu tun. Es geht nicht darum, sie zu verkaufen. Nur sie zu berühren und sie zu besitzen ...« Ein Seufzer durchfuhr seinen Körper. »Die Kapelle hing am Weihnachtsbaum. Es war Januar, und er plünderte den Baum und hängte den Christbaumschmuck ab. Zu Weihnachten hatte er mir lediglich das Zigarettenbild gegeben. Er hatte mir erzählt, wie jedes einzeln bemalt worden war. Salz in die Wunde, verstehen Sie? Noch ein klein wenig Salz in die Wunde. Er stand mit dem Rücken zu mir, und ich hob die Bronzestatue auf. Sie war sehr schwer, ein Pferd mit einem Reiter ...«

»George ...«, sagte die Aufseherin.

Er öffnete die Augen und sah sie an.

»Ich habe Isabelle Browning nicht umgebracht«, sagte er. »Verstehen Sie? Nicht Isabelle Browning ...«

40

Am nächsten Morgen kehrte Kate durch den Garten wieder zum Haus zurück. Da sie Jonathan durch die Scheibe hindurch erspähte, klopfte sie gegen das Küchenfenster. Er kam zur Tür und ließ sie herein.

»Hallo«, sagte sie. »Draußen ist es kühler, als man glaubt.«

»Wo warst du?« fragte er.

Sie trat ein und wollte ihn küssen, doch er trat einen Schritt zurück. Mit der Hand auf der Hüfte lehnte er sich gegen die Arbeitsfläche.

»Was ist denn los?« fragte sie. Sie war zum Kühlschrank gegangen und stand bei halb geöffneter Tür davor.

»Ich habe gefragt, wo du gewesen bist.«

»Spazieren. Weshalb?«

»Ich konnte dich nirgendwo finden.«

Sie war so überrascht, daß sie auflachte. »Jon, ich war lediglich eine Viertelstunde lang fort. Du warst unter der Dusche. Es war ein wunderschöner Morgen. Ich bin nur bis zum Feldrand gegangen, um zu sehen, ob es dort einen Fußweg gibt.« Sie blickte auf den Tisch. Er war sehr ordentlich mit Geschirr, Besteck, einer Kaffeekanne und Toast gedeckt.

»Ich habe auf dich gewartet«, sagte er.

»Ach ... vielen Dank. Das hättest du aber nicht tun sollen. Ich weiß doch, daß du um neun einen Termin hast, und will dich nicht aufhalten.« Sie nahm die Milch heraus und stellte sie auf den Tisch. Da sie sich durch sein langes Schweigen verunsichert fühlte, machte sie eine versöhnliche Handbewegung. »Nun, schau dir das an, das ist doch sehr hübsch.«

»Warum bist du nach draußen gegangen?« wollte er wissen.

Ihr Herz sank wie ein Stein. »Weil es ... Jon, das ist vollkommen lächerlich. Ich bin lediglich in den Garten gegangen, dann habe ich den Zaun zum Feld hin gesehen und ...«

»Davon spreche ich nicht.«

»Nun, worüber denn dann? Wovon sprichst du dann?«

»Du hättest mir doch einfach sagen können, daß du gehst.«

»Es waren doch nur fünf Minuten.«

»Fünfzehn. Es waren fünfzehn Minuten, Kate.«

»Also gut, fünfzehn.«

»Oder mehr.«

»Ja, vielleicht zwanzig. Tut mir leid.«

Er lachte kurz auf. »Nein, das tut es dir nicht.«

»Also Jon! Wirklich!« Entnervt fuhr sie sich mit der Hand durch die Haare. »Du willst unbedingt einen Streit vom Zaun brechen.«

»Nicht doch, ich streite mich nicht.«

»Ist es wirklich so wichtig?«

»Jawohl, es ist wichtig.« Sein Tonfall – unversöhnlich, gleichmäßig, übertrieben geduldig – ging ihr auf die Nerven.

»Ich hatte keine Ahnung, daß ich mich hier auf ein Gefängnis eingelassen habe.«

Er reagierte überhaupt nicht. Sie blickte ihn an, dann zuckte sie mit den Schultern. »Entschuldigung«, sagte sie. »Das hatte ich nicht sagen wollen.«

»Es ist unser Zuhause, Kate.«

»Ja, ich weiß.«

»Wo ist da das Gefängnis?«

»Mein Gott!«

»In welcher Weise schränke ich dich denn ein?«

»Das tust du gar nicht. Du schränkst mich nicht ein, okay?«

»Scheinbar schon.«

Sie biß sich auf die Lippe. »Es ist nur diese ständige Überwachung …« Augenblicklich wurde ihr die Bedeutung ihrer Worte bewußt, und sie erhob beide Hände. »Nein, nein. Ich wollte damit nur sagen, daß ich es nicht gewohnt bin …« Um ein Haar hätte sie gesagt *eingeschlossen zu sein,* konnte sich aber gerade noch rechtzeitig bremsen. Dennoch wurde ihr bewußt, daß gerade diese Wortwahl sein Argument noch unterstützte. »Ich bin es eben gewohnt, allein zu sein«, sagte sie.

»Damit kommen wir zum Kern der Sache«, bemerkte er.

»Was?«

Er stieß sich von der Arbeitsfläche ab, kam seufzend zu ihr herüber und küßte sie auf die Wange. »Setz dich.«

Das tat sie. Er setzte sich ihr gegenüber, schenkte gemächlich den Kaffee ein und reichte ihr ihre Tasse. »Danke«, murmelte sie.

»Kate«, sagte er. »Ich möchte nicht, daß du dich unterordnest.«

»Habe ich das denn getan?«

»Oder dich verteidigst.«

»Ich …«

»Entschuldige dich jetzt nicht, sondern höre mir nur zu.« Sie nippte an ihrem Kaffee und blickte auf ihren Schoß. Es war doch nur ein verdammter Spaziergang, dachte sie.

»Kate, Liebling, hörst du mir auch zu?«

»Ja.«

»Ich möchte, daß du ganz du selbst bist. Aber ich möchte nicht, daß du einfach ohne ein Wort zu sagen aus dem Haus gehst. Noch möchte ich, daß du etwas deshalb tust, weil du annimmst, daß ich es so haben will. Verstehst du das?«

»Ich …«

»Hör mir einfach nur zu. Wie würdest du deine letzten zehn Jahre beschreiben?«

Sie versuchte nachzudenken. »Ich weiß es nicht.«

»Also gut. Verwende Farben. In welcher Farbe würden sie dir erscheinen?«

»Nichts … ich meine, na ja … grau, weiß. Rot.«

»Rot? Weshalb Rot?«

Sie stützte den Kopf auf die Hände. »Könnten wir das nicht auf später verschieben?«

»Warum möchtest du das tun?«

»Es ist fast neun Uhr. Dein Patient.«

»Es sind noch zehn Minuten Zeit bis zu meinem Patienten«, sagte er gleichförmig. »Warum hast du dir rot ausgesucht?«

»Ich weiß es nicht.«

»Fällt dir nicht der Kontrast zwischen grau und rot auf?«

Sie blickte ihn an und sah, wie seine Zungenspitze auf seiner Unterlippe ruhte. »Natürlich.«

»Kannst du den gravierenden Unterschied zwischen Grau und Rot erkennen?«

»Ja.«

»Keine Zwischentöne?«

»Nein.«

»Und die dramatische Komponente dieser Farben?«

»Nun, ich nehme an ...«

»Rot und Weiß. Grau und Rot. Extreme.«

Er hatte sie verloren. Sie blickte ihn an und fragte sich – wie bei den meisten ihrer Unterhaltungen –, wie sie an diesen Punkt gekommen waren. Sie holte tief Luft. »Könntest du nicht ... bitte deinen Beruf einmal für fünf Minuten beiseite lassen?« fragte sie leise. »Jede unserer Unterhaltungen ähnelt einer Stunde auf der Couch.«

»Versuchst du denn zu begreifen?« hakte er nach.

»Aber natürlich!«

»Dann lenke jetzt nicht vom Thema ab. Du beschreibst dein Leben in Extremen. Es ist auch ein Leben der Extreme gewesen. Ist das soweit richtig?«

»Ja.«

»Ist es angenehm, mit solchen Extremen zu leben?«

»Nein.«

»Und du möchtest das ändern?«

»Ja.«

»Du möchtest ein farbenreiches Leben leben, Kate, ist das so richtig?«

»Ja.«

»Und als die Dinge am schlimmsten waren, hast du dich mir anvertraut, nicht wahr?«

»Ja, das stimmt. Ich bin zu dir gekommen.«

Er lächelte. Sie musterte sein Gesicht, seine Mimik und versuchte hinter diese Fassade zu sehen und ihn dort zu finden.

»Vertraust du mir noch, Kate?«

»Natürlich.«

»In dieser Hinsicht gibt es kein natürlich. Du kannst jederzeit aufhören, mir zu vertrauen.«

»Ich vertraue dir.«

»Gut.«

Er nippte an seinem Kaffee und setzte die Tasse vorsichtig auf der Untertasse ab.

»Ißt du denn gar nichts?« erkundigte sie sich.

»Ich habe bereits gegessen.«

Sie blickte ihn schief an. Sie war davon ausgegangen, daß die Hälfte des Problems heute morgen darin bestanden hatte, daß er mit dem Frühstück auf sie hatte warten müssen.

»Wirst du über das nachdenken, was ich gesagt habe?« fragte er.

»Ich werde mich bemühen.«

Er legte seine Hand auf ihre. »Es ist ganz natürlich, daß man sich widersetzt. Bei körperlichen Beschwerden verhält es sich nicht anders. Die Leute hören nach wenigen Tagen mit Antibiotika auf, weil die unmittelbaren Symptome verschwunden sind. Doch das eigentliche Problem ist noch vorhanden. Sie wollen eine sofortige Wirkung sehen. Doch sofortige Heilungen gibt es nicht. Man muß daran arbeiten, manchmal jahrelang.«

Sie wandte den Blick ab. Sie wollte nicht jahrelang hieran arbeiten. Sie wollte lediglich ein wenig darüber reden und es dann gut sein lassen. In die Vergangenheit zu blicken war wie in einen unendlichen Abgrund zu sehen.

»Du wirst dich mir doch nicht widersetzen, oder?« fragte er.

»Nein«, murmelte sie. Doch bei dem Wort schnürte sich ihre Kehle zu.

Er streichelte ihre Hand auf der Tischdecke, dann rückte er seinen Stuhl dichter heran und legte ihre Hand auf seinen Schenkel. »Was wirst du heute machen?«

»Darüber habe ich noch gar nicht nachgedacht. Ich muß die Wohnung ausräumen ...«

»Warum wartest du damit nicht bis zum Wochenende, wenn ich dir helfen kann?«

Sie wollte es nicht bis zum Wochenende hinziehen, sah jedoch einen weiteren Streit aufkeimen, wenn sie das laut ausgesprochen hätte. »Also gut«, murmelte sie.

»Möchtest du gerne in die Stadt gehen?«

Sie sah auf. »Brauchst du etwas von dort?«

»Ich würde gern, daß du wegen Isabelles Haus einen Makler aufsuchst. Nur um die Marktlage einschätzen zu können. Du kannst ihn gleich noch bitten, dies ebenfalls für dieses Haus hier zu tun. Dann wissen wir, was wir zu erwarten haben.«

»Gut«, erwiderte sie.

Er stand auf. »Findest du das vernünftig?«

»Ja.«

Im Flur klingelte es.

»Bist du dir auch wirklich sicher, daß du mir zustimmst?« erkundigte sich Jonathan. »Wenn du eine andere Meinung hast, dann sage sie mir.«

»Nein«, erwiderte sie und fing an, das Geschirr abzuräumen. »Nein, ich habe keine andere Meinung als du, Jonathan.«

Der Makler bemühte sich sehr um Kate. Als sie von der belebten Straße dick eingemummt gegen die Kälte eingetreten war, hatte eine junge Frau sie an einen Tisch geführt und die

Details aufgenommen. Nachdem jedoch die Größe der jeweiligen Immobilien zur Sprache gekommen war, schien der Herr im Nadelstreifenanzug sehr interessiert an einem Gespräch mit ihr zu sein.

Sie wurde in das Heiligtum eingelassen, einem mit Glas abgetrennten Raum.

»Kaffee?« erkundigte er sich.

»Nein, danke.«

»Gut. Das Haus in Lovatt gehört also Ihnen?«

»Es ist ein Erbstück. Die Schlüssel sind noch beim Rechtsanwalt hinterlegt.« Sie nannte ihm Manners Namen.

»Und die andere Immobilie ...?«

»Sie gehört meinem Mann. Meinem zukünftigen Mann, Herrn Reeve.«

»Verstehe. Sie wollen beides verkaufen und dann ein gemeinsames Haus erstehen?«

»Nein. Ja. Ich weiß es noch nicht ... das kommt auf die Preise an, die Organisation ...«

»Richtig. Rein vom Gefühl her würde ich behaupten, daß das Haus in Lovatt mehr bringen würde. Es liegt in einer ausgesprochen nachgefragten Gegend, in einem denkmalgeschützten Dorf, und so weiter.«

»Es ist ein wunderschönes Haus.«

»Da bin ich mir sicher.« Eilig füllte er ein sehr umfangreiches Formular aus.

»Es gehörte meiner Freundin«, sagte Kate. »Sie ist letzte Woche gestorben. Ich hatte keine Ahnung, daß sie es mir vererbt hatte ...« Der Mann blickte auf. »Annähernd fünfzig Jahre hat sie dort gewohnt, und sie liebte den Garten ...«

Isabelle kam ihr wieder in Erinnerung, an einem Sommertag über ihre Rosen gebeugt oder wie sie in der engen Küche mit den gestrichenen Backsteinwänden Tee zubereitete.

Sicherlich würde Jonathan die altmodische Küche verändern wollen, dachte Kate, die Vorratskammer mit der grüngestrichenen Tür und dem lockeren Haken und die vom Alter gezeichneten Holzregale. Jonathan würde die Küche verändern wollen, Jonathan würde die Risse im Steinfußboden und die Türen, die niemals wirklich abschlossen, verändern wollen. Er würde die Gemälde und die Gardinen herunternehmen wollen. Isabelle besaß sogar noch ein hölzernes Spülbecken, das von der Benutzung fast weiß gebleicht und glatt wie Stein war. Sie hatte Jonathan vor Augen, wie er die Lippen spitzte und alles kritisch unter die Lupe nahm. Er mochte gerne alles ordentlich haben. Sie konnte sich ihn vorstellen, wie sein Blick über Isabelles nicht zueinander passende Tassen schweifte, in die sie Kräuter gepflanzt und sie auf das Regal gestellt hatte. Die Fenster zierte ein verwittertes, eingeritztes Muster am Rand. Und sie waren zugig …

»… genehm?«

»Wie bitte?« fragte Kate.

»Wäre Ihnen der Nachmittag genehm?«

»O … ja.«

»Um zwei Uhr in Lovatt?«

»Ja …«

»Dann könnten wir vielleicht gleich anschließend nach *Kilcot Down* fahren?«

»Dazu müßte ich erst Rücksprache mit Herrn Reeve halten. Er arbeitet in seiner Praxis im Haus.«

»Möchten Sie ihn jetzt gleich anrufen, um ihn zu fragen?«

»Nein. Im Augenblick ist er beschäftigt. Ich rufe Sie gegen Mittag noch einmal an.«

»Gut. Und jetzt sagen Sie mir doch noch, wo genau das Haus in Lovatt liegt.«

Ich wollte gerne hier leben.

Ein Haus hat Sie von Ihrem Mann ferngehalten?

Nicht nur das Haus …

Was dann?

Diese Gegend …

Es liegt an der Ecke nahe dem Steinkreuz.

War dies Ihrer beider Zuhause?

Ja, unser Zuhause.

Ach, Isabelle, dachte sie. Wo bist du? Was ist dir denn nur zugestoßen? Komm und sage mir, was ich tun soll.

»Entschuldigen Sie mich«, sagte sie.

Der Makler beobachtete peinlich berührt, wie sie ihre Handtasche nach einem Taschentuch durchwühlte. »Tut mir leid«, meinte sie. »Das ist … alles … aber …«

Er stand eilig auf und schloß die Tür. Die beiden jungen Frauen im Vorzimmer reckten die Hälse, um zu sehen, was vor sich ging.

»O mein Gott«, sagte er. »O Gott, o Gott, o Gott.« Offenbar war er den Umgang mit weinenden Frauen nicht gewohnt.

»Es geht mir schon wieder gut«, sagte sie.

»Ich hole Ihnen ein Glas Wasser.«

Sie winkte ab. »Nein, ist schon gut.« Sie schneuzte sich. »Es ist nur … es ist doch erst eine Woche her …«

»Ich verstehe, wie bewegt Sie sind. Sind Sie sich auch sicher, daß Sie die ganze Sache schon angehen möchten?«

»Ja, mein Mann meint, wir sollten es tun.«

Augenblicklich wurde ihr klar, wie beschämend lahm sich das anhörte. Vor einem Monat noch hätte sie so etwas nicht über die Lippen bringen können. »Zumindest haben wir es besprochen und dachten …«

»Es ist sehr kurz nach dem Todesfall, finden Sie nicht?«

»Ja.«

»Wenn Sie ein, zwei Monate abwarten, erscheint Ihnen alles viel klarer. Und auch ruhiger.«

Sie blickte dankbar zu ihm auf. »Eigentlich will ich das Haus in Lovatt überhaupt gar nicht verkaufen.«

Der Mann lächelte. »Da sind Sie doch eben immerhin zu einer Entscheidung gekommen, nicht wahr?«

Sie lächelte zurück. »Mein Mann meinte, er könne seine Praxis ohne große Umstände dorthin verlegen.«

»Dann sollte der Besichtigungstermin vielleicht doch nur für *Kilcot Down* sein?«

»Ja.« Sie stand auf und nahm Tasche und Mantel. »Vielen Dank für Ihre Geduld.«

»Keine Ursache.« Er öffnete ihr die Tür. »Sie rufen mich an?«

»Ja. Und vielen Dank noch mal.«

Sie trat aus dem Büro und hielt kurz auf der Straße inne, um sich die Tasche über die Schulter zu hängen. Liebevoll gedachte sie des Clarice-Cliff-Gemäldes an der Wand, des mit Bücherregalen ausstaffierten Wohnzimmers, alles so beengt und vollgestopft. Sie versuchte sich auszumalen, wie sie Jonathan davon, ohne einen weiteren Streit zu provozieren, erzählen könnte. Wie sie ihm erzählen könnte, daß er Isabelles Haus überhaupt nicht verändern durfte ... Und jetzt erst, in diesem Augenblick, als sie sich Jonathan in dem vollgestopften, dunklen vorderen Zimmer vorstellte, erinnerte sie sich genau an das, was er gestern bei Manners gesagt hatte.

Sie waren zusammen die Straße entlanggegangen, als er gesagt hatte ...

... dieses vordere Zimmer ...

Jonathan hatte das *Linen*-Haus noch nie zuvor gesehen. Und doch hatte er gesagt ...

... man müßte es aufhellen.

Dieses vordere Zimmer aufhellen ...

Gegen Mittag kehrte sie nach *Kilcot House* zurück.

Es standen keine Autos in der Auffahrt, doch die Tür zum Sprechzimmer war geschlossen, und Kate konnte Jonathans Stimme am Telefon hören.

Sie ging ins Wartezimmer und sah sich um. Sie fühlte sich ausgesprochen unwohl und wollte mit Jonathan reden, konnte sich jedoch andererseits keine Unterhaltung vorstellen, in der sie als gleichberechtigter Gesprächspartner anerkannt wäre.

Eine lange Zeit stand sie am Fenster und blickte ins Grüne. Quälende Unentschiedenheit plagte sie. Sie fühlte sich verloren in einer sich schnell verändernden Landschaft. All ihre normalen Routinebeschäftigungen hatte sie aufgegeben. Sie hatte die Zeitung verlassen, ihre Wohnung, ihr Leben als alleinstehene Frau – und all das innerhalb von zwei Wochen. Es kam ihr so vor, als hätte sie alle Brücken hinter sich abgebrochen. Und sie hatte sich an den erstbesten Strohhalm geklammert, der sie nun zu erdrücken drohte – Jonathans ständige, bohrende Sorge drohte sie zu ersticken.

Auf dem Tisch lag ein Stapel Briefe. Sie setzte sich und ging sie durch, sie waren jedoch alle an Jonathan adressiert. Einer war von einem Hotel in Tresco. Ohne die geringste Spur von Aufregung oder Interesse fragte sie sich, ob Jonathan sie dort zu ihren Flitterwochen hinführen wollte. Sie fühlte sich, als ob sie sich zwanzig Jahre zurückentwickelt hätte, als jeder Aspekt ihres Lebens zwar liebevoll, aber unausweichlich von jemand anderem bestimmt worden wäre. Das war einer der Gründe gewesen, weshalb sie ihren Onkel und ihre Tante ohne noch einmal zurückzublicken verlassen hatte, als ihre Mutter wieder auf der Bildfläche erschienen war. Sie konnte es einfach nicht ertragen, eingeengt zu werden.

Ich sollte nicht heiraten, dachte sie. Die Vorstellung löste Widerwillen in ihr aus.

Sie ließ den Umschlag fallen und starrte in die Luft. Dann stand sie auf, ging den Flur bis zu seiner Tür entlang und hielt inne, ihre Hand halb zum Türgriff erhoben.

»Die Frage macht Sie wütend.«

Das klang ihr sehr vertraut. Sie runzelte die Stirn und hielt den Atem an.

»Nein«, hörte sie ihn sagen. »Hören Sie mir auch zu? Hören Sie mir auch wirklich zu?«

Es entstand ein Schweigen, als er ihre Antwort abwartete. »Warum werden Sie immer wieder von allen verlassen?« fragte er.

Kate sprang von der Tür zurück, als ob sie von einem elektrischen Schlag getroffen worden wäre. Es war dieselbe Frage, dieselbe Tonlage. Sie hörte, wie er mit derselben gleichförmigen, plätschernden Stimme lockte und beschwichtigte. Sie konnte die Worte nicht mehr eindeutig heraushören, da sie etwas zurückgetreten war, aber den Tonfall erkannte sie.

Diese leicht überlegene, zerstörerische Bestimmtheit. Sie drehte sich um und rannte die Treppe zum Schlafzimmer hinauf.

41

George stieg wie in Zeitlupe aus seinem Auto aus.

Er hatte das Gefühl, als ob er bereits Wochen und nicht erst ein paar Tage nicht mehr zu Hause gewesen sei. Sein Körper schmerzte wie nach langer Folter – er hatte entweder stundenlang steif und aufrecht in seiner Zelle gesessen oder aber war verhört worden. Seine Kleidung klebte an ihm und roch nach all seiner Angst. Er würde sie ausziehen und verbrennen, dachte er, während er den Wagen abschloß. Er sehnte sich nach einem Bad und danach, in seinem eigenen Bett zu schlafen. Er betrat das Haus, riß sich den Mantel vom Leib und legte sich auf das Sofa im Wohnzimmer. Um ihn herum war es vollkommen still. Er vermißte China. Er sollte gleich gehen und sie von den Nachbarn holen. Kate hatte sie etwas weiter unten in der Straße abgegeben. Er vergrub das Gesicht in den Händen und weinte lautlos. Es dauerte zwanzig Minuten, bis er merkte, wie dumm – wie bejammernswert dumm – es doch war, ganz allein im Dunklen zu weinen. Er setzte sich auf und blickte sich um. Was er getan hatte, konnte er nicht mehr rückgängig machen. Außerdem bot es einen gewissen Trost, daß er es ihnen gestanden hatte.

Siebenundvierzig Jahre sind eine lange Zeit für ein Geheimnis.

Er knipste die Tischlampe an. Augenblicklich kam ihm Herr Angel in den Sinn, so wie er ihm während der vergangenen Stunden häufig in den Sinn gekommen war. Das schlimmste daran war – sein Blick wanderte von seinem eigenen Spiegelbild in einem Spiegel ganz hinten an der Wand –, daß Angel, selbst ohne Familie und mit nur wenigen Freunden, seinen gesamten Laden George vermacht hatte. Angel war der Grundstein von allem, was George heute besaß: den Laden, das Haus, seinen Ruf, seinen Reichtum und all die Annehmlichkeiten, die er sich gönnte.

Der alte Mann hatte gerade sein Testament zugunsten von George gemacht, als er – sicherlich innerlich über seinen geheimen Scherz lachend – George lediglich das Zigarettenbild vom Weihnachtsbaum gegeben hatte.

Kurz darauf hatte der Junge ihn umgebracht, weil er die Kapelle haben wollte. Nicht daß George ihn vorsätzlich umgebracht hatte. Er wollte Angel lediglich einen Augenblick lang zurückhalten, ihn überraschen, möglicherweise auch schockieren. Er hatte es aus jugendlich verletztem Stolz und aus einer gewissen Gereiztheit heraus getan. Die Plötzlichkeit, mit der Angel nach dem Schlag in sich zusammengefallen war, hatte ihn tief erschrocken. In seiner Unschuld hatte George angenommen, daß es eines Mannes bedurfte, um einen anderen Mann zu töten. Nicht einen Augenblick lang hatte er geglaubt, daß ein einziger kleiner Schlag mit der Bronzestatue dies bewirken konnte. Diese eine irrationale Tat hatte er im Alter von dreizehn Jahren begangen. Ein netter, gelegentlich etwas boshafter alter Mann hatte einer Zinnfigurenkapelle wegen dran glauben müssen.

Das Testament wurde nicht angefochten.

Schließlich hatte die Polizei ihm nichts nachweisen können. Es wurde schlußendlich davon ausgegangen, daß in der Nacht ein Einbruch stattgefunden hatte und daß das, was George ausgesagt hatte – daß er nämlich Angel am frühen Morgen so vorgefunden hätte –, der Wahrheit entsprach. Was für eine Wahrheit, dachte er. Lüge wäre wohl die richtigere Bezeichnung.

Er war ein spindeldürrer Junge gewesen, der das Erbe erst mit einundzwanzig Jahren antreten konnte. Als er seinen Wehrdienst hinter sich gebracht und wieder in seine Heimatstadt zurückgekehrt war, war sein Erbe auf elftausend Pfund angestiegen. Er hatte das Geld abgehoben und war weggezogen.

Heute morgen hatte man ihn vorläufig freigelassen, nachdem er einen Mord als Jugendlicher vor siebenundvierzig Jahren gestanden hatte. Die Polizei ging nicht davon aus, daß er eine Gefängnisstrafe würde absitzen müssen. Abgesehen davon hatte man ihm mitgeteilt, daß die Fingerabdrücke auf dem Armband einem Kriminellen aus London gehörten. Das war eine Tatsache, die die Polizei offenbar ebensosehr verblüffte wie ihn selbst. Die DNA-Überprüfung von Maggie Spence war ebenfalls mit seiner nicht vereinbar, noch war es das einzelne Haar, das man in Isabelle Brownings Hand gefunden hatte.

Doch ein klein wenig Gnade, dachte er und stand auf. Ein wenig Gnade für seine längst überfällige Schuld.

Er ging in die Küche und öffnete den Kühlschrank. Er nahm die Zutaten für ein Sandwich heraus und dachte über die anderen, nicht so gravierenden Dummheiten nach.

Beispielsweise Unsummen zur Befriedigung einer vorübergehenden Laune hinzublättern oder einer Frau nachzustellen, die gerade halb so alt war wie er selbst. Noch so eine bodenlose Dummheit. Was Kate McCaulay von ihm gedacht haben mußte, wollte er sich lieber gar nicht erst vorstellen. Sie hatte ihm gegenüber bemerkenswert viel Geduld aufgebracht. In letzter Zeit hatte er ihr das Leben wahrscheinlich ziemlich schwergemacht. Es war ein Wunder, daß ihr Freund, dieser Jonathan Reeve, ihn deshalb nicht umgelegt hatte.

Er legte das Messer weg, mit dem er die Butter auf dem Brot verteilt hatte, drehte sich abrupt um und nahm den Haustürschlüssel in die Hand.

Jetzt wollte er China abholen.

Und nach seiner Rückkehr würde er im Haus bleiben. Keine Einkäufe, keine Verkäufe, keine Menschen um ihn herum. Und zwar so lange, bis der Schrecken wieder auf ein erträgliches Maß zusammengeschrumpft war.

42

Die Lichter der Brücke, die Windschutzscheibe in orangene und dunkle Streifen tauchend, weckte sie.

Kate öffnete die Augen und sah die ihr einst so vertraute Landschaft: London in der Dunkelheit, die Dächer und Straßen unter ihr, die erleuchteten Fenster flogen an ihr vorbei.

Sie richtete sich im Beifahrersitz auf und rieb sich die Augen. Der Wagen verlangsamte, als er auf eine Ampel zufuhr. Sie blickte zu Jack Seward auf.

»Geht es dir jetzt besser?« erkundigte er sich.

»Wie spät ist es?«

»Kurz vor fünf.«

Sie setzte sich auf. »Was glaubst du, wie lange wir brauchen werden?«

Er zuckte mit den Schultern und legte den Gang ein, als die Ampel auf grün schaltete. »Jetzt im Berufsverkehr vielleicht eine halbe Stunde.«

»Wo sind wir?«

»In Hammersmith.«

Als sie Earls Court erreicht hatten, bekamen sie den Berufsverkehr voll zu spüren. Selbst in Seitenstraßen kamen sie lediglich im Schrittempo voran. Sie erreichten Embankment und bogen Richtung Blackfriars ab. Kate blickte auf die Uhr am Armaturenbrett. Als sie in die Nähe von Lincoln's Inn Fields kamen, fragte sie: »Wo willst du den Wagen abstellen?«

»Hier«, erwiderte Jack und riß das Lenkrad in Richtung der letzten noch freien Parklücke mit Parkuhr herum.

»Jack«, warnte ihn Kate. »Eine Frau in einem BMW wollte gerade rückwärts auf diesen Platz einparken.«

»Wollte sie nicht«, brummte er.

Sie stiegen aus und gingen die engen Gassen um Lincoln's Inn entlang. Sie passierten Grünflächen und Bänke, drängten sich an den vielen Menschen vorbei, die zur Untergrundbahn eilten, kreuzten dann die Chancery Lane. Kate hatte einen bekritzelten Zettel aus ihrer Tasche gezogen und hielt ihn in der Hand.

»Welche ist es denn?«

»Eine von den schmalen Gassen ... hier«, erwiderte sie und blickte auf das Schild an einem Gebäude über ihr. Sie betraten einen dunklen Hinterhof.

»Welche Nummer?«

»Die 4a.«

Sie blickten die Reihenhäuser entlang, die von schwarzen Eisenzäunen abgegrenzt waren.

»Das hier ist die Nummer sechzehn, es muß noch etwas weiter hinten sein.«

An dem letzten schmalen Haus aus rotem Ziegelstein waren mehrere Briefkästen der verschiedenen Büros angebracht. Manche der Namen auf den kleinen Namensschildern waren von der Feuchtigkeit angegriffen, andere waren mit der Hand geschrieben. Der Name der Agentur jedoch war auf eine Visitenkarte getippt.

»Hier ist es«, sagte Kate, nachdem sie mit dem Finger das Klingeltableau abgefahren war. Sie drückte auf die Klingel. Sie sahen einander etwas außer Atem an und lächelten. »Das sollten wir nicht noch einmal machen«, meinte Jack. »Für ein solches Tempo bin ich nicht geschaffen.«

Sie drückte noch einmal auf die Klingel. »Komm schon«, flüsterte sie. Dann wandte sie sich an Jack: »Wie spät ist es?«

»Zwanzig vor sechs.«

»Laut ihrer Auskunft haben sie bis sechs Uhr geöffnet.« Sie trat zurück und blickte an dem Gebäude hinauf. In mehreren Etagen brannte Licht. Sie drückte die Klingel zweimal hintereinander und lehnte sich gegen die Tür.

Die Tür ging auf. Eine Frau Ende Fünfzig trat heraus, zog sich ihren Mantel über und ließ sie ohne weitere Nachfragen ins Haus.

Sie eilten immer zwei Stufen auf einmal die Treppe hoch. Vier Stockwerke. Unterschiedlich hohe Stufen. Die Tür im vierten Stock war verschlossen. Einen Augenblick lang starrten sie auf den Namen der Agentur.

»Verdammter Mist«, brummte Kate. Plötzlich verließen sie die Kräfte, und sie setzte sich auf die oberste Stufe, wo sie den Zettel zu einem Bällchen zusammenknüllte. »Sie haben sechs Uhr gesagt. Ich habe mich genau erkundigt, und sie haben sechs Uhr gesagt.«

Jack setzte sich neben sie. Eine Weile lang schwiegen sie beide und hörten die gedämpften Geräusche auf der Etage über ihnen – wie Schränke geschlossen und Maschinen angestellt wurden. Jemand sagte etwas und lachte: Teil eines Telefongesprächs.

»Willst du es mir jetzt sagen?« fragte Jack.

Sie blickte zu ihm auf. »Dir was sagen?«

»Was das alles soll?«

Sie wandte den Blick wieder ab und bewegte das Papierbällchen in ihren Händen. Um zwei Uhr nachmittags war sie mit einem kleinen Köfferchen bei Jack zu Hause im Taxi vorgefahren und hatte ihn gebeten, sie zur Agentur nach London zu fahren. Er hatte keinerlei Fragen gestellt, lediglich zugestimmt.

»Eine Erklärung bin ich dir wohl schuldig«, meinte Kate.

»Nein«, entgegnete er. »Du bist mir überhaupt nichts schuldig. Aber wenn du es mir sagen möchtest, würde ich zu gern erfahren, worum es hier geht.«

Lächelnd erhob sie sich. »Laß uns etwas essen gehen«, meinte sie.

»Ich bin pleite.«

Sie war bereits ein paar Stufen die Treppe hinuntergegangen und blickte wieder zu ihm auf. »Das macht nichts«, erwiderte sie. »Ich bin es nicht.«

Sie gingen in eine Sandwich-Bar. Sie holten sich die letzten der schon leicht angetrockneten Brötchen und setzten sich in die Nähe des Fensters, mit Blick auf die vorübereilende Menschenmenge.

»Hier in der Gegend habe ich gearbeitet«, sagte Kate. Sie beobachtete die Gesichter der Fußgänger. »Immer viel los hier ... genau wie jetzt.« Als sie ihr Sandwich halb aufgegessen hatte, stieß sie ihren Teller zurück, stellte die Plastiktasse darauf ab und umklammerte sie mit beiden Händen. »Wo wir eben gerade waren, in Lincoln's Inn, habe ich Badminton gespielt. Hast du den Platz gesehen, dort auf der Grünfläche, wo die Bänke standen? Unsere Zeitung hatte eine Mannschaft zusammengestellt.« Lächelnd blickte sie auf die Tasse. »Wir waren miserabel. Schon nach einer Saison flogen wir aus der Liga raus.«

Jack hatte ihren nostalgischen Gesichtsausdruck bemerkt. »Warum ziehst du denn nicht wieder hierher?« fragte er. »Du könntest dir eine Stelle suchen.«

»Nein, das könnte ich nicht. Dazu bin ich zu eingerostet.«

»Du ...«

»Es ist ein anderes Leben, und ich möchte es nicht wieder aufleben lassen. Es würde nicht gutgehen.«

Das Personal hatte die Glasvitrinen fertig geputzt und wartete nun darauf, daß Jack und Kate gingen.

»Laß uns etwas laufen«, schlug Kate vor.

Sie gingen hinaus. Nach einer Minute wurde Jack klar, daß Kate mit »laufen« auch wirklich laufen gemeint hatte. Er fragte sich, wann sie endlich ihrer Erschöpfung nachgeben würde. Eine Erschöpfung nicht des heutigen Tages, wie es ihm schien, sondern die bereits längere Zeit andauerte. Sie erreichten St. James Park, dann Green Park, dann kreuzten sie die Straße zum Hyde Park Corner, schließlich gingen sie in den Hyde Park hinein. Endlich und zu Jacks großer Erleichterung verlangsamte Kate ihre Schritte. In der Nähe der Serpentine hielt sie an, setzte sich auf eine Bank und blickte über den Teich.

Sie beobachteten ein vorübereilendes Paar. Kate hatte ihr Herannahen bereits seit einigen Minuten betrachtet. Als Jack bereits meinte, sie würde gar nichts mehr sagen, murmelte sie leise: »Ich habe etwas sehr Dummes getan.«

Er wandte sich ihr aufmerksam zu. Sie saß vornübergebeugt und mit verschränkten Armen da. »Ich habe versprochen ihn zu heiraten, und ich weiß nicht mal, wer er ist.«

»Jonathan?«

»Ja.«

Er atmete tief durch. »Gelegentlich sind diese raschen Entscheidungen genau die richtigen. Vielleicht hat es so sein sollen.« Das entsprach überhaupt nicht dem, was er meinte, doch glaubte er, daß sie seine Bestätigung suchte.

»Meist sind es wohl eher richtige Katastrophen«, erwiderte sie.

»Warum hast du ihm dann ja gesagt?«

Sie schüttelte den Kopf. »Ich habe nicht wirklich ja gesagt. Er will mich heiraten. Und er sagt mir, daß ich es auch will.«

Jack lächelte gequält. »Er sagt es dir?«

»Er kümmert sich um alles. Sogar um das Kleid.«

Jack wußte, in welchem Minenfeld er sich befand, und wählte seine Worte vorsichtig. »Vielleicht will er einfach nur der Bestimmende sein.«

»Ja, aber ...«

»Aber was?«

Sie stützte die Ellenbogen auf die Knie, ließ das Kinn auf die Hände sinken und starrte auf den Boden. »Er hat mich aufgegabelt. Er hat sich um mich gekümmert. Während wir verreist waren, fiel es so leicht, ihm die Kontrolle zu überlassen. Es war gemütlich ... es war eine Erleichterung.«

»Und jetzt?«

Gequält blickte sie zu Jack auf. »Jetzt scheint er darauf versessen zu sein, mich wie ein Stück mißlungene Näharbeit auseinanderzunehmen. Stich für Stich, Naht für Naht.«

»Kannst du dich denn nicht für eine Weile zurückziehen?«

Sie lachte leise. »Du kennst Jonathan nicht.«

»Ich will ihn auch nicht kennenlernen.« Ganz leicht berührte er ihren Arm. »Wenn er dich so manipuliert, dann gehe einen Schritt zurück. Warum denn nicht?«

Sie schien laut zu denken. »Heute habe ich mitgehört, wie er genau dasselbe mit einer anderen Person gemacht hat. Das ist Therapie ... angeblich jedenfalls ..., etwas einzureißen und es dann wieder aufzubauen.« Sie blickte auf. »Warst du jemals bei einem Therapeuten?«

»Nein«, erwiderte er. »Sie würden mich in eine geschlossene Anstalt einweisen.«

Sie lächelte, lachte aber nicht. »So etwas macht man heute nicht mehr«, sagte sie. »Sie hören sich jeden Gedanken an. Jeder Gedanke ist wichtig. Jedes Wort ist wichtig. Jeder Traum, jede Vorstellung, jede Erfahrung, jedes Bild in deinem Kopf.« Sie strich sich mit der Hand über das Gesicht. »Als ich ihn letztes Jahr das erste Mal für ein Interview getroffen habe, erzählte er mir, er würde Menschen von ihren Phobien befreien. Angst vorm Fliegen, Angst vor Spinnen und andere Obsessionen. Er erklärte mir, wie fragil eine Persönlichkeit sei und daß wir von unseren Kindheitserlebnissen geprägt wären. Er erzählte mir, wie wichtig das alles sei. Doch alles, was er in den letzten Tagen gesagt hat, widerspricht dem.«

»Inwiefern?«

»Er behauptet, meine Mutter habe mich nicht geliebt … und Jamie nicht und Richard auch nicht.«

»Wie bitte!«

Sie schwieg, während ihr Blick über Jacks Gesicht glitt. »Ich bekomme nichts zustande, ich mache einfach gar nichts richtig.« Sie blickte ihn immer noch an. Ihr einer Mundwinkel war eingeklemmt, weil sie auf der Lippe kaute.

Jack beugte sich vor. »Was ist er denn von Beruf, Psychiater? Psychologischer Berater? Was genau?«

»Psychotherapeut.«

»Welche Ausbildung hat er absolviert?«

»Das weiß ich nicht.«

»Weißt du eigentlich, daß sich in dem Geschäft jeder niederlassen kann? Jeder Möchtegern. Es gibt kein Gesetz, das das regelt.«

»Ja, das weiß ich.«

»Vor kurzem gab es zu diesem Thema eine Sendung im Fernsehen. Es gibt keine Reglementierungen. Sie können sich nennen, wie sie wollen … es hat nichts zu bedeuten. Natürlich sind die meisten von ihnen in Ordnung, haben ihre Ausbildung absolviert und alles. Aber niemand hält die anderen von ihrem Tun ab.«

»Ich weiß. Er praktiziert aber schon recht lange.«

»Wie lange?«

»Nun … ganz sicher bin ich mir nicht. Seit einigen Jahren jedenfalls.«

»Immer am selben Ort?«

»Nein. Ich glaube mich zu erinnern, daß er gesagt hat, er sei vor ein paar Jahren hierher gezogen.«

»Es könnte jede Menge Beschwerden über ihn geben, ohne daß du irgend etwas darüber erfahren würdest. Wie viele Patienten hat er denn?«

»Viele. Auf dem Boden steht ein Aktenschrank. Vier Schubladen voller Patientenkarteien.«

»Hast du sie gesehen?«

»Sie sind unter Verschluß.«

Jack dachte einen Augenblick schweigend darüber nach. »Hast du jemanden das Haus betreten sehen?«

»Bis jetzt waren es vier Leute.«

»Was für Leute?«

»Weiblich ...« Sie zögerte. »Sehr durcheinander.«

»Alle?«

»Zu irgendeinem Zeitpunkt während ihrer Therapiestunde, ja.«

»Hast du zugehört?«

»Ich kann sie hören ... Aber schließlich würden sie nicht kommen, wenn sie keine Probleme hätten, oder?«

»Weinen sie so laut, daß du sie hören kannst?«

Sie seufzte. »Aber ja.«

»Bringt er dich auch zum Weinen?«

Ihr Schweigen wurde jetzt länger und angespannter. »Ja«, gab sie zu.

Jack brachte kein Wort über die Lippen. Die Vorstellung, daß Jonathan Reeve Kate tyrannisierte – nach all dem, was in letzter Zeit vorgefallen war –, brachte sein Blut zum Kochen. Seine rechte Hand zuckte vor Verlangen, dem Mistkerl ins Gesicht zu schlagen. Plötzlich stand Kate auf, trat ein paar Schritte vor und blickte starr auf das Wasser. Dann wandte sie sich um.

»Seit zehn Tagen habe ich keine Briefe mehr erhalten.«

Er hob wortlos und fragend die Augenbrauen. »Ich hatte

eigentlich erwartet, in meiner Wohnung gestern etwas vorzufinden, aber es war nichts da.«

Jack stand ebenfalls auf. »Und?«

Sie starrte ihn schweigend an. Dann nahm sie zu seinem Erstaunen und zu seiner Freude seinen Arm.

»Ich werde morgen früh noch einmal bei der Agentur vorbeischauen«, sagte sie und wechselte auf diese Weise schnell das Thema. »Aber bitte fühle dich nicht verpflichtet zu bleiben.«

»Natürlich bleibe ich«, erwiderte er. »Wie willst du denn sonst wieder nach Hause kommen?«

»Ich kann den Zug nehmen.«

»Na, das gefällt mir aber! Erst muß ich mit dir durch das halbe Land fahren, und dann willst du mich ausgerechnet dann los werden, wenn es interessant zu werden beginnt.«

»Ich hatte an dich gedacht«, protestierte sie. »Wenn du zurückfahren willst, möchte ich dich nicht zurückhalten.«

»Warum sollte ich zurückfahren?«

»Nun, das weiß ich nicht ...«

»Also, wenn du jetzt lieber alleine ...«

»Nein«, unterbrach sie eilig. Sie waren mitten auf dem Bürgersteig stehengeblieben und sahen einander an. »Nein«, wiederholte sie. »Das habe ich nicht gemeint.«

43

Kilcot House lag in der Dunkelheit.

Es war kurz vor Mitternacht, und die Konturen im Garten und in den dahinter liegenden Feldern wurden durch den fahlen Schein des Viertelmondes betont. An den Fensterscheiben des unbeheizten Dachbodens hatte sich bereits Frost gebildet.

Jonathan Reeve war allein im obersten Zimmer des Hauses,

das er für Kates Ankunft geräumt hatte. Er saß auf dem Fußboden und starrte ins Nichts.

Neben ihm auf dem Boden lag ein Brief, den er bereits ein dutzendmal gelesen hatte.

Gib mir etwas Zeit. Ich rufe dich an.
Kate.

Er hatte gehört, wie sie das Haus verließ. Hatte sie die Treppe herunterkommen gehört und die Haustür sich öffnen und wieder schließen gehört. In dem Augenblick war ihm die Gefahr nicht bewußt gewesen. Da er darauf bestanden hatte, daß sie ihm genau sagte, wohin sie jeden Tag ging, hatte er angenommen, sie würde lediglich in den Vorgarten gehen oder vielleicht etwas aus dem Auto holen. Er hatte der Anruferin nur mit halbem Ohr zugehört, ungeduldig über die gewohnten Klagen, denn er lauschte, ob er den Motor von Kates Auto hören konnte. Dann hätte er sofort den Hörer fallen lassen und wäre ihr hinterhergerannt.

Doch sie war nicht ins Auto gestiegen.

Er hörte die sich entfernenden Schritte in der Auffahrt. Wieder einmal ein nicht genehmigter Spaziergang. Angesichts ihrer Ausdauer und Fähigkeit, sich ihm zu widersetzen, biß er die Zähne zusammen.

Andererseits hatte genau darin die Anziehung gelegen. Abgesehen von den offensichtlichen und praktischen Gründen, weswegen er sie heiraten mußte. Diese Gründe aber wollte er erst einmal beiseite lassen.

Nein, es war ihre Weigerung, nachzugeben und sich schwächen zu lassen, die die besondere Anziehung dieses Spiels ausgemacht hatte. Kate McCaulay, die zehn Jahre zwischen Qual und Genesung schwankend verbracht hatte, konnte er nicht innerhalb von zwei Wochen knacken. Eine wunderbare Vorstellung, die Angelegenheit noch über Wochen, wenn nicht gar über Monate auszudehnen, wenn sie erst einmal verheiratet waren. Vielleicht sogar ein ganzes Jahr – oder zwei. Sie würde ihm möglicherweise ein ganz besonderes Vergnügen bereiten, wenn sie zusammenbrach, und ihm vielleicht Tiefen der Verzweiflung offenbaren, für deren Erkundung er sich bisher noch nicht die Zeit genommen hatte. Das war es, was ihn anzog. Das war der Schlüssel. Dennoch hatte sie ihn überrascht. Er hatte ihr viel zugemutet, ihr viel an den Kopf geworfen. Dennoch hielt sie den Kopf hoch ... *Mir geht es gut.* Wenn er allein war, lachte er darüber. Manchmal mußte er ein anderes Zimmer aufsuchen und die Hände vors Gesicht gepreßt losprusten. Wie sie ihn anblickte und sich weiterhin stur zeigte! Als ob sie den Kampf jemals gewinnen könnte.

In den letzten paar Tagen jedoch hatte er einen Riß in ihrer Selbstkontrolle bemerkt. Einen ganz kleinen Riß nur. Sie brauchte beispielsweise sehr lange, um einzuschlafen. Ihre Hände zitterten ein wenig, wenn sie irgendwelche Kleinigkeiten verrichtete.

Gib mir etwas Zeit. Ich rufe dich an.

Er versuchte, seine Wut zu besänftigen. Mit Ärger hatte er bisher noch nichts erreichen können. Ausdauernde, mitleidlose und unnachgiebige Geduld hatten ihn an die Schwelle seiner Belohnung gebracht. Obwohl die Jagd fast genauso ersprießlich war, wie er zugeben mußte. Viel, viel besser mit Kate als mit irgend jemandem zuvor. Im Dunklen blickte er auf den Brief, obwohl es unmöglich war, die Worte zu entziffern. Er hätte nicht sagen können, wie lange er schon hier oben gesessen und darüber nachgegrübelt hatte, wie er weiter vorgehen sollte. Es mußten wohl an die sechs, sieben Stunden gewesen sein ... vielleicht sogar acht Stunden, seitdem die Sonne untergegangen war.

Am Nachmittag, als er der Anruferin ein paar Minuten lang zugehört hatte, hatte er den Hörer abgelegt und immer noch die hohe, weinerliche Stimme am anderen Ende der Leitung vernommen, schwach und gebrochen … und hatte aus dem Fenster nach Kate geschaut.

Gerade noch rechtzeitig, um ein Auto die Straße entlangfahren zu sehen. Etwas Weißes.

Die Hexe hatte sich ein Taxi bestellt.

Sofort war er aus dem Haus zu seinem Auto gerannt, wo er fluchend feststellen mußte, daß der Schlüssel nicht in seiner Tasche war. Nachdem er wieder ins Haus zurückgegangen, den Schlüssel geholt und zurück am Auto war, war ihm klar, daß er sie nicht mehr einholen konnte. Dennoch hatte er das Auto angelassen und versucht, es an ihrem vorbeizumanövrieren. Sie hatte es quer über die Auffahrt geparkt stehen lassen – in voller Absicht, soviel war ihm klar.

Er war wieder ins Haus zurückgekehrt, hatte ins Schlafzimmer geschaut, den geöffneten Schrank, die herausgezogenen Schubladen und die eilig hingekritzelte Notiz auf dem Bett vorgefunden.

Gib mir etwas Zeit. Ich rufe dich an.

O nein, Kate, dachte er.

Er nahm den Brief und begann, ihn langsam in tausend Stücke zu zerreißen.

O nein.

Es war keine Zeit mehr übrig.

44

Am nächsten Morgen standen Jack und Kate um neun Uhr erneut vor der Tür der Agentur. Die Eingangstür zum Haus hatte offengestanden, ebenso die Tür zum Büro im vierten Stock.

»Hallo?« fragte Kate und klopfte.

Als sie keine Antwort erhielten, traten sie ein. Das Zimmer war unordentlich und verdreckt, die Schreibtische mit Papierstapeln vollgestellt, und überall standen benutzte Kaffeetassen herum. An einem Computermonitor in der Ecke klebten Haftzettel. Die Papierkörbe quollen über. Sogar die Fensterscheiben waren schmutzig.

Kate drehte sich zu Jack um und hob kritisch die Augenbrauen.

Eine Tür ging auf, und eine Frau trat herein.

Welch Kontrast zu ihrer Umgebung, so groß und gepflegt wie sie war. Als sie die beiden bemerkte, hielt sie überrascht inne. Dann kam sie auf sie zu und zauberte aus Gewohnheit ein Lächeln auf ihr Gesicht. Sie trug einen auffallend rot karierten Anzug, und um ihren Hals hing eine schwere Perlenkette.

»Guten Morgen«, sagte sie. »Ich bin Anne Michaels. Sie sind sicher …«

»Kate McCaulay«, ergänzte Kate. »Jack Seward.«

Sie schüttelten sich die Hände.

»Sind Sie nicht etwas zu früh gekommen?«

»Bitte?«

Anne Michaels hatte sich dem nächsten Schreibtisch zugewandt und fuhr mit dem Finger einen Terminkalender entlang.

»Nein, wir haben keinen Termin. Aber ich hatte gestern angerufen.«

»Ach ja?« Anne Michaels Gesichtsausdruck erstarrte. »Ohne Termin geben wir keine Auskünfte.«

»Das verstehe ich«, erwiderte Kate. »Aber hier handelt es sich um eine etwas ungewöhnliche Bitte. Es wird nicht viel Zeit in Anspruch nehmen. Ich habe gestern angerufen und erklärt, daß wir gegen sechs bei Ihnen sein würden …«

»Tatsächlich?« hakte Anne Michaels nach. »Wer hat denn mit Ihnen gesprochen? Wir schließen nämlich um fünf.«

Kate ließ sich nicht in einen Streit hineinziehen. Sie hatte den Eindruck, daß es auch so schwierig genug werden würde. »Könnten wir Sie kurz sprechen?« fragte sie.

Frau Michaels musterte Jacks etwas zerknittertes Aussehen. »Worum handelt es sich denn?«

»Es geht um eine Freundin von mir«, log Kate und widerstand dem Impuls, in ihrem Rücken die Finger zu kreuzen. »Sie war vor ungefähr zehn Jahren bei Ihnen Mitglied. Ich habe sie aus den Augen verloren und ...«

»Wir geben die Adressen unserer Kunden nicht heraus«, fuhr Anne Michaels dazwischen.

»Das verstehe ich«, erwiderte Kate. »Aber hier handelt es sich um eine sehr wichtige familiäre Angelegenheit. Es ist ... eine medizinische Sache. Wir müssen sie finden.«

»Nun, da können wir Ihnen nicht helfen, tut mir leid. Haben Sie es schon einmal bei der Polizei versucht?«

Kate zögerte einen Augenblick. »Hier geht es um ein Kind.« Anne Michaels musterte sie, dann drehte sie sich um. »Kommen Sie mit in mein Büro.«

Der Unterschied zwischen dem Eingangsbereich und Anne Michaels Büro hätte größer nicht sein können. Frau Michaels merkte Kate und Jack die Überraschung an, lächelte und deutete auf zwei Stühle vor ihrem Schreibtisch. »Wir haben kürzlich zwei Bürokräfte verloren«, erklärte sie. »Es gibt noch eine Dame, aber wenn die Telefone erst einmal zu klingeln anfangen, dann ist es einfach die Hölle, das können Sie mir glauben.«

Kate lächelte. Sie ihrerseits hätte es nicht fertiggebracht, jeden Morgen durch diese Hölle zu gehen, ohne ihr nicht mit einem Eimer Wasser und einer großen Mülltüte zu Leibe zu rücken. Doch das ging sie nichts an und war unter den jetzigen Umständen auch vollkommen nebensächlich.

Anne Michaels ließ sich elegant ihnen gegenüber auf ihrem Stuhl nieder, schlug die Beine übereinander und faltete die Hände im Schoß. Sie wartete.

»Vor zehn Jahren«, begann Kate, »hatten Sie eine Kundin mit einem sehr außergewöhnlichen Namen. Sie hieß Meresamun ... Das war ihr Vorname. Sie war mit einem Amerikaner verheiratet.«

»Ja?«

»Können Sie sich an sie erinnern?«

Anne Michaels lächelte. »Wir haben sehr viele Kunden hier. Und so gut ist mein Gedächtnis nun auch wieder nicht.«

»Wir müssen sie unbedingt finden. Jemand hat uns gesagt, daß sie bei Ihnen registriert war und daß Sie ihre Anschrift haben.«

»Ich bezweifle, daß wir überhaupt noch ihre Unterlagen hier haben.«

»Aber Sie könnten doch einmal für uns nachsehen?«

Frau Michaels behielt ihr eisiges, freudloses Lächeln bei. »Nein, das verstößt gegen unser Gebot der Vertraulichkeit.«

»Aber ...«

Im Vorzimmer hörten sie jemanden hereinkommen und die Tür hinter sich schließen.

»Sind Sie das, Frau Collett?«

»Ja«, drang es gedämpft zu ihnen herüber.

Anne Michaels musterte Kate und Jack. »In unserem Geschäft geht es um sehr sensible Bereiche«, sagte sie. »Wir greifen in anderer Leute Leben ein. Unfruchtbarkeit kann eine sehr quälende Sache sein.«

»Ja, das ist mir klar ...«

»Und Sie haben mir noch nicht gesagt, wer Sie sind – beziehungsweise was Sie sind.«

Kate warf Jack einen Blick zu. »Wir sind eigentlich gar nichts. Ich meine, wir haben keine Arbeit – wir sind von niemandem beauftragt.«

»Im letzten Jahr gab es über uns einen Zeitungsbericht, durch den wir eine Menge Kunden eingebüßt haben. Eine sogenannte Nachforschung, die auf absurdem und vollkommen unfundiertem Klatsch beruhte. Das Paar hat vorgegeben, kinderlos zu sein. Dann stellte sich heraus, daß sie noch nicht einmal verheiratet waren. Es waren Reporter.«

»Wieviel berechnen Sie denn?« erkundigte sich Jack.

Frau Michaels warf ihm einen vielsagenden, eiskalten Blick zu. »Sie arbeiten für eine Zeitung, nicht wahr?«

»Nein.«

»Für irgendwelche Medien jedenfalls. Ich kenne den Tonfall, die Vorgehensweise.« Sie stand auf. »Ich kann Ihnen nicht helfen.«

Kate erhob sich ebenfalls. »Wir arbeiten für keine Zeitung und auch nicht für das Fernsehen«, protestierte sie. »Wir suchen ein Kind namens James Lydiatt.«

»Jamie ...?« Die Frau schien sich schwach an etwas zu erinnern.

»Er wurde als acht Wochen altes Baby entführt«, fuhr Kate fort. »Diese Frau – diese Meresamun – wußte, wo die Lydiatts wohnten. Sie wußte von Jamies Geburt. Damals war sie Ihre Kundin und wollte ein Baby adoptieren. Sie ist zum selben Zeitpunkt wie Jamie verschwunden.«

Frau Michaels warf Kate lediglich ein eisiges Lächeln zu. »Und Sie sind offensichtlich zu der Schlußfolgerung gelangt, daß sie dieses Kind gestohlen hat. Ihre Beweisgrundlage ist nicht sonderlich solide.«

»Mehr haben wir nicht. Sie mag unschuldig sein, vermutlich ist sie es sogar. Aber wir müssen mit ihr sprechen. Das können Sie doch sicher nachvollziehen?«

Anne Michaels umschiffte ihren Schreibtisch und musterte Kate eindringlich. »Wer sind Sie wirklich?« fragte sie.

»Ich bin Kate Lydiatt.«

Die beiden Frauen starrten einander einen Augenblick lang wortlos an. Kate wagte sich einen Schritt weiter vor. »Mein Baby wurde nie gefunden«, sagte sie. »Bitte helfen Sie mir.«

Frau Michaels schwieg. Einmal, nur ein einziges Mal, warf

sie Jack einen Blick zu. Dann ging sie abrupt auf die Tür zu. Obwohl sie ein klein wenig offenstand, riß sie sie jetzt weit auf.

»Ich fürchte, ich kann Ihnen nicht helfen«, sagte sie.

Kate warf Jack einen verzweifelten Blick zu. »Wir sind von weit hergekommen«, sagte sie. »Dies hier könnte sich als unsere einzige Chance erweisen ...«

Jack kam auf Kate zu und nahm sie sanft am Arm. »Kate hat Briefe erhalten, denen zufolge er noch am Leben sein soll.«

Nicht der Anflug einer Gefühlsregung war auf Anne Michaels Gesicht zu erkennen. »Es tut mir leid, daß Ihnen das widerfahren ist. Doch selbst wenn ich Ihnen unsere Unterlagen zeigen würde, gibt es keinerlei Garantie, daß wir noch etwas von vor zehn Jahren mit dabei haben. Wie Sie selbst sehen können, steht uns hier nur wenig Stauraum zur Verfügung. Die neueren Unterlagen speichern wir im Computer ein.«

Kate blickte in das Vorzimmer, wo genau die Frau saß, der sie gestern im Treppenhaus begegnet waren. Sie saß hinter ihrem Schreibtisch und blickte auf die Gruppe in Anne Michaels Büro. Ihre Hände ruhten regungslos auf einem Stapel Post.

»Es würde mir nichts ausmachen, die Karteikarten selbst durchzusuchen«, meinte Kate. »Wenn Sie mir die richtigen zeigen, werde ich Ihnen keine weiteren Mühen machen.«

Anne Michaels stieß ein kurzes, zischendes Lachen aus. »Unmöglich könnte ich Ihnen gestatten, sich die Karteikarten anzusehen«, sagte sie. »Und jetzt bitte, wenn Sie nichts dagegen haben ...«

»Aber ein solcher Name, so ungewöhnlich ...«

»Doch kein Nachname. Wir ordnen alles nach Nachnamen«, sagte Anne Michaels. Dann fügte sie noch sarkastisch hinzu: »Wie es den allgemein üblichen Gepflogenheiten entspricht.«

»Hören Sie ...«, setzte Jack zu reden an.

Anne Michaels schnitt ihm das Wort ab. »Nein, Sie hören jetzt, Herr Seward. Ich bin Ihnen noch nie zuvor im Leben begegnet. Sie kommen ohne Nachweis Ihrer Identität hier herein und verlangen, daß ich Ihnen persönliche Unterlagen zeige, die überhaupt nichts mit Ihnen zu tun haben. Ich habe schlicht und einfach nicht die Zeit, mit Ihnen lange Wortgefechte auszutragen. Ich habe einen Termin in ...« Sie blickte auf die Uhr. »... genau vier Minuten.«

»Nun«, entgegnete Jack kühl. »Dann sind Sie eine herzlose Hexe.«

»Jack!« rief Kate und zupfte an seinem Arm. »Laß uns gehen, komm schon.«

»Sie sind eine herzlose Hexe«, wiederholte er. »Kate sucht seit zehn Jahren nach ihrem Kind und Sie ...«

»Bitte, Jack«, wiederholte Kate.

»Ihr einziges Interesse besteht doch darin, verzweifelten Paaren extrem hohe Summen abzuknöpfen, nicht wahr? Das ist Ihre einzige Motivation.«

Anne Michaels sagte nichts, doch ihre Lippen hatten sich zu einer gefährlich schmalen Linie verengt.

»Es würde mich nicht weiter überraschen, wenn Sie Ihre Finger in einem dieser Babyschmuggelringe mit im Spiel hätten«, fuhr Jack fort.

Kate zerrte an seinem Arm, während Anne Michaels nach dem nächstliegenden Telefonhörer griff. »Wenn Sie jetzt nicht gehen, werde ich Sie von der Polizei abführen lassen.«

»Jack«, zischte Kate. »Komm jetzt!«

Sie mußte ihn buchstäblich ins Treppenhaus und den ersten Absatz hinunterzerren. Immer wieder drehte er sich nach der grünen Tür um, die man hinter ihnen zugeschlagen hatte. Auf dem zweiten Treppenabsatz kam ihnen ein junges Paar entgegen. In der Hand hielten sie die Visitenkarte der Agentur, und in ihren verkrampften Gesichtszügen spiegelten sich Mutlosigkeit und Verzweiflung.

Kate und Jack traten beiseite, um sie an sich vorbeizulassen. Schweigend blickten sie ihnen hinterher, bis sie nicht mehr zu sehen waren.

»Ich brauche etwas frische Luft«, brummte Jack.

Kate folgte ihm langsam auf die Straße hinaus. Sie setzten sich auf die Eingangsstufen eines noch geschlossenen Ladens gegenüber.

»Nun«, meinte Kate schließlich. »Das hast du ja prima hinbekommen. Erinnere mich daran, dich für den diplomatischen Dienst vorzuschlagen.«

Jack zuckte zurück. »Tut mir leid. Aber diese Art von Frauen kann ich nicht ausstehen. Lauter Haarspray und jede Menge Geschmeide. Ich gehe jede Wette ein, daß sie denen allen etwas vorgaukelt. Hohe Beitrittssummen und keinerlei Resultate.«

Kate zuckte mit den Schultern. »Was macht das schon? Selbst wenn wir dort oben einbrechen würden …«

In diesem Augenblick öffnete sich die Tür und die Frau, die im Vorzimmer gearbeitet hatte, eilte die Stufen herunter. Sie hatte sie sofort gesehen und kam schnellen Schrittes auf sie zu.

Kate stand auf.

Die Frau atmete schwer vor Anstrengung. Ihr Gesicht war gerötet. »Die ganze Sache tut mir so leid«, sagte sie und warf einen Blick auf die Fenster über ihnen.

»Wir haben sie wohl auf dem falschen Fuß erwischt«, meinte Kate.

»Überhaupt nicht!« Frau Collett verzog das Gesicht. »So ist sie immer. Wenn ich das Geld nicht so nötig hätte, würde ich sofort kündigen. Die anderen haben es auch getan, aber die sind noch jung. Die haben nichts zu verlieren.«

Jack lächelte. »Vielen Dank trotzdem, daß Sie heruntergekommen sind.«

»Es waren die Zeitungsartikel im letzten Jahr, die ihr das Leben zur Hölle gemacht haben. Seitdem habe ich kein höfliches Wort mehr aus ihrem Mund vernommen. Nicht, daß sie es nicht verdient hätte – die Ermittlungen, will ich sagen.«

»Ach ja?«

»Damals hat sie das Interesse an ihrer Arbeit verloren. Selbst die Büroreinigung. Sie will nur noch das Geld.«

Jack warf Kate einen bedeutungsvollen Blick zu.

»Das tut mir leid«, meinte Kate. »Für Sie ist das sicherlich nicht sehr angenehm.«

»Ach, lassen Sie mal«, entgegnete Frau Collett. »Ich bin nicht heruntergekommen, um mich über sie auszulassen. Ich bin wegen der anderen Frau gekommen. Die mit dem ägyptischen Namen.«

Wie aus einem Munde sagten Jack und Kate: »Sie können sich an sie erinnern?«

»Aber ja, Namen vergesse ich nicht. Und ich halte Ordnung in den Akten, ganz gleich, was sie auch behaupten mag.«

»Haben Sie damals auch schon hier gearbeitet?«

»Ja, aber die Agentur gehörte noch nicht Frau Michaels. Sie hat sich vor drei Jahren hier eingekauft. Damals war alles noch sehr respektabel, und unsere Kunden lagen uns wirklich am Herzen.«

»Und Sie erinnern sich an diese Meresamun?«

»Ganz genau sogar. Sie war gerade erst zwanzig Jahre alt, eine schöne Frau. Sehr fröhlich und höflich, und sie hatte diesen angenehmen amerikanischen Südstaatenakzent. *Vom Winde verweht* hat mir schon immer gut gefallen, Ihnen auch? Aber die arme Frau konnte keine Kinder bekommen. Das war so tragisch für sie. Ich erinnere mich ganz genau an sie, sie hätte eine so gute Mutter abgegeben. Ihr Mann arbeitete für die amerikanische Luftwaffe; sie waren hier in England stationiert. Ich kann mich sogar noch daran erinnern, wie sie sich bei uns angemeldet hat. Wir haben ein wenig über ihren Namen gescherzt. Er war ganz schön lang, und ich konnte ihn kaum auf der Karteikarte unterbekommen. Erst ein solch ausgefallener Name und danach zwei so gewöhnliche! Sie hieß Meresamun Jane Charles.«

»Wirklich!« Jack sah Kate an, lachte und vollführte spontan ein paar Tanzschritte. »Sie erinnern sich noch an ihren Nachnamen!«

Nach ihrer langen Rede hielt Frau Collett inne und holte Luft. Stolz strahlte sie die beiden an. »Und ich erinnere mich auch noch, wo sie gewohnt haben«, fügte sie triumphierend hinzu. »Auf dem Stützpunkt in der Nähe von Greenham.«

Kate starrte einen Augenblick lang in das unscheinbare Gesicht mit der Brille. Dann umarmte sie die Frau herzlich. »Sie sind ein Wunder!« rief sie aus. »Sie sind ein Wunder.«

Frau Collett errötete tief, als Kate sie wieder losließ. »Ich bin glücklich, daß ich Ihnen helfen konnte«, erwiderte sie. Dann fuhr sie in ihre Rocktasche und holte einen Zettel hervor. »Ich habe es für Sie aufgeschrieben, den Namen und die Adresse.«

Kate fand keine Worte, als sie den Zettel entgegennahm. Sie überließ es Jack, Frau Colletts Hand in seinem bärenstarken Griff zu schütteln und ihr zu danken.

»Keine Ursache«, meinte die Frau. »Ich bin froh, wenn ich von Nutzen sein kann.«

»Ich kann es kaum ausdrücken, was mir das bedeutet«, meinte Kate.

Hier zeigte sich zum ersten Mal ein sorgenvoller Schatten auf Frau Colletts Gesicht, und sie legte sanft ihre Hand auf Kates Arm. »Die Sache ist, daß sie eine wirklich nette Frau war. Eine sehr nette Frau. Wissen Sie, ich kann mir eigentlich nicht vorstellen, daß Frau Charles ein Baby stiehlt.«

Kate nickte. »Ich verstehe, dennoch vielen Dank.«

»Ich hoffe, daß Sie ihn finden«, sagte Frau Collett mit Nachdruck. »Werden Sie mich unterrichten, wenn es Ihnen gelungen ist?«

»Selbstverständlich.«

Die ältere Frau nickte ein paarmal und blickte auf ihre Füße. »Ja, gut. Ich sollte jetzt wieder nach oben gehen. Sicher brüllt das alte Ungeheuer bereits seit fünf Minuten nach ihrem Tee.«

Jack lachte. Sie wandte sich zum Gehen.

»Danke«, sagte Kate, als sich die Frau entfernte. »Vielen, vielen Dank.«

45

Es war nicht die Umgebung, die er normalerweise gewählt hätte.

Jonathan saß auf einer Bank in einem kleinen, kargen Garten vor dem Rathaus und blickte auf die Straße. Gleich hinter dem Mäuerchen strömte der Verkehr in vier Bahnen in Richtung Kreuzung. Auf der gegenüberliegenden Seite stand eine große Kneipe aus den fünfziger Jahren. Ein Plakat davor pries billige Sonntagsmahlzeiten an. Der Garten war sparsam mit Rasen begrünt, lediglich den Rand zierten einige Rosenbeete, deren gräuliche Erde schon beinahe weiß erschien.

Doch die Umgebung tat nichts zur Sache. Nicht wirklich jedenfalls. Er blickte erneut auf das Formular auf seinen Knien.

Er hatte Kates Paß aufgeklappt, ihr Gesicht lächelte ihm entgegen. Es ähnelte ihr sehr: der etwas angespannte Gesichtsausdruck, hinter dem sich so vieles verbarg, und das breite Lächeln, das es Lügen strafte. Er hätte gerne ihre Haare etwas länger. Er war sich sicher, daß sie sie färbte, damit es die ausdrucksstarke Farbe beibehielt. Ältere Frauen behielten fast nie den leuchtenden Farbton ihrer Jugend bei.

Er würde sie dazu überreden, ihre Haare wachsen zu lassen und sie nicht mehr zu färben. Er wollte sie blasser. Mit Daumen und dem Zeigefinger drückte er auf ihr Bild, als ob er eine Zigarette darauf auslöschen wollte.

Als er den Kugelschreiber wieder zur Hand nahm, zitterte ihm die Hand. Er fing zu schreiben an, dann merkte er, daß er die falschen Spalten benutzt hatte. Ihre Daten standen dort, wo seine hätten sein sollen und umgekehrt.

Er erhob sich und betrat das Gebäude.

»Alles fertig ausgefüllt?« erkundigte sich die Frau hinter dem Schalter.

»Ich habe mich verschrieben«, sagte er. »Ich brauche noch ein Formular.«

Sie lächelte ihn an. »Machen Sie sich nichts draus, das sind die Nerven.«

Diesmal setzte er sich innerhalb des Gebäudes hin und schrieb hastig. Seine Hand zitterte weniger, wenn er nicht nachdachte. Er ging wieder an den Schalter zurück, bezahlte und wartete, bis das Formular überprüft worden war.

»Das ist alles in Ordnung«, meinte die Frau. Sie nahm einen Terminkalender zur Hand und blätterte darin. »Welcher Wochentag?«

»Morgen.«

Sie hob die Augenbrauen. »Das ist nicht möglich. Sie müssen mindestens einen Tag Wartezeit geben.«

»Übermorgen dann also.«

»Eine bestimmte Uhrzeit?«

»Den frühestmöglichen Termin.«

Sie notierte sich den Termin.

Dann reichte sie ihm den Zettel und die Pässe. »Beachten Sie unsere Hinweise auf der Rückseite über Fotos, Konfetti und ähnliches«, informierte sie ihn.

Jonathan nahm die Unterlagen wortlos entgegen und verließ das Gebäude.

46

Es war früher Abend, als Jack und Kate in Lovatt ankamen. Jack hatte leise gepfiffen, als er in der ruhigen Dorfstraße vor dem *Linen House* vorgefahren war. Niemand war auf der Straße, und hinter dem Haus zeichnete sich der Kirchturm vor den in der Dämmerung liegenden Hügeln ab. Der Kontrast zu der Stadt, die sie eben hinter sich gelassen hatten, hätte größer nicht sein können.

»Was für ein Ort«, murmelte Jack.

Sie öffneten die Tür mit dem Schlüssel, den sie zuvor vom Rechtsanwalt abgeholt hatten. Als sie eintraten, schauderte es Kate. Im Haus war es kalt, vor allen Dingen aber schien Isabelle allgegenwärtig. Andrew Manners hatte ihnen berichtet, daß zwei Frauen von der Kirche das Haus gesäubert hatten, nachdem die Polizei abgezogen war. Dennoch schien Isabelle allgegenwärtig zu sein.

Jack hatte im Heizungskeller die Zentralheizung und den Strom angestellt.

»Du siehst vollkommen erledigt aus«, meinte er.

»Ich fühle mich gut.«

»Tee?«

Sie blickte sich in der Küche um. »Ich komme mir wie ein Eindringling vor.«

»Also gut, dann fahre ich dich in deine Wohnung zurück.«

»Nein …«

»Möchtest du zu Jonathan?«

»Nein.« Diesmal war ihre Ablehnung mehr als deutlich.

»Du machst den Tee, und ich bringe die Einkäufe herein.«

Sie hatten im Dorfladen Halt gemacht, um ein paar Dinge einzukaufen. Nachdem der Tee gezogen hatte, setzten sie sich an den Küchentisch und aßen eine spartanische Mahlzeit, bestehend aus Suppe und Brot.

»Wie sollen wir jetzt weitermachen?« fragte Kate, als sie aufgegessen hatten. In ihren Bemühungen, im Büro der amerikanischen Luftwaffenbehörde USAF eine Auskunft zu bekommen, waren sie auf Granit gestoßen. Auskünfte über Mitarbeiter wurden äußerst unwillig erteilt, auch deswegen, weil die jeweiligen Personen sich nur vorübergehend im Land aufhielten. »Die Familie Charles könnte irgendwo auf der Welt sein«, meinte Kate. »Vielleicht hat ihr Mann sogar die Luftwaffe verlassen.«

Jack hatte auf der Heimfahrt über dieses Thema nachgedacht. »Ich habe ein paar gute Beziehungen zur Polizei«, sagte er. »Die könnten möglicherweise behilflich sein. Aber …« Er blickte sie an und legte den Löffel hin, mit dem er die ganze Zeit über gespielt hatte. »Meiner Ansicht nach wirst du viel schneller ans Ziel kommen, wenn du richtige Profis einschaltest. Ich bin nur so weit gekommen, weil ich ein Gespür dafür hatte – und jede Menge Glück. Doch Experte bin ich nicht. Ich kann ihnen unmöglich über mehrere Kontinente hinweg nachspüren.«

»Du denkst an eine Privatdetektei?«

»Genau. Eine, die sich auf vermißte Personen spezialisiert hat.«

»Verstehe …«

»Obwohl das sicherlich nicht gerade billig sein wird.«

»Nein.« Kate machte eine Kopfbewegung in Richtung des Hauses. »In letzter Zeit haben sich die Dinge etwas verändert.«

»Soll ich mal herumtelefonieren?«

»Ja, gut.« Sie berührte über den Tisch hinweg seine Hand. »Du bist sehr nett zu mir, Jack.«

»Ich weiß.«

Sie lehnte sich zurück und lachte. »Welche Bescheidenheit!«

Er hielt ihrem Blick stand. »Kate … was wirst du mit Jonathan machen?«

Sie schob die Lippen vor und betrachtete die leeren Teller vor sich. »Es ihm sagen, nehme ich an.«

»Was genau?«

»Daß ich ihn nicht heiraten möchte.«

Jack schwieg. Er setzte mehrmals zu sprechen an, mußte seine Gedanken aber offensichtlich immer wieder umformulieren, ehe er fragte: »Wie wäre es, wenn du die Polizei einschaltest?«

»Und was sage ich denen?«

»Was du mir auch gesagt hast. Daß die Briefe aufgehört haben, seit du mit Jonathan zusammen bist. Und dann diese ganze Art, dich zu bedrängen und einzuschüchtern …«

Sie seufzte und strich sich über die Falten auf ihrer Stirn. »Aber was werfe ich ihm eigentlich vor? Daß er die Briefe geschrieben hat?«

»Immerhin könnten sie der Sache einmal nachgehen.«

Seufzend verschränkte sie die Arme und blickte durch das Fenster auf den Garten hinaus. »Ich kann eigentlich nicht glauben, daß er sie geschrieben hat.« Sie nickte mehrmals, als ob sie ihrer Einschätzung Nachdruck verleihen wollte.

»Nein, so etwas würde er nicht schreiben. Das könnte er nicht.«

»Wer hat es dann getan?«

»Ich weiß es nicht. George vielleicht. Oder jemand, dem ich noch niemals begegnet bin. Jemand, der die Zeitung liest, irgendein Irrer. Vielleicht jemand, mit dem ich vor zehn Jahren zusammengearbeitet und den ich auf irgendeine Weise gekränkt habe.«

»Hast du denn jemanden gekränkt?«

»Nicht daß ich wüßte.«

»Oder aber es könnte Jonathan sein.«

»Aber warum? Das ist es, worüber ich immer wieder stolpere. Warum sollte er so etwas tun? Welchen Nutzen könnte er daraus ziehen?«

»Welchen Nutzen hätte ein Wahnsinniger? Vielleicht wußte er, daß du ihn dann aufsuchen würdest. Als Patientin.«

Sie lachte ungläubig auf. »Das ist aber weit hergeholt. Ich hätte auch Dutzende von anderen nehmen können.«

»Vielleicht gefällt es ihm, andere zu dominieren. Deinen Schilderungen zufolge scheint er Gefallen daran zu finden, Frauen auf eine bestimmte Art und Weise zu behandeln.« Er lachte kurz auf. »Das wäre immerhin eine neue Möglichkeit, die Geschäfte zu beleben. Erst jemanden vollkommen wahnsinnig zu machen und sie dann für die Therapie zahlen lassen.«

»Aber er läßt sich von mir nicht bezahlen! Verstehst du, es ist vollkommen verrückt. Es paßt alles nicht zusammen. Ich meine ...« Sie suchte nach den richtigen Worten. »Ich glaube schon, daß er selbst auch ein Problem hat, doch. Das, was du als Bedrängung und Einschüchterung bezeichnest. Aber Leute zu behandeln ist sein Beruf. Meiner Ansicht nach gerät diese Seite von ihm – das ständige Überreden und Steuern – etwas außer Kontrolle, wird zu dominant. Doch was die Briefe betrifft, kann ich nicht sehen, welchen Nutzen er daraus ziehen konnte. George dagegen ...«

Schweigend dachten beide darüber nach.

»Glaubst du denn, daß George Maggie Spence umgebracht hat?« wollte Jack wissen.

Kate war ernsthaft getroffen. »Maggie? Nein! Er kannte sie ja noch nicht einmal!«

»Aber du kanntest sie. Isabelle und Maggie waren beides Menschen, die du kanntest.«

Sie zog die Stirn kraus. »Ich glaube nicht, daß ich damit irgendwie etwas zu tun habe. Vermutlich hat George sich mit Isabelle über irgend etwas gestritten, was er ihr vor langer Zeit verkauft hatte. Sie hat ihm vieles abgekauft. Vielleicht hatte sie einen Fehler festgestellt. Was seine Sachen betrifft, ist George wirklich sehr fanatisch. Besitzergreifend, gierig. Das kommt seinem Stil schon viel näher.«

»Aber das Armband ...«

»Gut, vielleicht habe ich tatsächlich in irgendeiner Weise damit zu tun ... aber Maggie doch nicht.«

»Hat Jonathan Maggie umgebracht?« fragte Jack.

»Wie bitte!«

Sie starrten einander an, dann lachte Jack leise in sich hinein. »Nein, schon gut, ich sehe selbst ein, daß das ein wenig weit hergeholt ist.«

»Glaubst du denn tatsächlich ...«

»Nein, nicht doch. Vergiß es. Wie du schon gesagt hast, was hätte er denn davon?«

»Abgesehen davon war Maggies Liebhaber ein verheirateter Mann. Das hat sie mir selbst gesagt.«

»Ja, schon gut. Nur ein etwas verwegener Gedanke.«

»Er ist doch kein Mörder. Glaubst du nicht, daß ich so etwas spüren würde, wenn er das wirklich wäre?«

»Ja, du hast recht. Vergiß es einfach. Ich habe lediglich meinen Gedanken freien Lauf gelassen.« Er erhob sich langsam und schob den Stuhl zurück. »Ich sollte jetzt besser gehen. Es ist spät. Wirst du klarkommen?«

»Ja.«

»Übernachtest du hier?«

»Ja, das wird kein Problem sein.«

Er richtete sich auf. Sein breiter Körper schien den ganzen Raum auszufüllen. »Ich werde gleich am Morgen mit den Agenturen telefonieren.«

»Sag mir doch lieber, welche es sind, dann kann ich das erledigen.«

»Nein«, entgegnete er. »Ich möchte es für dich tun. Es sind doch nur ein paar Telefonate.« Kate erhob sich ebenfalls.

»Wie wirst du deinen Wagen zurückbekommen?« fragte er.

»Ich werde Jonathan anrufen. Ich schulde ihm ohnehin eine Entschuldigung. Mich einfach so aus dem Staub zu machen!«

Jacks Gesichtsauszüge zeigten eindeutig Mißbilligung, er

äußerte sich jedoch nicht dazu. »Wenn du dorthin willst, laß es mich wissen. Ich fahre dich dann rüber.«

»Ja, gut.«

An der Tür, die sie für ihn geöffnet hatte, küßte sie ihn plötzlich auf die Wange. Er hielt inne und musterte ihr Gesicht.

»Sei vorsichtig«, meinte er.

»Ich bin nicht in Gefahr.«

Er sagte nichts. Ohne sich noch einmal nach ihr umzudrehen, ging er den Weg zur Straße hinunter.

Nachdem sie das Geschirr vom Abendessen abgewaschen hatte, ging sie in den Garten.

Es war dunkel und kalt, und am Gras hing Tau. Sie nahm den kleinen Weg entlang durch das Tor hindurch in Richtung Kirche, drehte sich noch einmal zum Haus um und blickte auf dessen Silhouette mit dem schiefen Dach und den kahlen Zweigen der Bäume.

Nach einer Weile kehrte sie ins Haus zurück, verriegelte sorgfältig die Tür und stieg die Treppe nach oben. In einem Schrank fand sie Bettzeug und Laken und bezog das einzelne Bett im Gästezimmer. Sie brachte es nicht über sich, Isabelles Bett zu beziehen, obwohl es abgezogen worden war, und die Daunendecken ordentlich auf dem Bett gestapelt lagen.

Sie kehrte noch einmal zum Schrank zurück, um sich eine Extradecke zu holen und sah, daß Isabelles Schuhe – Sandalen und Turnschuhe – etwas durcheinander auf dem Boden standen. Sie kniete sich hin, um sie ordentlich übereinanderzustapeln. Dahinter entdeckte sie ein paar Schuhkartons. Als sie den ersten hervorzog, wurde ihr bewußt, wie schrecklich das Wegräumen von Isabelles Kleidung und Dingen werden würde. Als sie jedoch den Deckel anhob, bemerkte sie, daß der erste Karton gar nicht leer war.

Ganz oben lagen Rechnungen, Garantiescheine und ein

Notizbuch. Mit dem Gefühl einzudringen, öffnete sie das Buch. Es war ein Haushaltsbuch. Daten für Versicherungszahlungen und Wartungen waren säuberlich aufgeführt. Als sie das Buch zurücklegen wollte, fielen ihr die darunter liegenden Fotografien auf.

Es waren Schwarzweißfotografien. Auf der ersten sah man eine sehr viel jüngere Isabelle in der etwas gestutzten, früheren Version ihres nunmehr üppigen Gartens. Isabelle mochte dreißig oder fünfunddreißig Jahre alt gewesen sein. Sie hatte die Hände schützend gegen die Sonne über die Augen gelegt und hielt einen Rechen in der Hand.

Daneben saß eine Frau, die Kate nicht kannte, und las mit recht sauertöpfischer Miene am Tisch die Zeitung. Sie hatte etwas von Isabelle, dachte Kate. Ihre eckigen Schultern und ihre helle Haarfarbe. Neben der Frau saß halb angeschnitten ein kleiner Junge. Seine Hand reichte über die Tischkante, als wollte er die Aufmerksamkeit der Frau erheischen.

Kate holte ein Dutzend der Fotos hervor. Sie setzte sich auf den Treppenabsatz und breitete sie vor sich aus. Ein Foto zeigte Isabelle in einem fremden Garten, der unsagbar ordentlich zurechtgestutzt war und in dem um den Rand herum ein paar vereinzelte durstige Pflanzen standen. Das Haus dahinter war sehr klein, und ein hoher Holzzaun trennte es von seinen Nachbarn. Isabelle hatte die Hände vor ihrem Bauch gefaltet. Es war um dieselbe Zeit aufgenommen, vielleicht in den späten fünfziger Jahren. Diesmal schien nicht die Sonne. Es war ein bedeckter Tag, und Isabelle stand steif und mit vollkommen ausdruckslosem Gesicht in einem dunklen Kostüm da.

Kate betrachtete das letzte Foto.

Es war am Meer von einem dieser geschäftstüchtigen Fotografen aufgenommen. Isabelle und die andere Frau – die ein paar Jahre älter als sie zu sein schien – spazierten die Promenade entlang. Es dürfte hier in der Gegend gewesen sein, denn hinter ihnen konnte man die Klippen erkennen. Isabelle und die Frau sprachen miteinander – es schien eine angeregte, vielleicht sogar wütende Unterhaltung zu sein. An der Hand hielt die andere Frau den kleinen Jungen, jetzt schon etwas älter, vielleicht zwölf oder dreizehn Jahre alt. Er machte einen mißmutigen Eindruck, sein Profil war dem Meer zugewandt.

Kate drehte die Fotografien um, auf deren Rückseite jedoch nichts vermerkt stand. Sie fragte sich, wer wohl die Frau war. Sie stapelte sie übereinander, das letzte zuoberst und betrachtete das Trio noch einmal sehr genau. Irgend etwas an dem Jungen kam ihr bekannt vor.

Sein Haar war hell. Er war etwas unordentlich, fast ein wenig vernachlässigt. Ihr fiel auf, daß einer seiner Schnürsenkel sich gelöst hatte. Er machte einen gänzlich unglücklichen Eindruck und zerrte an der Hand, die ihn festhielt, als ob er Reißaus nehmen wollte.

»Wer bist du?« fragte Kate laut.

Sie stand auf und schob die Kartons und die Schuhe wieder in den Schrank zurück, ehe sie ihn abschloß.

47

Es war halb sieben, als Andrew Manners die Treppe von seinem Wohnzimmer nach unten stieg und in das untere Zimmer trat, das er als Büro nutzte.

Er knipste das Licht an und suchte seinen Schreibtisch ab, der nach nur zwei Tagen Abwesenheit unordentlich und mit ungeöffneter Post übersät war.

»Verdammtes Chaos«, fluchte er, als er die Akten durchging. »Kann es nicht ausstehen, wenn ich in Verzug gerate. Kann es einfach nicht ausstehen.«

Er fluchte weiter wütend vor sich hin, bis die Lampe im

Flur anging und die durchdringende Stimme seiner Frau die Treppe herunterschallte.

»Was, in aller Welt, machst du denn da?« verlangte sie zu wissen.

»Ich suche etwas«, erwiderte er.

Er hörte sie kommen und leise vor sich hinfluchen. »Also wirklich!« rief sie aus, als sie in die Tür getreten war. »Gerade einmal zwei Sekunden lang lasse ich dich aus den Augen ...«

»Ich muß diesen Umschlag finden.«

»Gar nichts mußt du finden. Du solltest im Bett liegen. Du hast neununddreißig Grad Fieber.«

Er machte eine abwehrende Handbewegung. »Es ist eine Erkältung, Martha, und nicht die Pest. Ich muß es finden. Ich hätte es schon längst abschicken sollen.«

Sie gab auf. »Im letzten Winter ist aus deiner Erkältung eine Lungenentzündung geworden, aber daran brauche ich dich wohl kaum zu erinnern«, sagte sie und seufzte tief auf. »Wonach suchst du denn?«

»Browning, Isabelle Browning.«

»Laß mich mal nachsehen.« Sie drückte ihn auf einen Stuhl und durchsuchte systematisch die Akten. »Hier ist sie.« Sie hielt einen großen braunen Umschlag hoch. »Direkt unter deiner Nase.«

»Ist ein Brief im Umschlag?«

Sie sah nach. »Ja.«

»An Kate McCaulay adressiert?«

»Ja.«

»Ich möchte ihn abschicken. Das hätte ich schon vor Tagen tun sollen. Er war hinten angeheftet, deshalb habe ich vergessen, ihn ihr zu geben.« Er machte Anstalten aufzustehen, aber seine Frau eilte quer durch das Zimmer auf ihn zu und drückte ihn wieder auf den Stuhl hinunter.

»Nein, das wirst du nicht tun!«

»Ich werde jetzt gehen und ihn einstecken.«

»Ich werde ihn einstecken.«

»Ich möchte, daß er in den Briefkasten in der Sheldrake Lane kommt. Dort wird um sieben noch einmal geleert.«

Sie zog einen Schmollmund. »Wenn ich ihn einstecken gehe, wirst du dann zurück ins Bett gehen?«

Er sah vom Umschlag auf ihr Gesicht und gab auf. »Also gut«, brummte er.

Sie faltete die Unterlagen zusammen, steckte sie in den Briefumschlag, adressierte sie ganz nach seinen Anordnungen, warf ihm einen letzten warnenden Blick zu und trat in den Flur hinaus.

48

Es war noch sehr früh am nächsten Morgen, als das Telefon im *Linen House* klingelte.

Kate, die noch fest geschlafen hatte, wachte ruckartig auf, ohne jede Orientierung. Das alte Telefon im unteren Flur hatte ein schrilles, rasselndes Läuten. Einen Augenblick lang starrte sie an die Decke, dann taumelte sie aus dem Bett, zog sich einen Morgenmantel über und rannte barfuß nach unten.

»Hallo ... ja bitte?«

Es entstand eine Pause, jemand atmete scharf ein.

»Ja bitte ... wer ist da?«

»Hallo, Kate.« Es war Jonathans Stimme. »Ich dachte mir schon, daß ich dich vielleicht dort finden könnte.«

»Ach ... hallo«, murmelte sie.

»Wie geht es dir?«

»Gut ... alles in Ordnung.«

»Gott sei Dank. Ich habe mir schon Sorgen gemacht.«

Als sie seinen bedrückten Tonfall hörte, errötete sie. »Ja ...

tut mir leid, Jonathan. Tut mir leid, daß ich einfach so fortgerannt bin. Hast du meine Nachricht gefunden?«

»Ja«, erwiderte er und lachte tief auf. Es war ein gutmütiges Lachen. »Weshalb hattest du es denn so eilig?«

»Nun …« Sie fuhr peinlich berührt mit dem Finger am Treppengeländer entlang. »Ich bin mit Jack Seward zusammen nach London gefahren. Es gab Neuigkeiten wegen Jamie.« Den Bruchteil einer Sekunde war es ganz still.

»Tatsächlich? Was denn für welche?«

»Eine Frau, die vielleicht weiß, wo er ist.«

»Aber das ist doch wunderbar, Kate.«

»Ja. Es ist zwar nur ein Versuch, aber …«

»Kann ich bei dir vorbeikommen? Dann kannst du mir alles erzählen?«

Sie hielt inne und blickte betreten auf den Hörer.

»Möchtest du mich denn sehen, Kate?«

»Natürlich, aber …«

»Du möchtest etwas Zeit alleine verbringen?«

»Ja«, erwiderte sie, ohne zu zögern. »Ich möchte etwas Zeit für mich alleine.«

»Ist alles etwas zuviel und zu schnell gekommen?«

»Ja.«

»Das verstehe ich.«

»Es war alles so dringlich und …«

»Liebling, ich verstehe dich.«

Sie lächelte. »Ich weiß.«

»Sag, kann ich dich auf einen Kaffee einladen?«

»Wie bitte?«

»Ich muß ohnehin heute in deine Richtung fahren, denn ich habe um zehn einen Patienten in Wolverham. Ich kann ja etwas früher kommen und dir einen Tee in diesem grauenhaften Café im Dorf spendieren. Es ist doch noch da?«

»Ja«, erwiderte sie. »Also gut.«

»Prima. Dann sehen wir uns ja gleich.« Er legte auf.

Sie legte den Hörer auf und betrachtete ihn ängstlich. »O gottverdammter Mist noch mal«, brummte sie.

49

Als Jack am nächsten Morgen den Hörer nach seinem ersten Gespräch mit einer Detektei aufgelegt hatte, klingelte das Telefon sofort wieder.

»Jack? Hier ist Eddie Bates.«

Eddie arbeitete beim *Journal.*

»Hallo, Eddie, wie geht's denn so?«

»Seit Tagen schon versuche ich dich zu erreichen.«

»Ich war weg. Wo drückt denn der Schuh?«

»Eigentlich gar nicht, ich wollte dich lediglich etwas fragen. Sag, hast du schon von Bartlett gehört?«

»Nein. Was gibt es denn?«

»Dem ist gekündigt worden. Wegen Inkompetenz. Jetzt haben wir einen neuen. Der ist etwas mehr auf deiner Linie, Jack.«

»Ach ja?«

»Du solltest mal vorbeikommen und mit ihm sprechen. Einfach so, man kann ja nie wissen.«

Jack schob die Lippen vor. »Ich überlege es mir. Was kann ich für dich tun?«

»Es geht um diesen George Dale. Ich dachte, du wüßtest vielleicht etwas über ihn. Würde er sich zu einem Interview bereit erklären?«

»Wohl eher nicht. Wie willst du denn an ihn herankommen?«

»Deswegen frage ich dich ja. Er kommt noch nicht einmal an die Tür.«

»... noch nicht einmal an die Tür?« Jack atmete tief durch. »Willst du damit sagen, daß er wieder auf freiem Fuß ist?«

»Klar ...«

»Frei? Bei Mord?«

»Die Sache ist siebenundvierzig Jahre her, Kumpel.«

Jack preßte die Hand gegen die Stirn. »Augenblick mal, was ist siebenundvierzig Jahre her? Er ist trotz des Mordes an Isabelle Browning entlassen worden?«

Eddie Bates lachte. »Du bist ja gar nicht auf dem laufenden, Jack. George Dale ist vorläufig für einen Mord an einem alten Mann entlassen worden, den er vor siebenundvierzig Jahren als Kind begangen hat.«

Einen Augenblick lang war Jack sprachlos. »Und Isabelle Browning?«

»Da sind sie noch auf der Suche.«

»Und was ist mit Maggie Spence?«

»Das gleiche ... Man munkelt, es gäbe irgendwelches forensisches Beweismaterial. Das jedenfalls hat George Dale entlastet – DNA-Analysen und die Fingerabdrücke. Die Sache mit den Fingerabdrücken ist wirklich ganz interessant. Meine Quelle hat mir versichert, daß sich die Abdrücke in Maggie Spences Wohnung mit denen in Isabelle Brownings Haus decken. Außerdem gab es da noch ein Haar – und zwar keines von Dale –, das man in Isabelle Brownings Faust gefunden hat. Dem gehen sie zur Zeit noch nach.«

Jack starrte an die gegenüberliegende Wand, seine Gedanken kreisten um das Bild von Kate. Eddies Stimme unterbrach seinen Gedankengang.

»Ich wollte Dale fragen, ob er uns seine Story nach dem Gerichtsverfahren verkaufen würde, aber nun scheint es doch eher auf Bewährung hinauszulaufen, nach all den Jahren ... Jack? Bist du noch dran?«

»Ja«, erwiderte Jack. »Hör zu, ich kenne ihn nicht. Tut mir leid.«

»Ich dachte, er sei Kates Vermieter. Die kann ich übrigens auch nirgendwo auftreiben.«

»Nein«, erwiderte Jack abwesend.

»Kommst du am Freitag auf ein Bier ins *Crown*?«

»Denke schon.«

»Dann sehen wir uns.«

»Ja, gut, bis dann also …«

Jack legte behutsam den Hörer auf. Er stand auf, ging in die Küche, füllte den elektrischen Wasserkessel, dann stand er regungslos daneben.

Wie war das Armband in Isabelles Haus gekommen? Wer hatte es aus Kates Wagen entwendet?

50

Es war halb neun, als es im *Linen House* klingelte.

Kate ging zur Tür und wischte sich die Hände an einem Geschirrhandtuch ab. Sie hatte schon mit der Reinigung der Küche begonnen. Zunächst ging sie ins vordere Zimmer, sah draußen das Postauto geparkt und den Postboten auf der Schwelle stehen.

Sie ging zur Eingangstür und öffnete.

»Guten Morgen«, sagte der Postbote. »Das hier bekomme ich nicht durch den Briefschlitz.« Er reichte ihr einen dicken, braunen Umschlag.

»Danke«, erwiderte sie und nahm den Umschlag entgegen. Dann blickte sie auf den Briefkasten an Isabelles Eingangstür. »Besonders breit ist er nicht, nicht wahr?«

»Ich muß immer klingeln«, sagte der Postbote. Er war ein fülliger Mann um die sechzig mit einem freundlichen und sehr gesund wirkenden Gesicht. »Und Sie sind Frau …« Er tippte sich gegen den Kopf und blickte zurück auf den Umschlag. »Frau McCaulay?«

»Richtig.«

»Sie haben das Haus von Frau Browning übernommen?«

»Ja ...«

Kate sah lächelnd über seine Schulter. Sie stand etwas erhöht auf der Stufe und konnte die Straße und den kleinen Platz mit seinem Gedenkkreuz überblicken. Etwas hatte ihre Aufmerksamkeit geweckt.

Ihr eigenes Auto bog um die Ecke und kam am Ende des Teerweges in der Auffahrt zum Stehen. Während sie diesem Vorgang voller Verblüffung zuschaute, stieg Jonathan aus und winkte ihr zu. Er hob die Schlüssel hoch und ließ sie klingeln, als ob er ihr ein Geschenk vorbeibrächte. Dann kam er schnellen Schrittes auf sie zu.

»Haben Sie das Formular schon ausgefüllt?« fragte der Postbote.

»Formular?« erkundigte sich Jonathan und lächelte sie an.

»Das Formular für die Adressenänderung, damit Ihre Post weitergeleitet werden kann.«

Jonathan trat auf den Weg hinter den Postboten. Sein Lächeln war ganz und gar steif und breiter als jemals zuvor. Die Straße in seinem Rücken war vollkommen ruhig, die Farben leuchteten in der frühen Morgensonne.

»Ja«, erwiderte sie, ohne den Blick von ihm abzuwenden. »Ich weiß, ich ...«

»Hallo, Liebling.« Jonathan trat an ihre Seite, legte den Arm um sie und küßte sie ausgiebig auf die Lippen.

Sie trat einen Schritt zurück.

»Ich gehe jetzt wohl lieber«, meinte der Postbote grinsend.

Jonathan rauschte an ihr vorbei ins Haus und hätte sie dabei fast aus dem Gleichgewicht gebracht. Der Postbote wechselte die Straßenseite. Kate stand immer noch in der offenen Tür und schaute sich nach Jonathan im Flur um.

»Ein wirklich sehr schönes Haus«, bemerkte er.

Sie bewegte sich nicht von der Türschwelle. »Ich dachte, du hättest halb zehn gesagt«, erwiderte sie.

»Komm rein«, sagte er. »Du erkältest dich sonst noch.«

Sie zögerte. Etwas an ihm hatte sich verändert, und sie versuchte zu ergründen was. Er stand mit den Händen in den Hosentaschen da und hatte den gewohnt entwaffnenden Ausdruck auf dem Gesicht. Ihr Blick wanderte über ihn und blieb an seinen Füßen und den schlammverschmierten Stiefeln hängen.

»Von wem ist denn der Brief?« wollte er wissen.

Irritiert wandte sie den Blick ab. Der Brief war ohne Adresse, aber bemerkenswert schwer. Sie warf noch einen Blick auf die Straße und schloß die Tür.

»Ich weiß es nicht.«

»Warum machst du ihn nicht auf?«

Das tat sie. Sie zog einen blauen Hefter hervor, an dem eine eilig hingekritzelte Notiz haftete. Sie stammte von Manners, Isabelles Anwalt. Oder vielmehr von seiner Frau.

> *Andrew wollte unbedingt, daß Sie dieses hier umgehend erhalten. Frau Browning hatte einen Brief für Sie hinterlassen.*

Kate hielt inne und sah auf. »Warum bist du so früh vorbeigekommen?« fragte sie.

»Von wem ist der Brief?«

»Von Herrn Manners.« Sie steckte den Hefter in den Umschlag zurück. »Warum bist du so früh vorbeigekommen? Und warum bist du mit meinem Auto gekommen?«

»Ich habe etwas für dich«, sagte er.

»Jonathan ...«

»Du wolltest es doch zurückhaben, oder nicht?«

»Was?«

»Das Auto.«

»Und wie willst du nun zu deinem Patienten kommen?«

»Ich habe etwas für dich«, beharrte er, zog ein Blatt Papier aus der Tasche und hielt es ihr hin.

Sie zog die Stirn kraus, trat unwillig einen Schritt auf ihn zu und nahm es entgegen. Sie sah den Briefkopf des hiesigen Rathauses und die Anschrift des Standesamtes. Unter ihrem und Jonathans Namen stand das morgige Datum und eine Uhrzeit, neun Uhr.

»Was ist das denn?«

»Kannst du das nicht erraten?«

Etwas in ihr sank. Sie fühlte ein Gewicht, ein schweres Gewicht mit eisigem Zugriff, das ihr Blut gefrieren und ihren Herzschlag verlangsamen ließ. Einen Moment lang schloß sie die Augen, dann sah sie auf.

»Erkläre du mir, was das bedeuten soll«, sagte sie.

Er antwortete nicht. Statt dessen bewegte er rhythmisch den Kopf von einer Seite zur anderen, als ob er sagen wollte: *Ich kann wirklich nicht glauben, daß du nicht selbst den Scharfsinn besitzt, das herauszufinden.*

»Erkläre es mir«, wiederholte sie.

Es verblüffte sie, daß er regungslos schwieg, während weiterhin ein Lächeln auf seinem Gesicht haftete. Plötzlich sah sie, was an ihm nicht stimmte, was anders war als gewohnt. Sein Hemdkragen war verschmutzt und sein Pullover, jetzt wo sie dicht genug bei ihm stand, roch feucht.

Instinktiv trat sie einen Schritt rückwärts auf die Tür zu.
»Das mit dem Kleid macht dir doch nichts aus, oder?«

»Wie bitte?«

»Das Kleid«, sagte er. »Dein Kleid wird noch nicht fertig sein.«

Sie streckte in einer abwehrenden Geste ihre Handfläche nach ihm aus. Mit zwei Schritten war er auf sie zugesprungen und hatte ihre Handgelenke umfaßt.

»Laß mich los«, sagte sie, mühsam nach Atem ringend.

»Wirst du mich heiraten?« fragte er.

Sie blickte ihm ins Gesicht, ihr Puls raste. Jetzt konnte sie die Wahrheit nicht länger zurückhalten. »Nein«, sagte sie.

Er legte seine Daumen an ihren Hals, seine Finger suchten ihren Nacken und die Daumen drückten zu. Sie ließ den Umschlag fallen und zerrte mit beiden Händen an seinen, doch so sehr sie auch versuchte, seinen Griff zu lockern, er drückte zu. Ihr ging die Luft aus, ein stechender Schmerz durchfuhr sie. Sie prallte gegen die Tür, schwankte hin und her, verlor das Gleichgewicht und sank auf den Boden. Er stand über ihr und ließ nicht locker, während sie nach ihm trat.

So unvermittelt, wie er damit begonnen hatte, hörte er auch wieder auf. Beide Hände lockerten sich, und Kate fiel auf die Steinschwelle und rang keuchend nach Luft.

Sie dachte, er hätte aufgehört – er würde seine Wut bereuen, ihr zu Hilfe kommen und sich entschuldigen. Statt dessen öffnete er den braunen Umschlag, drehte ihn um und ließ den Inhalt auf den Boden fallen. Er öffnete den Hefter und zog einen weißen, in Isabelles runder, schöner Handschrift an Kate adressierten Briefumschlag hervor. Jonathan ließ den Hefter fallen, riß den Brief auf und entnahm zwei Seiten, die er eilig überflog.

Eine Weile lang schien er überhaupt nicht zu reagieren. Dann begann er zu lachen.

Es war nie mehr als ein unterdrücktes Kichern, aber es hörte nicht auf, während er zu lesen fortfuhr. Er blätterte die Seite um. Das amüsierte Geräusch aus seiner Kehle erinnerte an einen kleinen Jungen, der leicht verklemmt über eine Zote lachte. An einer oder zwei Stellen schüttelte er den Kopf.

Kate starrte ihn an, in ihrem Rücken spürte sie den kalten Luftzug, der unter der Tür hereindrang. Sie grübelte darüber nach, ob sie die Tür auch wirklich zugemacht hatte oder ob sie hinter sich greifen und sie aufdrücken konnte. Jonathan sah auf. »Eine nette kleine Geschichte«, bemerkte er. »Möchtest du sie lesen?«

»Nein«, erwiderte sie.

»Nein? Warum nicht?«

Kates Stimme kam gebrochen und keuchend. »Jetzt nicht.«

»Das solltest du aber.«

»Nein, ich …«

»Du solltest es tun.« Er knüllte den Brief zu einem Ball zusammen, zielte damit auf sie und traf sie mitten ins Gesicht. Sie war so verwundert und schockiert, daß sie noch nicht einmal die Hand erhoben hatte.

Ich muß hier raus, dachte sie. Ich muß …

»Steh auf«, befahl er ihr.

Sie sah ihn an und überlegte, welche Möglichkeiten ihr blieben. Irgendwo hatte sie einmal gelesen, daß ein Angreifer es genießt, wenn sein Opfer sich wehrt. Sie wollte vom Boden aufstehen, war jedoch nicht schnell genug. Er ergriff ihr Haar im Nacken. Sie stieß einen Schrei aus – ihr Haar war kurz, und seine Fingernägel gruben sich in ihre Kopfhaut. Sie spürte, wie er ihr die Haare ausriß. Mit der anderen Hand griff er nach ihrer Stirn und zog sie hoch.

Beinahe blind vor Schmerz schrie sie auf. Ihre Hände tasteten sich zu seinen, die Muskeln in ihrem Nacken schienen zum Zerreißen gespannt. An den Haaren zog er sie die ersten paar Treppenstufen hoch, während sie auf jeder Stufe mit den Füßen Halt zu finden suchte. Sie tastete nach den Stufen, der Wand – nach irgend etwas, das den Zug an ihren Haarwurzeln abschwächen würde. In fast normaler Geschwindigkeit ging er die Treppe hinauf, allerdings rückwärts, als ob er eine ganz gewöhnliche, wenn auch lästige Aufgabe zu erledigen habe. Sie glaubte zu hören, wie er ungeduldig und angewidert mit der Zunge schnalzte. Einen Augenblick lang lag sie mit qualvoll geschlossenen Augen da. Sie konnte das Ausmaß des Schmerzes in ihrem Kopf kaum glauben.

»Du mußt mich heiraten«, sagte er. Sie öffnete die Augen. Er stand mit verschränkten Armen über ihr. Aus dieser Perspektive wirkten sein Körper und sein nach unten gerichtetes Gesicht gedrungen.

Sie schob sich in eine Ecke zurück.

Augenblicklich war er bei ihr und zog sie mit derselben Foltermethode wieder hoch.

»Nein!« schrie sie.

Er stieß die Tür zum Badezimmer auf und schubste sie hinter sich wieder zu. Mit einer Hand immer noch ihre Haare krallend, ließ er Wasser ins Waschbecken laufen.

»Nein ... nein«, protestierte sie. Sich windend spürte sie ihre Haarwurzeln wie heiße Nadeln. Ihre Augen tränten. Er verlor den Halt, und sie boxte ihn, so kräftig sie nur konnte, wenn auch ungezielt, in den Magen. Er schien es kaum zu spüren. Sie rannte zur Tür. Es gelang ihr, die Tür halb zu öffnen, ehe er sie von hinten umklammerte, sie herumwirbelte und ihren Kopf ins Wasserbecken drückte. Es war heiß.

Nicht kochend heiß, aber heiß.

Sie war vielleicht nur vier oder fünf Sekunden unter Wasser, während er sie mit seinem Körper gegen das Waschbecken preßte. Er zog ihren Kopf hoch, sie rang nach Luft. Ihr Gesicht brannte. Er drückte sie wieder herunter, und sie schluckte Wasser, das direkt in ihre Lungen drang, als sie zu schreien versuchte.

In ihren Ohren war Lärm, hohe Töne mit Farben vermischt. Ihre Hände zitterten. Sie hustete unter Wasser, Wasser drang in ihre Kehle.

Jamie tauchte vor ihr auf. Jamie in ihren Armen, wie er sie in einem der selten friedlichen Augenblicke anblickte. Keinerlei Spur von Wissen oder Meinung war in seinem suchenden Blick. Einen kurzen Augenblick lang fühlte sie sich von ihrem Körper abgeschnitten. All ihre Empfindungen schienen sich auf ihr Kind zu konzentrieren, das ihr wortlos ins Gesicht sah. Seine blauen Augen zeigten zu den Rändern hin bereits etwas braune Farbe. Sie fühlte ihn mit den Händen, er war ein Teil von ihr.

Die Pein des heißen Wassers war verschwunden, ebenso das

beklemmende Gefühl in Hals und Brust. Der Fußboden schien sich ihr wie in einem Traum entgegenzuwellen. Eine Stimme drang zu ihr vor.

»Du mußt gehorchen«, sagte er. »Du widerstehst die ganze Zeit, du hörst nicht zu ...«

Er trat zurück. Sie blickte zu ihm auf.

Dann ließ er sich an der gegenüberliegenden Wand hinuntergleiten und vergrub das Gesicht in den Händen. Sie beobachtete ihn. Sie hustete, ihre Brust brannte. In die Ecke gedrängt, mit dem Waschbecken über ihr, suchte sie nach irgend etwas, das zur Verteidigung geeignet wäre.

»Du mußt dich verändern«, murmelte er. »Du glaubst, du weißt es besser.« Er sah auf und wischte sich mit dem Handrücken über das Gesicht. »Bisher haben alle gehorcht. Nur du nicht.«

Sie erstarrte. Sein Blick war auf etwas weit hinter ihr gerichtet. Bisher haben alle. Bisher haben alle.

Plötzlich sah er auf. Der abwesende Ausdruck war aus seinem Gesicht gewichen, sein Blick bohrte sich in sie.

»Du mußt gehorchen«, sagte er gleichförmig. »Ich möchte nicht wieder damit anfangen.«

»Damit anfangen ...«

»Du stößt mich zurück, wenn du nicht das tust, was ich dir sage. Du stößt mich zurück, und ich möchte nicht wieder damit anfangen. Ich will es auf eine andere Art und Weise tun. Ich möchte nicht ... Erinnerst du dich an Peter Doherty?« fragte er plötzlich.

»An wen?«

»Kannst du dich nicht erinnern?« beharrte er und schlug mit der Faust auf den Boden. »Du bist Journalistin, eine Journalistin. Denk mal nach, Peter Doherty.«

»Nein, ich erinnere mich nicht.«

»Die Frau im Park. Die Touristin aus Italien. Der Park neben Caversham Square.«

»Nein … nein, ich …«

»Als du in London gearbeitet hast.«

Sie schwieg, und er lachte angewidert auf. »Zu viele, um sich an sie zu erinnern«, sagte er.

»Du kanntest sie?« fragte Kate.

»Sie hätte noch eine Chance gehabt, wenn man sie gleich gefunden hätte. Der Mann hätte sie eigentlich sehen müssen.« Er schüttelte den Kopf. »Der ist einfach vorbeigelaufen.« Er zitterte, zwar nur sehr schwach, aber doch am ganzen Körper – seine Hände, die Beine, der Kopf. Selbst seine Füße auf dem nassen Teppichboden. Zitterte. Sie beobachtete ihn ungläubig, als er in die Tasche griff und ein sauber gefaltetes Taschentuch hervorzog.

»Bist du Peter Doherty?« fragte sie.

Bruchstücke. Bruchstücke der Erinnerung.

Kurz vor Jamies Verschwinden. Das Paßbildfoto auf der Titelseite des *Evening Standard.* Die Beschreibung eines Büroangestellten, der einen Mann von der abgedeckten Bank hatte aufstehen sehen und der ihm im Vorbeigehen direkt in die Augen gesehen hatte.

Er lächelte.

Daran hatte ihn der Büroangestellte wiedererkannt.

Jonathan wischte sich über das Gesicht. Dann schneuzte er sich die Nase, gewohnt langsam und sorgfältig. Obwohl seine Finger sich in dem Stoff vergruben, führten seine Fingerspitzen einen unkontrollierten Tanz auf.

»Du bist Peter Doherty«, wiederholte sie.

Jetzt war es keine Frage mehr. »Einige Zeit habe ich in Brixton hinter Gittern verbracht«, fuhr er fort. »Danach war ich sechs Jahre lang in einer offenen Anstalt. Dort hatte ich …« Diesmal schwieg er sehr lange. Wie erstarrt blickte er auf den Fußboden, während ein sich erinnerndes Lächeln über sein zitterndes Gesicht huschte. Die kurzen Muskeln an Augenwinkeln und Stirn vibrierten unter der Haut. Er begann in geschmeidigem, monotonem Tonfall zu sprechen. »Von dir habe ich gelesen, als ich in Untersuchungshaft saß«, sagte er. »Ich habe dein Foto in der Zeitung gesehen. Wochenlang. Die Geschichte haben sie wirklich bis zum letzten ausgekostet. Ich hatte es satt, noch mehr darüber zu erfahren ...«

Er machte eine Bewegung, als ob er diese Erinnerung abschütteln wollte.

»Was ... was hattest du denn?« fragte Kate.

»Hatte?«

»Du sagtest, im Gefängnis hattest du ...«

Er nickte. »Rate mal.«

Mit brüchiger Stimme sagte sie: »Nein ...«

»Psychotherapie. Ich hatte eine Psychotherapie.«

Sie beobachtete sein Lächeln.

»Psychoanalyse. Therapie. Visualisierung. Die ganzen Techniken, alle miteinander.« Er seufzte. »Vor vier Jahren kam ich frei und habe in London eine Praxis eröffnet. Ich hatte jede Menge weiblicher Patienten. Manche kamen ein- oder zweimal, andere häufiger, und die, die häufiger kamen ...«

»... hast du umgebracht«, sagte Kate.

Er hob eine Augenbraue und lachte. Jetzt war sein Lachen wirklich belustigt und heiter und schwoll zu einem hohen Crescendo an. Sie hatte ihn tatsächlich amüsiert.

»Umgebracht?« fragte er und legte eine Hand auf die Brust. »Ich bringe niemanden um, Kate. Weißt du, ich will nicht wieder zu Doherty zurückkehren. Zu schmutzig, zu kurz, zu offensichtlich. Meine andere Methode ist viel einfacher und sehr viel interessanter ... verstehst du? Ich muß sie gar nicht selbst umbringen.« Seine Augen funkelten in dem kalten Licht. »Sie bringen sich selbst um.«

Er kam nur langsam wieder zu sich und wiederholte immer wieder: »... bringen sich selbst um ... bringen sich selbst um ...«

Dann schlang er die Arme um seine angezogenen Knie und

legte die beiden Hände ordentlich auf den jeweils anderen Arm.

»Das ist sehr unbefriedigend«, fuhr er fort. »Es dauert nur etwa eine Minute, um jemanden umzubringen, danach acht Jahre Gefängnis. Lächerlich, findest du nicht?« Sie war unfähig zu antworten. »Es ist viel besser, sie zu beschädigen und sie mit einer lebenslangen Schwäche wegzuschicken.«

»Zerstörung, die man nicht sehen kann.«

»Es verschafft mir tatsächlich eine gewisse Genugtuung zu wissen, daß dort draußen lauter Zeitbomben ticken ...« Er hob den Kopf und sah sie an.

»Aber das würde man doch nachvollziehen können, wenn sich alle deine Patienten umbringen ...«

»Ich ziehe ein wenig herum, so alle zwei Jahre etwa. Außerdem bringen sich nicht alle um. Nur diejenigen, die die Gabe dafür besitzen. Die Fähigkeit zur Selbstzerstörung. Diese fatale und so unterhaltsame Schwäche.«

Eine Weile lang hielt sie seinem Blick und seinem Schweigen stand, dann fragte sie: »Hast du die Briefe über Jamie geschrieben?«

Er hob die Hand und zeigte mit dem Finger auf sie. »Das ist tatsächlich eine sehr interessante Angelegenheit«, meinte er. »Kannst du dir die Wirkung vorstellen, wenn ich einen solchen Brief an alle in der Straße versandt hätte?«

»Nein.«

»Denk mal darüber nach. Vielleicht nicht genau dieselben Worte, denn die waren ganz persönlich an dich gerichtet. Noch nicht einmal einen ganzen Satz. Sagen wir, etwas in dieser Art: *Ich weiß.* Mehr nicht. *Ich weiß.* Man wirft den Brief bei hundert Leuten ein, ohne Unterschrift, nur diesen einen Satz.«

Ein Gefühl der Trauer drückte ihr gegen die Kehle und schnürte ihr die Luft ab: das Gewicht der ungeweinten Tränen. »Du hast sie also geschrieben«, murmelte sie.

»Aber verstehst du, was ich sage?« wiederholte er. »Weshalb handelte der erste Brief überhaupt von Jamie? Du hast sofort das Schlimmste angenommen. Genauso würden die hundert anderen gleich das Schlimmste befürchten. ›Mein Gott‹, würden sie sagen, ›man ist meinem Geheimnis auf die Spur gekommen! Jemand weiß Bescheid!‹« Er zuckte abfällig mit den Schultern. »Wenn du mal darüber nachdenkst – denke nur an den ersten Brief –, da wurde Jamie überhaupt nicht erwähnt. Du hast lediglich das Schlimmste angenommen. Du bist davon ausgegangen, daß er von Jamie handeln müsse.«

»Aber du ...«

»Ja, natürlich, ich habe sie geschickt. Ich habe den Satz geschrieben, der dich am tiefsten verletzen würde. Aber du – *du* hast mit deiner Reaktion den größten Schaden angerichtet.«

Sie starrte ihn bis ins Mark entsetzt an. »Lebt er noch?« flüsterte sie. »Wo ist er?«

Er lächelte. »Ich weiß nicht, wo er ist. Ich habe es auch nie gewußt. Es war lediglich der Satz, der dir am meisten zusetzen würde.«

Wut stieg in ihr auf und ließ einen Augenblick alles andere verschwimmen.

»Willst du mich denn nicht fragen ›Warum ich?‹« fragte er. »Oder – laß mich mal nachdenken – ›Wie konntest du nur?‹«

Sie schwieg.

Er lehnte sich vor und krabbelte auf Händen und Knien über den feuchten Boden die zwei Meter auf sie zu.

»Das ist es ja, was ich so an dir liebe, Kate«, sagte er. »Obwohl du dich mir immer wieder widersetzt, liebe ich dich gerade auch deswegen.«

Sie schreckte vor ihm zurück.

Er streichelte ihren Schenkel.

»Ist dir eigentlich bewußt, daß ich deinen Namen vor zwei Jahren in diesem Haus zum ersten Mal gehört habe?« fragte er.

»In ... diesem Haus?«

»Genau. Als ich Isabelle besuchte.«

»Du kanntest Isabelle?«

»Aber sicher doch, sie war meine Tante.«

Der Junge auf dem Foto.

»Ich wußte, daß ich sein Gesicht kannte«, murmelte sie.

»Auf all den hübschen Fotos?« fragte er. »Isabelle und meine Mutter haben sich nicht gut verstanden. Wir haben uns gelegentlich für ein oder zwei Tage getroffen, aber meine Mutter konnte Isabelles Affäre nicht gutheißen, und so wie Mutter eben war, hat sie sie das immer spüren lassen. Aber Tatsache ist ...« Ein deutlich erkennbarer Schatten fiel über sein Gesicht. »Ich war ihr einziger Verwandter.« Kate beugte sich abrupt vor. »In dem Brief unten ...«

»... erklärt sie dir das alles. Sie hat mich verstoßen, verstehst du, nach meiner Verurteilung. Ein Haus wie dieses und so viel Geld, und plötzlich war ich nicht mehr gut genug, um es zu erben. Ihr einziger lebender Verwandter. Und was für ein guter Junge ich doch war, mein ganzes Leben lang war ich Isabelle gegenüber immer nett gewesen. Und dann läßt sie mich vollkommen außer acht, will es einer Freundin vererben.«

»Das Armband ...«, murmelte Kate. Sie dachte an Georges Festnahme.

»Ich habe es aus deinem Auto genommen, als du schliefst, an dem ersten Nachmittag, an dem du mich aufgesucht hast«, erklärte Jonathan. »Ich dachte, daß ich mir Dale damit vom Leib schaffen könnte. Dir vom Leib schaffen könnte, Kate. Meine Erkundigungen hatte ich bereits gemacht, verstehst du.«

»Aber ...« Kate schüttelte ungläubig den Kopf. »Warum willst du denn dieses Haus haben? Du hast doch Geld. *Kilcot House* ist bestimmt ...«

»Aber darum geht es doch gar nicht! *Kilcot* habe ich mir selbst verdient. Ich habe es mir verdient, indem ich Stunde um Stunde Frauen zugehört habe. Doch dieses Haus hier, darauf habe ich ein Anrecht. Und du nicht.«

Kate starrte ihn unverwandt an. »War das der Grund, warum du mich hast haben wollen? Warum du mich heiraten wolltest? Um an das Haus zu kommen?«

»An das Erbe insgesamt. Vergiß nicht das Haus in London und die Aktienanlagen. Das alles in Verbindung mit deiner unglaublichen Verlockung, Kate. Dich auseinanderzunehmen, Kate. Was könnte besser sein? Was noch schöner?«

»Aber ...« Sie konnte es kaum fassen.

Er tätschelte ihr Knie. »Ich konnte mein Glück kaum fassen, als du vor meiner Tür standest. Ich war darauf vorbereitet, dich aufzusuchen – ich wollte auf dem Höhepunkt deiner Trauer über Maggie und den Briefen vorbeikommen –, als du zu mir gekommen bist.« Er schüttelte lachend den Kopf. »Wirklich ein Glücksfall.«

Sie dachte laut nach. »Du wolltest einen Nervenzusammenbruch herbeiführen, um ...«

»Mich dir unersetzlich zu machen, und das genau im psychologisch richtigen Augenblick.« Er nickte. »Du mußt zugeben, daß ich damit absolut richtig lag. Vollkommen richtig, ganze hundert Prozent in meiner Voraussage, wie du reagieren würdest.«

»Aber ... Maggie ...«

Er wandte das Gesicht ab und zeigte erstmals Zeichen echter Beunruhigung und Verwirrung. »Sie war ein Fehltritt. Zu liebesbedürftig.«

Kate hörte sich selbst zweimal tief einatmen, aber das Hämmern in ihrem Kopf wurde dadurch kein bißchen abgeschwächt. »Maggie wurde von einem verheirateten Mann umgebracht«, flüsterte sie. »Sie hat mir erzählt, daß er verheiratet war ...«

Er machte eine abweisende Bewegung durch die Luft. »Sie war eine solche Klette«, sagte er. »Noch nicht einmal diese Tatsache hat sie von mir zurückgehalten.«

»Du hast Maggie umgebracht«, flüsterte Kate. »Und Isabelle. Um mich von dir abhängig zu machen, meinen Willen zu brechen?« fragte sie mit Unglauben und Abneigung in der Stimme.

Sein Gesichtsausdruck wechselte.

Er stand auf. Sie richtete sich ebenfalls auf und blickte auf das geschlossene Milchglasfenster über der Badewanne. Es war viel zu eng, um sich hindurchzuzwängen, selbst wenn sie die Scheibe hätte einschlagen können. Er trat auf sie zu. Ihr Blick wanderte durch das Zimmer, fand jedoch nichts, was sie gegen ihn hätte verwenden können.

Er musterte sie mit einer Mischung aus Verachtung und Verwirrung. »Warum brichst du nicht zusammen?« fragte er. »Du solltest eigentlich zusammenbrechen ... Du mußt zusammenbrechen. So sind die Spielregeln.« Sie beobachtete seinen vollkommen losgelösten Blick, das Verschwinden jeglicher menschlichen Regung aus seinen Zügen. Diesen Blick hatte sie bereits zuvor für kurze Momente gesehen und ihn als Ruhe und Selbstkontrolle gedeutet. Doch jetzt sah sie, daß es sich um eine unermeßliche Leere handelte.

»Das war ja gerade die Anziehung, das Reizvolle daran«, fuhr er leichthin und in gleichmäßigem Tonfall fort. »Weil du so etwas Besonderes warst, war ich bereit, noch einmal zurück zu der ganzen ...« Einen Augenblick lang suchte er nach den richtigen Worten. »... zu der ganzen ungenauen Kunst des Mordens zurückzukehren. Und das wollte ich eigentlich nicht. Ich habe es deinetwegen getan. Du hättest etwas ganz Besonderes werden sollen, dein Fall hätte langwieriger als der der anderen sein sollen. Noch mehr Leiden wäre aufzudecken gewesen. Du hättest ...« Er runzelte die Stirn und kam auf sie zu. »Warum brichst du nicht zusammen?« Kate drückte sich gegen die Wand. Die Fäuste im Rücken geballt sah sie ihn an.

»Sag es mir!« verlangte er.

Sie zuckte und rang keuchend nach Luft. »Weil ich bereits am Boden angelangt war«, sagte sie schließlich. »Dort, von wo aus man nirgendwo mehr hingehen kann. Wo niemand mehr ist. Das war schon lange, bevor wir einander begegnet sind.«

Sein Gesicht verzerrte sich. »Das macht dich noch verletzlicher.«

»Das tut es nicht.«

»Es sollte ...«

»Nein!« schrie sie. »Du hast es immer noch nicht begriffen, nicht wahr? Du hast es auch damals nicht begriffen. Du ...« Jetzt war sie es, die auf ihn zuging und er, der einen Schritt zurücktrat. Sie standen einander dicht gegenüber. »Du kannst mich nicht wirklich treffen, Jonathan«, sagte sie. »Denn ich habe das Schlimmste bereits durchgemacht. Ganz gleich, was du mir auch antust, eine tiefere Wunde kannst du nicht schlagen.«

Er verharrte bewegungslos.

Sie fühlte, wie die Minuten vergingen und sie gegen ihn und jenen Impuls wappneten, deretwegen er sie beim Haarschopf gepackt und zu ertränken versucht hatte.

»Einmal habe ich jemanden besucht«, fuhr sie fort. »Es war eine Freundin aus der Studienzeit. Sie lebte in Sussex, und ich fuhr mit der Bahn dorthin. Es war Februar, und als ich aus dem Zug stieg, war es dunkel.«

In Gedanken sah sie den Bahnsteig, einen verlassenen Streifen im Schein einer einzigen gelben Laterne. Die Emailschilder an dem alten Bahnhof. Eine Treppe hoch zum Fahrkartenschalter.

»Ich hatte im letzten Waggon gesessen«, sagte sie. »Auf dem Bahnsteig war Glatteis. Als ich die Treppe erreichte, hatte der Zug den Bahnhof bereits verlassen. Ich schaute ihm nach, sah die gebogene Lichterkette unter einer Brücke nach rechts aus meinem Blick verschwinden. Hohes Gras wucherte rechts und links der Trasse ...«

Sie hob den Kopf, als ob sie angesichts der erinnerten Kälte tief einatmen müsse.

»Vom Bahnsteig aus ging es bergab die Trasse entlang. Ich sah die Treppe hoch, aber niemand wartete auf meinen Fahrschein.«

Sie begann zu zittern.

»Ich ging weiter, unter der Brücke hindurch, den Hang hinunter auf den Steinen rechts und links der Gleise. Immer weiter, um die Kurve herum. In die Dunkelheit hinein.«

Sie lächelte kurz und gequält. »Ich dachte, daß jeden Augenblick jemand rufen würde. Doch keiner tat dies. Ich ging etwa zweihundert Meter weit hinter die Laternen und suchte nach dem Punkt, wo die Bahn normalerweise Tempo aufnahm. Es war stockduster, der Fahrer hätte mich nicht sehen können. Ich sah auf die Gleise ... ganz glatt lagen sie da. Glatt und sauber. Wie ein Messer. Ich setzte mich, dann kniete ich. Und ich dachte an Richard und an meine Mutter und an die Freundin, zu der ich eigentlich hatte fahren wollen.«

Doch sie alle waren belanglos.

Sie schloß die Augen.

»Und ich dachte ...«

An Jamie.

Sie hatte ihn sich in den Armen einer fremden Frau vorgestellt, wie er im Hause einer fremden Frau aufwuchs. Sie stellte ihn sich am Tage seiner Einschulung vor. Der Tag, an dem er Radfahren, sich die Schuhe zuzubinden, zählen oder Fußballspielen lernte. Sie dachte an ihn in immer fortlaufenden Bildern, die sich auf glattem Gleis bis zu seinem dreizehnten oder vierzehnten Lebensjahr ausdehnten. Dachte an ihn als einen ihr unbekannten Erwachsenen ...

»Ich bin aufgestanden und wieder zurückgelaufen«, sagte sie.

Sie öffnete die Augen.

»Du bringst mich nicht zum Zusammenbruch«, sagte sie langsam. »Weil ich Jamie wiedersehen möchte. Weil ich darauf hoffe, ihn wiederzusehen. Das ist die Wahrheit, nach der du gefragt hast.« Ihr Blick wanderte über sein Gesicht. »Was auch immer deine Absicht gewesen sein mochte, eines habe ich dir zu verdanken«, fuhr sie leise fort. »Ich träume nicht mehr von dem Haus mit den vielen Stufen. Ich träume von Jamie, so wie er jetzt sein könnte. Du hast das genaue Gegenteil dessen erreicht, was du hast erreichen wollen, Jonathan. Das ist schon recht ironisch. Du hast uns von den Toten wiederaufstehen lassen.«

Sie sahen einander an.

»Und der Grund, warum du meinen Willen nicht brechen kannst«, fügte sie noch hinzu, »ist der, daß du mich nirgendwohin schicken könntest, wo es noch grauenhafter wäre als dort, wo ich bereits war.«

Einen Augenblick verharrte er vollkommen regungslos, dann veränderte sich sein Gesichtsausdruck. Sein Mund öffnete sich, und seine Zunge leckte seine Lippen. Zu ihrem Erstaunen und Ekel entdeckte sie Lust in seinem Ausdruck. »Wiederhole das noch einmal«, murmelte er. Sein Lächeln – dieses schreckliche, maskenhafte Lächeln – breitete sich in seiner ganzen bodenlosen Kälte auf seinem Gesicht aus, schlug ihr entgegen, verseuchte sie mit seiner skrupellosen Gemeinheit. Er streckte ihr die Hand entgegen, die Hand, die sie so oft berührt hatte. »Ich möchte wissen, wie es sich anfühlt«, sagte er. »Das will ich von euch allen … das ist es, was ich haben will …«

Sie boxte ihn mit der Faust genau zwischen seine leeren Augen.

Er strauchelte einen Schritt rückwärts und stieß ein leises, überraschtes Grunzen aus.

Sie schubste ihn von sich, riß die Badezimmertür auf und rannte auf den Flur hinaus. Die Wände um sie herum schienen sich aufzublähen und zu wackeln, die Treppe schaukelte. Sie setzte ihren Fuß auf die oberste Stufe, rutschte aus und kam erst auf der Mitte der Treppe wieder ins Gleichgewicht.

Sie hörte, wie hinter ihr die Tür aufgerissen wurde und er ihren Namen rief.

Am Ende der Treppe sah sie ihre Autoschlüssel, wo er sie neben dem Telefon liegengelassen hatte.

Sie dachte daran, daß er ihr folgen würde, wenn sie auf die menschenleere Straße hinauslaufen würde, sie einholen und wieder zurück ins Haus zerren könnte.

Schnell griff sie nach dem Schlüssel, öffnete die Haustür und rannte los. Er hatte das Auto abgeschlossen, und als sie mit dem Schlüssel herumhantierte, kam er aus dem Haus.

»Kate!« schrie er.

Sie sprang ins Auto, knallte die Tür zu, verriegelte sie und ließ den Motor an. Er sprang heran, sie legte den Rückwärtsgang ein und drehte sich nach hinten. Als der Wagen rückwärts lospolterte, bog ein Auto um die Ecke, direkt auf sie zu.

»Himmel!« flüsterte sie.

Das herannahende Fahrzeug schlingerte und prallte an der gegenüberliegenden Bordsteinkante ab. In ihrer Panik hatte sie den Fuß nicht vom Gas genommen. Einen kurzen Augenblick lang sah sie den anderen Fahrer, als sie weiter rückwärts raste. Dann rutschte ihr Auto auf die Straße, und der Motor erstarb.

»O mein Gott, bitte ...«, bettelte sie. Auf das Armaturenbrett blickend drehte sie den Zündschlüssel und gab Gas. Der Wagen sprang wieder an, sie legte den ersten Gang ein und ließ die Kupplung los.

Es waren nur zwei oder drei Sekunden.

Der Wagen raste vorwärts, sie gab Vollgas ... und Jonathan trat auf die Straße hinaus und hielt die Hände hoch.

Gegenüber sprang Jack Seward aus seinem Auto.

Er sah, wie die leichenblasse Kate erst im allerletzten Augenblick aufsah. Und Jonathan Reeve stand stocksteif vor ihrem Auto. Sein Gesicht war ruhig, sein Körper entspannt, so als ob er sich sicher sei, daß sie sich von ihm kommandieren lassen würde.

Daß sie, selbst jetzt noch, zu stoppen wäre.

Kates Auto prallte ungebremst gegen Jonathan, sein Körper fiel über den Kühler und wurde noch kurz mitgeschleift.

Für den Bruchteil einer Sekunde sah sie sein Gesicht durch die Windschutzscheibe. Die allerletzte Sekunde seines Lebens – ein Lächeln von unversöhnlicher Arroganz.

Dann rutschte sein Körper auf den Boden und wurde von den Reifen überfahren.

Postscript

Vier Monate später saß Kate in einem anderen Land, in einem anderen Auto und wartete.

Sie starrte die Häuser an, jedes mit einem perfekten Stück Rasen davor, deren Jalousien der Sonne wegen heruntergelassen waren. Eine von Orangenduft leicht geschwängerte Brise wehte durch die Straße. Salz. Staub. Vier Monate waren vergangen seit Jonathans Tod. Drei Monate seit der Urteilsverkündung. Beim Prozeß war Jack ihr Hauptzeuge gewesen. Vor einem Monat war *Kilcot House* verkauft worden. Heute noch hatte sie die beklemmende Szene hinter der kleinen Tür im Dachboden im Kopf: die in Reihen angeordneten Schreibmaschinen.

Sie schloß die Augen.

Manchmal wurde sie gegen ihren Willen von der Vorstellung überrannt, wie Jonathan ihr die Briefe auf einer der Schreibmaschinen schrieb, deren Ursprung aufgrund polizeilicher Untersuchungen eindeutig festgestellt worden war. In solchen Augenblicken konnte sie lediglich abwarten – abwarten, so wie jetzt –, daß die quälenden Visionen wieder vergingen.

Jack Seward, der neben ihr saß, legte ihr plötzlich die Hand auf den Arm, um ihre Aufmerksamkeit zu erlangen. »Sie fährt in die Einfahrt hinauf«, sagte er.

Kate öffnete die Augen.

In der grellen Sonne fuhr ein Kombi holpernd in die Einfahrt des gegenüberliegenden Eckhauses und hielt an. Meresamun Charles stieg aus und strich sich das lange dunkle

Haar aus dem Gesicht. Sie lachte und redete. Sie öffnete die hintere Tür, griff hinein und holte ein Kleinkind heraus. Der Junge mochte vielleicht drei Jahre alt sein. Auf der anderen Seite des Autos stieg ein schon etwas älteres Mädchen aus und rannte mit den Haustürschlüsseln in der Hand los.

Jack und Kate stiegen ebenfalls aus und gerieten aus dem klimatisierten Wageninneren in die Hitze eines Morgens in Florida. Jack kam um das Auto herum und streckte seine Hand aus.

Kate nahm sie entgegen.

»Laß Deo nicht raus!« rief die Frau. Ihre Stimme war weich und entspannt. »Abby, laß ihn jetzt nicht raus, Liebling. Hörst du? Stell den Fuß in die Tür.«

Sie hörten, wie der Hund im Haus laut bellte. Jack und Kate bogen vom Bürgersteig in die Auffahrt ein. An der Hausseite lagen Fahrräder und einige Fußbälle herum. Ein Volleyballnetz war etwas ungeschickt zwischen zwei Bäumen aufgespannt.

Die Frau setzte das Kleinkind ab und beobachtete, wie es auf die Tür zurannte.

Dann wandte sie sich wieder dem Auto zu.

Sie standen vielleicht drei Meter voneinander entfernt. Einen kurzen Moment lang hob Meresamun fragend die Augenbrauen. Dann gefror ihr Lächeln, und sie wurde leichenblaß. Sie streckte ihre Hand, Halt suchend, nach dem Auto aus.

»Mrs. Charles?« fragte Jack.

»Ja«, erwiderte sie.

»Ich bin Jack Seward.« Er drehte sich um und deutete auf Kate. »Und das ist …«

Die Frau schüttelte den Kopf, ihr Blick war ganz auf Kates Gesicht fixiert.

»Schon gut«, wandte sie sich an Kate. »Ich weiß, wer Sie sind.«

Eine Stunde später saßen sie im Schatten auf der hinteren Terrasse. Zwischen ihnen standen unberührte Gläser mit Eistee. Im Garten lag der Jüngste schlafend in seinem Kinderwagen unter einem Baum. Aus dem Haus drang der Lärm eines Fernsehers.

»Ich wußte, daß Sie kommen würden«, sagte Meresamun. Sie weinte ohne Unterlaß und ohne daß sich ihr Gesicht dabei verzogen oder sie einen Laut von sich gegeben hätte. Ein ständiger Tränenstrom rann ihr übers Gesicht. »Ich habe schon am ersten Tag erwartet, daß jemand kommen würde. Wir hatte es beide erwartet.«

Sie sah auf. Kate saß schweigend auf dem Rand des Korbstuhls und hörte zu.

»Ich habe Sie beobachtet. Ich habe Ihr Haus tagelang beobachtet. Es gibt nicht mal die Entschuldigung, daß es aus einem unüberlegten Augenblick heraus passiert wäre. Das war nicht der Fall. Ich habe es geplant. Ich hatte meinen Paß dabei. An dem Morgen, als ich Sie Mark – ich meine James – in das Auto haben packen und wegfahren sehen, bin ich Ihnen gefolgt.«

Sie sprach die Worte abgehackt. Sie wirkte gequält, schuldig, verängstigt.

»Ich hätte es nicht tun dürfen, ich weiß ... ich habe es immer schon gewußt. Ich habe an Sie gedacht, glauben Sie mir ... an all die Qualen, die Sie ausgestanden haben müssen ...«

Sie schlug die Hände vor das Gesicht und preßte sie kurz dagegen.

»Alle Frauen um mich herum hatten Babys. Ich mußte einfach ein Kind haben, es war wie eine Krankheit ...« Ihr schauderte, als sie auf den Jungen unter dem Baum blickte. Dann wandte sie ihren Blick Kate zu. »Sie werden es nicht verstehen ..., aber ich empfinde dies jetzt als Erleichterung.«

Kate sagte nichts. An ihrer Stelle stellte Jack die Fragen.

»Wie haben Sie ihn versteckt?«

Merry biß sich auf die Unterlippe. »Ich bin direkt von der Tankstelle zum Hafen gefahren. Wir waren nur zehn Meilen von Dover entfernt. Die Fähre war am Auslaufen. Ich hatte unsägliches Glück ...«

Sie blickte beide an und verzog, sich ihrer Wortwahl bewußt werdend, beschämt das Gesicht. »Ich habe ihn in eine Körpertragetasche gesteckt. Ich hatte ein solches Glück, daß er nicht weinte. Vermutlich hat ihn die Bewegung beruhigt. Wenn es nur eine halbe Stunde später gewesen wäre, wäre ich sicherlich angehalten worden. Aber ich bin in Frankreich eingereist und von dort aus nach Deutschland gefahren. Wir hatten Freunde in Garmisch.«

»Sicherlich wußten sie, daß das nicht Ihr Kind war?«

»Ja, das wußten sie. Ich habe ihnen erzählt, ich hätte ihn gekauft.«

Jack und Kate warfen sich einen Blick zu.

»Ich habe ihnen erzählt, es sei ein Handel mit Ostdeutschland gewesen, streng verboten und über einen Vermittler in Ungarn getätigt. Das haben sie niemals hinterfragt. Mit Ostdeutschland Kontakt zu haben war für unsere Ehemänner eine Sache, wegen derer sie vor ein Kriegsgericht gestellt werden konnten. Sechs Monate lang hat niemand etwas gesagt. In dieser Zeit hatte Michael eine Geburtsurkunde gekauft. In Marks ... Jamies ... Paß steht, daß ich ihn in der Türkei während eines Urlaubs zur Welt gebracht hätte.«

»Mein Gott«, flüsterte Kate.

»Was für kranke, dumme Leute Sie doch sind«, sagte Jack. Zu ihrer Überraschung hörte Kate eine tiefe Gefühlsregung in seiner Stimme – Trauer, nicht Wut.

Merry wandte den Blick ab. »Das alles hat zehn Jahre lang auf uns gelastet«, murmelte sie. »Man kann ja niemals wissen ...«

»O doch«, erwiderte Kate erhitzt und kurz davor, ihre Beherrschung zu verlieren. »Ich weiß.«

Merry nickte und fuhr sich über das Gesicht. »Mir ist klar, daß Sie mir niemals verzeihen können«, flüsterte sie. »Aber wenn es Sie in irgendeiner Weise trösten kann ... ich liebe Ihren Sohn. Wir beide lieben ihn. Wir lieben ihn so sehr.«

Ein Schweigen entstand, ehe sie fortfuhr. »Haben Sie die Polizei informiert?«

»Nein«, erwiderte Kate.

»Hier drüben, meine ich. Die Bundespolizei.«

»Nein.«

Merrys Blick fuhr unruhig von Kate zu Jack, dann wieder zurück. »Aber ... wann werden Sie das tun? Heute?«

»Nein«, erwiderte Kate. »Wir werden es nicht tun.«

Diese Nachricht traf die Frau wie ein Schlag. Sie ließ sich in den Stuhl zurückfallen und preßte ihre Hand gegen die Kehle.

»Wir sind vor einer Woche hierhergekommen«, sagte Kate langsam. Sie selbst saß immer noch steif und verkrampft auf ihrem Stuhl. »Wir haben glaubhafte Beweise der verschiedenen Detekteien. Zunächst wollten wir gleich am ersten Tag die Polizei informieren.«

Sie dachte sieben Tage zurück, an ihre schlaflose Aufregung. Näher an ihrem Kind als jemals zuvor, meldete sich ein alter Schmerz. Sie hatte sich wie betäubt und verloren gefühlt, jetzt, wo sie kurz vor der Aufdeckung standen. Es schien ihr plötzlich, als ob Jamie erst gestern gestohlen worden wäre.

Die erste Nacht hatten Jack und sie nicht geschlafen. Ihr Flugzeug war halb neun morgens Ortszeit gelandet, doch in England, ihrer inneren Uhr zufolge, war es später Nachmittag. Sie hatten bis mittags in einem Café gesessen, ihr nicht angerührtes Essen zwischen sich.

Sie war hierhergekommen, sich vor diese Tür zu stellen, zu klopfen und ihren Sohn zurückzuverlangen. Sie wollte nach ihm schreien, bis die ganze Welt aufgeweckt wäre. Jack hatte sie dazu überredet, nichts zu tun, ehe sie sich nicht wieder beruhigt hatte. Am nächsten Morgen hatte er die Polizei verständigen wollen. Um sechs Uhr jedoch war Kate aufgestanden und alleine zurückgefahren. Sie war sich der Tatsache bewußt, daß sie seinen beruhigenden Einfluß abwehrte. Sie wurde von einem übermächtigen blinden Verlangen geführt.

Sie hatte Jamie alleine sehen wollen.

Der Ehemann verließ kurz vor halb sieben das Haus, um zur Arbeit zu fahren. Sie hatte Merry auf der Türschwelle gesehen, wie sie die Tageszeitung aufhob.

Eine weitere Stunde war vergangen, ehe Jamie kurz vor acht sein Fahrrad hinausschob. Sie hatte sich im Auto nach vorne gelehnt, die Knöchel ihrer Finger, mit denen sie das Lenkrad umkrallte, waren weiß vor Anspannung. Sie hatte sich umgedreht, um ihre Tür zu öffnen.

In dem Moment war ein kleines Mädchen von der hinteren Terrasse angerannt gekommen und mit ausgestreckten Armen auf Jamie zugelaufen. Er hatte vor Freude aufgejauchzt, als er sie auffing, dann hatte er sie wieder und wieder mit dem Kopf nach unten herumgewirbelt.

Kate hatte das Fenster heruntergekurbelt, um zu hören, was sie sagten.

»Im Kreis! Im Kreis!«

Jamie hatte gelacht, sie wieder auf die Füße gestellt und ihr zärtlich ins Kinn gekniffen. »Willst du dich denn wieder übergeben? Über dein neues Kleid?«

Es war ein sehr südlicher Akzent. Diese kleine Wahrnehmung hatte sie davon abgehalten, den Türgriff nach unten zu drücken. Jamie hatte den Tonfall wie sein texanischer Vater.

Händeringend hatte sie in schmerzhafter Verzweiflung zugesehen. Sie mußte auf ihn zulaufen und ihn berühren. Sie mußte, ja sie wollte ihn von hier fortholen. Genauso, wie man ihn ihr weggenommen hatte, lautlos und ohne eine Spur zu hinterlassen. Bis zu diesem Augenblick hatte sie es für möglich gehalten. In ihren Gedanken war er immer noch jemand, den man je nach Laune bewegen und herumtragen konnte – und nicht ein amerikanischer Junge mit einem eigenen Willen.

Was würde er sagen, wenn sie auf ihn zugerannt käme? Ihn zu umarmen versuchte und ihm sagen würde, daß sie seine Mutter war?

Er würde sie für eine Wahnsinnige halten.

Also sah sie ihm zu, wie er seine Schwester wieder zurückbrachte, aus dem Haus ging und ihr den ganzen Weg die Straße hinunter zuwinkte.

Sie war zu Jack zurückgekehrt, hatte ihn im Hotelrestaurant angetroffen und ihm erklärt, sie könne Jamie nicht von hier fortnehmen.

»Bist du verrückt?« hatte er sie gefragt. »Deswegen sind wir doch hier!«

»Ich kann es nicht«, hatte sie erwidert. »Ich kann ihn nicht mit nach England nehmen, ihn aus seiner Welt herausreißen. Ich kann ihn nicht leiden lassen. Und ich kann es seiner Schwester und seinem Bruder nicht antun.«

»Warum glaubst du denn, habe ich ihn gesucht? Ich wollte ihn dir wiedergeben.«

»Ich weiß. Ich weiß, Jack.«

»Damals hast du mir erzählt, daß Jamie tot sei.«

»Ich weiß …«

Er griff nach ihrer Hand. »Ich wußte, daß du daran geglaubt hast, daß er, irgendwo jedenfalls, am Leben sein würde. Deswegen habe ich gesucht.«

Sie drückte seine Hand an ihre Wange und stützte ihr Gesicht darauf. »Was du für mich getan hast, kann ich nie und nimmer zurückgeben«, sagte sie.

»Ich möchte auch gar nichts zurückbekommen. Ich möchte, daß du glücklich bist«, erwiderte er.

Sie sah ihn mit ihrem gewohnt direkten, durchdringenden Blick an. »In diesem Fall können nicht alle glücklich werden.

Wenn ich glücklich bin, wäre er es nicht. Das wiederum würde mich unglücklich machen. Dann wären wir wieder da, wo wir angefangen haben, nur eben mit einer anderen Art von Schmerz.«

»Sie ist eine Verbrecherin«, hatte Jack geantwortet. »Man sollte sie vor Gericht stellen.«

»Warum?« hatte Kate gefragt. »Wem wäre damit gedient?«

»Deinem Kind!«

»Ja ... meinem Kind. Und darum ginge es dann auch nur, um mich nämlich. Nur um mich. Niemand hätte etwas davon, außer mir. Ich wäre glücklich – und die Leben aller anderen wären zerstört. Aber hier geht es nicht um Meresamun Charles. Wenn es lediglich um sie und mich ginge, würde ich sie eigenhändig erwürgen. Aber es geht um mehr. Ihretwegen hätte ich keine Bedenken. Es geht mir um ihn. Kannst du das nicht verstehen?«

»Sie ist eine Gefahr. Sie könnte es wieder tun.«

Kate hatte vehement mit dem Kopf geschüttelt. »Nein, jetzt nicht mehr. Jetzt hat sie ihre beiden anderen Kinder. Wir wissen, daß sie sie durch Invitro-Befruchtung bekommen und nicht gestohlen hat. Sie bedeutet keine Gefahr für die Gesellschaft. Sie ist eine Mutter – seine Mutter.«

»Das kann sie niemals sein.«

»Biologisch gesehen nicht, aber in jeder anderen Hinsicht sehr wohl. Du hast es doch gesehen – ich habe es gesehen –, wie sie ihn ansieht, wie sie mit ihm spricht. Sie liebt ihn. Und sein Vater ebenso.«

»Ich traue meinen Ohren nicht«, hatte Jack gesagt.

Sie hatte den Kopf gesenkt. »Mir geht es nicht anders«, hatte sie zugegeben. Und in jener Nacht, der vergangenen Nacht, hatte sie auch zum ersten und einzigen Mal geweint. Die Tränen waren nicht aufzuhalten gewesen. Jack hatte sie aus der Bar auf den düsteren Bürgersteig hinausgeführt, er hatte seine Arme um sie geschlungen, die Leute hatten sie angestarrt.

Doch heute morgen war sie aufgewacht und hatte eine Entscheidung getroffen. Sie hatte noch einmal mit Jack gesprochen und ihm ihre Absicht erläutert.

Jetzt blickte sie auf Meresamun und faltete ihre Hände ruhig in ihrem Schoß.

»Ich möchte, daß Sie Mark gegenüber behaupten, ich sei eine Freundin aus Ihrer Zeit in Deutschland. Jemand, den sie damals kennengelernt haben.« Kaum merklich lächelte sie. »Ich möchte, daß Sie ihm sagen, daß ich auf ihn aufgepaßt habe, als er noch sehr klein war. Ich möchte gerne, daß er weiß, daß ich von jetzt an an seinem Leben teilnehmen werde. Sie werden mich als Freundin der Familie vorstellen – eine Art Ehrentante, wenn Sie so wollen. Erklären Sie ihm, daß wir gut befreundet sind. Ich möchte gerne, daß wir uns darauf einigen, daß ich immer Zugang zu ihm habe und nie den Kontakt zu ihm verlieren werde. Er soll nicht wieder außer Reichweite sein. Und von meiner Seite aus versichere ich Ihnen, daß ich der Polizei nichts darüber sagen werde, was wirklich passiert ist.«

Eine Weile lang starrte Merry sie an. »Aber was ist mit seinem Vater? Seinem richtigen Vater?«

»Ich werde mit Richard sprechen«, sagte Kate. »Natürlich muß auch er gefragt werden. Aber ...« Sie wählte ihre Worte sorgfältig. »Er hat jetzt seine eigene Familie. Ich nehme an, daß er Jamie auf derselben Grundlage wie ich wird sehen wollen. Ich kann mir nicht vorstellen, daß er Jamie aus seiner gewohnten Umgebung herausreißen will.«

Merrys Gesicht war noch immer leichenblaß. »Sie meinen ... damit das Richtige zu tun?«

»Nein«, erwiderte Kate kühl. »Aber aus dieser Sache gibt es keinen richtigen Ausweg.«

Merry wollte etwas sagen, wurde jedoch unterbrochen. Von der Straße her hörten sie Stimmen, von denen eine höher war als alle anderen. Es war ein Chor von Verabschiedungen.

Merry Charles sprang auf. »Das ist er«, sagte sie. Ihr Blick wanderte flackernd zu Kate. Angst stand ihr ins Gesicht geschrieben.

Der Junge fuhr um das Haus herum, sein Fahrrad kam schlitternd zum Stillstand. Lächelnd betrat er die Terrasse und ließ seine Schultasche auf den Boden fallen.

»Mark«, sagte Merry. »Das hier ist Kate Lydiatt ... aus England.«

»Hallo«, grüßte er.

Er war von der Sonne tief gebräunt. Sie würde sich immer daran erinnern, was er trug: das grasverschmierte T-Shirt, die Jeans mit dem Schlangenledergürtel, die Nike-Turnschuhe, die seitlich mit einem grünen Schnürsenkel gebunden waren.

»Sie ist eine ganz besondere Freundin ...«, fuhr Merry fort.

Keiner der vier hatte sich auch nur einen Zentimeter weit bewegt. Kate registrierte eine kurze Verwirrung auf dem Gesicht des Jungen, als er zu seiner Mutter aufsah und ihren ungewohnten, verängstigten Tonfall wahrnahm.

»Wir sind zu Besuch«, erläuterte Kate.

»Wirklich? Na prima. Gefällt Ihnen Florida?«

»Ja ...«

»Haben Sie *Universal* schon gesehen?«

»Noch nicht«, erwiderte Jack.

Kate betrachtete ihn und schützte mit der Hand ihre Augen gegen die Sonne.

War er das wirklich?

Er sah viel zu dunkel aus, um ihr Sohn zu sein. Sein Gesicht war zu breit, wie sie jetzt aus der Nähe sehen konnte, um ihr und Richards Sohn zu sein. Er ähnelte ein wenig einem Foto, das sie von Richards Vater gesehen hatte. Die Detektei hatte sehr sorgfältig recherchiert, aber dennoch ...

Aus dem Haus drang lautstark der Fernseher. Irgendein Programm war gerade zu Ende. Kate stand auf und kam einen Schritt auf Jamie zu.

»Kate hat damals in Garmisch gelebt, wo wir auch waren …«

Sie hörte Angst in Merrys Stimme.

Jetzt könnte sie es aussprechen.

Jetzt.

Einige Leben für immer zerbrechen.

Ich bin deine Mutter …

Die Musik im Hintergrund wurde noch lauter. Es war ein Louisiana-Blues mit Fiedlern und Blasinstrumenten.

Mark Charles streckte sofort seine Finger, dann klemmte er sie unter die Achseln, als ob er sie schützen wollte.

»Aua«, sagte er leise. Er wandte sich ab und ging in den Garten auf den Kinderwagen zu.

»Hallo, Brendon!« rief er.

Auf dem Weg strich er sich über die Handfläche und bewegte die Fingerspitzen. Während Kate ihn beobachtete, fühlte sie ebenfalls die Synästhesie in ihren Handgelenken.

»Hallo«, flüsterte sie. »O Jamie … hallo.«

Jack trat auf sie zu und stellte sich neben sie.

Merry setzte sich, unfähig ein Wort hervorzubringen, auf den roten Korbstuhl.

Doch Kate hörte und sah sie nicht. Ihre gesamte Aufmerksamkeit konzentrierte sich auf den Jungen, der das schlafende Kind im Schatten des Gartens in seine Arme hob. Bevor sie ging, dachte sie, würde sie sich den Luxus gönnen, ihren Sohn zu berühren.

Nur eine Berührung seiner Schulter, so leicht, wie sie dazu imstande war. So wie Jack jetzt sie berührte.